中國語言文字研究輯刊

十四編

許錟輝 主編

第 3 冊

西周金文賞賜物品研究

吳紅松 著

花木蘭文化事業有限公司

國家圖書館出版品預行編目資料

西周金文賞賜物品研究／吳紅松 著 -- 初版 -- 新北市：花木
蘭文化事業有限公司，2018〔民107〕
目 2+252 面；21×29.7 公分
（中國語言文字研究輯刊 十四編；第 3 冊）
ISBN 978-986-485-265-9（精裝）
1. 金文 2. 西周

802.08   107001291

中國語言文字研究輯刊
十四編　　第 三 冊　　　　　　　ISBN：978-986-485-265-9

西周金文賞賜物品研究

作　　者　吳紅松
主　　編　許錟輝
總 編 輯　杜潔祥
副總編輯　楊嘉樂
編　　輯　許郁翎、王　筑　美術編輯　陳逸婷
出　　版　花木蘭文化事業有限公司
發 行 人　高小娟
聯絡地址　235 新北市中和區中安街七二號十三樓
　　　　　電話：02-2923-1455 ／傳眞：02-2923-1452
網　　址　http://www.huamulan.tw 信箱 hml810518@gmail.com
印　　刷　普羅文化出版廣告事業
初　　版　2018 年 3 月
全書字數　184979 字
定　　價　十四編 14 冊（精裝） 台幣 42,000 元

版權所有·請勿翻印

西周金文賞賜物品研究

吳紅松　著

作者簡介

吳紅松，安徽肥西人，文學博士；安徽農業大學人文社會科學學院副教授，碩士生導師。目前主要從事古文字學、歷史文獻學研究。在《考古》《考古與文物》《江漢考古》《東南文化》《華夏考古》等期刊發表學術論文二十餘篇；先後主持教育部人文社科研究專案、安徽省教育廳人文社會科學研究專案、安徽省高校人文社會科學研究項目等科研專案七項，參與國家級、省部級專案多項。

提　要

　　本文在廣泛汲取和借鑒前人研究成果的基礎上，結合傳世文獻、古文字和考古學資料，對西周金文的賞賜物進行分類研究，全文包括緒論、上篇和下篇。

　　緒論部份主要闡明選題意義，梳理和回顧西周金文賞賜物研究的歷程，總結研究特點和存在的不足；說明本書研究的內容、資料來源等。

　　上篇共有十四章。主要運用傳世文獻、古文字和考古資料等研究成果，分門別類地探討這些賞賜物品，有車馬與車馬飾、酒、服飾、兵器、旗幟、貝、絲和絲織品、金、玉器、彝器、土地、臣僕、動物和其他等十四類；輯錄含有賞賜物的銘辭資料並附於相應的各類賞賜物討論的章節後。

　　下篇共有兩章。第一章為賞賜動詞研究。從形音義方面逐一考證西周金文表賞賜義動詞，總結一些動詞使用時隱含的賞賜行為的授受關係。第二章為賞賜物品量化研究。量化統計西周金文賞賜物出現的時代、數量和組合情況等，找尋和總結它們在銘文裡出現次數、形成各種組合關係所呈現的規律，以更全面地認識西周賞賜行為及相關社會制度。

目次

緒　論

　　本文是作者在 2006 年完成的博士畢業論文基礎上結合近年的研究成果修改、補充完成的。當年的選題是基於這樣的思考：其一爲西周青銅器尤其是有銘銅器歷來是學者研究的重點。其二爲西周有銘銅器中涉及賞賜內容的銘文較多，對其中賞賜物品的研究無疑是金文研究體系中重要組成部份。其三爲西周青銅器銘賞賜物品研究雖已取得了較爲顯著的成果，但記載名物的出土新材料不斷發現，以及古文字學、名物學、歷史學研究新成果陸續出現都爲進一步研究提供較大空間。該選題仍具有重要研究價值。

一、選題意義

　　從現有出土資料看，商代彝銘中就有賞賜現象的出現，但所言的賞賜物品在種類和數量上都十分有限，不足以對其展開全面的探討。西周彝銘中，出現的賞賜物品種繁多，涉及到當時社會政治、經濟、文化、軍事等領域。研究各種賞賜物品，有助於我們全面瞭解、認識各種賞賜物及相關問題。其主要意義體現在以下幾個方面：

（一）有助於古文字學的進一步發展

　　銘辭釋讀是研究賞賜物品的前提：一則如果對表示某物的銘文沒有正確的

考釋，就無法確定賞賜品究為何物；一則如果對銘辭的理解不夠完整，就不能全面瞭解某種賞賜物品出現的背景，也不能對該物品被賜的原因、性質等問題進行深入討論。因此，對銘文的正確釋讀是研究賞賜物品最關鍵環節，同時也是古文字學研究重要內容。對西周賞賜物品的研究，無疑對古文字學發展有一定促進作用。

（二）有助於促進名物制度的研究和全面認識傳世文獻的價值

「名物」一語，出於《周禮·春官》「司服掌王之吉凶衣服，辨其名物，與其用事。」《禮記·禮器》「欲察物而不由禮，弗之得矣……是故先王之制禮也，因其財物而致其義焉。」由此可見，古代的名物與禮制的關係相當密切，歷代學者也從不同角度研究名物及相關制度。「幸於紙上之材料外更得地下之新材料。由此種材料，我輩固得據以補正紙上之材料。」〔註1〕和傳世文獻一樣，西周彝銘也是研究古代名物制度的重要資料。然則對西周金文中賞賜物品的研究，可使我們能更全面地認識傳世文獻中各種相關物品，從而有利於名物制度研究的深入。

（三）有助於認識、理解先秦時期禮儀制度及其發展變化

如前所述，名物與禮制關係密切，因此由西周金文賞賜物品亦可窺見當時禮儀制度的相關情況。例如：由冊命金文中賞賜物，可知當時王對臣屬冊命時的賜物多為命服、車馬飾等比較貴重的物品；大簋銘中趩睽將其受賜的里轉賜於大，再現了西周土地制度土地交換的情形；駒作為賞賜物的出現，印證了傳世文獻對古代執駒禮記載等等。

從記載賞賜物品的銘辭來看，時代不同、賜物場合不同、賜物原因不同等，都是形成賞賜物種類、多寡和組合上差異的重要因素。這反映的不僅僅是銘文內容的不同，更重要的是透露出更多有關當時社會制度的信息，如西周早期銘文中賞賜物品種類少而且賞賜場合具有較大隨意性；但到了西周中晚期，賞賜物品的種類和出現場合已與當時隆重的封官授職的冊命典禮緊密結合，賜物也成為當時冊命制度中的重要環節。同時，對於受賜者而言，獲賜物品的種類和數量，都間接地反映了他們的社會等級和社會地位。

〔註1〕 王國維：《古史新證》第2頁，清華大學出版社，1994年。

二、學術史回顧

歷代學者或曾不同程度地涉及西周彝銘賞賜物的研究。主要體現在以下幾個方面：

（一）名物方面的研究

名物研究，宋代以前的著作就有反映，主要體現在經典及其傳注、史書中相關制度（如《輿服志》）的記載及類書中名物制度的描述。總體而言，這一時期對各種名物的研究，多在經學領域展開，側重於講經習禮。各家說解多圍繞典籍記載而進行輾轉釋解，缺乏一定實物資料的參證，其論說難免有眾口異辭、解說不詳、訛誤等問題。

宋、元、明時期，除了沿襲傳統套路外，部份學者已逐步探掇金文梳理經籍。儘管創獲不多，但這種把出土文獻與傳世文獻結合而論的方法，客觀上使名物及其制度的研究趨於科學化，爲後世學者所傚仿。

清代至二十世紀五十年代，隨著一些考古實物資料的發現，名物研究的參照性資料進一步豐富。部份學者更加注重結合出土實物進行研究，也取得了一定成果。如戴震的《考工記圖》、阮元的《考工記車制圖解》、程瑤田的《考工創物小記》、吳大澂的《古玉圖考》、羅振玉的《古器物識小錄》、王國維的《觀堂集林》及容庚的《商周彝器通考》等著作〔註2〕，其間所述物品的形制及定名等觀點至今仍爲學者所稱引。尤值一提的是，其中王氏的論說已將文字、出土資料和傳世文獻三者相結合，成爲沿用至今的考證方法。

二十世紀五十年代以來，伴隨科學考古工作的全面展開，大量出土實物相繼面世。這爲名物及其制度的深入研究提供了豐富資料。如果說清末部份學者結合考古資料研究名物尚屬自發狀態，那麼這一時期以考古資料印證文獻記載、進而考證名物已成爲研究者的自覺行爲了。本階段的研究，主要是對各種名物進行具體探討，其成果頗豐〔註3〕。如沈從文的《中國古代服飾研究》、高

〔註2〕 吳大澂：《古玉圖考》，1889 年。羅振玉：《古器物識小錄》，《遼居雜著》（丙篇）石印本，1934 年。王國維：《觀堂集林》，中華書局，1959 年。容庚：《商周彝器通考》，1941 年哈佛燕京學社印本。

〔註3〕 沈從文：《中國古代服飾研究》（增訂本），上海書店出版社，1997 年 6 月。高春明：《中國服飾名物考》，上海文化出版社，2001 年 9 月。周緯：《中國兵器論稿》，三

春明的《中國服飾名物考》、周緯的《中國兵器論稿》、楊泓的《中國兵器論叢》、郭寶鈞的《戈戟餘論》、郭沫若的《說戟》、郭德維的《戈戟之再辨》、鍾少異的《試論戟的幾個問題》、沈融的《中國古代的殳》、成東的《先秦時期的盾》、夏鼐的《商代玉器的分類、定名和用途》、王愼行的《瓚之形制與稱名考》、姜彩凡的《試論古圭》、孫慶偉的《周代裸禮的新證據——介紹震旦藝術博物館的兩件戰國玉瓚》、唐蘭的《「弓形器」（銅弓柲）用途考》、林澐的《關於青銅弓形器的若干問題》、唐嘉弘的《殷周青銅弓形器新解》、郭寶鈞的《濬縣新村》和《殷周車器研究》、孫機的《中國古輿服論叢》、網干善教《鑾（車鑾）考》、張長壽和張孝光的《伏兔與畫轎》、楊英傑的《先秦古車挽馬部分鞁具與馬飾考辨》和《先秦旗幟考辨》、黨士學的《試論秦陵一號銅車馬》、汪少華的《中國古車輿名物考辨》、馬永強的《商周時期車子衡末飾研究》等。

　　上述研究成果雖較少涉及西周彝銘中的賞賜物，似不能列入本文討論的範圍，但是在考察彝銘中賞賜物品時離不開對傳世文獻的徵引。此外，後世學者

聯書店，1957 年。楊泓：《中國古兵器論叢》（增訂本），文物出版社，1980 年 6 月。郭寶鈞：《戈戟餘論》，《史語所集刊》5·3，1935 年。郭沫若：《說戟》，《殷周青銅器銘文研究》，科學出版社，2002 年 10 月。郭德維：《戈戟之再辨》，《考古》1984 年第 2 期。鍾少異：《試論戟的幾個問題》，《文物》1995 年第 11 期；沈融：《中國古代的殳》，《文物》1990 年第 2 期。成東：《先秦時期的盾》，《考古》1989 年第 1 期。夏鼐：《商代玉器的分類、定名和用途》，《考古》1983 年第 5 期。王愼行：《瓚之形制與稱名考》，《考古與文物》1986 年第 3 期。姜彩凡：《試論古圭》，《文博》2003 年第 1 期。孫慶偉：《周代裸禮的新證據——介紹震旦藝術博物館的兩件戰國玉瓚》，《中原文物》2005 年第 1 期。唐蘭：《「弓形器」（銅弓柲）用途考》，《考古》1973 年第 3 期。林澐：《關於青銅弓形器的若干問題》，《吉林大學社會科學論叢·歷史專集》，1980 年。唐嘉弘：《殷周青銅弓形器新解》，《中國文物報》1993 年 3 月 7 日。郭寶鈞：《濬縣辛村》，科學出版社，1964 年；《殷周車器研究》文物出版社，1998 年 12 月。孫機：《中國古輿服論叢》，文物出版社，2001 年 12 月。網干善教：《鑾（車鑾）考》，陝西歷史博物館館刊第 5 輯，西北大學出版社，1998 年 6 月。張長壽、張孝光：《伏兔與畫轎》，《考古》1980 年第 4 期。楊英傑：《先秦旗幟考辨》，《文物》1986 年第 2 期；《先秦古車挽馬部分鞁具與馬飾考辨》，《文物》1988 年第 2 期。黨士學：《試論秦陵一號銅車馬》，《文博》1994 年 6 月。汪少華：《中國古車輿名物考辨》，商務印書館，2005 年 9 月。馬永強：《商周時期車子衡末飾研究》，《考古》2012 年第 12 期。

結合考古實物資料論述傳世文獻名物的研究成果，同樣爲西周彝銘賞賜物研究
提供了重要參考資料。

（二）古文字學方面的研究

根據《漢書・郊祀志下》記載，東漢張敞釋讀美陽鼎銘時，將其中的「王
命尸臣：官此栒邑，賜爾旗鸞黼黻雕戈。尸臣拜手稽首曰：敢對揚天子丕顯休
命」理解爲「此鼎殆周之所以襃賜大臣，大臣子孫刻銘其先功，臧之於宮廟也」。
這是較早關於彝銘賞賜物研究的記載。

宋代學者對當時的出土銅器資料進行搜集、整理、著錄和研究，在此基礎
上逐漸形成了金石學。儘管金石學研究很少直接涉及彝銘中賞賜物，但學者對
出土銅器的著錄爲後世研究者提供了寶貴資料，功不可沒。王國維曾評價說，
宋人「摹寫形制，考訂名物，用力頗鉅，所得亦多。乃至出土之地，藏器之家，
苟有所知，無不畢記，後世著錄家當奉爲準則。至於考釋文字，宋人也有鑿空
之功。」

清代，就彝銘中文字的釋讀與考證而言，一方面，學者一仍宋代青銅器
著錄之風，繼續從事各種金文著錄。不過此時已比較關注於彝銘的分析研究。
如阮元的《積古齋鍾鼎彝器款識》、吳榮光的《筠清館金文》、徐同柏的《從
古堂款識學》、吳式芬的《捃古錄金文》、吳大澂的《愙齋集古錄》、劉心源的
《奇觚室吉金文述》、方濬益的《綴遺齋彝器款識考釋》等著作〔註 4〕，對賞
賜物品均有所涉及。其中，吳大澂釋兵器戈後修飾詞「𪊽」爲「沙」；劉心源
指出舊釋「幽夫（市）」的「幽」爲「𢆶」、「矢束」的「束」爲「𪓑」之誤；
方濬益釋金文的葡字爲盛箭的器具箙的本字等觀點，都很有見地，已成定說。
另一方面，學者著有專文對彝銘進行討論。如吳大澂的《愙齋集古錄釋文賸
稿》〔註 5〕、孫詒讓的《古籀拾遺》和《籀𪓑述林》等〔註 6〕。孫氏在文字考

〔註 4〕 阮元：《積古齋鍾鼎彝器款識》，清嘉慶九年自刻本。吳榮光：《筠清館金文》，清
　　　　宜都楊守敬重刻本。徐同柏：《從古堂款識學》，清光緒三十二年蒙學報館影石校
　　　　本。吳式芬：《捃古錄金文》，光緒二十一年家刻本。吳大澂：《愙齋集古錄》，涵
　　　　芬樓影印本，1930 年。劉心源：《奇觚室吉金文述》，清光緒二十八年自寫刻本。
　　　　方濬益：《綴遺齋彝器款識考釋》，商務印書館石印本，1935 年。

〔註 5〕 吳大澂：《愙齋集古錄釋文賸稿》，1930 年涵芬樓影印本。

〔註 6〕 孫詒讓：《古籀拾遺》，清光緒十六年自刻本；《籀𪓑述林》，1916 年刻本。

釋方法和取得成果方面均超越了前人，尤其是他在考釋文字時運用的偏旁分析法，至今仍是學者分析研究古文字所遵循的首要原則。在對彝銘賞賜物的研究中，其釋 🏃、🏃 爲彤弓、彤矢；對旅弓、旅矢的釋義；釋「畫韗」爲「車伏兔下革也」；謂「遣衡」即《詩》之錯衡；對「金豙」的釋讀；認爲「縪屯」即《書‧顧命》「黼純」之省等等觀點，以今天的研究水平看，都是確不可移的。

可以說，清代尤其是晚清時期的學者，對賞賜物研究取得長足進步。

二十世紀二十年代至八十年代前後，隨著古文字學研究的進一步深入，加之五十年代科學考古帶來的諸多成果，這一時期對賞賜物品研究的成果斐然、專家輩出。較有影響的專著有〔註7〕：王國維的《觀堂集林》、林義光的《文源》、郭沫若的《殷周青銅器銘文研究》、《金文叢考》、《金文餘釋之餘》、《兩周金文辭大系圖錄考釋》，于省吾的《雙劍誃吉金文述》、陳夢家的《西周銅器斷代》、楊樹達的《積微居金文說》、唐蘭的《西周銅器銘文分代史徵》、周法高等的《金文詁林》、《金文詁林補》、李孝定等的《金文詁林附錄》、馬承源的《商周青銅器銘文選》等。其中論及賞賜物的以郭、陳二家最多，成果亦著。另一方面，一些學者如郭沫若、陳夢家、楊樹達、于省吾、唐蘭、徐中舒、張政烺、于豪亮、裘錫圭、李學勤等，他們的考釋文章中對賞賜物品的研究均有所涉及。

需要指出的是，上述西周金文賞賜物研究，多爲學者考釋彝銘時順帶論及。這一時期對賞賜物研究的成就主要表現在兩個方面：第一，對西周彝銘所見賞賜物整體狀況進行討論；第二，對西周金文某一賞賜物的專門考證。這些成果既是對前人研究成果的總結，也表明了賞賜物的研究已進入一個全新階段。

〔註7〕 王國維：《觀堂集林》，中華書局，1959 年。林義光：《文源》，1920 年寫印本。郭沫若：《殷周青銅器銘文研究》，《郭沫若全集》第 6 卷，科學出版社，2002 年；《金文叢考》、《金文餘釋之餘》，《郭沫若全集》第 5 卷，科學出版社，2002 年；《兩周金文辭大系圖錄考釋》，上海書店出版社，1999 年 7 月。于省吾：《雙劍誃吉金文選》，中華書局，1998 年 9 月。陳夢家：《西周銅器斷代》，中華書局，2004 年。楊樹達：《積微居金文說》，中華書局，1997 年 12 月。唐蘭：《西周銅器銘文分代史徵》，中華書局，1986 年 12 月。周法高等：《金文詁林》，香港中文大學，1975 年；金文詁林補》，香港中文大學，1982 年。李孝定等：《金文詁林附錄》，香港中文大學出版社，1977 年。馬承源主編：《商周青銅器銘文選》，文物出版社，1987～1990 年。

第一、對西周彝銘所見賞賜物整體狀況進行討論

　　1947 年，齊思和在《周代錫命禮考》的《錫命之內容》一節中〔註8〕，以郭沫若《兩周金文辭大系考釋》著錄的西周器銘中所賜物品爲據，將七十五器銘文中的賜物分別羅列，對一些物品出現的次數作了總結，得出「凡一切日用品，皆可賞賜，既不限於九物，亦不限於九命，足徵九錫之說，乃後儒之懸想，於古未合也」的結論，以證典籍「九錫之說」的不確。齊氏雖是側重於史學研究，但確是開賞賜物專題研究之先河。

　　五十年代，陳夢家在《西周銅器斷代》的《周禮部份》中專門立《賞賜篇》一節〔註9〕，並將其分成：甲、典籍中的賞賜；乙、西周金文中的賞賜；丙、賞賜動詞；丁、賞賜器物分釋；戊、臣妾；己、結論。顯然，其目的是對西周彝銘中賞賜物作較爲全面的梳理。此節惜乎未能完稿，但其對賞賜物分類而釋、對賞賜動詞的總結以及考釋諸物時將文獻與金文緊密結合等研究方法，在賞賜物品研究方面具有首創之功，至今對我們仍然具有很大的啓發意義，也對賞賜物的專門研究起到了極爲顯著的促進作用。

　　七、八十年代，黃然偉《殷周青銅器賞賜銘文研究》一書是學術界首次對西周彝銘中賞賜物作較爲全面研究的專著〔註10〕。作者將涉及西周器銘賞賜物的內容分成賞賜器物的分類、賞賜物之內容及其用途、賞賜之單位名詞等幾個方面，逐一加以討論。並根據賞賜物品量之多寡和質之異同，探討西周冊命制度中相關規定。黃文將西周彝銘賞賜物劃分爲冊命金文和非冊命金文兩類，專門研究了賞賜銘文中的量詞，參照、結合考古實物和西周社會制度分析考證各種賞賜物品，這些對我們今天的研究都大有裨益。其後，陳漢平在《西周冊命制度研究》中也有「西周冊命金文所見賞賜物品」專節，對諸賞賜物進行分析〔註11〕，包括對一些文字的考釋；陳文還通過研究冊命賞賜與官階之間的關係，得出與前述黃文不同的結論，這些成果都反映了冊命制度研究的深入。

〔註8〕　齊思和：《周代錫命禮考》，《中國史探研》，中華書局，1981 年 4 月。原載《燕京學報》1947 年第 32 期。

〔註9〕　陳夢家：《西周銅器斷代》，中華書局，2004 年。

〔註10〕　黃然偉：《殷周青銅器賞賜銘文研究》，《殷周史料論集》三聯書店有限公司，1995 年 10 月。

〔註11〕　陳漢平：《西周冊命制度研究》，學林出版社，1986 年 12 月。

第二、對西周金文某一賞賜物的專門考證

本時期，專門考釋某賞賜物品的文章大量湧現。主要有〔註12〕：郭沫若的《殷周青銅器銘文研究》、《金文餘釋》、《金文餘釋之餘》等著作中某些文章，于省吾的《雙劍誃古文雜釋》、《讀金文札記五則》、《關於商周對於「禾」「積」或土地有限度的賞賜》，李旦丘的《金文研究》、陳小松的《釋呂市》、唐蘭的《毛公鼎「朱韍、蔥衡、玉環、玉瑹」新解》、《「鞞刻」新釋》、《弓形器〈銅弓柲〉用途考》，裘錫圭的《說「玄衣朱襮裣」——兼釋甲骨文虣字》、于省吾的《釋盾》、孫常敘的《則、法度量則、則誓三事試解》、于豪亮的《說俎字》等。這些論著都是比較集中地探討某種賞賜物，大大地促進此類研究的深入。

如果從古文字字形發展變化的角度來說，西周彝銘賞賜物的研究就不只是單純的金文研究。因而，在一些以論述甲骨文或戰國文字為主旨的文章中，也有對西周彝銘賞賜物的討論。甲骨文方面，于省吾《甲骨文字釋林》中的《釋小臣的職別》、《釋臣》等篇的分析研究〔註13〕，對理解金文中相關物品都具有很大的啓發意義。戰國文字方面，裘錫圭、李家浩在《曾侯乙墓竹簡釋文與考釋》文中〔註14〕，據楚簡的釋讀，認為金文多釋為軌的 ⌂ 字應為「韔」字，甚為精闢，為學界所接受。

〔註12〕郭沫若：《殷周青銅器銘文研究》，《郭沫若全集》第 6 卷，科學出版社，2002 年；《金文餘釋》、《金文餘釋之餘》，《郭沫若全集》第 5 卷，科學出版社，2002 年。于省吾：《雙劍誃古文雜釋》，北京大業印刷局石印本，1943 年，《讀金文札記五則》，《考古》1966 年第 2 期，《關於商周對於「禾」「積」或土地有限度的賞賜》，《中國考古學會第一次年會論文集》，1979 年，文物出版社。李旦丘：《金文研究》，1941年來熏閣書店影印本。陳小松：《釋呂市》，《考古學報》61 頁，1975 年第 3 期。唐蘭：《毛公鼎「朱韍、蔥衡、玉環、玉瑹」新解～駁漢人「蔥珩佩玉」說》第 98頁，《唐蘭先生金文論集》，紫禁城出版社，1995 年。裘錫圭：《說「玄衣朱襮裣」——兼釋甲骨文虣字》，《文物》1976 年第 12 期。于省吾：《釋盾》，《古文字研究》第 3 輯，中華書局，1980 年 11 月。孫常敘：《則、法度量則、則誓三事試解》，《古文字研究》第 7 輯，中華書局，1982 年 6 月。于豪亮：《說俎字》，《于豪亮學術文集》，中華書局，1985 年。

〔註13〕于省吾：《釋臣》、《釋小臣的職別》，《甲骨文字釋林》P311、P308，中華書局，1979年 6 月。

〔註14〕裘錫圭、李家浩：《曾侯乙墓竹簡釋文與考釋》，《曾侯乙墓》，文物出版社，1989年。

　　二十世紀九十年代至今，對西周彝銘中賞賜物的研究，基本狀況依然是兩個方面，一方面是諸多學者釋讀整篇銘文時的順帶討論，如裘錫圭、李學勤等學者的相關文章；另一方面，仍以某物品爲主而作的深入研究。主要有趙平安的《西周金文中的⿰宀⿱⿰⿱新解》，王立新、白於藍的《釋軷》，林澐的《說干、盾》等，李學勤的《說裸玉》，程邦雄的《釋橐》，陳劍的《西周金文「牙樊」小考》，李春桃的《釋番生簋蓋銘文中的車馬器「靭」》，吳紅松的《西周金文車飾二考》、《釋西周金文賞賜物「甲」》、《釋磬》、《西周金文考釋三則》等文章〔註15〕。

　　在綜合研究西周彝銘賞賜物方面，有吳紅松的碩博士論文《西周金文賞賜物品及其相關問題的研究》〔註16〕，其文分爲上、下兩篇：上篇從古文字學角度分析表示賞賜物的文字形體，然後結合傳世文獻和考古實物資料對賞賜物分門別類地進行探討，並於每一章節中列舉涉及賞賜物的彝銘資料；下篇詳盡地考證、分析賞賜動詞，總結賞賜動詞使用情況。通觀全篇，作者窮盡式搜集整理時年所見西周金文賞賜物資料，並較爲詳細地逐一考證，其中車飾的「金豪」、兵器的「甲」、樂器的「磬」等諸多物品的釋讀頗有新見且不失理據；是西周金文賞賜物品綜合研究的深化。此外，王世民在《西周銅器賞賜銘文管見》中對西周金文賞賜物作了簡單分析〔註17〕。其區分西周金文賞

〔註15〕趙平安：《西周金文中的⿰宀⿱新解》，《于省吾教授百年誕辰紀念文集》，吉林大學出版社，1996 年 9 月。王立新、白於藍：《釋軷》，《于省吾教授百年誕辰紀念文集》，吉林大學出版社，1996 年 9 月。林澐：《說干、盾》，《古文字研究》第 22 輯，中華書局，2000 年 7 月。李學勤：《說裸玉》，《重寫學術史》，河北教育出版社，2002 年；原載於《東亞玉器》，香港中文大學中國考古藝術中心，1998 年。程邦雄：《釋橐》，《古漢語研究》，2003 年第 2 期。陳劍：西周金文「牙樊」小考，《語言》(第四卷)，首都師範大學出版社，2003 年。李春桃的《釋番生簋蓋銘文中的車馬器「靭」》。吳紅松：《西周金文車飾二考》，《中原文物》，2008 年第 1 期；《釋西周金文賞賜物「甲」》，《東南文化》2009 年第 6 期；《釋磬》，《考古與文物》2010 年第 6 期；《西周金文考釋三則》，《江漢考古》，2015 年第 4 期。

〔註16〕吳紅松：《西周金文賞賜物品及其相關問題的研究》，安徽大學博士畢業論文，2006 年 6 月。

〔註17〕王世民：《西周銅器賞賜銘文管見》，第三屆國際中國古文字學研討會論文，1997 年 10 月。

賜資料時提出的觀點，對確立賞賜物研究對象很有啓發意義。

值得注意的是，前一時期的對賞賜物涉及到的制度的探討，在這一時期則呈現了新的局面，主要表現爲：一、制度方面研究領域的拓寬。張懋鎔的《金文所見西周召賜制度考》分析研究了西周賞賜銘文中屬非冊命類銘文〔註18〕，將其中 11 篇銘文歸爲一類，稱之爲「召賜金文」。同時根據銘辭規律及其表現出的制度特點，認爲其反映的是西周共王以後實行的一種召賜制度。張文不僅突破了學界歷來多側重於冊命類賞賜銘文研究的傳統；而且得出的諸如周王和大貴族與派召人、派召人與被召人、主召人與被召人之間有特定或特殊關係等結論，對我們全面瞭解賞賜行爲中的授受關係不無裨益。其後，凌宇在《金文所見西周賜物制度及用幣制度初探》一文中重點分析了賞賜物中玉器、酒、服飾三類物品〔註19〕，並以此爲基礎對賜物的性質、規律及其相關的職官進行了探討，同時比較系統地考察了古代用幣制度。其文儘管某些方面的論述稍顯簡略，但將賞賜物與用幣制度結合而論的研究思路具有一定啓發意義。鄭憲仁的《西周銅器銘文所載賞賜物之研究——器物與身份的詮釋》對西周銅器銘文賞賜物簡要加以分析，旨在釐清賞賜物多寡、種類與受賜者地位之間的關係〔註20〕。景紅豔的《西周賞賜制度研究》結合大量古代文獻資料，從「西周時期的封建賞賜」、「西周時期的冊命賞賜」、「西周時期的祭祀賞賜」、「西周時期的軍功賞賜」、「西周時期的朝聘賞賜」等方面闡述了西周賞賜制度產生和發展〔註21〕，是目前對西周賞賜制度研究較爲充分的論作。二、以某類物品爲主集中探討冊命制度及其相關問題。黃盛璋在《西周銅器中服飾賞賜與職官及冊命制度關係發覆》中以賞賜物中服飾爲研究對象〔註22〕，詳細地

〔註18〕 張懋鎔：《金文所見西周召賜制度考》，《陳直先生紀念文集》，西北大學出版社，1992 年。

〔註19〕 凌宇：《金文所見西周賜物制度及用幣制度初探》，武漢大學碩士學位論文，2004年 5 月。

〔註20〕 鄭憲仁：《西周銅器銘文所載賞賜物之研究——器物與身份的詮釋》，臺灣師範大學博士學位論文，2003 年。

〔註21〕 景紅豔：《西周賞賜制度研究》，陝西師範大學博士學位論文，2006 年。

〔註22〕 黃盛璋：《西周銅器中服飾賞賜與職官及冊命制度關係發覆》，《周秦文化研究》，陝西人民出版社，1998 年。

論述了服飾與職官、冊命、王權的關係，同時分析總結西周服飾制度的發展與變遷。黃文緊密結合金文和文獻資料，論說有據，取得諸多有益成果，是對冊命制度更深入的研究。

另外，在一些以考釋戰國文字爲主的文章中，亦有述及西周銅器賞賜物的。如李零在《古文字雜識》文中〔註23〕，通過對戰國文字材料的分析，指出傳統釋賞賜物中「絻」爲「皋」的觀點有誤，頗有見地。施謝捷在《楚簡文字中的「橐」字》文中從其說〔註24〕，同時則進一步論說前引裘錫圭、李家浩釋🔲字爲「齻」的正確性。此外，一些研究戰國文字名物的論著和學位論文也有述及金文賞賜物的，如蕭聖中的《曾侯乙墓竹簡釋文補正暨車馬制度研究》、田河的《出土戰國遣冊所記名物分類彙釋》等在文字考釋和名物考訂方面都提出一些獨到見解，〔註25〕對正確理解西周彝銘賞賜物含義有一定參考價值。

（三）史學方面的研究

歷史研究尤其是先秦史的研究與古文字學息息相關，學者時常通過考證古文字來論述相關制度。其中包括對賞賜物品的考證，如在研究土地制度和階級關係等問題時，就會涉及到土地和人的賞賜。這對本專題研究具有借鑒意義，但由於這種以史學研究爲出發點的多側重於社會制度等方面探討，且有些問題眾說紛紜，莫衷一是；故而此處對其具體研究狀況的介紹從略，研究成果不錄。

綜上所述，目前對西周彝銘賞賜物的研究至少取得以下幾方面成果：

1. 銘文釋讀方面。經前哲時賢的諸多探討、研究，與賞賜物品相關的銘文的釋讀大部份均已完成，這爲賞賜物考證奠定了堅實的基礎。

2. 賞賜物研究、考證方面。文字釋讀水平的提高、科學考古成果的運用，對西周彝銘賞賜物研究起了很大促進作用。研究者在參考傳世文獻資料的同

〔註23〕 李零：《古文字雜識》，《于省吾教授百年誕辰紀念文集》，吉林大學出版社，1996年9月。

〔註24〕 施謝捷：《楚簡文字中的「橐」字》，《楚文化研究論集》第5輯，黃山書社，2003年6月。

〔註25〕 田河：《出土戰國遣冊所記名物分類彙釋》，吉林大學博士學位論文，2007年。蕭聖中：《曾侯乙墓竹簡釋文補正暨車馬制度研究》，科學出版社，2011年。

時，更注重結合科學考古成果，使得賞賜物研究的成果更為合理。

3. 研究方法方面。結合文獻記載，並參之於考古實物資料來分析彝銘賞賜物的方法，清代學者業已開始有益的嘗試。這種方法，實為王國維「二重證據法」在賞賜物研究方面的體現和運用。自此之後，「二重證據法」乃至「三重證據法」已成賞賜物研究最為常見的方法。

4. 與西周彝銘賞賜物相關問題的研究方面。西周彝銘賞賜物的研究是一項綜合性工作，學者往往不僅以賞賜物作為研究主體，而且對一些相關問題上也展開較為全面的研究，並取得一定成果。諸如對銘辭中修飾說明物品的量詞的探討，把賞賜物品和西周社會制度等結合加以討論等。

毋庸置疑，以上成果比較全面地涵蓋了賞賜物研究的各個方面。這些成果表明，經過歷代學者的不懈努力，西周彝銘賞賜物的研究已經取得了長足的發展。但同時也應該看到這方面的研究仍存在一些問題，有待於進一步深入探討：

1. 部份表示賞賜物品的文字釋讀問題尚未完全解決。

2. 對一些賞賜物品的分析探討，學者因研究領域、重點的不同，即多側重於考古、文獻或文字某方面的研究，不能全面運用考古、傳世文獻和出土文字資料，進而使得論述不夠縝密。

3. 相關問題的研究不夠深入，如賞賜動詞的探討等。

此外，新材料的不斷發現，既擴大了賞賜物品範圍，也為研究提供了更多參照性資料，從而使西周彝銘賞賜物品深入研究成為可能。

三、研究內容

賞賜物品研究是西周金文研究一個重要分支。本文在廣泛吸取和借鑒前人研究成果的基礎上，結合傳世文獻、出土文字和考古實物資料，擬做以下幾方面工作。

（一）對西周金文所見賞賜物品進行窮盡式搜集整理、分門別類和逐一考釋，並在探討某種賞賜物的文後輯錄包含該賞賜物的銘文資料。

（二）對某賞賜物涉及的禮儀制度等相關問題略加探討。

（三）對所有賞賜物進行量化統計，一則瞭解賞賜物出現的總體狀況；一則總結諸賞賜物之間組合關係所體現的規律，以期能為西周社會相關制度等方

面的研究提供一定參考。

（四）對表示賞賜意義的動詞進行探討。分析研究這類動詞，我們可以比較全面地瞭解其主要用法，以助於正確地理解銘辭；並將之作為判定賞賜類銘文的依據之一，同時分析總結賞賜行為中的授受關係以及相關情況。

四、資料來源

本文所錄金文資料主要來源以下著作〔註26〕：

（一）中國科學院考古所主編的《殷周金文集成》。

（二）吳鎮烽的《商周青銅器銘文暨圖像集成》。

（三）吳鎮烽的《商周青銅器銘文暨圖像集成續編》。

這些著作收錄資料豐富、銘拓清晰。《殷周金文集成》成書於 20 世紀 80 至 90 年代，為當時收錄金文資料最為豐富的著作，但由於時限關係，一些新出金文資料未能收錄。2012 年問世的《商周青銅器銘文暨圖像集成》既收入《殷周金文集成》所錄資料，也錄入時見新資料和先前失收、漏收的，即載有是年 2 月前所有青銅器器銘。2016 年出版的《商周青銅器銘文暨圖像集成續編》則收錄自 2012 年 3 月至 2015 年 12 月作者所見的有銘青銅器。總之，後二者彙集了近年新見出土金文資料，也是目前收錄金文資料最為全面的兩部著作。需要交代的是，本文最初形成於 2006 年 7 月，屆時研究所用資料的主要來源是前文所引的中國科學院考古所主編的《殷周金文集成》，因此文中相關闡述和文末資料輯錄都是遵循該書所列編號。為了避免大幅改動可能帶來不必要的舛誤，本文仍保留原有的來自《殷周金文集成》的資料及其編號，同時對其中未能收錄的則根據《商周青銅器銘文暨圖像集成》、《商周青銅器銘文暨圖像集成續編》兩書給予補充並附於相應的編號。

經篩選，本文討論的西周金文賞賜物品見於上述資料的 586 件器銘中，分別是：《殷周金文集成》中的 424 件器銘；《商周青銅器銘文暨圖像集成》中的 127 件器銘；《商周青銅器銘文暨圖像集成續編》中的 35 件器銘。

〔註26〕中國科學院考古所主編：《殷周金文集成》（1～18 冊），中華書局，1984～1995 年。

　　吳鎮烽：《商周青銅器銘文暨圖像集成》，上海古籍出版社，2012 年 9 月；《商周青銅器銘文暨圖像集成續編》，上海古籍出版社，2016 年 7 月。

五、賞賜物分類

由於西周金文記載的賞賜物頗為豐富，故對其分類是從事研究的必要前提。傳世文獻中與此相關的記載有：

（一）《周禮·大宗伯》「一命受職，再命受服，三命受位，四命受器，五命賜則，六命賜官，七命賜國，八命作牧，九命作伯。」

（二）《韓詩外傳》「傳曰諸侯之有德者，天子賜之：一錫車馬，再錫衣服，三錫鈇鉞，四錫樂器，五錫納陛，六錫朱戶，七錫弓矢，八錫虎賁，九錫秬鬯。」

這是對古代錫命禮中賞賜物的描述，儘管其與金文所載不盡相合，但對金文賞賜物的分類仍有很大啟發意義。

由此，學者在研究時也多將其分成不同類別。在較為集中探討賞賜物的幾部著作中，其分類主要有以下情形：

（一）1、貨幣，2、秬鬯，3、玉器，4、彝器，5、衣服，6、戎器，7、車馬，8、牲畜，9、土田，10、臣妾，11、其他。〔註27〕

（二）1、祭酒與圭瓚、2、冕服及服飾、3、車及車飾、4、馬及馬飾，6、兵器，7、土田，8、臣民，9、取徵，10、其他。〔註28〕

（三）1、祭酒，2、服飾，3、車馬，4、車馬飾，5、貝，6、旗，7、金玉，8、土地，9、臣僕，10、彝器，11、兵器，12、動物，13、其他。〔註29〕

（四）1、玉器，2、酒，3、服飾，4、兵器，5、車飾，6、動物，7、旗飾，8、馬具，9、金，10、其他。〔註30〕

可以看出，諸家的分類有一定差別，但基本涵蓋了各種賞賜物。本文將結合諸家之說，把它們分成車馬及車馬飾、酒、服飾、兵器、旗幟、貝、絲及絲織物、金、玉器、彝器、土地、臣僕、動物等十三類，同時將無法歸類的列入「其他」。

〔註27〕陳夢家：《西周銅器斷代》，中華書局，2004 年 4 月。

〔註28〕陳漢平：《西周冊命制度研究》，學林出版社，1986 年 12 月。

〔註29〕黃然偉：《殷周史料論集》，三聯書店有限公司，1995 年 10 月。

〔註30〕凌宇：《金文所見西周賜物制度及用幣制度初探》，武漢大學碩士學位論文，2004 年。

　　需要指出的是，無論是此前研究者還是現今的分類，客觀上都存在分類標準的問題，如對兵器、車、車飾等分類時側重其功用，對服飾、玉器的分類側重其質地。然則各類物品之間的劃分似乎並不是完全以一個標準爲主。我們認爲，由於這些賞賜物所涵蓋範圍很廣，各種物品的屬性差異很大；同時爲了能比較全面地探討各種賞賜物，故這種分類是必要的，也是可行的，其根本目的是便於分析研究。

六、幾點說明

　　（一）所錄彝銘資料中，對於同銘異器：若爲同一器屬的同銘，則僅列其一；若爲不同器屬的同銘，則分別列出。對於異銘異器：如其中部份同一器名且各器銘之間僅存在銘文字數上的稍有不同，同時載有賞賜物部份的銘文基本相同者，則僅列其一。

　　（二）因本文材料來源於《商周青銅器銘文暨圖像集成》、《商周青銅器銘文暨圖像集成續編》和《殷周金文集成》三部編著，且前兩者多爲近年新見材料，故爲突出新材料和保持輯錄資料的有序性，凡出自《商周青銅器銘文暨圖像集成》、《商周青銅器銘文暨圖像集成續編》收錄的賞賜物都依（一）所述的輯錄方式單獨列出，即使有與《殷周金文集成》所收資料同器名、同器銘者也不合併列舉。

　　（三）在對彝銘資料輯錄時，爲顯現各種賞賜物之間的組合關係，盡量將載有賞賜物部份的銘文列出。但爲了行文方便，對其中某些賞賜物之間有較長的文意敘述則加以省簡。

　　（四）所錄銘文盡量採取嚴式隸定，以突出一些表示賞賜物的銘文在形體上的差異。其中，對一些形體特殊或殘缺而不便隸定的，均存其原篆。

　　（五）爲省簡之便，將彝銘資料來源的《殷周金文集成》、《商周青銅器銘文暨圖像集成》和《商周青銅器銘文暨圖像集成續編》三部著作分別簡稱爲《集成》、《商周》、《商周續編》。

　　（六）所錄銘文出處的標注，均採取「著作名＋器號」，每一器號對應於所出著作中的編排。其中對屬於上述（一）中「僅列其一」情形的，則將諸器號分列該銘之後；但器號達到三個或三個以上的，則僅錄其起迄號，中間

用「-符號連接，例如：××（號）-×（號）。此外，對某件鍾銘中含有幾件器號的，則用「～」符號連接，例如：××（號）～××（號）。

（七）為了行文簡潔，學者姓名後的「先生」稱謂皆省略。

上 篇
西周金文賞賜物品研究及資料輯録

第一章　車馬及車馬飾

西周彝銘中，車馬及車馬飾等賞賜物不僅數量比較繁多，種類也頗爲龐雜。從物品屬性上看，馬應屬動物之類。因其與車的關係較爲密切，故置此一併討論。

第一節　車

《史記》云大禹治水時就曾「陸行乘車，水行乘船」，是以表明車在三代以前就出現了。考古資料中，儘管車的出現不如文獻所記之早，然二十世紀三十年代前期河南安陽殷墟和濬縣辛村出土的殷周車器，以及在其他墓葬中發現的一些木車痕跡，都足以說明車至少在殷周時期已運用於人們生活。

古車的形制，對其記載最早且最爲詳備的《考工記》一書，就有一些具體尺寸的描述。儘管所記與現今掌握的實物資料有一定的出入，但在車的結構和製作原理等方面的闡釋則大體吻合。結合出土實物資料以及卜辭、金文中對車的相關記載看，古車多爲木質或以木質爲主，且主要由其主體部份的輿、輪、輈等以及其他構件即通常稱爲車飾的各種物品共同組成。

根據上述出土、傳世文獻和出土資料等反映的信息，西周時期的車主要用於田獵、作戰、禮儀等方面。

用於田獵。典籍記載頗多。金文克鍾銘裏，王賜予克的「旬車」，即是田獵

所用之車。

用於作戰。西周時期，歷代統治者爲鞏固和擴張疆土，時時爆發戰爭。小盂鼎銘記周人與鬼方之間的戰爭，盂第一次呈獻的戰果中就有三十輛車；且金文每言俘獲車的，所記內容多與戰爭有關。這不僅表明了西周的車多是作戰而用，也說明車確爲當時軍事行動中的重要裝備之一。有學者對出土殷周車器及其遺跡的研究得出：與晚商的馬車相比，西周時期的馬車不僅在動力提供方面發生變化，出現了四馬駕車；而且車的細部結構也有一定的改進，即「晚商車輪的輪轂都是木質的，到西周時則在車轂上附加銅飾」〔註1〕。由此看出，加銅飾於車部件，其目的是使車更加堅固，以提高在軍事行動中的衝擊能力和作戰性能。

用於禮儀。在崇尙禮儀的西周時代，不同等級者，其所用的車亦有別。這在典籍中敘述尤爲詳備。考古資料中，在已發掘的商周墓葬裏，有車馬陪葬的僅見於爲數不多的大、中型墓。可見，陪葬車馬的多少與墓主生前的身份關係密切。這種以車陪葬的形式，已是古代社會一種等級制度的標識〔註2〕。

西周彝銘中，所賜之車有佃車、駒車、金車等幾種。現分述如下。

一、甸（田）車

田車之「田」，銘辭中寫作「甸」字。劉心源引《左傳》哀公十七年「良夫乘衷甸兩牡」注「衷甸即中佃」。又《東京賦》云「中畋四牡」，注「中佃，謂馬調良可用獵者」，則「中佃亦作中畋。」指出「甸」爲「佃」〔註3〕。甸、佃、畋三者相通，均從「田」得聲。故銘文的「甸車」可直接讀爲「田車」，指古代田獵所用的車。

田車，見於《詩・小雅・車攻》「田車既好」。古文字材料中，《石鼓・田車》云「田車孔安」的「田車」，與文獻記載相合。望山簡作從田從攵的「畋」，從田得聲。天星觀簡作從車從甸的「輴」，曾侯乙墓簡65、67、70「畋車」的「畋」，均以甸爲聲符，與金文「甸車」的「甸」相同，都應讀爲「田」，表示「田車」之義。

〔註1〕 楊泓：《戰車與車戰二論》，《故宮博物院院刊》2000年第3期。

〔註2〕 尚民傑：《中國古代的崇馬之風》，《文博》1995年第1期。

〔註3〕 劉心源：《奇觚室吉金文述》卷九第十四頁，清光緒二十八年自寫刻本。

田車的賞賜，僅見於克鍾一器，與此同賜的還有意爲四匹馬的「馬乘」。與石鼓文《田車》「田車孔安，鋚勒馬馬，四介既簡」之「四介」相同。又卜辭有殷王以兩馬爲田車之駕的記載。出土實物資料中，內蒙寧城縣南山根 102 號石槨墓出土的年代爲西周晚期至春秋早期的刻紋骨板〔註4〕，刻有用田車獵鹿的場面（如下圖）。其中的兩幅車都是單轅雙馬。

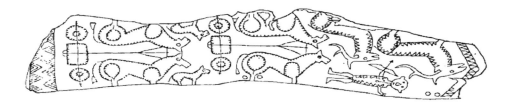

由此可知，古代田獵之車有以二馬或四馬爲駕的兩種情形。

二、駒　車

據典籍所記，駒爲年幼的馬，需經過攻駒、執駒等程序才能眞正地進入服馬之列而用於駕車。因此，以年幼尚須調教的馬駕車是很難用於乘行乃至戰爭。

駒車，早期學者多對其隸定而無釋〔註5〕。連劭名認爲此「駒」通「驕」，讀爲「鷮」。引《說文》「鷮，長尾雉，走且鳴，乘輿尾爲防釪著馬頭上。」〔註6〕洪家義認爲指「少壯之馬拉的車子，引申爲快車。」〔註7〕馬承源釋爲「鉤車」，爲輿曲前欄的車〔註8〕。王人聰、杜迺松認爲「駒車當是某種車的專名」。〔註9〕李義海釋爲「軥車」，是一種四馬駕馭的雙轅、勾軛且有鑾鈴的

〔註4〕中國社會科學院考古研究所東北工作隊：《內蒙古寧城縣南山根 102 號石槨墓》，《考古》，1981 年第 4 期。

〔註5〕劉心源：《奇觚室吉金文述》卷 8 第 20 頁，清光緒二十八年自寫刻本；于省吾《雙劍誃吉金文選》卷上 3 第 24 頁；郭沫若《西周金文辭大系圖錄考釋》第 144 頁；方濬益《綴遺齋彝器款識考釋》卷 7 第 9 頁，商務印書館石印本，1935 年；楊樹達《積微居金文說》（增訂本），第 35 頁，中華書局，1997 年 12 月。

〔註6〕連劭名：《〈兮甲盤〉銘文新考》，《江漢考古》1986 年 4 月。

〔註7〕洪家義：《金文選注繹》，江蘇教育出版社，1988 年。

〔註8〕馬承源：《商周青銅器銘文選集》，《中國青銅器研究》，上海古籍出版社，2002 年 12 月。

〔註9〕王人聰、杜迺松：《香港中文大學文物館藏「兮甲盤」及相關問題研究》，《故宮博

可用於戰爭的車〔註10〕。

　　檢金文，凡言駒車的賞賜，除伯晨鼎外，他器均以馬四匹與之同賜。這說明王在賞賜駒車的同時，也提供駕馭車之馬。故此處的駒不可理解爲提供畜力之駒。

　　從各銘所記的內容看，伯晨鼎的伯晨因嗣其祖考侯於垣而受賜；師克盨的師克在王「今余唯申就乃命，命汝更乃祖考」後得到賞賜，望的受賜物品中有其父市；逨鼎的逨因其先祖盡心輔佐先王而得到時王的再次冊命封賞。由此，王賜給這些嗣其先祖之職、或賡續其先祖之功的臣子的駒車，自不是一般物品。這不僅說明王對他們寄於厚望：像他們先祖一樣忠心效力國家；也說明他們的階級地位之高。與此相類，兮甲參與了西周晚期王征伐玁狁的這一重大軍事活動，戰功顯赫，自然亦能得到駒車這一重要物品的賞賜。

　　由此可知，駒車是一種很貴重物品。需要指出的是，上引諸家之說謂「駒」是說明車形制特點的觀點，於文意可通；但其究指何意，尚不得而知。

三、金　車

　　古車多爲木質，或因一些部件由銅製作，遂稱之爲金車。《周禮・巾車》即有「金路，以金飾諸末」之說。同時，考古實物中亦發現大量銅質車構件。

　　金文中，金車的賞賜比較常見。其中小臣宅設的「金車」前有「易」修飾詞。學者對其釋讀提出了不同意見：郭沫若以「易金車」連讀，並認爲「易金」即「鎏金」，引《爾雅・釋器》「黃金謂之鎏」，謂「易金」爲銅之精美者〔註11〕。于省吾讀爲「易金，車馬兩」，並引郭說解釋「易金」〔註12〕。唐蘭讀爲「易，金車，馬兩」。認爲「易」爲《詩・大雅・公劉》「干戈戚揚」中的「揚」，從毛傳而訓「揚」爲「鉞」〔註13〕。陳夢家與郭氏讀法相同，引《廣雅・釋器》「赤

　　　　物院院刊》1992 年第 2 期。

〔註10〕　李義海：《〈兮甲盤〉續考》，《殷都學刊》，2003 年第 4 期。

〔註11〕　郭沫若：《兩周金文辭大系圖錄考釋》，上海書店出版社，1999 年 7 月。

〔註12〕　于省吾：《雙劍誃吉金文選》下 2・9，中華書局，1998 年 9 月。按：于省吾在其後的《讀金文札記五則》（《考古》1966 年第 2 期）文中放棄此說，認爲賞賜的金車「以美銅爲車飾，故稱之爲錫金車。」

〔註13〕　唐蘭：《論周昭王時代的青銅器銘刻》，《古文字研究》第 2 輯，中華書局，1981 年

銅謂之錫」，指出「易」即是「錫」〔註14〕。王恩田從唐氏對此銘的讀法，但反駁了其釋爲「鉞」的觀點，認爲此「易」是「盔易」，相當於五年師旋簋的「易登」，即綴有銅易的頭盔〔註15〕。

可以看出，諸家對「易」字的分析理解頗有異：一爲車的修飾詞；一爲某種獨立物品。

檢金文，所賜之鉞均爲西周晚期，而此處的「易」見於小臣宅殷，爲西周早期，有所不合，這也是王氏反駁唐說的另一重要旁證。但王氏釋「易」爲「盔易」，即「盔易」之省的觀點似難以成立。從語法上看，「盔易」和「易登」所述的主體分別爲「盔」或「登」，「易」若爲「盔易」之省，就是省略了其敘述的主體「盔」。我們知道，金文所記物品中確有省略修飾詞的情形，但這種省略物品本身的則極爲罕見。另外，「易」作爲修飾詞，可修飾的物品頗多，何以就是「盔」呢？

我們認爲，此處的「易」應從郭、陳二說，與「金」連讀成修飾說明車的「易金」，你們「易金」究指何意呢？

《周禮・考工記》「燕之角，荊之幹，粉胡之箭，吳粵之金錫，此材之美者也」中記有「金錫」一語。與傳世文獻記載相合，金文銘辭中有一常見的修飾鍾類物品的，但寫法不盡相同的「錫」字，如師嫠簋作錫，從金從易，與典籍相同；多友鼎作錫，是以湯假爲錫；西周晚期楚公家鍾銘作錫形，乃從木從金從易，最爲繁複；新近發現的榮仲方鼎有一「揚」字，讀爲「鐊」〔註16〕。可以看出，除如師嫠簋銘形體爲「錫」之本字，其他均據各字所從的「易」得聲而讀爲「錫」；而小臣宅殷銘作易形則最爲簡略，亦讀爲「錫」。結合上引文獻，「錫」指材質上好、精美的銅。金爲銅，以易修飾之，當是更加突出銅之精美。的「金錫」即指「易金」，意指質地很好的銅。

金文中，「易」字還常修飾鍾類物品。其寫法亦有異，其中小臣宅殷銘作易形，最爲簡略。凡此均以各字其所從之「易」得聲而讀爲「錫」，義指上好、精

---

1 月。

〔註14〕陳夢家：《西周銅器斷代》（上）第 34 頁，中華書局，2004 年 4 月。

〔註15〕王恩田：《釋易》，《黃盛璋先生八秩華誕紀念文集》，2005 年 6 月。又見《山東社聯通訊》，1992 年第 8 期。

〔註16〕李學勤：《試論新發現的甗方鼎和榮仲方鼎》，《文物》2005 年第 9 期。

美的銅，亦爲前述的古代木車上的銅質車構件。

與「金車」相比，「易金車」指以精美之銅製成的車，自然更加珍貴而非普通之物，也不是一般人就能獲賜，這可能也是僅見於小臣宅設銘的重要原因。

第二節　馬

中國自古盛產馬，作爲六畜之一的馬，其最初的豢養可能是當時人們生活的重要食物來源之一。

商代的馬，已比較廣泛地運用於人們生活，諸如祭祀、戰爭、出行、田獵和殉葬等〔註17〕。與此相比，《周禮·春官·校人》云「春祭馬祖，執駒；夏祭先牧，頒馬政牧；秋祭馬社，藏僕；冬祭馬步，獻馬」，是對時人崇尚的四時祭馬之制的記載。一些大型墓葬的車馬坑中以車、馬作爲陪葬物品的方式，就是「以馬作爲獻祭的犧牲，……它的功用和其他動物作犧牲大致相同。」〔註18〕金文克鍾銘中對駕馭田獵之車的記載，都說明周代馬的功用並沒有太大的變化。

值得注意的是，卯設云「賜汝瓚四、章穀、宗彝一肆，寶，易女（汝）馬十匹、牛十」，陳夢家提出「金文所錫馬或曰四匹，或曰乘，皆指一車所用。此設所錫『馬十匹，牛十』，當是耕作所用，非乘馬」〔註19〕，不確。首先，與牛相比而言，文獻中涉及農耕之事幾乎與馬無關。其次，金文中牛作爲賞賜物多用於祭祀。因此，我們不能據牛可耕作的特點，進而認爲其與田同賜時就是用於農耕。西周賞賜銘文中，馬、牛和土地同時被賜的僅見於大設蓋和此器，這至少說明它們作爲賞賜物時，相互之間並無必然的聯繫，換言之，馬、牛也就未必是作爲耕地的工具而同時被賜。由此可知，這裡的馬非爲耕作所用。

金文裏馬的賞賜貫穿整個西周時期，是比較常見的賞賜物之一。所賜之馬，其後常有表示數量的乘、四匹、兩、十匹等詞。其中，以四匹最爲常見，與古

〔註17〕王宇信：《商代的養馬業》，《中國史研究》，1980 年第 1 期；劉一曼、曹定云：《殷墟花東 H3 卜辭中的馬——兼論商代馬匹的使用》，《殷都學刊》，2004 年第 1 期。

〔註18〕尚民傑：《中國古代的崇馬之風》，《文博》，1995 年第 1 期；李自智《殷商兩周的車馬殉葬》，《周秦文化論集》，三秦出版社，1993 年 7 月。

〔註19〕陳夢家：《西周銅器斷代》（上）第 223 頁，中華書局，2004 年 4 月。

車多爲四馬之駕吻合。而卯殷的「馬十匹」爲最多，郭沫若據舀鼎銘辭進行了推算，謂「一馬幾足抵五人」〔註20〕，這表明一匹馬的價值相當於五個人。然則，卯殷「馬十匹」相當於大約五十人所具有的價值，可謂一次相當豐厚的獎賞。古本《竹書紀年》武乙三十四年云「周公季歷來朝，王賜地三十里，玉十毄，馬十匹」。其賜馬之數，與此正同。

除此之外，西周晚期作冊大方鼎、召卣和召尊三器謂「白馬」，即白色的馬。其中，召卣和召尊兩器的「白馬」後有「▲黃」和「髮微」兩個對馬的特徵進行描述的詞語。對它們的釋讀，學者間頗有分歧，故其仍有進一步討論的必要。

檢金文，▲黃、髮微（爲便於敘述，下文皆以△代▲）中的△，還見於：

A、🔲　　君夫敦△揚王休（君夫殷4178）

B、🔲　　縣妃△揚伯犀父休（縣妃簋4269）

對A、B兩形體釋讀的觀點主要有〔註21〕：吳大澂、吳士芬、劉心源、容庚釋「對」；徐同柏釋「妦」，讀爲「奉」；吳闓生釋「奉」；王獻唐釋「每」，讀爲「對」；于省吾釋「妦」；陳夢家、郭沫若釋「每」，讀爲「敏」。

以上諸說，除于省吾、陳夢家涉及到召卣、召尊銘辭的△字外，多是對上引君夫殷和縣妃簋兩器中△的釋讀。于省吾認爲，「妦黃」、「髮微」均係馬名。「妦黃」讀爲「飛黃」，引典籍所載，義爲神馬；「髮微」的含義不詳。陳夢家指出，《爾雅·釋訓》「敏，拇也。」拇爲足大拇之意。又《說文》「黴，中久雨青黑也，從黑微省聲」，則微義爲黑斑點。「每黃、髮微」是說明白馬具有黃拇斑髮的特徵。

與此同時，對此銘專門討論的還有：唐蘭將△連上讀，作「白馬△，黃髮微」。並稱黃髮乃形容馬的顏色。釋義爲「一匹是白馬，叫作妦；一匹是黃髮，名叫微。」〔註22〕馬承源以△爲「每」字的或體，借爲「腜」。引《說文》「腜，背肉也」，腜黃，指馬背色黃。「微」借爲「黴」，同上引陳說，義爲黑斑點。此

〔註20〕郭沫若：《兩周金文辭大系圖錄考釋》，上海書店出版社，1999年7月。

〔註21〕李孝定等：《金文詁林附錄》第2281頁、2290頁，香港中文大學，1977年。其中于省吾說見《雙劍誃古文雜釋·釋妦黃》，北京大業印刷局石印本，1943年。

〔註22〕唐蘭：《西周青銅器銘文分代史徵》第279頁，中華書局，1986年12月。

二詞是說馬色背黃黑鬃。〔註23〕

　　諸家之說，無論是針對君夫𣪘和縣妃簋兩器銘，還是對召卣、召尊兩器銘而論，均有一定的分歧。

　　從形體上看，此字從女從豐。學者多以「豐」爲聲而讀「妦」爲奉，這在A、B兩銘中正好構成金文習見之「奉揚」。然有學者釋爲「對」，揣其文意亦似受金文中「對揚」一詞的影響。有學者曾指出，金文『奉揚』、『對揚』、『每揚』都是詞組，三者可以看作是同義詞。」〔註24〕由此可見，「每揚」亦爲金文恒語之一，不必一味拘泥於「奉揚」、「對揚」之詞。換言之，其不需過於尋求辭例的吻合而讀爲「奉」、或「對」。

　　既然「妦」並不一定要從「豐」聲而釋，那麼就存在另一種釋讀的可能。上引王獻唐文章根據《說文》「豐，艸盛豐豐也。」又「每，艸盛上出也。從屮母聲」之訓，將其釋爲「每」。再由古文字中母、女二形常可互換的規律，得知△下部的「女」應爲「母」，右上部所從之豐正如草類生長之盛貌。然則△可釋爲從「母」得聲，「豐」爲其意符的「每」字。

　　△爲「每」，召卣、尊二器的「每黃、髮微」指「每黃、髮微」。「每」、「髮」均爲馬體之屬；「黃」、「微」分別是修飾「每」、「髮」的詞。每，上引陳、馬二家分別訓爲馬的足大拇和馬背，於文意皆通。「每黃、髮微」指馬的足大拇或背爲黃色，鬃毛爲黑色。銘辭中，召獲賜足大拇或背爲黃色，且鬃毛爲黑色的白馬

　　需要指出的是，儘管前引於、唐二家的觀點，並無礙銘辭的通讀，但前者所釋爲「神馬」似不如上引對馬具體特徵的釋讀穩妥；後者以馬名爲釋，則不免有強解之嫌。

第三節　車　飾

　　車飾，研究者或稱爲車器、車具。廣義言之，指車上的所有構件。其在賞賜物中的種類最爲豐富，達十三種之多，且一般出現於西周中晚期。但與其他物品相比，有些車飾出現的頻率並不高，甚至僅見於一器。

〔註23〕馬承源：《商周青銅器銘文選》（三）第71頁，文物出版社，1988年4月。

〔註24〕林澐、張亞初：《〈對揚補釋〉質疑》，《考古》1964年第5期。

現依各車飾在銘辭中的敘次，對其逐一進行討論。

一、電（申）軫、畫呻（軫）

軫，典籍對其有不同說解。以車後橫木爲軫，《說文》「軫，車後橫木也。」《周禮・考工記序》「車軫四尺」，鄭玄注「軫，車後橫木也。」《周禮・考工記・輿人》「以一爲之軫圍」，鄭玄注「軫，車後橫者也」。以前後兩端爲軫，《詩・秦風・小戎》「小戎俴收」，孔穎達疏「軫者，車之前後兩端之橫木也」。以車輿底四邊之橫木爲軫，《周禮・考工記・輈人》「軫之方也，以象地也。」《大戴禮記・保傅》「軫方以象地」孔廣森補注「軫，車底也。」對此，錢玄辯之甚詳，認爲輿底四邊有木框，後面的橫木就是軫，渾言之則四面的橫木都可稱作軫〔註25〕。

考古實物中，安陽大司空村 175 號墓出土的商車，其進深爲 75 釐米；長安張家坡 1 號車馬坑中的西周車，其進深爲 86 釐米；北京琉璃河西周車馬坑出土車進深爲 90 釐米；山東膠縣西庵西周車，進深爲 97 釐米。諸車進深較淺，研究者據《詩・秦風・小戎》「小戎俴收」，毛傳「小戎，兵車。俴，淺。收，軫也」的記載，稱之爲「俴收」〔註26〕。由此，軫的高度與車的進深密切相關。

金文中，番生段蓋銘曰「電軫」。林巳奈夫引《淮南子・原道訓》「約車申轅」，注「申，束也」。認爲銘文的「電」字乃「申」的假借，亦指加強軫的意思〔註27〕。黃然偉釋「電」爲「紳」，謂「紳軫」即「有革束縛之車軫」〔註28〕。這是對林氏釋讀的進一步引申。據此，「申軫」指以物束縛的車軫。

需要指出的是，伯晨鼎有「畫呻」一物（下文以△代呻），其中的△。孫詒讓釋爲「旐」，云「銘從口，疑假呪爲旐也」〔註29〕。《金文編》將此字置於附錄，並云「陳邦懷釋轉」〔註30〕。

〔註25〕錢玄：《三禮通論》第 190 頁，南京師範大學出版社，1996 年 10 月。

〔註26〕孫機：《中國古獨輈馬車的結構》，《文物》1985 年第 8 期。

〔註27〕林巳奈夫：《中國先秦時代之馬車》，《東方學報》29：189。轉引自黃然偉：《殷周史料論集》，三聯書店有限公司，1995 年 10 月。

〔註28〕黃然偉：《殷周史料論集》，三聯書店有限公司，1995 年 10 月。

〔註29〕孫詒讓：《古籀拾遺》（下）17 頁，清光緒十六年自刻本。

〔註30〕容庚：《金文編》（第四版）1171 頁，中華書局，1985 年 7 月。

從形體上看，孫氏所云的從口從兆、陳氏釋「轉」都與字形明顯不符。從銘辭內容上看，此物居於「駒車」至「虎幃冟衻里幽」等車飾之列，與金文記載的賞賜物多以類而述，且各類之間物品幾不相混的規律相背。因此，釋爲表示旗幟義的「旆」，顯然不符和上述規律。另外，金文凡言賜「轉」的，「轉」的敘次都在車軛後面，從無直接在車後的情形。故上引孫、陳二說均難以成立。

值得注意的是，張亞初在《〈殷周金文集成〉引得》中將其隸定爲「呻」，甚有見地。惜其著體例之限而未能對該字的形體詳加分析，故此字仍有討論的必要。筆者曾指出此字應從張亞初之說，隸定爲「呻」，讀作「軫」，與番生殷蓋銘的「軫」屬同物〔註31〕，現詳述如下：

1、西周金文所載賞賜物中，車與車飾往往同賜，且在敘次上一般先言車，再言車飾。同時，車飾中的「車較」多居於這類物品之首並緊隨「車」後，如「車＋車較（車飾）＋其他車飾」的形式。這種敘述方式，除吳方彝蓋和此二器外，他器均相同。爲便於敘述，茲將這三件對賞賜物敘次稍異的銅器中有關車飾的銘文摘錄如下：〔註32〕

A、伯晨鼎：駒車、畫△、𡎨較、虎韜冟衻里幽

B、番生殷蓋：車、電軫、𣂤緟較、朱𩰫𪉪綏、虎冟熏里、造衡、右厄、畫轉、畫輯、金童、金豙、金簟弼

C、吳方彝蓋：金車、𣂤𩰫朱虢綏、虎冟熏里、𣂤較、畫轉、畫輯、金甬

可以看出，A、B、C 中的「車」與「較」之間的物品分別爲：畫△、電軫、𣂤𩰫朱虢綏和虎冟熏里。其中，B、C 中均有「𣂤𩰫朱虢綏」和「虎冟熏里」的出現；C 的「虎冟熏里」與 A 的「虎韜冟衻里幽」意義相當，而「𣂤𩰫朱虢綏」和「畫△」相去甚遠。這說明 C 中「車」和「較」之間的物品與 A 的「畫△」，以及 B 的「電軫」在意義上均沒有任何關係。另外，除「畫△」、「電軫」外，A 所載之物都出現於 B。據此，結合前述有關車飾的敘述方式，A、B 中的「畫△」和「電軫」就不僅僅是位置上的對應，而且還有意義上相近的可能。

〔註31〕吳紅松：《西周金文車飾二考》，《中原文物》，2008 年第 1 期。

〔註32〕除所討論字形外，其他字形均採取寬式隸定的方式處理。

2、形體上，△左邊從口甚明，其右所從與「申」字形體甚近；據1的分析，知其與「軫」相近。因此，疑△即爲從口申聲的「呻」字。呻，透紐眞部；軫，泥紐眞部。二者韻部均爲眞部，透、泥均爲舌音，音近可通。由此，「呻」可讀爲「軫」，與番生敦蓋銘的「軫」相同。

綜上，伯晨鼎的「畫軫」即繪有紋飾的車軫；且陝西寶雞茹家莊出土的包於車軫上的飾有夔龍紋的長銅片〔註33〕，恰爲「畫軫」的釋讀提供了很好的實物旁證，此夔龍紋與「畫軫」中「畫」的含義相符。這種根據辭例中物品的排列規律來確定其類屬，同時進行字形分析，最終得出伯晨鼎的「畫△」爲「畫軫」，並驗之於考古實物而得出結論的思路和考釋過程，足以說明釋爲「畫軫」是可以成立的。

近年，李春桃在《釋番生簋蓋銘文中的車馬器——靷》中比較全面梳理了當前學界有關此字釋讀成果〔註34〕，指出番生簋蓋銘「軫」前的 圖 是一種獨立物品，具體觀點有：字形上看 圖 上部從雨、下部從電或申；由傳世文獻「申」、「引」音讀上相近可通，以及睡虎地秦簡的「紳」、曾侯乙墓竹簡「紳」在簡文中均用爲「靷」，得出 圖 也讀作「靷」；釋爲「靷」，表示馬曳車時藉以施力的革索；同時將此釋讀觀點運用於伯晨鼎銘，即該銘的「畫軫」讀爲「畫靷」，且「靷」與銘辭的「轉」、「輯」的材料性質都屬於革帶類。並謂「它們同時出現，也側面說明釋 A 爲『靷』是合理的」。〔註35〕此外，李文還集中部份筆力否定筆者闡釋伯晨鼎「呻」爲「軫」的觀點，其理由除前述古文字中從「申」之字可讀爲「靷」之外；還根據銘辭所記賞賜物種類得出番生、毛公的身份也是極高的，而「伯晨的賞賜品規格屬於中等，明顯不及番生，他的身份無法與番生相比。從器主身份說，伯晨恐怕也不會得到『軫』這種重要賞賜品」。

誠然，李文以楚簡文字從「申」之字讀爲「靷」爲據，推斷此處兩件金文器銘的從「申」之字也讀爲「靷」的想法確有合理之處。但認爲伯晨身份低於番生進而不可能獲得番生所得的賞賜物的觀點，似值得商榷。檢金文，賞賜類銘文多可由賞賜物品種類、多少來推斷器主的身份和地位，但這種推斷的結果

〔註33〕盧連成、胡智生：《寶雞強國墓地》，文物出版社，1988 年 10 月。

〔註34〕李春桃：《釋番生簋蓋銘文中的車馬器——靷》，《中國國家博物館館刊》2012 年第 1 期，67～71 頁。

〔註35〕爲行文方便，李文將番生簋的 圖 形設定爲 A。此處的 A 即指此形。

往往只是相對而言。上述番生簋、毛公鼎二器所記物品大致涵蓋「服飾＋玉器＋車＋車飾」等，而伯晨鼎銘的「酒類＋服飾＋車＋車飾＋弓矢＋甲冑」等物品似更為豐富，所謂的身份地位高低與獲賜物品多少並非是完全對應的關係。也就是說，伯晨獲賜車軨是完全有可能的。因此，前引伯晨不能獲賜車軨的說法難以成立。此外，無論在傳世文獻還是出土文獻中，常見一些文字破讀而釋的情形，然則銘文中從「申」之字均可讀為「靷」、「軨」，結合出土實物和銘辭分析，前述「申」讀為「軨」，釋為車軨亦可以。

需要指出的是，在目前所見的考古實物中，縛軨之物多為銅製，很少有革製物的出現。但以金文車飾中常有一些革製品推之，前引學者謂束軨之物為革製亦不無道理；上述「電（申）軨」強調「以物束軨」之特點；畫申（軨）則側重於說明車軨上的紋飾。觀金文所記，「軨」的賞賜僅見於伯晨鼎、番生簋蓋兩件重器，其珍貴自不待言。

二、疇（幬）學（較）、朱纁疃較（較）、朱壽（幬）轪（較）、朱轪（較）

較，典籍或作較。《詩・衛風・淇奧》「猗重較兮」王先謙《三家義集疏》「三家較作較」。《釋名・釋車》「重較，其較重，卿所乘也」畢沅疏證「較，《說文》作較」。

金文中，賞賜物品「較」的寫法亦不盡相同。其中，毛公鼎作「較」，與典籍「較」字異體寫法相同；伯晨鼎作 𡗕，為「較」的省寫；他銘均作「轪」，於「較」形加一「攵」旁，乃「較」的繁寫。

一般認為，較是車輢之上高出軾的部份。《周禮・考工記・輿人》「為之較崇」，鄭玄注「較，兩輢上出式者」。《詩・衛風・淇奧》「倚重較兮」，陸德明《釋文》「較，車兩傍上出軾者。」對較形制的說明，《禮記・曲禮上》云「尸必式」孔穎達疏「於式上二尺二寸橫一木，謂之為較」。阮元謂「車輢板通高五尺五寸，其下三尺三寸直立於軨上」，二者所述大體相同。

金文中，所賜之「較」主要有「幬較」、「朱纁疃較」、「朱幬轪」和「朱轪」四種，且「較」前分別有「幬」、「朱纁」、「朱幬」、「朱」等詞。其中，除「幬較」、「朱幬轪」分別一見、「朱纁疃較」兩見外，其餘皆為「朱轪」。

「朱」，研究者多讀為「賁」，指賁飾之義。冀小軍讀為「彤」，義為「飾

畫」〔註36〕，孟蓬生讀爲「髹」，義爲「用髹漆裝飾過的」〔註37〕，諸說有異。

「幬」字，金文或作形，從韋壽聲；或作形，爲「壽」，讀作「幬」。孫詒讓引《廣雅・釋詁》「幬，覆也」云「蓋以韋蒙覆較之外，故字從韋也。」〔註38〕鄭注《禮記・中庸》「覆幬」云「幬，亦覆也。」《周禮・考工記・輪人》「幬必負幹」，賈公彥疏「幬，覆也，謂以革覆轂。」據此，幬爲用革製成的覆較之物。

「緈」字，金文作形，乃從糸從辟省。吳大澂謂「此緈較當係覆較之緈，猶車縵也」〔註39〕。孫詒讓以《說文》訓「檗」爲「捕鳥覆車」義與銘辭文意不符，認爲此緈「當爲幬飾之義」〔註40〕。徐同柏隸之爲「緈」，云「緈，所以覆者」〔註41〕。劉心源釋爲「檗」，云「檗即幦，《說文》『幦，髼布也。』」〔註42〕王國維以此字所從的巾旁與糸旁同義，「緈」即「幦」、「幭」，訓爲「覆較」。並云「緈爲覆較，此較亦當爲覆較之物。」〔註43〕郭沫若從孫氏之說，云「此與番生𣪘之『桒緈較』，與錄伯㦰𣪘之『桒幬𢽳』同例，言較上有緈若幬以賁飾之也。」〔註44〕可以看出，惟王國維所云「此較亦當爲覆較之物」明顯有誤外，諸家皆認爲是覆較之物。

誠然，諸說對我們理解銘辭具有很大的啓發。但是，用於「較」前的「桒」、「幬」、「緈」等字所指究竟爲何物？似乎還有待進一步總結說明。

銘辭中，「桒」修飾的對象有「幬」、「緈」等覆較之物。如果從表示這些物品之字的形體上看，其或爲革製、或爲絲製品。無獨有偶，考古實物中這類物品和與其相關物品的發現，爲我們回答上述問題提供了很多有價值的信息。

〔註36〕冀小軍：《說甲骨金文中表祈求義的 字——兼談桒字在金文車飾名稱中的用法》，《湖北大學學報》1991年第1期。

〔註37〕孟蓬生：《釋「桒」》，《古文字研究》第25輯，中華書局，2004年10月。

〔註38〕孫詒讓：《古籀拾遺》卷下18頁，清光緒十六年自刻本。

〔註39〕吳大澂：《愙齋集古錄》卷四第八頁，涵芬樓影印本，1930年。

〔註40〕孫詒讓：《古籀拾遺》卷下18頁，清光緒十六年自刻本。。

〔註41〕徐同柏：《從古堂款識學》卷16第28頁，清光緒三十二年蒙學報館影石校本。

〔註42〕劉心源：《奇觚室吉金文述》卷2第49頁，清光緒二十八年自寫刻本。

〔註43〕王國維：《觀堂古金文考釋五種・毛釋》第13頁，1927年海寧王忠愨公遺書二集本。

〔註44〕郭沫若：《毛公鼎之年代》，《郭沫若全集》第五卷，科學出版社，2002年。

有學者對秦始皇陵西側出土的銅馬車上的車耳作了分析，認為其「上面並無金銀等裝飾，其花紋也非龍紋」，以車耳的構形特徵，又得出「車耳肯定不是金屬或木質材料做成的」，進而推斷「一號銅車的車耳原本很可能是皮革一類材質。其做法是用比較厚硬的皮革為車耳的板胎，再以薄軟的獸皮包邊為飾，然後表面髹漆並繪飾花紋。」〔註45〕

據此，與車耳關係密切的「較」上的覆蓋之物亦有可能和上述情形相似。然則，銘辭的「茱」可能兼有髹漆和繪飾花紋兩義。結合出土車飾中不乏絲織物出現的情況考慮，「幬」、「緱」等覆較之物可為革或絲等製成。由此，銘辭的所賜諸「較」的意義甚明。

賞賜之「較」，在金文中有兩種情形：一、較上覆有革或絲質物。其表面或髹漆，即「茱緱較」和「茱幬較」；或以革製成，即「幬較」。二、較上不覆有革製物，只是髹漆於其上，即「茱較」。可以看出，與第一類物品的製作相比，後一類對「較」的直接髹漆在製作程序上顯然要簡單的多。「茱較」可能也因此而略顯普通，故其在金文言賜的「較」中占多數。

三、虎冟熏里、虎冟窠里、虎韐冟依里幽

「虎冟熏（窠）里」，其含義與「虎韐冟依里幽」不同，但兩者意義上關係密切。因此，為便於敘述，姑置此一併討論。

1、虎冟熏（窠）里

「虎冟」，金文習見。「冟」，《說文》「飯剛柔不調相著，從皂，宀聲。」與金文中的意義明顯不符。阮元釋之為「韔」〔註46〕。王國維以毛公鼎銘的「虎冟」的前後物品均為車上物，進而否定釋其為「韔」，並謂「疑為車中的文茵，即以虎皮製成的有文采的座墊。」〔註47〕楊樹達以「冟」字從宀得聲而讀為「幦」，並認為其與典籍襮、幭等字義同，進而釋「虎冟」為「淺幭」，義指覆軾之物〔註48〕。郭沫若指出「由古文字形以推考其義，乃於盛食之器物上加

〔註45〕黨士學：《試論秦陵一號銅車馬》，《文博》1994年第6期。

〔註46〕阮元：《積古齋鍾鼎彝器款識法帖》，清嘉慶九年自刻本。

〔註47〕王國維：《觀堂古金文考釋五種·毛釋》第13頁，1927年海寧王忠愨公遺書二集本。

〔註48〕楊樹達：《積微居金文說·跋錄伯威殷蓋銘》（增訂本），中華書局，1997年12月。

一以覆之，是與冪字同意。字形同意，同從一聲，且同屬明紐，則𠕋與冪古殆一字。」〔註49〕又讀「𠕋」爲「幦」、「禭」、「幭」，並引《說文》訓「幭」爲「蓋幭」及訓「幦」爲「𣮉布」的說法，指出「𠕋」爲車上的蓋冪，「虎𠕋」爲畫以虎紋的冪〔註50〕。楊樹達在後來的文章中亦從郭氏釋「𠕋」爲車上蓋冪之說〔註51〕。

諸家之說，阮文以「𠕋」爲裝弓之物，與其爲車飾之義不符；王國維釋爲「文茵」，完全是根據車上常有物品進行的推測，於音於義均無可靠依據。故此二說難以成立。而郭氏對「𠕋」字形體的有關分析和訓「𠕋」爲車上蓋冪等觀點，是很有見地的。

考古實物中，殷滌非根據安徽舒城出土的鉉鼎上附著物的情況，指出鉉鼎蓋上覆黏的疏布殘跡，就是覆鼎的疏布巾，即經傳所稱的「冪」〔註52〕。這說明文獻對「冪」的「覆鼎」之釋不無道理。

從形體上看，「𠕋」字從「皀」，「皀」、「鼎」均爲器物。然則，從鼎之「冪」與「𠕋」的關係就非同一般：一方面，兩者均具有以物覆器的象形特徵。另一方面，𠕋從一得聲，一、冪音同。誠如郭氏所云「𠕋、冪可能爲一字」，均指「以物覆器」的含義。此外，典籍中與「冪」義近的「幎」字，在形體上已不具備上述的象形特徵，但從意義上看，其可能就是「冪」、「𠕋」的後起字。

「冪」，常與幎、幭、等字相通，多指以物覆蓋之義。《廣雅·釋詁》：「幎，覆也。」《周禮·天官·序官》「冪人」，鄭注「以巾覆物曰冪。」賈疏「冪人在此者，案其職云：『掌共巾冪。』所以覆飲食之物，故次飲食後。」《說文通訓定聲》「幭者，覆物之巾，覆衣、覆車、覆體之具皆得稱幭。」又《禮記·禮器》云「有以素爲貴者，犧尊疏布冪」，疏云「疏布冪者，疏，粗也；冪，覆也。謂郊天時以粗布爲巾覆尊也，故《冪人》云：祭祀以疏布巾冪八尊。」

由此可知，「𠕋」亦指以物覆體之義。「虎𠕋」即指車的蓋冪。

〔註49〕郭沫若：《毛公鼎之年代》，《郭沫若全集》第五卷，科學出版社，2002 年。

〔註50〕郭沫若：《兩周金文辭大系圖錄考釋》第 64 頁，上海書店出版社，1999 年 7 月。

〔註51〕楊樹達：《積微居金文說·伯晨鼎》（增訂本），中華書局，1997 年 12 月。

〔註52〕殷滌非：《鉉冪解》，《江漢考古》1983 年 4 月。

「冟」前的「虎」，上引楊、郭分別釋爲「虎皮」和「虎形紋飾」，所述不同。各家之說的合理性究爲多少？欲明此問，我們先看以下部份相關材料。

古文字材料中，九年衛鼎銘有動物皮革製成的「盠冟」；曾侯乙墓簡中，簡45、71分別有表示車蓋的 𩎟、𩎟 二字，均從韋從冟，是以說明冟是用革製成的。

此外，對秦陵二號銅馬車上的車蓋和多種屏蔽物的研究，學者認爲該車蓋上附有一層絲織物〔註53〕，而該車車輪的屏蔽物的結構爲「車等的外表擬或覆有一層織物，在織物的表面塗漆並彩繪菱形的勾連網紋；也可能是直接在竹席上髹漆，然後彩繪。車等的內表應是整體覆有一層織物。車等四周在織物之外加施鑲邊，鑲邊的材質可能爲皮革，亦可能是質地厚實的錦類織物。」至於車軾上覆蓋之物，文獻多稱其爲獸皮製成，「然一號銅車所表現出的車軾衣蔽爲錦帛類絲織物，並非虎皮、熊皮等。」〔註54〕另外，陝西鳳翔秦國墓地出土的木車的屏蔽爲先用竹篾編結成一個大體的形狀，並固定在車帆等上，其裏面「襯以朱紅色平紋絹帛。」〔註55〕凡此，說明了古車的屏蔽物與典籍所記不盡相同。其多爲革製品，且表面常繪有紋飾。

可以看出，上引楊、郭二說在上述材料中均獲得一定的支持。由此，「虎冟」似可理解爲：1、繪有虎紋的絲織物的車蓋；2、虎皮製成的車蓋；3、用虎皮製成且繪有虎紋的車蓋。需要指出的是，從目前掌握的考古資料看，前一種說法似乎更接近其眞實狀況；但這些考古資料是否完全準確如實地反映西周車飾的特徵，還有待進一步證實。故後兩者存在的可能性亦不能排除。

「虎冟」，其後常有修飾詞。除錄伯戜𣪘蓋銘作「桼里」外，他銘均爲「熏里」。

「桼」，作 𣏂 形，吳大澂視爲「朱」的繁文〔註56〕。「桼里」爲「朱里」，義指虎冟之裏爲朱色，與上引秦國墓地木車屏蔽的裏側「襯以朱紅色平紋絹帛」的特徵吻合。

〔註53〕孫機：《始皇陵二號銅車馬對車制研究的新啓示》，《文物》1983年第7期。

〔註54〕黨士學：《試論秦陵一號銅車馬》，《文博》1994年6月。

〔註55〕吳鎮烽、尚志儒：《陝西鳳翔八旗屯秦國墓地發掘簡報》，《文物資料叢刊》第3集，1980年。

〔註56〕吳大澂：《愙齋集古錄》11‧2，涵芬樓影印本，1930年。

「熏」,「纁」的省寫。《說文》「纁,淺絳也。」由《詩‧豳風‧七月》云「載玄載黃,我朱孔陽,爲公子裳」。注「朱,深纁也。」可知朱比纁的色深,「纁里」指淺絳色的虎𣝗之裏。

2、虎𩵋𣝗依里幽

「虎𩵋𣝗依里幽」,僅見於伯晨鼎一器。孫詒讓指出𩵋是從巾韋聲的「幃」字,「巾」上所從之口,爲增益字形;並云「虎幃,經典未見,義未詳」[註57]。郭沫若認爲「虎𩵋𣝗依里幽」與他銘的「虎𣝗熏里」、「虎𣝗朱里」同例,但此處的「𣝗」爲動詞,表示「覆蓋」的意思;又銘辭的依字爲「衮」,從衣立聲。又「立」爲古文「位」,則「衮」是坐位字的本字。「虎𩵋𣝗依,里幽」義爲「有虎文之車幃,幂覆於車位之上,其里則黝色也。」[註58]于省吾釋依爲「表」,未作說解,且斷句與郭說不同,讀成「虎𩵋(韋)𣝗表里,幽攸勒。」[註59]柯昌濟謂「衮疑即袪字。」[註60]

諸家之說,孫氏釋𩵋爲「幃」是正確的,亦爲學者所從。依的釋讀,上引後三家的說法不同。其中柯氏和於氏的隸定似與形體不符,且於氏把銘辭中的「幽」連下讀,顯然有誤。至於郭氏以依爲「位」,以「𣝗」爲動詞的釋讀,是把「虎𩵋𣝗依里幽」中的賞賜物品當作只有「虎幃」一種。這種釋讀,文意上確可讀通。但從語法角度看,如依郭釋,「虎𩵋𣝗依里幽」是一個主謂短語,可分析爲「主語＋謂語＋賓語＋主語的後置定語」或「主語＋謂語＋賓語＋賓語後置定語」。我們知道,金文凡言所賜之物,或言其本身;或於其前後加上定語以修飾。其間,突出強調的均爲物品;而這種以主謂賓成分俱全的方式說明某物的現象,不但極爲罕見,而且容易產生句意上的分歧,即「虎𩵋𣝗依里幽」中的「虎𩵋」和「依」均可看作賞賜之物。由此,郭說似不可據。

值得注意的是,李旦丘以古文字中從立和從人之字往往可以互作,釋依

[註57] 孫詒讓:《古籀拾遺》卷下十八頁,清光緒十六年自刻本。

　　　李旦丘:《金文研究‧釋依》第九頁,1941 年來熏閣書店影印本。

[註58] 郭沫若:《兩周金文辭大系圖錄考釋》第 116 頁,上海書店出版社,1999 年 7 月。

[註59] 于省吾:《雙劍誃吉金文選》卷下之一第十六頁,中華書局,1998 年 9 月。

[註60] 柯昌濟:《韡華閣集古錄跋尾》132～133 頁,餘園叢刻鉛字本,1935 年。

爲「依」字。「依」又作「扆」，引《說文》「扆，戶牖之間謂之扆，從戶衣聲。」並指出「虎幃冟依」包括三件物品：虎幃、虎冟、虎依。虎依即安置在車中的斧依，虎幃是圍在車子周圍的，虎冟是罩在車子上面的。皆爲避風遮雨之物〔註61〕。李氏把「虎幃冟依」看作三件東西物品來分析，且其中的「虎依」於賞賜物首見。

考古資料中，秦陵二號銅馬車的車廂兩側就有可推啓的窗戶，其上多鏤出很細密的，用以透光線的菱形孔洞〔註62〕。從車爲乘行者提供的環境來看，在這些孔洞上附以一些遮擋物即類似於現今的「窗簾」之類物品是有必要的，其義所指與銘辭的「虎依」相同。

由此觀之，上引李文的分析頗有道理。至此，「虎**船**冟**函**里幽」的意義甚明。「里」，爲「裏」的省寫。「幽」，讀爲「黝」。《說文》「黝，微青黑色。」「虎」表示所賜物品的質地，分別修飾說明「幃」、「冟」、「依」。這類似於「朱虢圅綏」分別以「朱虢」修飾其後的「圅」、「綏」二物的情形。「里幽」是說明它們的「裏」均爲微青黑色。

需要指出的是，陳漢平亦認爲「虎**船**冟**函**」含有三件賞賜物品，並將**函**釋爲「車上座墊」的「茵」或「鞇」〔註63〕。其說對該字的形體分析似欠妥，茲不錄。

四、右厄、金厄

厄，典籍或作軶、軛。《儀禮·即夕禮》「楔貌如軶上兩末」，鄭注「今文作厄」。《說文》段注「軶，《詩·大雅·韓弈》作厄，《儀禮·士喪禮》今文作厄，假借字也。」

軶之形制和功用。《詩·大雅·韓弈》「鞗革金厄」，毛傳「厄，烏噣也」。《說文》段注「自其橫言之謂之衡，自其扼制馬言之謂之軶。」《慧琳音義》卷六十六「四軶」注引鄭注《考工記》云「軶，謂轅端上壓牛領木也」。《慧琳音義》卷七十二「流軶」注引《文字典說》云「軶，牛領上曲木也」。由此

〔註61〕李旦丘：《金文研究·釋依》第九頁，1941 年來熏閣書店影印本。

〔註62〕孫機：《始皇陵二號銅車馬對車制研究的新啓示》，《文物》1983 年第 7 期。

〔註63〕陳漢平：《西周冊命制度研究》，學林出版社，1986 年 12 月。

可知，軶爲駕於牛、馬之領的叉形工具，其使用是爲了更好地駕馭牛、馬之車。其中，馬車之軶，是將一端綁縛於衡，另一端即叉形的軶肢負於服馬的頸部。

　　考古實物資料中，軶或爲銅質；或以木質材料爲主（主要是軶肢），再加上一些銅構件製作而成。這些銅構件主要有軶首、軶頸、軶箍、軶肢（以銅鑄成或於木質肢外所加的銅製部件）和軶腳五種，它們在軶的組成中或完全出現，或只出現其中的幾種〔註64〕。據濬縣辛村25號西周車馬坑出土的一件軶，其木質部份的結構爲：軶由三根木頭組成，兩肢揉曲，當中的一根作楔形；將兩肢木裝進軶箍、軶首，然後將楔木尖端向上楔入〔註65〕，反映了當時軶的製作情況。

　　金文中，有「金厄」、「右厄」之賜。金厄，與上引《詩》之「金厄」相同，指銅厄，其或爲銅鑄，或爲含有銅構件的木質軶。「右厄」，黃然偉引《廣雅・釋詁》「右，比也」，「比」爲「並」義，認爲「右厄」即衡上左右相比併之軶也〔註66〕。陳漢平指出，此右厄之賜是因駕御馬車時右職之重要，故駕車之右馬、右驂與左馬、左驂不同，則賜物中特別賜予右厄〔註67〕。孫稚雛認爲「右與祐通，導也，軶叉馬頸，爲車之前導，故稱右軶。」〔註68〕誠然，古代馬車之駕中，相對於左職而言，右職稍顯重要。但是，以四馬之駕爲例，位於輈兩側的服馬和服馬以外的驂馬所提供的動力在驅動車輛時應爲一個整體。因此，實際的駕驅中，似乎並不能從嚴格意義上將所用之馬特別是兩服馬的功用加以區分。故陳文的觀點難以成立。有學者據秦始皇陵2號銅車的構造，分析認爲商周至戰國時期對馬的駕馭主要爲「軶靷式繫駕法」〔註69〕。其用軶之數爲二。由此，釋「右」爲「比」合乎軶在車駕中的實際情況。至於孫文稱軶「爲車之

〔註64〕朱鳳瀚：《古代中國青銅器》，南開大學出版社，1995年6月。

〔註65〕郭寶鈞：《濬縣辛村》圖版39：1，科學出版社，1964年。

〔註66〕黃然偉：《殷周史料論集》，三聯書店有限公司，1995年10月。

〔註67〕陳漢平：《西周冊命制度研究》，學林出版社，1986年12月。

〔註68〕孫稚雛：《毛公鼎銘今譯》注18，《容庚先生百年誕辰紀念文集》，廣東人民出版社，1998年4月。

〔註69〕孫機：《中國古馬車的三種繫駕法》，《中國古輿服論叢》，文物出版社，2001年12月。

前導」，乃就軶在車駕中的重要作用而言。此二說於文意皆可通，然孫文所釋之義較抽象，似不如黃說為優。

金厄、右厄，常與其他車飾同時而賜，前者僅見於錄伯威段蓋一器，不如後者多見。

五、畫轉（轉）

轉，《說文》「轉，車下索也」。徐鍇《說文繫傳》「轉，以革為索，終縛輿底也。」《釋名·釋車》「轉，縛也，在車下，與輿相連縛也」。學者或據此釋讀金文的「轉」，認為「轉」是「縛牢車轅和車輿的彩繪革帶」〔註70〕。檢銘辭，在所載諸物品的敘次上，「轉」總是毫無例外地緊隨「軶」後。這說明兩者的關係密切（詳下文所述）。由此推知，「轉」似不是指「車下索」，而是與「軶」有關的物品。

王國維認為毛公鼎的「轉」應為「厄里」之意〔註71〕，即車厄裏側的襯墊，頗有見地。《說文》「轉，軶里也」。古文字中，從革與從韋常相通，故「轉」、「轉」義指相同。

與金文所載相應，考古實物資料中亦不乏「轉」的出現：西周墓地出土的車馬器中，河南濬縣新村一號西周墓的車器中有「漆布夾脖」〔註72〕；北京琉璃河 202 號西周車馬坑中有發掘者名之為「轉」的物品〔註73〕；長安張家坡 M170 號西周墓中有置放於軶裏的類似於墊肩的物品〔註74〕；如前所述，軶是古代駕車時置於馬頸之物，故在軶的裏側放置一些以軟質材料做成的襯墊，顯能起到保護馬頸部的作用，從而有利於畜力的充分發揮。

凡此，皆說明了「轉」應釋為「軶里」。「畫轉」指有紋飾的「轉」，即有紋飾的革製車厄裏側的襯墊。

〔註70〕馬承源：《商周青銅器銘文選》（三）第 119 頁，文物出版社，1988 年 4 月。

〔註71〕王國維：《觀堂古金文考釋五種·毛釋》，1927 年海寧王忠慤公遺書二集本。

〔註72〕郭寶鈞：《濬縣辛村》14 頁，科學出版社，1964 年。

〔註73〕中國社會科學院考古研究所、北京市文物工作隊、琉璃河考古隊：《1981～1983 年琉璃河西周燕國墓地發掘簡報》，《考古》1984 年第 5 期。

〔註74〕白榮金：《長安張家坡 M170 號西周墓出土一組半月形銅件的組合復原》，《考古》，1990 年第 6 期。

　　金文中，言賜「轉」者主要有兩類：一是與軏同時被賜。這種情形下，轉總是位於軏的後面。其中錄伯致殷蓋銘「畫輯、金厄、畫轉」的記載猶能說明這種情況，即此器中因「金厄」置於畫輯、畫轉之間，此「畫轉」顯異於他器畫轉、畫輯總是排列在一起的情形，依然緊隨「金厄」之後。這說明了「轉」與「厄」的關係確實非常密切。一是僅賜轉而不賜軏。這種轉、軏並非完全同時被賜、轉多於軏的現象，可能是因為銅製或銅飾的軏比革製的轉受損要慢，換言之，軏的使用壽命要大於轉，這在出土實物中亦得以證實：即軏的數量明顯多於轉。

六、畫輯（暋）

　　彝銘中「畫𣊟」一物，學者在研究銘文時多對其中的𣊟進行了討論，現列舉其中較有代表性的說法：

　　1、對𣊟的形體分析。孫詒讓認為是《說文》的「轕」字，意為「車伏兔下革也，從車暋聲，暋古昏字」。〔註75〕郭沫若指出「乃聞字，假為輯。輯者，伏兔下之革帶。」〔註76〕《說文通訓定聲》云「轕，字亦作輯」，《說文義證》云「轕，或作輯」。

　　2、對𣊟的釋義。除上引孫、郭二氏的觀點外，林巳奈夫認為「輯」乃是縛軸（包括安在軸上的伏兔）和軫的革帶，軸飾也就是畫輯〔註77〕。張長壽指出「畫輯者是用革帶將伏兔縛在軸上，然後髹漆彩繪之謂也。」同時從林氏的「軸飾為畫輯」的觀點，云「這大概是由於軸飾替代了『畫輯』的作用，因而也就沿用了這個名稱吧。」〔註78〕

　　檢《說文》，「聞」的古文形體從「昏」；而金文中「聞」或假借為「昏」。因此，上引孫、郭二氏的說法皆有據，𣊟的形體亦已明確。且由傳世文獻可知，「轕」可稱作「輯」或「轖」（下文涉及此字者，除引文外，均寫作輯）。但學者對「畫輯」究指何物尚存在一定分歧，故其仍有進一步討論的必要。

　　可以看出，孫、郭二氏所釋完全相同。而林、張二家之說雖對「輯」束縛

〔註75〕孫詒讓：《古籀拾遺》卷下 29 頁，清光緒十六年自刻本。

〔註76〕郭沫若：《兩周金文辭大系圖錄考釋》64 頁，上海書店出版社，1999 年。

〔註77〕林巳奈夫：《甲骨學》（日文）第十一號，82 頁。轉引自張長壽、張孝光：《說伏兔與畫輯》，《考古》1980 年第 4 期。

〔註78〕張長壽、張孝光：《說伏兔與畫輯》，《考古》1980 年第 4 期。

對象的理解稍有不同，但顯然都是對該物所指有更具體的闡釋：均以「軸飾爲畫轎」，且後者認爲「畫轎」和「軸飾」之間有一定的承繼關係。

那麼實際中的「軸飾」和「畫轎」是否具有這種關係？兩者能否看作等同之物？弄清這些問題，無疑對我們正確理解「畫轎」的含義很有必要。在此，我們先瞭解一下與「畫轎」相關的伏兔和軸飾。

伏兔，又稱樏、輹、屐。《考工記》始有「樏」和「伏兔」的記載，漢代學者多以之爲伏於車軸上的物品。清代學者承此說且詳述其制，其中戴震的《考工記圖》中繪有伏兔之形；阮元在《考工記車製圖解》中認爲伏兔是車輿底下鉤軸之物，其使用是爲了使車輿不會與軸脫離。

圖一　戴震《考工記圖》　　　　圖二　阮元《考工記車製圖解》

然出土的先秦伏兔多爲屐形或長方形，與諸家所述之旨並不完全吻合（前引張文已明辨），因而清代學者對伏兔之「函軸」等特點的描述只是與秦及秦以後伏兔的形制比較吻合，與先秦伏兔的形制明顯不符，其並非能反映先秦伏兔的眞實面貌。換言之，伏兔的「函軸以不使輿軸脫離」功能在先秦時並不具備。

郭寶鈞認爲，伏兔的使用是使輿底和軸的接觸處於同一平面上，目的是消除車輿左右傾斜的弊端〔註79〕。前引張文認爲「伏兔的裏端墊在車軫之下，外端抵住車轂不使內侵」。對此，朱思紅、宋遠茹認爲車在負重的情況下，因軸和軫木不的接觸面太小而容易造成軫木及軸的損傷並導致其斷裂，進而認爲伏兔的首要作用爲保護軸和輿底的軫木。同時認爲車在運行時難免有顛簸，那麼經伏兔這一介質傳輸到輿底軫木的力自然減少，因而，減震爲伏兔的另一作用〔註80〕，頗有見地。

〔註79〕郭寶鈞：《殷周車器研究》，文物出版社，1998 年 12 月。

〔註80〕朱思遠、宋遠茹：《伏兔、當兔與古代車的減震》，《考古與文物》2002 年第 3 期。

　　由此，我們認爲先秦伏兔是多爲屐形或長方形的居車軫和車軸間的車構件之一，其具有保護軸、軫木及減震等作用。

　　下面我們再來看軸飾。

　　軸飾，研究者或稱爲「笠轂」〔註81〕，在出土車馬飾中多見。從目前掌握的考古資料看，其出現時代比伏兔早，首見於殷代晚期〔註82〕，而延至後世古車。其中以西周時期軸飾的構造最爲複雜，學者也多以這一時期的形制爲據，進而對其功用等進行探討。前引張文提出了軸飾一端的套管「是用來固定伏兔的」，是「用革帶捆縛伏兔的一種發展」；且另一端的梯形平板覆於車轂之上以防止泥土落入輪輿之間，但固定伏兔是其主要的功用等觀點。

　　誠然，張文對軸飾及其功用的分析，甚爲詳盡，爲學者的研究提供了重要參考。但其據此而對金文中「輨」的闡釋則有待商榷。張文在把固定伏兔看作軸飾主要功用的前提下，又據典籍「覆伏兔之革」的「輨」也是用來固定伏兔的，故得出前引「軸飾爲畫輨」的結論。在分析其論合理與否之前，我們首先看一下部份出土軸飾資料〔註83〕。

編號	時　代	墓地及來源	形　　制
1	殷代晚期	安陽梅園莊車馬坑 M41	梯形木板，平貼在兩個車轂與車輿之間的車軸上，寬端朝轂
2	西周早期	扶風楊家堡西周墓	套管筒部由上下兩部份合成
3	西周早期	長安客省莊西周墓地	位於輪輿間的軸上，靠輿的一端爲管狀，靠輪的一端爲平板狀
4	西周早期	洛陽老城西周車馬坑 1、2 號車馬坑	由一方板和覆瓦狀箍組成
5	西周中期偏早	寶雞茹家莊三號車馬坑	套管的部份斷面成拱形，覆蓋於軸的上部，平板外端作圓弧形

〔註81〕孫機：《中國古獨輈馬車的結構》，《文物》1985 年第 8 期。

〔註82〕中國社會科學院考古研究所安陽工作隊：《河南安陽市梅園莊東南的殷代車馬坑》，《考古》，1998 年第 10 期。

〔註83〕分別參見：中國社會科學院考古研究所安陽工作隊：《河南安陽市梅園莊東南的殷代車馬坑》，《考古》，1998 年第 10 期；羅西章：《陝西扶風楊家堡西周墓清理簡報》，《考古與文物》1980 年第 2 期；中國社會科學院考古研究所洛陽唐城隊：《洛陽老城發現四座西周車馬坑》，《考古》1988 年第 1 期；盧連成、胡智生：《寶雞𢾺國墓地》，文物出版社，1988 年 10 月。

其中，3、5 的器形圖如：

長安客省莊出土軸飾

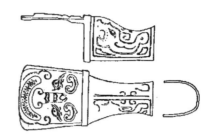

寶雞茹家莊三號車馬坑出土軸飾

　　不難發現，軸飾的形制有一個變化發展的過程，即：殷代爲梯形平板而覆於輿與轂之間的軸上。西周時期，其結構已較爲複雜且有不同形制的並存：一類是軸飾的一端爲梯形平板，另一端爲略成橢圓形的套管，即上列圖表中的 2、3；一類與前略同，但其中一端的套管已由橢圓形省簡爲僅存其上半部份，爲上列圖表中的 4、5。

　　至此，我們試作以下分析：

　　首先，從實物資料上看，伏兔最早出現於西周早期，比軸飾要晚。另外，寶雞茹家莊一號車馬坑的 1、2 號車中有軸飾而沒有伏兔〔註84〕。這說明軸飾爲一種獨立存在的車飾，並不是爲了固定伏兔而產生的，換言之，固定伏兔並非爲其主要作用。

　　其次，在軸飾的由簡至繁、由繁趨簡的變化中，殷代覆於輿與轂之間的軸上的梯形平板，以及西周時期那種一端爲覆瓦狀的軸飾，在形制上都已經沒有那種呈橢圓形套管的軸飾的所謂「固定伏兔」功能的可能了。可以說，其存在與伏兔的固定與否已完全沒有關係。

　　再者，根據伏兔常置於西周時期軸飾一端的橢圓形套管裏的情形，我們認爲這是製作者對伏兔、軸飾兩類物品在各自發展中所具有的特點的恰到好處的運用，即當伏兔與這類含橢圓形套管的軸飾並存時，從製作者的角度考慮，將伏兔置於橢圓形套管和軸之間的空隙，無疑更有利於軸飾的固定。但是，客觀上這類一端爲橢圓形套管的軸飾的生產比較複雜，故在西周早中期時，其形制已向簡約方向發展。而這時伏兔的固定，顯然要靠一些革帶的捆縛來完成的。

〔註84〕盧連成、胡智生：《寶雞弤國墓地》，文物出版社，1988 年 10 月。

最後，我們認爲伏兔、軸飾是車飾中的兩種物品，二者在形制變化上有各自的軌跡。西周早期，當伏兔與含橢圓形套管的軸飾並用時，伏兔對固定軸飾起一定的輔助作用。

由以上分析可知，學者以「軸飾爲畫𨋢」的觀點是不準確的。二者既非同一物品，也沒有使用上的承繼關係。「𨋢」應從舊釋，指用來捆縛伏兔的革帶，「畫𨋢」，即經過髹漆的革帶。

出土實物中，「𨋢」或因散落，或因腐爛而不易覓得。但學者對秦始皇陵二號銅馬車分析研究認爲「輿與軸之間的伏兔，……連用以纏紮的皮條也鑄造得很有眞實感。因而，可以認爲銅車馬是按比例縮小了尺寸的實用車馬。」〔註 85〕無疑說明用來捆縛伏兔的「畫𨋢」在實際中是應該存在的。

七、金　甬

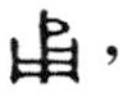，諸家均隸定爲「甬」。然對其釋義則說法不一。徐同柏讀爲「釭」，釋爲「車軎」〔註 86〕。吳大澂從之〔註 87〕。薛尙功、阮元釋爲「鍾」〔註 88〕。劉心源釋爲羽葆〔註 89〕。楊樹達釋爲車上之鈴，並以之與番生𣪕蓋的「金童」爲一物〔註 90〕。郭沫若釋爲鑾鈴，且認爲屬於軛衡之物〔註 91〕。

諸說中，儘管楊氏將「金童」與「金甬」視爲一物明顯有誤〔詳見「金𨍣（踵）、金童（踵）」節〕，但其釋爲車上之鈴仍很有見地。而郭文之釋則幾近定說。

有學者對西周墓地車馬坑出土的銅鑾鈴資料進行了系統的整理〔註 92〕，其中就有盛行於西周時期的立於衡上的銅鑾鈴，由此可知，古代車衡上確有銅質

〔註 85〕秦俑考古隊：《秦始皇陵二號銅車馬初探》，《文物》1983 年第 7 期。

〔註 86〕徐同柏：《從古堂款識學》卷十六第二十九頁，清光緒三十二年蒙學報館影石校本。

〔註 87〕吳大澂：《愙齋集古錄釋文賸稿》（上）23 頁，1930 年涵芬樓影印本。

〔註 88〕薛尚功：《歷代鍾鼎彝器款識法帖》卷 1，明崇禎六年朱謀垔刻本；阮元《積古齋鍾鼎彝器款識法帖》，清嘉慶九年自刻本。

〔註 89〕劉心源：《奇觚室吉金文述》卷二第五十頁，清光緒二十八年自寫刻本。

〔註 90〕楊樹達：《積微居金文說》（增訂本），中華書局，1997 年 12 月。

〔註 91〕郭沫若：《毛公鼎之年代》，《郭沫若全集》第五卷，科學出版社，2002 年。

〔註 92〕網干善教：《鑾（車鑾）考》，《陝西歷史博物館館刊》（第五輯），西北大學出版社，1998 年 6 月。

鑾鈴的存在，上引郭說在考古實物中得以應證。

需要指出的是，與「金甬」的「鑾鈴」之義相同的還有「鑾旂」的「鑾」。前者爲車上之鈴；而後者爲旂上之鈴，即毛公鼎和番生段蓋中的「朱旂二鈴」和「朱旂旛金芳二鈴」之「鈴」。

「金甬」，在賞賜物中的排列位置較爲靈活，常常和眾多的車飾同時被賜。實際使用中，其意義似爲鄭注《禮記・經解》「形步則有環佩之聲，升車則有鸞和之音」時所云「升車則馬動，馬動則鸞鳴，鸞鳴則和應。所以爲車行節也」。由此可知，金甬是車上一種有禮儀性質的飾件。

此外，有學者曾認爲楚簡中曾侯乙墓 18 號、54 號、58 號、63 號竹簡的「齒軵」、望山 2 號墓 38 號簡的「赤金桶」、天星觀一號墓竹簡的「齒桶」，以及金文的「金甬」都是同一種車器。〔註93〕鵬宇進一步認爲「齒軵」爲有象牙之飾的書。〔註94〕可備一說，究指何物尚待後續研究。

八、逪（錯）衡

衡，典籍習見。《周禮・春官・巾車》云「錫面朱總」，鄭注「車衡輨亦宜有焉」，孫詒讓正義「衡，輈前橫木縛軛者。」《莊子・馬蹄》「夫加之以衡扼」陸德明《釋文》「衡，轅前橫木縛軛者也」。由此可見，衡是車前用來縛軛的橫木。

金文中言「衡」者，皆爲「逪衡」。孫詒讓指出「逪，與錯通，即《詩》之錯衡。」〔註95〕甚確。檢典籍，《廣雅・釋言》「逆，逪也。」王念孫《疏證》云「逪，通作錯。」又《玉篇・辵部》「逪，今爲錯。」可見，逪、錯常相通。《詩・小雅・采芑》有「約軝錯衡」、「簟茀錯衡」之語，注皆云「錯衡，文衡也。」又《楚辭》「瓊轂錯衡」，注云「金銀爲錯。」由此，「錯衡」指衡上有飾有紋飾的銅製飾件。

出土實物中，衡的形狀多不相同，且多有銅質裝飾物分佈其上。這些銅飾件，研究者多稱爲「衡飾」。其使用是爲了使衡更加堅固，進而使縛於其上的軛

〔註93〕裘錫圭，李家浩：《曾侯乙墓竹簡釋文與考釋》，《曾侯乙墓》，文物出版社，1989年。

〔註94〕鵬宇：《曾侯乙墓竹簡文字集釋箋證》，華東師範大學 2010 年碩士研究生學位論文。

〔註95〕孫詒讓：《古籀拾遺》（下）第 29 頁，清光緒十六年自刻本。

也更穩固，最終有利於行駕車之事。

　　錯衡，僅見於毛公鼎和番生𣪘蓋兩器。有學者根據毛公鼎銘中錯衡的排列位置，即與金甬、金踵同列而不與畫轉、畫輈爲伍，推斷錯衡爲金屬製品，或者至少是具有較多的金屬構件〔註96〕。這種觀點是正確的。但在番生𣪘蓋銘中，錯衡是與非金屬類物品前後相列，與毛公鼎有別。以此觀之，其在賞賜物中的排列位置並不固定。

九、金𨈷（踵）、金童（踵）

　　「踵」，典籍或作「𨈷」。《釋名・釋形體》「足後曰跟，又謂之踵，」畢沅疏證「踵，《說文》作𨈷。」《廣雅・釋詁三》「𨈷，跡也」王念孫《疏證》「昭二十四年《左傳》云：吳踵楚。踵與𨈷同。」

　　踵的含義，《周禮・考工記・輈人》「去其一以爲踵圍」，鄭玄注云「踵，後承軫者也。」又「𨈷即踵，輈末也。」由此可知，踵爲輈的末端接近軫部位的一個部件。從出土實物看，西周時期的踵可分成不同的類型：凹槽形、形體 L 形、短筒形、簸箕形等〔註97〕。其在車輿中的具體形制亦不同，一種是僅包輈末的踵；一種是一端包踵而另一端套在軫上，使輈和軫聯結於一體，從而在根本上有利於整個車輿的穩定。

　　金文中，踵見於毛公鼎和番生𣪘蓋兩器。毛公鼎的踵從止從童，作「𨈷」，與典籍寫法相同。番生𣪘蓋銘寫作「童」，楊樹達認爲「童」乃「鐘」之省，進而視「金童」和「金甬」爲一物〔註98〕，是不正確的。我們認爲，此「童」字與毛公鼎銘的「𨈷」字所從均爲「童」，故理解爲「以童假𨈷」即「踵」似乎更爲直接，二者在銘辭中均位於「金豙」前。由此可知，「金童」即「金踵」。

　　金𨈷（童），是以銅製作的踵，與出土銅質踵的情形相合。

十、金豙（轙）

　　毛公鼎和番生簋蓋銘分別記有賞賜物「金豙」，其形體分析業已明確，但釋義方面卻存在分歧。

〔註96〕孫機：《中國古獨輈馬車的結構》，《文物》1991年第1期。

〔註97〕朱鳳瀚：《古代中國青銅器》，南開大學出版社，1995年6月。

〔註98〕楊樹達：《積微居金文說》（增訂本），中華書局，1997年12月。

「豙」，徐同柏云「字作豙，豙，豕怒毛豎。豎從立，有止義，柅爲止車物，故假豙爲柅。」王國維採用其說，並引《易》「繫於金柅。」《疏》引馬云「柅者，在車下所以止輪，令不動也。」〔註99〕孫詒讓認爲「《說文》轙，車衡載轡者，從車義聲，與豙音近，故借豙爲轙」〔註100〕

上引諸說，雖然「豙」、「柅」二字在音讀上同爲脂部字可以通假，釋「柅」爲止車行之器在銘辭中與其他車飾類賞賜物義屬相同，似無異議。但徐氏認爲「豙」假爲「柅」的主要立論依據是由「豙」字的釋義中含有「豎」字，而「豎」從「立」有「止」義，再由「柅」的「止」義而謂兩者相通。摒徐氏說解的迂迴曲折不論，這種以意義的相互輾轉說解爲立論依據而得出的觀點實難令人信服。此外，在目前所見考古發掘資料中尚未發現這類止車行之器的實物。所以，我們認爲上引徐、王釋「豙」爲「柅」的觀點均難以成立。

至於孫氏的說法，則頗有見地，但無詳細分析；故本文擬結合考古實物資料和新出楚簡材料，進一步申述之。

從音讀上看，「豙」，疑紐脂部；「轙」，疑紐歌部。二者同屬疑紐，歌脂旁轉，故可相通。檢《爾雅音釋》卷上云「毅，義。」是「豙」、「轙」二者相通最直接的證據。傳世文獻中也不乏歌脂二部互通之例證：《禮記・禮運》「心無爲也」，《孔子家語・禮運》作「心無違也。」《詩・大雅・江漢》「矢其文德」，《禮記・孔子閒居》、《春秋繁露・竹林》均引「矢」作「馳」。爲，匣紐歌部；違，匣紐脂部。馳，定紐歌部，矢，透紐脂部，定、透均爲舌音。凡此說明：在聲紐相同或相近的前提下，歌部字和脂部字往往可以相通。

綜上所述，「豙」可讀爲「轙」，「金豙」即「金轙」。「轙」，《說文》「轙，車衡載轡者。」《爾雅・釋器》「載轡謂之轙。」郭璞注「轙，車軶上環，轡所貫也。」劭晉涵《正義》「轅前橫木爲軶，軶上著環以載轡者名轙。」《急就篇》卷三「軹軾軫軨轙軶衡」，顏師古注「轙，車衡上貫轡環也。」《說文》段注「大環謂之轙。」朱駿聲《說文通訓定聲》「轙，謂衡上大環所以貫六轡者。」由此可知，轙爲附於衡軶上的用來貫轡的銅製環。其形在先秦的車馬馭駕中可以窺見。〔註101〕：

〔註99〕王國維：《觀堂古金文考釋五種・毛釋》第16頁，1927年海寧王忠愨公遺書二集本。

〔註100〕孫詒讓：《籀膏述林》卷7第10頁，1916年刻本。

〔註101〕孫機：《始皇陵2號銅車對車制研究的新啓示》，《文物》1983年第7期。

圖三　六轡及其繫結法

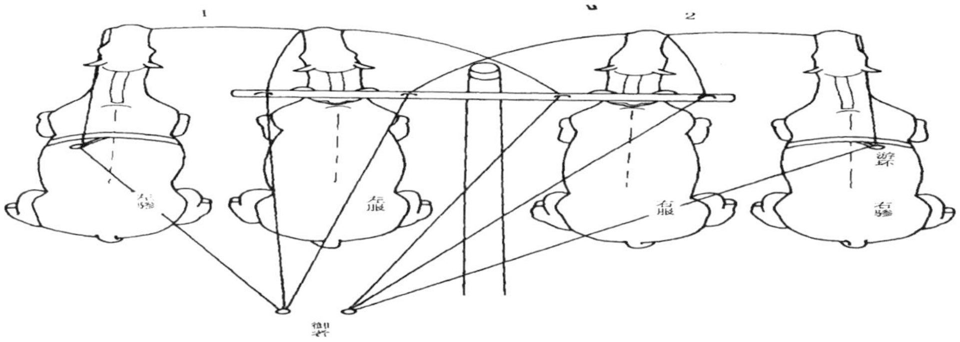

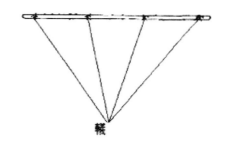

圖四　轙的位置（據圖三製作）

　　眾所周知，「六轡及其繫結法」爲先秦駕馭馬車的主要方法。由圖三、圖四可見，其中兩服馬的四轡穿過銅轙後顯能保持較爲一致的方向，從而更加集中地被馭者所持。這對馭者在駕馭過程中持握好六轡，尤其對爲馭車提供主要動力的兩服馬的控制至關重要。因而，銅轙的設置無疑有利於馭者對馬車的駕馭。

　　考古實物資料中，琉璃河西周燕國墓地四號車靠近車衡兩端處各有一件銅轙，長 26 釐米，下部呈半圓形，鑲置於車衡之上，上部爲兩個直徑 5 釐米的銅圓環。兩環之間放置車軛的軛首，軛首上留有繩子的遺痕，表明車軛是用繩子縛於車轙之上的〔註102〕。這說明轙不僅是貫馬轡的銅環，還是固定車軛的重要構件之一。

　　值得注意的是，上海博物館藏戰國楚竹書《周易》第四十一簡有一**灮**字，整理者釋爲「柅」〔註103〕，可從。簡文辭例爲「繫於金柅」，與傳世文獻所載

〔註102〕中國社會科學院考古研究所、北京市文物工作隊、琉璃河考古隊：《1981～1983年琉璃河西周燕國墓地發掘簡報》，《考古》1984 年第 5 期。

〔註103〕馬承源主編：《上海博物館藏戰國楚竹書》（三），上海古籍出版社，2003 年 12 月。

相同。結合前述，可知「豙」、「柅」本爲二字，意義亦有很大差別。楚簡「柅」的出現，進一步說明前引以金文中「豙」假爲「柅」，並釋其爲「車止行器」的觀點根本無法成立。

金豙，僅見於記載賞賜品最豐的毛公鼎和番生𣪘蓋兩器，自非普通之物。

十一、約 轄

西周晚期毛公鼎銘有「🔲🔲」二字，對其釋讀，學界有以下幾種觀點：

1、徐同柏釋爲「粲轡」，謂轡「從𦥑從成。」〔註104〕

2、孫詒讓釋前一字爲「敕」，並將🔲連下讀，讀爲「白盛」之「盛」〔註105〕。

3、郭沫若、高鴻縉從孫氏對🔲的釋讀〔註106〕。但郭氏認爲孫氏將🔲連下讀顯然有誤，並謂「🔲乃古約字，《詛楚文》『變輸盟㪍』即是此字。約者束也，故字從束……『約𣪘』緊接『錯衡、金踵、金柅』之下，蓋言句衡踵柅等物束以革而塗以金也。」

4、平心認爲🔲從「成」得聲，與「軾」古音可通，故🔲🔲爲典籍的「約軾」〔註107〕。

5、陳漢平指出🔲下部所從爲「戌」形，又依辭例中此物品與錯衡最爲接近，對照典籍之「約軾」，謂此字乃是從戌得聲的「軾」，🔲🔲即爲「約軾」的初文〔註108〕。

6、《金文編》將前一字隸作「勅」；後一字置於附錄下131號。〔註109〕

雖學者對「🔲🔲」二字釋讀都有分歧，但第一字形體從束從勹甚明，且因戰國中山王方壺銘記有「🔲德遺訓」一語，其中從束從屯的「🔲」字據文意應讀作「純」，即「𥿄」讀作「純」。這給郭氏釋「勅」爲「約」提供最爲直接

〔註104〕徐同柏：《從古堂款識學》卷16，蒙學報館影石校本，清光緒32年，第29頁。

〔註105〕孫詒讓：《籀𪓵述林》卷7，1916年刻本，第10頁。

〔註106〕郭沫若：《毛公鼎之年代》，《郭沫若全集》第五卷，科學出版社，2002年；李孝定等：《金文詁林附錄》，香港中文大學出版社，1977年，第1488頁。

〔註107〕平心：《甲骨文及金石文考釋（初稿）》，《華東師大學報》，1956年第4期。

〔註108〕陳漢平：《西周冊命制度研究》，學林出版社，1986年。

〔註109〕容庚：《金文編》，中華書局，1985年，第902頁、1189頁。

的旁證；故上引郭沫若先生釋![字]爲「約」的觀點已基本爲當前的研究者採納。

然對![字]字的釋讀，上引學者的論述雖具不同程度的啓發意義，但並未得出較爲滿意的結論。本文則擬從形、音、義角度對該字重新探討，以供參考。

細審形體，![字]上部從臼、從一塗黑圓點，與金文「晨」字上部所從相同：

（大師盧鼎）

（師晨鼎）

由「晨」字上部所從「臼」中間黑圓點的或有或無，知這一小黑圓點可能僅爲飾筆而已；故![字]上部形體亦可直接隸定爲「臼」。中間所從顯然爲「一」。而下部所指則有隸作「戍」或「成」兩種觀點。

檢《說文》，「戍，滅也」，「從戈一，一亦聲」；「成，就也，從戊丁聲」。顯然，兩者的差別是明確的，在形體中常以「成」從「丁」聲爲主要區別特徵。然古文字中它們的形體卻與《說文》的分析不盡相同：

（「戍」頌簋）　　　　　（「成」訇簋）

（「成」　叔尃父盨）　　　（「成」叔尃父盨）

不難發現，訇簋的「成」無「丁」部件，而頌簋的「戍」卻從「丁」形。最具說明意義的是，叔尃父盨銘中「成」有從「丁」和不從」丁」兩種寫法，更是把「戍」、「成」形體完全混淆。其情形誠如《金文編》編者在 1014 頁「戍」字條下錄頌簋銘時所云「頌簋又甲戍之戍作成，而成周之成作戍。」

傳世文獻中，《莊子・大宗師》「成然寐。」《釋文》「成本或作戍，音恤，簡文云：『當作滅。』」亦爲「戍」、「成」使用上的相混。

由此得知，「戍」、「成」二字因形體上的相似，故它們在使用時往往出現相混情形。不容忽視的是，出土文獻資料中「成」從「丁」、「戍」不從「丁」是它們的主要寫法；而傳世文獻中「成」、「戍」相混的例子也並不多見，故![字]字下部所從應爲「戍」。![字]的三個構件就分別是「臼」、「一」和「戍」，其中「戍」爲聲符。

從戍得聲的![字]，此處似讀爲「轄」。「戍」、「轄」均爲月部字。《老子》五

十八章「廉而不劌。」《釋文》「劌，河上作害。」「劌」從「歲」聲，「歲」從「戌」得聲。凡此說明「戌」、「滅」、「劌」、「害」、「轄」古音相近可通。需要指出的是，前引陳文稱該字爲「從戌得聲」的「軧」字。上古音中，「軧」屬支部，「戌」屬月部，兩者韻部相去甚遠而難相通，故其說似無法成立。

　　分析至此，❖❖二字當爲「約轄」。轄爲車部件之一。《說文》「轄，鍵也。」《釋名‧釋車》「轄，害也，車之禁害也。」畢沅《疏證》「轄，貫軸頭之鐵也，所以禁轂之突也。」古車中，車轂外的車軸頭上一般有作筒形的軎。軎上多有長方形的孔，轄就是插入此孔中將軎固定於軸頭上的鍵，其目的是防止套合在軸頭上的軎脫落，起約束作用，銘辭也因之稱「約轄」。考古實物中，商代多爲木質轄，西周時期則均爲銅質轄。這不僅表明轄的約束作用日益加強，也顯現轄在諸多車部件中所居的重要地位。準此，其賞賜僅見於毛公鼎一重器就不難理解了。

十二、金簟弼（茀）、贇弜

　　金簟弼，見於毛公鼎、番生毁蓋二器。對其中「簟弼」釋讀，學者多據鄭玄對《詩經》中「簟茀」的注解，釋爲「車蔽」。吳大澂認爲「弼，古弻字。……弻以蔽車。」〔註110〕王國維指出「弼」乃「茀」之本字，從西弓聲。西象席形，是古文席字。」〔註111〕

　　唐蘭在結合文獻和考古資料的基礎上，分析指出「弼」是弓柲。「金簟弼」就是出土青銅器中常見的弓形器〔註112〕。隨後，學者在進一步的研究中，對這種弓形器產生了諸多新的認識，同時指明唐說存在合理性不足等問題〔註113〕。

　　近出柬戒鼎銘中，有「贇弜」一物，「弜」爲「弼」之古文。「贇」，學者認爲可能爲「簟」之借字〔註114〕。據此，其與前述「簟弼」爲同一物品。對

〔註110〕吳大澂：《說文古籀補》，清光緒二十四年增輯本。

〔註111〕王國維：《觀堂集林》288頁，中華書局，1959年。

〔註112〕唐蘭：《弓形器〈銅弓柲〉用途考》，《考古》1973年第3期。

〔註113〕林澐：《關於青銅弓形器的若干問題》，《吉林大學社會科學論叢‧歷史專集》，1980年；唐嘉弘：《殷周青銅弓形器新解》，《中國文物報》1993年3月7日；秦建民：《商周「弓形器」爲「旂鈴」說》，《考古》1995年第3期；孫機：《商周的「弓形器」》，《中國古輿服論叢》（增訂本），文物出版社，2001年12月。

〔註114〕吳振武：《柬戒鼎補釋》，《史學集刊》1998年第1期。

其釋義，學者或謂「這一物品有多種說法，迄無定論。」〔註 115〕或釋爲「車蔽」〔註 116〕。

不難發現，學者對此物的理解有所不同。我們認爲，從目前所掌握的資料看，釋爲「弓形器」似難以成立，這不僅從上引學者對考古資料的研究中可以窺見，而且在金文中亦有所反映。如唐氏在對「弜」的分析時云「弜字從囟，即簟字，而還叫做簟弜，這是由於中國文字和語言的差別。文字裏從囟，說明它是用簟做的，但在語言裏和弜同音的字很多，單說弜容易混淆，所以還叫做簟弜。（好像鯉字在文字裏已經從魚里聲，表明是一種魚，但在語言裏仍然叫鯉魚。）」〔註 117〕如從其說，結合焂戒鼎的「贅弜」而論，就可以得出這樣的推斷：古代凡表示這種「弜」的物品，均要稱「贅弜」。表面上看，焂戒鼎的「贅弜」似與唐說吻合。但值得思考的是，金文中存在同音之字甚多，何以單單此「弜」字在語言表達上如此複雜？

然釋爲「車蔽」也存在一定的問題。據銘辭，毛公鼎、番生𣪘蓋的「金簟弜」前已有「虎𣛯」的賞賜，「虎𣛯」爲車蓋之義，「金簟弜」爲車蔽，屬同一意義範疇的物品。儘管出土實物車中常有車蓋、車蔽等，但金文在對這類物品記載時一般都不重複。而且，按金文中賞賜物品排列的規律看，即使有可能同時出現這種車蓋和車蔽，其在銘辭中的敘次也應該十分靠近，而不會在這二者之間有許多其他物品。由此可見，釋爲車蔽亦有欠妥之處。

因此，金文的「金簟弜」究爲何物，似乎還有待於進一步的研究。

就目前所見資料而言，此物的賞賜並不常見。其中，受賜的焂戒之人，據學者研究，其職司實際上已涵蓋了司馬、司徒和司寇的主要工作。極可能是主管或協管三有司的〔註 118〕，地位甚高。而毛公鼎和番生𣪘蓋兩器，所記賞賜物於金文最豐，二者地位之高自不待言。凡此，足以說明這類物品的貴重。

〔註 115〕陳佩芬：《釋焂戒鼎》，《第三屆國際中國古文字學研討會論文集》，香港中文大學出版，1997 年 10 月。

〔註 116〕吳振武：《焂戒鼎補釋》，《史學集刊》1998 年第 1 期。李學勤：《翰伯慶鼎續釋》，《徐中舒先生百年誕辰紀念文集》，四川聯合大學歷史系，巴蜀書社，1998 年 10 月。

〔註 117〕唐蘭：《弓形器〈銅弓柲〉用途考》，《考古》1973 年第 3 期。

〔註 118〕吳振武：《焂戒鼎補釋》，《史學集刊》1998 年第 1 期。

十三、朱虢👁🗨🌀（綏）、菜👁朱虢🌀（綏）、朱👁👁🌀（綏）、朱👁👁🌀（綏）〔註119〕

朱虢👁🌀、菜👁朱虢🌀、朱👁👁🌀、朱👁👁🌀等賞賜物，其中的🌀、🌀、🌀、🌀等形，繁簡略有不同，實爲一字（爲便於敘述，以△代替原篆）。據文意，這類賞賜物的主體分別爲👁和△，其前或有「朱虢」、「朱👁」、「朱👁」等詞修飾。郭沫若認爲，毛公鼎和番生𣪘蓋銘的🌀、🌀二形爲「亂」字，義與「虢」近，假爲「韗」；而「虢」與「鞹」通。「韗」爲柔皮，「虢」爲皮〔註120〕。據此可知，「👁」和△前的「朱虢」或「朱韗」乃指朱色的皮革。

基於此，現對「👁」、△二物分析如下。

（1）👁

👁，作👁形，舊多釋爲表示車軾之義的「軓」。楊樹達認爲此字象弓室藏弓之形，釋爲「韔」〔註121〕。裘錫圭、李家浩曾侯乙墓竹簡簡文考釋中，以出土實物爲參照材料，進一步申述楊文的觀點，並以簡文中「韔」形體來證明楊說的正確性〔註122〕。甚爲精闢，爲學者所接受。銘辭中，「👁」前分別有「朱虢」、「朱亂」等修飾詞。據前分析，此處的「韔」是由朱色皮革製成的。此外，錄伯𢦏𣪘蓋和吳方彝蓋銘云「菜👁」，指有賁飾的韔。

（2）🌀、🌀、🌀、🌀

△的釋讀，歷來衆說紛紜。早期學者就有多種釋讀〔註123〕，其中，以郭沫若釋讀爲「靳」，即馬之胸衣的說法影響最大。儘管有學者已指出此釋不合金文記賞賜物敘次上的規律：在衆多的車飾中插入靳這一馬飾，釋「靳」爲馬胸衣難以成立〔註124〕。但有學者在涉及此字時仍從郭說。

〔註119〕爲便於敘述，此處的🌀、🌀、🌀、🌀等形仍存原篆列出，將釋讀結果置其後括號內。

〔註120〕郭沫若：《毛公鼎之年代》，《郭沫若全集》第五卷，科學出版社，2002 年 10 月。

〔註121〕楊樹達：《積微居金文說》（增訂本）251 頁，中華書局，1997 年 12 月。

〔註122〕裘錫圭、李家浩：《曾侯乙墓竹簡釋文與考釋》，《曾侯乙墓》，文物出版社，1989 年。

〔註123〕李孝定等：《金文詁林附錄》第 2029 頁，香港中文大學出版社，1977 年。

〔註124〕黃然偉：《殷周史料論集》，三聯書店有限公司，1995 年 10 月。

　　近來，趙平安釋△爲「靳冕」二字的合文〔註125〕，仍視其爲馬飾之列。
其說自不可通。王立新、白於藍以金文「祁」的本字作🦌，又謂金文中𢆶、𠂤
二字亦爲「祁」。故得出△所從的🞑應讀如「祁」，爲△的聲符。由音讀尋之，
釋△爲「靵」，即縛於車轂上的物品〔註126〕。其說所述頗詳，此釋與文意的確
相符，但文所云的𠂤爲「祁」的觀點，似乎還有待新材料的進一步證實。故
其結論的正確與否亦難以斷定。

　　從形體上看，△多從革從斤。故諸家對其形體構件中存在「靳」形的分析
是正確的。我們認爲，△應是從靳得聲的字，讀爲「綏」。典籍中，《儀禮・少
牢饋食禮》「上佐食以綏祭。」鄭注「綏或作挼，挼讀爲墮，古文墮爲肵。」高
亨按「古文綏爲肵。」〔註127〕「靳」、「肵」均從斤聲，「肵」與「綏」通，是
以說明「靳」、「肵」、「綏」音近可通。

　　「綏」，《禮記・曲禮上》「執策綏」，孔穎達疏「綏是上車之繩。」陸德明
《釋文》「綏，執以登車者。」《論語・鄉黨》「升車必正立執綏」，刑昺疏「綏
者，挽以上車之索。」由此可知，綏爲古代登車時所執的帶子。

　　考古實物中，秦始皇陵一號銅馬車的車軾上，就綴著分作左右兩根綏〔註
128〕，其「長達37釐米，而從軾到輿後軫的距離還不足此數，登車者盡可以抓
著。」〔註129〕與文獻相合，可能就是金文所見的「綏」。

　　因綏爲登車之帶，故其常與車飾類物品同賜。《詩・大雅・韓奕》「王賜韓
侯，淑旂綏章」中，王賜予韓侯的物品就有「綏「在內的諸多車馬飾。其情形
與金文相類。

　　據銘辭可知，所賜之綏均由朱色的皮革製作而成。

〔註125〕趙平安：《西周金文中的𢆶𦒽新解》，《于省吾教授百年誕辰紀念文集》，吉林大學
　　　　出版社，1996年9月。

〔註126〕王立新、白於藍：《釋靵》，《于省吾教授百年誕辰紀念文集》，吉林大學出版社，
　　　　1996年9月。

〔註127〕高亨：《古字通假會典》第124頁，齊魯書社，1989年7月。

〔註128〕陝西省秦俑考古隊：《秦始皇陵一號銅車馬清理簡報》第8頁，《文物》1991年第
　　　　1期。

〔註129〕黨士學：《試論秦陵一號銅車馬》，《文博》1994年第6期。

第四節　馬　飾

馬飾，研究者或稱馬器、馬具，廣義上指附於駕車的馬體上的諸多物品。相對車飾而言，馬飾在數量和種類上都比較少，主要有攸勒、金膺、金嘆（鞊）。

一、攸　勒

「攸勒」，典籍或作「鯈革」。《詩・小雅・蓼蕭》「鯈革沖沖。」毛傳：「鯈，轡也；革，轡首也」《說文》「勒，馬頭絡銜也。」《段注》云：「絡銜者，謂落其頭而銜其口，可控制也。」《急就篇》「轡、勒、鞅、鞦、鞊、羈、繮」，顏師古注「羈，絡頭也，勒之無銜者也。」結合金文中有勒的單獨賞賜，可知攸、勒爲二物。學者也圍繞攸、勒的具體所指展開研究。郭沫若認爲「攸」是馬轡銅，「鞊」是馬頭絡銜。〔註130〕郭寶鈞釋「勒」爲絡馬頭者。〔註131〕黃然偉指出「攸勒」是用來絡馬首的用具，且「以皮革爲之，其上有銅飾或以貝爲飾者」。〔註132〕馬承源認爲「攸勒」是用貝或青銅裝飾的馬籠頭。〔註133〕楊英傑認爲「絡頭」、「勒」、「攸勒」是不同的鞁具，「攸」是轡，「勒」指帶有嚼口的絡頭；而且金文「攸」、「勒」合稱是因爲「轡與勒是一套完整的馭馬器具，只有配合起來使用，才能起到馭馬的作用。」〔註134〕孫機提出絡頭和「勒」是不同的，「勒」是馬的轡頭，絡頭是勒的一部份，不包括馬銜。〔註135〕何樹環認爲「攸」是馬轡首銅，「勒」是馬頭絡銜。〔註136〕可以看出，諸家關於攸、勒的具體闡釋略異。綜合諸說，攸指轡，勒指含有馬鑣，即銜的馬絡頭。

攸的寫法，金文或從金作「鋚」，《說文》「鋚，轡首銅。」《詩・周頌・載見》「鯈革有鶬」，毛傳「鯈革，轡首者；鶬，金飾貌」。結合前引文獻，攸可爲革製之轡，亦可爲在革製的轡上加以銅飾。

〔註130〕郭沫若：《「班殷」的再發現》，《文物》，1972 第 9 期。

〔註131〕郭寶鈞：《殷周車器研究》，文物出版社，1998 年，第 63 頁。

〔註132〕黃然偉：《殷周史料論集》，三聯書店有限公司，1995 年，第 180 頁。

〔註133〕馬承源主編：《商周青銅器銘文選（三）》，文物出版社，1988 年，第 138 頁。

〔註134〕楊英傑：《先秦古車挽馬部分鞁具與馬飾考辨》，《文物》1988 年第 2 期。

〔註135〕孫機：《中國古獨輈馬車的結構》，《中國古輿服論叢》（增訂本），文物出版社，2001 年，第 49 頁。

〔註136〕何樹環：《西周賜命銘文新研》，文津出版社，2007 年，第 148 頁。

　　勒的寫法，銘辭多作「勒」。而康鼎、班段二銘分別作「革」、「鑘」，前者爲「勒」之省寫，與文獻相同；後者從金，與師㝬段蓋和麥方尊的「勒」前用「金」修飾稱「金勒」相類，可能是爲了突出「勒」含有「衙」這一金屬物品的特徵。

　　攸、勒二物，同爲駕馭馬的用具。有學者據秦陵二號銅車馬的一馬兩轡繫駕方式，指出馭馬的「內轡和外轡的前端分別繫於勒的衙環上。轡與勒是一套完整的馭馬器具，只有配合起來使用，才能起到馭馬的作用。所以金文與《詩》常常攸、勒合稱。」〔註137〕

　　金文所賜之勒，有「金勒」、「鈴鑘」等。「金勒」爲「銅勒」之義，即勒上有銅飾。「鈴鑘」，馬承源認爲「鈴」爲旗上的銅鈴，「鈴」亦可代表「旗」，進而釋此銘的「鈴」爲「旗」；「鑘」指馬衙勒〔註138〕。

　　我們認爲，馬文對「鑘」的解釋是正確的，且指出「鈴」可指「旗上的銅鈴」的觀點也有據。檢金文，毛公鼎的「朱旂二鈴」、番生段蓋的「朱旂旞金芳二鈴」，即指旗上的銅鈴。但馬文釋此處的「鈴」爲旗上之鈴，進而認爲其可代表「旗」的觀點則值得商榷。我們知道，金文的「鈴」還有表示「車上之鈴」的含義，如車飾中常見的「金甬」。不難看出，結合前引的旗上之鈴考慮，這些「鈴」所出現的辭例環境都比較明確。然則，這裡的「鈴」與「勒」同時出現，有可能就是與「勒」相關的物品，而並非指「旗上的銅鈴」。此外，金文中表示「旂上之鈴」的還有常見的「鑾旂」的「鑾」，儘管此物常與「旗」連言而賜，但其明顯爲一種獨立的物品（參看第五章「旗幟」下所述）。因而，與「鑾」同屬一類的「鈴」不能看作是「旗」。

　　由上引金文中各種「鈴」的記載，可見「鈴」所出現的辭例環境都比較明確：或爲車飾中的「車上之鈴」，或爲旗幟中的「旗上之鈴」。以此觀之，此處的「鈴」與「勒」同時出現，有可能就是與「勒」相關的物品。

　　《左傳》桓公二年「錫、鸞、和、鈴，昭其聲也。」杜預注「錫在馬頭，鸞在鑣，和在衡，鈴在旂，動皆有鳴聲。」孔穎達疏「鸞、和，亦鈴也，以處異故異名耳。」這說明馬鑣中有鑾鈴的設置。

〔註137〕楊英傑：《先秦古車挽馬部分鞁具與馬飾考辨》，《文物》1988 年第 2 期。

〔註138〕馬承源：《商周青銅器銘文選》（三）第 109 頁，文物出版社，1988 年 4 月。

傳世品中，羅振玉對其所藏的一種鑾類器物描述到〔註139〕：

> 又一種鑾，下有直柄，長五寸三分，柄中有圓環一，其側有半環二。
> 蓋以施於革上，以形制考之，殆當馬之兩頰各安一枚，前人謂鑣，
> 爲馬銜，銜上實無安鑾之處，其必施銜之兩旁，無疑惟人君四馬八
> 鑾，則每馬二鑾，知此二種乃或施首，或施於勒，非四鑾兼用之耶。

由此，結合上引文獻所載，可知古代馬勒上確有鑾鈴的懸掛。因而，銘辭中「勒」前的「鈴」可能指此物，因二者關係密切，故銘辭中「鈴勒」連言。

值得注意的是，馬承源在對近出戎生編鍾的「綟戈」釋讀時曾指出「綟通作鑾，指有鑾鈴的鑣。」〔註140〕這說明他也注意到設置於馬勒上的鑾鈴，但這種認識在他早期的文章考釋中並未體現，頗爲遺憾。

二、金膺、膺；金嘆（劃）

（一）金膺、膺

膺，金文作形，是「雁」字，假爲「膺」。《詩・秦風・小戎》「虎韔鏤膺」，注「膺，馬帶也。」學者多據此而釋。王國維據《說文》「膺，胸也」的釋義，指出「隹」爲胸飾〔註141〕，進一步確定了馬帶的位置。于豪亮釋爲「樊纓」，謂其「是馬胸前的裝飾，因爲是在胸前，所以又名爲膺。以革或五采罽爲之，再繫上旄牛尾，均以金塗，所以又稱爲金膺。」〔註142〕頗有見地。

考古實物資料中，秦始皇陵銅車馬的出土，研究者對「膺」作了較爲詳細地總結性分析，亦認爲「膺」指束約馬胸的帶或大帶〔註143〕。

據此，「膺」爲束馬之用具。從實用的角度看，馬膺應是以革製成的，因其上有銅飾，故稱爲「金膺」。

〔註139〕羅振玉：《古器物識小錄》第19頁，《遼居雜著》（丙篇）石印本，1934年。

〔註140〕馬承源：《戎生鍾銘文的探討》，《中國青銅器研究》，上海古籍出版社，2002年12月。

〔註141〕王國維：《觀堂古金文考釋五種・毛釋》，1927年海寧王忠愨公遺書二集本。

〔註142〕于豪亮：《陝西扶風縣強家村出土虢季家族銅器銘文考釋》，《古文字研究》第9輯，中華書局，1984年1月。

〔註143〕陝西省秦俑考古隊、秦始皇陵兵馬俑博物館：《秦陵二號銅車馬》，《考古與文物叢刊》第1號，1983年。

値得注意的是，新出燮戒鼎銘有「🐦膺」。吳振武認爲前一🐦字左邊所從爲「羽翼」的「翼」的象形寫法，右邊從凵，即毛公鼎的「嘽」字。兩器中的「剴」（嘽）爲《周禮・春官・巾車》鄭注爲「婁頷之鉤」的「鉤」，即出土西周車馬中所見繫在馬嘴上的兩根長條形鉤狀銅飾，這種長條形鉤狀銅飾顯然有翼護馬嘴的作用，故其字既可用會意構形寫作「嘽」，也可用形聲構形寫作「剴」〔註144〕。此說甚詳且有據，可從。由此，燮戒鼎的「剴膺」爲二物，其中的「膺」與「金膺」義同。兩相比較，單言「膺」者未明其質地而已。

諸銘中，師𩵋鼎稱「大師金膺」。《詩・小雅・節南山》「赫赫師尹，民具爾瞻」。傳：「師，大師，周之三公也」。大師爲西周時期一種高級的官吏。據前引吳文研究，燮戒的職司實際上已涵蓋了司馬、司徒和司寇的主要工作，其極可能是主管或協管三有司的。另外毛公鼎所載賞賜物品在金文中最爲豐富，毛公亦具有很高的地位。由此觀之，金文所賜之「膺」非一般的物品，其受賜者的地位亦非同尋常。

（二）金嘽（剴）

此物的賞賜，見於毛公鼎和燮戒鼎兩器，分別作🐦、🐦形。後一形體，前引吳振武對其已作了詳細地分析（見前「金膺」條下所錄，茲不贅述）：釋爲「鉤」，即考古實物中的翼護馬嘴的長條性鉤狀銅飾。其說甚確。「金嘽」之稱，指明其爲銅製品；燮戒鼎單稱「剴」，與單言「膺」同屬省簡的敘述方式。

最後一提的是，曾侯乙墓115簡有「鉤環」，整理者視其爲「遊環」，〔註145〕羅小華指出「鉤」和「環」指兩種不同的馬飾，「鉤」即婁頷之鉤。〔註146〕又《清華簡・封許之命》簡6中有「鉤雁」，整理者認爲是「鉤膺」，即樊纓。並稱「由簡文看恐實係兩物」。〔註147〕由此可知，簡文的「鉤」、「膺」形如毛公鼎銘的「金嘽、金膺」，分別指兩種不同物品。綜合論之，「嘽」指翼護馬嘴的長條性鉤狀銅飾；「膺」指束約馬胸的帶或大帶。

〔註144〕吳振武：《燮戒鼎補釋》，《史學集刊》1998年第1期。

〔註145〕裘錫圭，李家浩：《曾侯乙墓竹簡釋文與考釋》，《曾侯乙墓》，湖北省博物館，文物出版社，1989年，第520頁。

〔註146〕羅小華：《戰國簡冊所見車馬及其相關問題研究》，武漢大學博士學位論文，2011年。

〔註147〕李學勤主編：《清華大學藏戰國竹簡（伍）》，中西書局，2015年，第121頁。

西周金文「車馬及車馬飾」類賞賜物資料輯錄：

克鍾：易克田車、馬乘（《集成》204-207，209）

尹姞鬲：易玉五品、馬四匹（《集成》754、755）

揚方鼎：車叔商揚馬（《集成》2612、2613）

𣪕𣪕方鼎：楷仲賈厥𣪕𣪕逐毛兩、馬匹（《集成》2729）

作冊大方鼎：公賣作冊大白馬（《集成》2758-2761）

小臣夌鼎：小臣夌易貝、易馬兩（《集成》2775）

康鼎：令女幽黃、鋚革（《集成》2786）

南宮柳鼎：易女赤市、幽黃、攸勒（《集成》2805）

𪒠侯鼎：王親易御（方玉）五瑴、馬四匹、矢五（束）（《集成》2810）

無叀鼎：易女玄衣黹屯、戈琱威、厚必、彤沙、攸勒、䜌旂（《集成》2814）

趞鼎：王乎內史冊易趞：玄衣屯黹、赤芾、朱黃、䜌旂、攸勒（《集成》2815）

伯晨鼎：易汝秬鬯一卣、玄袞衣、幽夫（市）、赤舄、駒車、畫呻、䩛較、虎幃冟依里幽、鋚勒、旅五旅、彤弓、彤矢、旅弓、旅矢、寅、戈、䵞、冑（《集成》2816）

袤鼎：王呼史減冊易袤：玄衣黹屯、赤市、朱黃、䜌旂、攸勒、戈琱威、厚必、彤沙（《集成》2819）

頌鼎：王曰：易女玄衣黹屯、赤市、朱黃、䜌旂、攸勒（《集成》2827-2829）

師𩨳鼎：易女玄袞䋅屯、赤市、朱橫、䜌旂、大師金膺、攸勒（《集成》2830）

大盂鼎：易女鬯一卣、冂、衣、市、舄、車、馬，易乃祖南公旂，用狩，易女邦𤔲四伯，人鬲自馭至於庶人，六百又五十又九夫，易夷𤔲王臣十又三伯，人鬲千又五十夫，迺𢧜遷自厥土（《集成》2837）

毛公鼎：易汝秬鬯一卣、祼圭瓚寶、朱市、悤黃、玉環、玉琮、金車、𣫦縟較、朱號𬓿綏、虎冟熏里、右厄、畫轉、畫轎、金甬、造衡、金䡇（踵）、金豪、約轄、金簟弻、魚箙、馬四匹、攸勒、金嚖、金膺、朱旂二鈴（《集成》2841）

敱𣪘：易敱弓、矢束、馬匹、貝五朋（《集成》4099）

公臣𣪘：易女馬乘、鐘五金（《集成》4184-4187）

小臣宅𣪘：伯易小臣宅畫盾、戈九、易金車、馬兩（《集成》4201）

獻𣪘：楷伯令厥臣獻金車（《集成》4205）

衛設：王增令衛，殿赤市、攸勒（《集成》4209-4212）

無畁設：王易無畁馬四匹（《集成》4225-4228）

弭叔師察設：易汝赤舄、攸勒（《集成》4253、4254）

師瘨設蓋：易汝金勒（《集成》4283、4284）

諫設：易汝勒（《集成》4285）

師酉設：新易汝赤市、朱黃、中絅、攸勒（《集成》4288-4291）

錄伯戜設蓋：余易汝秬鬯一卣、金車、桒𩰫軫、桒𣃈朱虢、虎冟柰里、金甬、畫輯、金厄、畫轉、馬四匹、鑾勒（《集成》4302）

師穎設：易汝赤市、朱黃、絲旂、攸勒（《集成》4312）

三年師兌設：易汝秬鬯一卣、金車、桒軫、朱虢𣃈綏、虎冟熏里、右厄、畫轉、畫輯、金甬、馬四匹、攸勒（《集成》4318、4319）

訇設：易女玄衣黹屯、載市、同黃、戈琱胾、厚必、彤沙、絲旂、攸勒（《集成》4321）

師㝨設：易汝叔市、金黃、赤舄、攸勒（《集成》4324、4325）

番生設蓋：易朱市、恩黃、鞶鞥、玉環、玉琮、車、電軫、桒縉軫、朱𩰫𣃈綏、虎冟熏里、遣衡、右厄、畫轉、畫輯、金童（踵）、金豙、金簟弼、魚箙、朱旂旜金芳二鈴（《集成》4326）

卯設蓋：易汝瓚四、章毂、宗彝一肆寶，易女馬十匹、牛十，易於乍一田，易於𡩜一田，易於隊一田，易於敔一田（《集成》4327）

頌設：易女玄衣黹屯、赤市、朱黃、絲旂、攸勒（《集成》4332-4335、4337-4339）

班設：令易鈴勪（《集成》4341）

牧設：易女秬鬯一卣、金車、桒軫、畫輯、朱虢𣃈綏、虎冟熏里、旂、余〔馬〕四匹（《集成》4343）

癲盨：王呼史年冊易褐𢆶、虢枝、攸勒（《集成》4462、4463）

師克盨：易汝秬鬯一卣、赤市、五黃、赤舄、牙僰、駒車、桒較、朱虢𣃈綏、虎冟熏里、畫轉、畫輯、金甬、朱旂、馬四匹、攸勒、素鉞（《集成》4467、4468）

望盨：易汝秬鬯一卣、乃父市、赤舄、駒車、桒較、朱虢𣃈綏、虎冟熏里、畫轉、畫輯、金甬、馬四匹、攸勒（《集成》4469）

伯畜父卣：休父易余馬（《集成》5390）

同卣：王易同金車、弓矢（《集成》5398）

次卣：易馬，易裘（《集成》5405）

召卣：伯懋父賜召白馬、每黃、髮微（《集成》5416）

作冊魖卣：賞作冊魖馬（《集成》5432）

繁卣：易宗彝一肆，車馬兩（《集成》5430）

次尊：次蔑歷，易馬，易裘（《集成》5994）

召尊：伯懋父賜召白馬、每黃、髮微（《集成》6004）

盠方尊：易盠：赤市、幽亢、攸勒（《集成》6013）

麥方尊：侯易玄琱戈……侯易者斞臣二百家，劑用王乘車馬、金勒、冂、衣、市、舄……作冊麥易金於辟侯（《集成》6015）

中觶：王易中馬，自䡍侯四騽，南宮睍（《集成》6514）

曶壺蓋：易女秬鬯一卣、玄袞衣、赤市、幽黃、赤舄、攸勒、綴旂（《集成》9728）

頌壺：易女玄衣黹屯、赤市、朱黃、綴旂、鑾勒（《集成》9731，9732〔蓋〕）

吳方彝蓋：易秬鬯一卣、玄袞衣、赤舄、金車、桒𩫞朱虢綏、虎冟熏里、桒䡅、畫轉、畫轎、金甬、馬四匹、攸勒（《集成》9898）

象方彝：易象：赤市、幽亢、攸勒（《集成》9899、9900）

守宮盤：易守宮絲束、蘆幕五、蘆幕二、馬匹、毳布三、圉篷三、璽朋（《集成》10168）

呂服余盤：易汝赤㦱、幽黃、鑾勒、旂（《集成》10169）

虢季子白盤：王賜乘馬，是用佐王，易用弓、彤矢其央，易用鉞（《集成》10173）

兮甲盤：王易兮甲馬四匹、駒車（《集成》10174）

僰戒鼎：輪伯慶易僰戒贊弻，劃雁、虎裘、豹裘（《商周》02279）

叔矢方鼎：齊叔矢以裳、衣、車、馬、貝三十朋（《商周》02419）

古鼎：易汝金車、旂、雍市、幽黃（《商周》02453）

卌三年逨鼎（甲一癸）：易女秬鬯一卣、玄袞衣、赤舄、駒車、桒較、朱虢𩫞綏、虎冟熏里、畫轉、畫轎、金甬、馬四匹、攸勒（《商周》02503、02504、

02505、02506、02507、02510、02512）

霸簋（蓋、器）：芮公舍霸馬兩、玉、金（《商周》04609、04610）

荖簋：楷侯𦬂荖馬四匹、臣一家、貝五朋（《商周》05179）

保員簋：易保員金車（《商周》05202）

㫚簋：易截市、冋黃（商周05217）

召簋：易汝玄衣滰屯、截市、幽黃、金膺（商周05230）

應侯見工簋甲、乙（蓋、器）：應侯視工侑，易玉五瑴，馬四匹，矢三千（《商周》05231、05232）

爯簋：易貝卅朋，馬四匹（《商周》05233）

馭簋：易汝幽黃、攸勒（《商周》05243）

引簋甲、乙：易汝彤弓一、彤矢百、馬四匹（《商周》05299、05300）

獄簋甲、乙、丙、丁：王賜獄佩、緇市、絲亢、金車（《商周》05315-05318）

師道簋：易汝賁、朱亢、玄衣黹屯、戈畫㦸、厚必、彤沙、旂五日（《商周》05328）

宰獸簋：易女赤市、幽亢、攸勒（商周05376、05377）

畯簋：易汝鬯卣、赤市、幽黃、攸勒（《商周》05386）

親簋：易汝赤市、幽黃、金車、金勒、旂（《商周》05362）

衛簋甲、乙：王易衛佩（從人從巾）、緇市、朱（從朱從殳）亢、金車（《商周》05368、05369）

士百父盨：乃賜馬（《商周》05665）

古盨蓋：易汝金車、旂、雍市、幽黃（《商周》05673）

獄盨：王賜獄佩、緇市、絲亢、金車（《商周》05676）

史䜌觶：易馬匹（《商周》10655）

聞尊：賜馬乘、盠冟二（《商周》11810）

季姬方尊：易厥田，以生（牲）馬十又五匹，牛六十又九㪤，羊三百又八十又五㪤，禾二廩（《商周》11811）

叔尊：賞女貝、馬……賜貝於原（《商周》11818）

䜌卣：易䜌馬（《商周》13339）

奭盤：易奭玄衣黹屯、緇市、幽黃、䜌、赤旂五日（《商周》14528）

獄盤：王賜獄佩、緇市、絲亢、金車（《商周》14531）

頌盤：易汝玄衣黹屯、赤市、朱黃、䜌旂、攸勒（《商周》14540）

逨盤：易汝赤市、幽黃、攸勒（《商周》14543）

古盉：易汝金車、旂、雍市、幽黃（《商周》14798）

獄盉：王賜獄佩、緇市、絲亢、金車（《商周》14799）

晉侯穌鍾 B 丁：弓、矢百，馬四匹（《商周》15309）

應侯見工鍾：易彤弓一、彤矢百、馬（《商周》15314-5317）

戚簋：易女赤市、朱亢、攸勒（《商周續編》0450）

武鼎：白𦝫父易武馬（《商周續編》0143）

罥鼎：易馬兩（《商周續編》0199）

伯�鼎：公易伯夈寶玉五品，馬四匹（《商周續編》0213）

具鼎：易具馬（《商周續編》0229）

召簋：易汝玄衣滰屯、載市、幽黃、金膺（《商周續編》0446）

左右簋：易女幽黃、攸勒、䜌旂（《商周續編》0449）

槐簋甲、乙：易女幽黃、攸勒（《商周續編》0453、0454）

衍簋：易女同衣、赤舃、幽黃、攸勒，易女田於盍、於小水（《商周續編》0455）

反簋：易女□□矢、金車（《商周續編》0456）

衛簋丙：王易衛佩、緇市、朱亢、金車（《商周續編》0462）

師酉盤：易女赤市、攸勒（《商周續編》0951）

第二章　酒

　　酒，古人生活飲品之一。西周時期，《尚書·酒誥》「毋酗於酒」之訓誡，《詩·大雅·抑》「文王曰咨，咨女殷商，天不湎爾以酒」之警語，反映了統治者已認識到殷末過份沉湎於酒的社會風氣對國家和社會發展的種種不利。出土實物中，西周早期食器在禮器中的比重逐步增大，酒器的比重相對逐漸減少的現象，也從側面反映了周人飲酒之風遠不如殷商。然《詩經·豳風·七月》「十月獲稻，爲此春酒，以介眉壽」的人們釀酒活動場面，以及《詩·小雅·賓之初筵》「酒既和旨，飲酒孔偕」的宴享情景，表明無論是貴族統治階級還是地位低下的勞動者，酒在他們的生活中仍佔有一定地位。

　　值得一提的是，「酒」屢見於出土先秦文字中，如甲骨文的「酒」（🥫，《合集》34417），西周早期大盂鼎的「酒無敢酖」（🥫）西周中期天君殷的「飲酒」（🥫），西周晚期毛公鼎的「毋湎於酒」（🥫），新蔡簡的「酒食」（🥫），包山簡的「酒飲」（🥫），上博簡「王有旨酒」（🥫）、「飲酒如啜水」（🥫）等等，其寫法自甲骨文至楚簡基本都作酒器形狀，均指酒。然在西周金文的酒類賞賜物品中卻從無「酒」的稱法，只有鬯、𩰪鬯、鬱鬯等。對這些物品，典籍說解頗多。

　　從形體上看，「鬯」像盛酒器具，中間點畫爲米粒或香草之形，或省簡這些點畫。《說文》：「以秬釀鬱草，芬芳攸服，以降神也。從凵，凵，器也；中

象米；匕，所以扱之」。《詩・大雅・江漢》「釐爾圭瓚秬鬯一卣」注云「鬯，香草也，築薑合而鬱之曰鬯」，箋云「謂之鬯者，芬香條鬯也」。《易・震卦辭》「不喪匕鬯，」李鼎祚《集解》引鄭注：「鬯，秬酒，芬芳條鬯。」由此可知，鬯或爲一種和秬煮合而成香酒的香草，或可直接指鬯酒。

據文獻記載，「鬯」的功用有：A、用於祭祀，《周禮・春官・宗伯》「凡祭祀賓客之祼事，和鬱鬯以實彝而陳之」。金文矢令方尊、矢令方彝器銘「用禘，易令鬯、金、小牛」之言，記載了鬯用於當時的禘祭。B、用於逝者浴身，《周禮・春官・宗伯》「王崩，大肆以秬鬯渳」，鄭司農云「大肆，大浴也。杜子春讀渳爲泯，以秬鬯浴尸」，又云「大喪之大渳，設斗共其釁鬯」注「斗，所以沃尸也。釁尸以鬯酒，使之香美者。」以香酒爲逝者浴身是一種禮儀；因鬯酒貴重，故受此禮遇者屬地位較高的統治階級。C、用於賞賜，今本《竹書紀年》「王嘉季歷之功，錫之圭瓚秬鬯」、《尙書大傳》卷五「諸侯有德者，一命以車服弓矢，再命以虎賁三百人，三命秬鬯，諸侯三命者皆受天子之樂，以祀其宗廟」、《韓詩外傳》卷八「諸侯之有德，天子錫之，一錫車焉，再錫衣服，三錫虎賁，……九錫秬鬯」。金文多篇銘辭也以鬯作爲賞賜物品，這些都與傳世文獻所述一致。

出土文獻中，一般用「卣」作爲鬯酒的數量單位。「卣」，本指盛鬯之物，當用來說明「鬯」的多少時，已由普通名詞轉化爲物量詞。其與數詞組成詞組作「xx＋數詞＋卣」格式，單稱則作「xx 卣」、「卣 xx」格式。前者在所賜諸鬯酒中使用情形有：言「秬鬯」的，惟晉侯蘇編鍾例外，他器常有數量詞組的限定，最常見的爲「一卣」，僅呂方鼎一例爲「三卣」；單稱「鬯」者，僅大盂鼎中有「一卣」的數量說明。後者如士上諸器中直接將「卣」置於「鬯」前，即「卣鬯」，這在金文物品的表述中比較特殊，但和㡆簋、荊子鼎的「鬯卣」都表示「一卣之鬯」的意思。除此之外，盂卣「鬯束」後附有「束」表鬯這種香草的數量；而且還有部份器銘僅載有「鬯」或「鬱鬯」，前後都沒有表示數量的修飾語。

值得注意的是，新蔡簡的「鬯一」的「鬯」後僅有數詞「一」，沒有常見的「卣」。亢鼎的「鬯」後的▓，或認爲是「觛」，指秬鬯一觛 [註1]。又《說

〔註1〕 李學勤：《亢鼎賜品試說》，《南開學報》2001 增刊。陳絜、祖雙喜《亢鼎與西周土

文》云「卮，圜器也，一名觛」，《考古圖》「一耳卮」下注云「此器旁一耳乃古酒卮」；故「卮」爲盛酒之器。然則亢鼎「秬鬯一觛」似可指「秬鬯一卮」。或認爲是壇（罈、罐），銘文「鬯壇」指「秬鬯一壇」。〔註2〕

　　賞賜類銘文中，「鬯」除單稱以外還有「秬鬯」、「鬱鬯」、秬等稱法。從銘辭所記賞賜物品的排序上看，鬯酒在諸賞賜物中的多置於首位，惟小子生尊例外。這不僅表明其爲一種珍貴的物品，也說明了文獻中對其在所賜物品中位次的記述可能並非是當時眞實情況的反映。此外，霸伯盂的「旁鬯」，學者或讀爲「芳鬯」〔註3〕，指香味的鬯酒，與秬鬯、鬱鬯義近。

　　金文言賜的鬯酒中，以秬鬯最多，鬯次之，鬱鬯較少。在與其他賞賜物的組合關係上，秬鬯多和貝同時被賜而用於祭祀，且多見於西周早期；而鬱鬯則都是和金同時出現。另外，用來挹取鬯酒的圭瓚、璋瓚等諸多工具，僅毛公鼎、宜侯夨毁二器中例外，其他則很少與鬯酒同賜。

一、秬　鬯

　　「秬鬯」中「秬」的寫法有：

　　1. 由「矢」、「巨」、「鬯」三個偏旁組成：其上從矢從巨，下從鬯；上部的矢、巨兩個偏旁在位置上往往左右無別，如、、等形。這類寫法在金文中占大多數。

　　2. 由「矢」、「鬯」兩個偏旁構成，如形。

　　3. 由「巨」、「鬯」兩個偏旁組成，「巨」部件位置居上或居右，如、等形。

　　可以看出，2、3的寫法乃1寫法的省簡，均釋爲「秬」，在銘辭中和其後的「鬯」合稱「秬鬯」。《說文》：「秬，黑黍也。一稃二米以釀，從鬯矩聲」，並云「秬或從禾。」所作形體分析與上引金文不同寫法吻合，「秬鬯」即典籍習见的「秬鬯」。

　　　　地所有制》，《中國歷史文物》，2005 年第 1 期。

〔註2〕黃錫全：《西周貨幣史料的重要發現——亢鼎銘文的再研究》，《中國錢幣論文集》
　　　　第四輯，中國金融出版社，2002 年（49～60）。

〔註3〕黃錦前、張新俊：《霸伯盂銘文考釋》，《中國國家博物館館刊》2012 年第 5 期。

《詩・大雅・江漢》「釐爾圭瓚秬鬯一卣」注云「秬，黑黍也，鬯，香草也，築煑合而鬱之曰鬯」，箋云「秬鬯，黑黍酒也，謂之鬯者，芬香條鬯也」。《易・震卦辭》「不喪匕鬯，」李鼎祚《集解》引鄭注：「鬯，秬酒，芬芳條鬯。」由此可知，秬爲黑黍，乃穀物的一種；鬯爲一種和秬煑合而成香酒的香草，但有時也可直接指鬯酒，如大盂鼎的「鬯一卣」。然則，秬鬯是由黑黍的「秬」和「鬯」煑合、合釀而成的香酒。

值得一提的是，宜侯矢殷「鬯」前一字形體較殊，作 ；據文意知其爲「鬯」的修飾語。陳邦福、陳直隸作「醞」〔註4〕。陳夢家隸爲「豐」〔註5〕。郭沫若隸作「鹽」〔註6〕。譚戒甫讀爲「鬱」〔註7〕。李學勤、唐蘭隸作「壹」，且後者以之爲地名〔註8〕。馬承源隸作「鷗」，爲「嫛」，引《廣雅・釋器》「嫛謂之暗」，認爲此字是「暗」，表示」暗」的意思。」〔註9〕。董楚平隸爲「嫛」，認爲「嫛者，幽也，義同鬱」〔註10〕。顯然，各家關於形體分析的主要分歧是對此字右邊所從之形有不同的隸定：一說爲「帚」，一說爲「山」。關於意義的闡釋，除唐蘭的地名之說外，多釋爲「鬱鬯」的「鬱」。

我們認爲，據目前掌握的資料看，「鬱鬯」後幾乎沒有數量詞組的修飾，「一卣」之詞只是常置於「秬鬯」後；而此處「 鬯」後有「一卣」，然則將「 鬯」理解爲秬鬯似更爲穩妥。

二、鬱 鬯

「鬱鬯」的「鬱」在金文中寫法多作 形，唯曶鼎作 爲例外（下文將另作單獨討論）。 ，隸作 ，爲鬱之初文〔註11〕。「鬱鬯」，於文獻中又稱「鬱鬯」。

〔註4〕陳邦福：《矢殷考釋》，《文物參考資料》1955年第5期；陳直《考古論叢・江蘇鎮江新出土矢殷釋文並説明》，《西北大學學報》，1957年第1期。

〔註5〕陳夢家：《宜侯矢殷和它的意義》，《文物參考資料》1955年第5期。

〔註6〕郭沫若：《矢殷銘考釋》，《考古學報》1956年第1期。

〔註7〕譚戒甫：《周初矢器銘文綜合研究》，《武漢大學學報》1956年第1期。

〔註8〕李學勤：《宜侯矢簋與吳國》，《文物》1985年第7期；唐蘭《西周青銅器銘文分代史徵・俎侯矢簋》，中華書局，1986年12月。

〔註9〕馬承源：《商周青銅器銘文選》（三）第34頁，文物出版社，1988年4月。

〔註10〕董楚平：《吳越徐舒金文集釋》，浙江古籍出版社，1992年12月。

〔註11〕于省吾：《甲骨文字釋林・釋鬱》，《甲骨文字釋林》第308頁，中華書局1979年6月。

《周禮・春官・宗伯》「凡祭祀賓客之祼事，和鬱鬯以實彝而陳之」注「築鬱金煮之，以和鬯酒，鄭司農雲，鬱，草名，十葉爲貫，百二十貫爲築，以煮之鐎中，停於祭前，鬱爲草若蘭」。《周禮・春官・宗伯》「郁人」，注「鬱，鬱金香草，宜以和鬯」。由此可知，鬱亦爲一種香草，古人取其汁後加於鬯酒，遂成鬱鬯；「鬱鬯」是用鬱這種香草和鬯酒調和製作的酒。其與「秬鬯」不同之處在於「秬」爲黑黍，「鬱」爲香草。二者都可與鬯酒合釀，但選取材料不同，典籍也有「鬱人」、「鬯人」之別。

召鼎「瓚鬯」的「瓚」作🈂，學者或釋爲「琳」、或釋爲「璑」，指玉的一種〔註12〕。譚戒甫釋爲「鬱」，謂此字下部所從爲「王」，與「鬯」同韻部，乃假「王」爲「鬯」。〔註13〕郭沫若釋爲從「金」之「🈂」。〔註14〕白川靜亦隸作「🈂」〔註15〕。陳夢家認爲此字上部所從與卜辭「春」字寫法相同，疑其爲「純」，表示絲的意思〔註16〕。李孝定指出其下部所從爲「玉」，但否定釋爲玉屬的說法，認爲其爲赤金之單位詞〔註17〕。馬承源隸與郭同，讀爲「鈞」〔註18〕。

諸說分歧較大。細審形體，其上部所從作🈂形。檢金文，與此相類的形體還見於：

🈂	🈂	🈂
小子生尊	叔毁	康伯壺
西周早期	西周早期	西周早期

在對小子生尊、叔毁的形體分析時，于省吾論述甚詳，並得出「鬱之初文本作🈂」的結論〔註19〕。由此，上列三種🈂形都是「鬱」，召鼎「🈂」上部亦爲「鬱」

〔註12〕釋琳：畢沅、阮元《山左金石志》1・17，清嘉慶二年阮元小瑯嬛仙自刻本；釋璑：高田忠周《古籀篇》卷7第5頁。

〔註13〕李孝定等：《金文詁林附錄》第2625頁。香港中文大學出版社，1977年。

〔註14〕李孝定等：《金文詁林附錄》第2625頁。香港中文大學出版社，1977年。

〔註15〕李孝定等：《金文詁林附錄》第2625頁。香港中文大學出版社，1977年。

〔註16〕李孝定等：《金文詁林附錄》第2625頁。香港中文大學出版社，1977年。

〔註17〕李孝定等：《金文詁林附錄》第2625頁。香港中文大學出版社，1977年。

〔註18〕陳夢家：《西周銅器斷代》（上）第199頁，中華書局，2004年。

〔註19〕于省吾：《甲骨文字釋林・釋🈂》，《甲骨文字釋林》第308頁，中華書局1979年6月。

字。至於下部之形，顯爲上引李說，釋爲「玉」。誠然，前引譚文釋爲「鬱」在最終結果上看是正確的，但其認爲下部所從是「王」而與「鬯」相通，殊爲勉強之詞，不可據。此外，上引隸作「鬱」者是將此字上部所從恝形割裂而論，亦有誤。

綜上，「鬱」應隸定爲「璗」，是「鬱」的異體字。銘辭乃「鬱鬯」之省寫。檢金文，在已確認爲鬱鬯的銘辭中，其賞賜均與金一起出現。曶鼎「璗」的上文有「金」，與這類物品賞賜時的組合規律吻合，也進一步說明釋「璗」爲「鬱鬯」是可以成立的。

三、赳

荊子鼎的𧺼，隸定爲「赳」[註20]，王占奎認爲「下部很像鬯，上部與走很像。聯繫以往所見西周金文可知，當是酒類」。[註21] 其形體從「鬯」，當與鬯酒相關，後加「卣」和秬鬯、鬱鬯常與「卣」連用情形亦相同。因此，學者在論述該鼎銘時往往徑將其釋爲「鬯」，但具體的形體分析尚不得而知。

西周金文「酒」類賞賜物資料輯錄：

呂方鼎：王易呂秬鬯三卣、貝卅朋（《集成》2754）

伯晨鼎：易汝秬鬯一卣、玄袞衣、幽夫（巿）、赤舄、駒車、畫呻、幬較、虎幃冟依里幽、鋚勒、旅五旅、彤弓、彤矢、旅弓、旅矢、寅、戈、虢、冑（《集成》2816）

大盂鼎：易女鬯一卣、冂、衣、巿、舄、車、馬，易乃祖南公旂，用狩，易女邦司四伯，人鬲自馭至於庶人，六百又五十又九夫，易夷司王臣十又三伯，人鬲千又五十夫，迺戠遷自厥土（《集成》2837）

曶鼎：易汝赤雍巿……井叔易曶赤金、璗（《集成》2838）

毛公鼎：易汝秬鬯一卣、祼圭瓚寶、朱巿、悤黃、玉環、玉瑹、金車、䍐縟較、朱虢皋綏、虎冟熏里、右厄、畫轉、畫輴、金甬、造衡、金䡐（踵）、金豙、約轄、金簟弼、魚箙、馬四匹、攸勒、金䵎、金膺、朱旂二鈴（《集成》2841）

〔註20〕 湖北省文物考古研究所、隨州市博物館：《湖北隨州葉家山西周墓地發掘簡報》，《文物》2011 年第 11 期。

〔註21〕 李學勤等：《湖北隨州葉家山西周墓地筆談》，《文物》2011 年第 11 期。

叔毁：賞叔欝鬯、白金、芻牛（《集成》4132.1-、4132.2-7、4133.1、4133.2）

錄伯威毁蓋：余易汝秬鬯一卣、金車、桒幬耾、桒圅朱虢、虎冟桒里、金甬、畫韇、金厄、畫轉、馬四匹、鋚勒（《集成》4302）

三年師兌毁：易汝秬鬯一卣、金車、桒耾、朱虢圅綏、虎冟熏里、右厄、畫轉、畫韇、金甬、馬四匹、攸勒（《集成》4318、4319）

宜侯夨毁：易鬯（秬）鬯一卣、商瓚一□、彤矢百、旅弓十、旅矢千，易土：厥川三百□，厥□百又廿，厥宅邑卅又五，厥□百又四十，易在宜王人十又七生，易鄭七伯，厥盧□又五十夫，易宜庶人六百又□六夫（《集成》4320）

師訇毁：易女秬鬯一卣、圭瓚、夷狁三百人（《集成》4342）

牧毁：易女秬鬯一卣、金車、桒耾、畫韇、朱虢圅綏、虎冟熏里、旂、余〔馬〕四匹（《集成》4343）

師克盨（蓋）：易汝秬鬯一卣、赤市、五黃、赤舄、牙僰、駒車、桒較、朱虢圅綏、虎冟熏里、畫轉、畫韇、金甬、朱旂、馬四匹、攸勒、素鉞（《集成》4467、4468）

望盨：易汝秬鬯一卣、乃父市、赤舄、駒車、桒較、朱虢圅綏、虎冟熏里、畫轉、畫韇、金甬、馬四匹、攸勒（《集成》4469）

作冊嗣卣：公易作冊嗣鬯、貝（《集成》5400）

士上卣：賞卣鬯、貝（《集成》5421、5422）

作冊嗣父乙尊：公易作冊嗣鬯、貝（《集成》5991）

士上尊：賞卣鬯、貝（《集成》5999）

小子生尊：小子生易金、鬱鬯（6001）

夨令方尊：明公易亢師鬯、金、小牛……易令鬯、金、小牛（《集成》6016）

士上盉：賞卣鬯、貝（《集成》9454）

舀壺蓋：易女秬鬯一卣（《集成》9728）

吳方彝蓋：易秬鬯一卣、玄袞衣、赤舄、金車、桒圅朱虢綏、虎冟熏里、桒耾、畫轉、畫韇、金甬、馬四匹、攸勒（《集成》9898）

夨令方彝：明公易亢師鬯、金、小牛……易令鬯、金、小牛（《集成》9901）

晉侯蘇鍾 B 丙：王親儕晉侯蘇秬鬯一卣（《商周》15308）

伯唐父鼎：易秬鬯一卣、貝五朋（《商周》02449）

靜方鼎：易汝鬯、旂、市、采霉（《商周》02461）

卌十二年逨鼎（甲、乙）：贅汝秬鬯一卣，田於鄭卅田，於徲廿田（《商周》02501、02502）

卌三年逨鼎（甲－癸）：易女秬鬯一卣、玄袞衣、赤舄、駒車、桒較、朱虢㔷綏、虎㡋熏里、畫轉、畫鞱、金甬、馬四匹、攸勒（《商周》02503、02504、02505、02506、02507、02510、02512）

荊子鼎：賞白牡一……賞䰙卣、貝二朋（《商周》02385）

亢鼎：公令亢歸美亞貝五十朋，以與茅𥿒、鬯鼃（觛）、牛一（《商周》02420）

卌二年逨鼎甲、乙：鬱（秬）鬯一卣（《商周》02501、02502）

卌三年逨鼎甲－辛、癸：鬱鬯一卣（《商周》02503-02510、02512）

畯簋：易汝鬯卣、赤市、幽黃、攸勒（《商周》05386）

霸伯盂：歸茅苞、芳鬯（《商周》06229）

呂壺蓋：呂賜鬯一卣、貝三朋（《商周》12373）

第三章　服　飾

　　服飾，最初是作爲人們生活必備的物質用品。進入階級社會後，尤其在崇尚禮儀制度的西周時期，各種服飾的穿著及出入場合等無不注入一些等級色彩。傳世文獻對此記載頗豐，金文賞賜物中也有大量服飾的出現，且多爲時王對其臣屬所賜的各種命服，主要有：市、衣、裘、黃、舄等。

第一節　市

　　金文中市的賞賜頗多，主要有市、赤市、赤❻市、虢市、幽市、𢧜市、朱市、叔市、赤❸市、乃祖市、乃父市等。其中以賜赤市與𢧜市最多。

　　《說文》「市，韠也，上古衣蔽前而已，市以象之，天子朱市，諸侯赤市，大夫蔥衡，從巾，一象連帶之形」。又《詩‧小雅‧采菽》「赤芾在股，邪幅在下」箋云，「芾，大古蔽膝之象也，冕服謂之芾，其他服謂之韠，以韋爲之」。《廣韻》「韠，胡服蔽膝」。由此可見，「市」指當時服飾中的蔽膝。

　　學者根據墓葬出土的陶俑、玉人以及雕像呈現的市的特徵來考察其形制，認爲市類似「斧形」〔註1〕。可從。

　　傳世文獻中市的異名甚多，有韍、韠、芾、韍、紱、韍、韐、襜、襜、袡和大巾等〔註2〕。注疏家也往往根據市的這些異名在文獻中的不同使用，

〔註1〕　沈從文：《中國古代服飾研究》（增訂本），上海書店出版社，1997年6月。

〔註2〕　陳夢家：《西周銅器斷代》（下冊），中華書局，2004年。

而將其分別歸爲不同種類。陳夢家指出〔註3〕：

> 據西周金文，官無分文武皆賜市，則它當是命服，當然可以作爲朝服和戎服。鄭玄因見《詩》中《小雅》作市而《檜風》作韠，因於《采菽》箋云「冕服謂之芾，其他服謂之韠」；又見《玉藻》中既有天子、諸侯、士之韠，又有三命之韍，因注曰「此玄冕爵弁服之韠，尊祭服異其名耳，韍之言蔽也」，是以韍爲祭服而韠爲朝服，《詩・瞻彼洛矣》鄭箋云「韐，祭服之韠」，《明堂位》鄭注云「韍，冕服之韠也」。這種分別是不當的。

這種分析是很有見地的。其實，不僅鄭注存在這種前後矛盾的說法，不同注解者之間的觀點亦有差異。如《纂圖互注禮記・卷首圖》云「先儒謂祭服謂之韠，冕服謂之芾，以其蔽前，則曰韍，士卑但韐韨而已」，與前引鄭注亦不完全相合。由此觀之，市的諸多異名同物之字，實由形體演變、音讀相近或方言等因素而產生，意義上與市並無多大差別，均指蔽膝。

金文「市」的寫法比較一致，除元年師兌簋、曶壺蓋作「巾」、伯晨鼎作「夫」和瘋盨、呂服余盤作「**㲋**」之外，其他皆作「市」形。「市」作「巾」形，《說文》云「市從巾」；《廣雅・釋器》「大巾、褘、袡、襪，蔽膝也」；善夫山鼎「佩」字所從爲「市」，而他器中佩字皆從「巾」，均表明「市」、「巾」意義相通，故二者可相互替代。伯晨鼎作「夫」，乃借「夫」爲「市」。至於瘋盨的「**㲋**」，是在「市」上贅加無義偏旁「攴」而作，形如《上博簡・容成氏》3號簡的「俾**㲋**」，這裡的「**㲋**」也讀爲「芾」〔註4〕。

金文單稱「市」的，僅見於西周早期的麥方尊、靜方鼎、大盂鼎和殷簋等四器；而西周中晚期所賜的「市」前則常有各種修飾詞。這表明隨著社會發展，作爲社會地位和等級象徵的市的名稱亦日益豐富。

市前修飾詞，一類是顏色或質地的詞，這在金文中出現頻率較高，其中的赤市、朱市見於文獻；一類是表示市之所屬的詞，僅見於元年師兌簋和塑盨兩器，是王分別賜予師兌和塑以他們先祖所用的市。現就第一類所言諸市分述

〔註3〕 陳夢家：《西周銅器斷代》（下冊），中華書局，2004年。

〔註4〕 裘錫圭：《讀上博簡〈容成氏〉札記二則》，《古文字研究》第25輯，中華書局，2004年10月。

如下。

一、赤　市

赤市，赤色之市。典籍習見：

（1）《說文》「市」字條下云「天子朱市，諸侯赤市，大夫蔥衡」。

（2）《詩・小雅・斯干》「其泣喤喤，朱芾斯皇，室家君王。」鄭注云「天子純朱，諸侯黃朱。」箋云「芾者，天子純朱，諸侯黃朱。室家，一家之內。宣王所生之子，或且爲天子，或且爲諸侯，皆將佩朱芾。」

（3）《詩・小雅・采芑》「服其命服，朱芾斯皇，有瑲蔥珩」，注云「朱芾，黃朱芾也。」

（4）《詩・國風・候人》「彼其之子，三百赤芾」，注云「芾，韠也，一命縕芾黝珩，再命赤芾黝珩，三命赤芾蔥珩，大夫以上赤芾」。

（5）《儀禮・士冠禮》「爵弁服，纁裳純衣，緇帶韎韐。」注云「韎韐，縕韍也，士縕韍而幽衡，合韋爲之。」

上引資料中，（1）（2）認爲天子用純朱的朱市，諸侯用黃朱的赤市；且（2）又指出天子、諸侯所用均可爲朱市。（3）指出了朱市就是黃朱市。（4）（5）指出了大夫及其上用赤市，士使用縕韍。綜而言之，朱市、赤市使用的等級規範並不十分嚴格：天子、諸侯、大夫都可使用赤市。值得注意的是，金文中，明言賞賜朱市的只有毛公鼎和番生毁蓋兩器。其所載的賞賜物品相當豐富，非他器所能及。因此，我們似乎可以作這樣的推斷：朱市使用者的地位甚高，且使用朱市之諸侯比使用赤市之諸侯地位顯赫。

金文中赤市在整個市類賞賜物中佔了將近半數，多見於西周中期或晚期的冊命類賜物。

二、赤⊗市（赤⊕朱市）、⊗市

赤⊗市，是在「赤市」中間加一⊗字，爲金文中較爲常見的服飾類賞賜物；與其稱法稍異，但義指較近的還有省略「赤」字、僅見於豆閉毁的「⊗市」。

⊗，或從市作⊕朱形，見於揚毁銘。因揚毁發現年代較晚，故早期學者在論述此字時多是圍繞⊗展開的。如薛尚功釋「環」〔註5〕。吳大澂釋袷，云「古袷

〔註5〕薛尚功：《歷代鐘鼎彝器款識法帖》卷14第129頁，明崇禎六年朱謀垔刻本。

字，從市從重環形。許氏說制如榼缺四角。此從⊘，正像四角橢圓形，後人改從合，合⊘形相近也。」〔註6〕郭沫若釋「蛤」，謂⊘當是蛤之初文，象形，假爲袷。其作⊕木者，則袷之初文也〔註7〕。李旦丘釋爲「紓」〔註8〕。于省吾以⊘爲「雍「之初文，並指出「赤雍市」即「赤緼市」，「雍市」即「緼市」，以及「赤」猶「朱」、「雍」謂「黃」、「赤黃市『即《詩・小雅・斯干》箋所稱「芾者，天子純朱，諸侯黃朱」之「黃朱」等觀點〔註9〕。吳其昌釋「呂」，謂爲服上所飾之「小金粒」〔註10〕。陳小松釋爲「呂」，稱呂與甫同，呂市是黼市〔註11〕。周法高釋爲環，讀作「縓」或「緼」〔註12〕。李孝定從周說〔註13〕。

揚設問世後，學者或對該器銘中⊘的或體⊕木加以討論。馬承源以揚設的「帕」從「市」，認爲此字不是指「市」的顏色，而是「市」或「市屬之物」。引《詩・小雅・無將》：「無將大車，維塵雍兮，」鄭箋：「猶蔽也。」謂此乃「擁蔽」連語。由《禮記・內則》「必擁蔽其面」，鄭注「猶障也」的記載，且市爲「蔽前」之物，認爲「赤雍市」、「雍市」是「市」的完整名稱〔註14〕

綜合諸說，我們認爲在字形分析上當以于省吾說最爲精到，即⊘爲「雍」，然其以典籍「黃朱」爲參照而得出的釋義則值得商榷，這在上引馬文中已有所辨析。可以說，馬文用⊕木所從「市」來判斷⊕木應爲表示義屬之詞，進而指出「帊」非顏色詞是很有見地的。但馬文的釋義不免過於輾轉且所述較爲牽強，因而此字的釋讀問題仍未完全解決。

其實，除此字形體所從能透露其非指顏色詞之外，西周金文對各種服飾記述時體現的規律對此亦有所反映。

〔註6〕 吳大澂：《說文古籀補》卷7第12頁，清光緒二十四年增輯本。

〔註7〕 郭沫若：《兩周金文辭大系圖錄考釋》第77頁，上海書店出版社，1999年7月。

〔註8〕 李旦丘：《金文研究》第25頁，1941年來熏閣書店影印本。

〔註9〕 于省吾：《雙劍誃古文雜釋》，北京大業印刷局石印本，1943年。

〔註10〕 李孝定等：《金文詁林附錄》第1981頁，香港中文大學，1977年。

〔註11〕 李孝定等：《金文詁林附錄》第1995頁，香港中文大學，1977年。

〔註12〕 李孝定等：《金文詁林附錄》第1998頁，香港中文大學，1977年。

〔註13〕 李孝定等：《金文詁林附錄》第1998頁，香港中文大學，1977年。

〔註14〕 馬承源：《何尊銘文與周初史實》，《王國維學術研究論集》（一），華東師範大學出版社，1983年。

　　檢金文，所賜服飾前常有一些修飾語，其敘述方式大致如下：

　　（1）表示顏色的詞＋某種服飾，如赤市、幽市、朱市、載市、赤舄、玄衣。

　　（2）表示紋飾或質地的詞＋某種服飾，如虢市、虎裘、豹裘、同黃。

　　（3）表示顏色的詞＋紋飾的詞＋某種服飾，如玄袞衣。

　　（4）表示質地的詞＋紋飾的詞＋某種服飾，如同㫼黃。

不難看出，所列諸項中，表示質地、紋飾以及顏色的詞不僅可以單獨出現，亦可相互組合同時出現；但沒有某一類詞的重複使用。我們認為，這是因為表示質地、紋飾和顏色等詞分屬不同的類，故它們可以相互組合或單獨使用，從不同角度去說明某物之形狀。而某一類詞在意義上屬同一範疇，如重複使用則會出現文意重複的現象，故金文中基本沒有這種敘述方式。據此，由銘辭「雍」前已有表示顏色的「赤」字來看，知「雍」不是表示顏色之詞。儘管這種分析結果與上引馬文相同，但論證角度明顯不同，得出的結論也恰是馬文觀點的有力的旁證。

　　「雍」，從音讀上看，可從於文讀為「緼」，但不能釋為表示顏色的詞。《玉篇》「緼，枲也。」《廣韻》「緼，枲麻」，都說明「緼」有「枲麻」的含義，「緼」用於「市」前，乃說明市的質地。

　　綜上所述，「緼市」義指用枲麻製作的市，染成赤色即成「赤緼市」。前者為表示質地的詞＋某種服飾，與上列（2）例敘述方式相同；後者為表示顏色的詞＋質地的詞＋某種服飾，是異於上列四種敘述方式的第五種方式。

三、虢　市

　　虢㡀，典籍所無。《說文》「虢，虎所攫畫明文也。「虢市」為市上畫有紋飾的物品。由典籍中「市」或稱作「韍」、「韠」等，知其可為革製。然則此「虢」或可指「去皮毛的動物之革」的「鞹」，「虢市」是用動物皮革製成的市。

　　兩種釋讀中，前者為表示紋飾之詞＋市，與西周晚期的大克鼎、㝬伯師藉𣪘和師毀𣪘三器中「素市」指「無紋飾之市」在意義上相對應；後者為表示質地之詞＋市。據文意，二說皆可通。

　　虢市的賞賜，僅見於瘋盨一器。

四、幽夫（市）

幽夫，即「幽市」。「幽」，劉心源否定了舊釋爲「孿」的說法，引《禮記·玉藻》「一命縕紱幽衡」之注「幽讀爲黝」，指出此處「幽」亦用爲「黝」〔註15〕，甚確。《說文》「黝，微青黑色是也」，「幽（黝）市」指微青黑色的市。

與前述「虢市」同樣，「幽市」亦不見典籍。然根據銘辭所記，我們還是可以獲得相關的信息。伯晨鼎中，伯晨是受封於恒的諸侯，因嗣其先祖之職而受賜，故其地位不會太低。然比照毛公鼎和番生𣪘蓋兩銘，伯晨受賜之物遠不如毛公和番生的豐富。據前所述，諸侯可用朱市或者赤市，其中地位較高者用朱市。因此，幽市大概相當於赤市之類。

五、戴　市

「戴」，多作𢦏形，從韋從戈。舊或釋爲「韋」之繁文〔註16〕，不確。孫詒讓指出《說文》「纔」爲從糸毚聲，典籍常以纔爲才，故以聲推之，戴與纔相近。戴市即典籍之爵韠〔註17〕。陳夢家認爲「戴」所從的「戈」從「才」聲，故此字是「紂」或「緇」，爲黑色之義〔註18〕。郭沫若進一步申述到「戴即戴之借字，戴色爵，故戴市即爵韠，戴弁即爵弁，不必是字誤。以韋謂之戴，以絲爲之謂之纔，字異而義同。故「戴市」即雀色皮革縮所爲之市」〔註19〕。

諸說根據不同音讀對此字分別加以釋讀，究其主旨，皆認爲表示黑色之義，於銘辭文意相符。由此，「戴市」即黑色之市。孿𣪘中「市」前的𡗩字，與「戴」一樣從「才」得聲，讀爲「紂」、「緇」，亦指黑色之義。

柞鍾銘所記的王命柞「嗣五邑佃人事」，與𧽍𣪘「官嗣邑人」之事務相當，故此單稱之「市」可能是「戴市」的省寫。又𣪘𣪘也單言「市」，𣪘職掌嗣「東啚五邑」，與上兩銘記述類似，亦疑爲「戴市」的省稱。

〔註15〕劉心源：《古文審》卷 1 第 12 頁，清光緒十七年自寫刻本。

〔註16〕周法高等：《金文詁林》第 3639 頁，香港中文大學，1975 年。

〔註17〕孫詒讓：《古籀餘論》卷 3 第 6 頁，燕京大學哈佛燕京學社石印（容庚校補本），1929 年。

〔註18〕陳夢家：《西周銅器斷代》，中華書局，2004 年。

〔註19〕郭沫若：《輔師𠭯𣪘考釋》，《郭沫若全集》第六卷，科學出版社，2002 年。

六、朱　市

朱市，朱色的市。據典籍記載，朱市多為天子或諸侯所用之物。但使用朱市的諸侯有相當高的地位（詳見前「赤市」條下所述），故其賞賜僅見於西周晚期的毛公鼎、番生設蓋兩器，不如赤市那樣在西周中晚期時頻繁地被賜。

七、叔（素）市

叔市，弭伯師藉設的「鈽」字從金從未，為「叔」之異體。孫詒讓認為此「鈽」與《詩・大雅・韓奕》「淑旂綏章」之「淑」的意義相同〔註20〕。郭沫若則認為其假為「素」，「叔市」即「素市」〔註21〕。「淑」在典籍中訓為「善」，以「善」修飾「市」，意思並不十分明確；此處應從郭氏之說。

《說文》「素，白緻繒也。」《禮記・檀弓下》「奠以素器」，鄭玄注「凡物無飾曰素」。《釋名・釋采帛》「又物不加飾皆自謂之素」。據此，銘辭的「叔市」可有兩解：一指市上平素無紋飾之物品；一指其乃白繒所製作。前者指明市無紋飾特徵，與癲盨中的「虢市」相對；後者指明市的質地。二說皆通。

第二節　黃

金文賞賜物中的「黃」，舊釋為「佩玉」。唐蘭摒棄前人舊說，認為「黃」為「衡」，指衣帶，典籍或作「珩」〔註22〕。陳夢家從唐文諸多說法，並進一步申述其義〔註23〕。檢金文，師訊鼎銘中「黃」字從市作「橫」，義屬市類；害設銘云「朱帶」，此「朱帶」與他器「朱黃」對應義同。以此觀之，上說釋「黃」為「帶」是很正確的。

據銘辭文例，金文賞賜物中還有一與「黃」對應的字，分別作太和鈦形。前者見於趞設、盍方尊、盍方彝以及何設銘；後者為前者形體上加一「金」旁而作，見於弭伯師藉設銘。其中的太，唐蘭在釋讀作冊令尊（彝）銘時正確地將其釋為「亢」〔註24〕。郭沫若從之，並認為此「亢」假為「黃」，與「黃」

〔註20〕孫詒讓：《籀膏述林》卷7第28頁，1916年刻本。

〔註21〕郭沫若：《兩周金文辭大系圖錄考釋》第122頁，上海書店出版社，1999年7月。

〔註22〕唐蘭：《毛公鼎「朱韍、蔥衡、玉環、玉璲」新解》，《光明日報》1961年5月9日。

〔註23〕陳夢家：《西周銅器斷代》（下）435頁，中華書局，2004年。

〔註24〕唐蘭：《作冊令尊及作冊令彝銘考釋》，《國學季刊》卷4第1期，1934年。

同義〔註25〕。隨後，孫稚雛根據銘辭內容及各賞賜物的排列規律，認爲弭伯師藉毀銘的**𢇓**指的也是「亢」〔註26〕，甚確。上古音中，「亢」、「黃」二字音近可通。然則，金文賞賜物「亢」、「黃」指的是同一物品。根據前引唐文觀點，「亢」、「黃」均爲繫市的帶子。

「黃」，典籍或作「衡」、「珩」。《詩・曹風・候人》云「三百赤芾」毛傳云「一命縕芾幽珩，再命赤芾幽珩，三命赤芾蔥珩」。《禮記・玉藻》亦云「一命縕紱幽衡，再命赤紱幽衡，三命赤紱蔥衡。由此可見，「黃」是古代命服中常與「市」同爲授予被冊命者的物品之一。因受命次序的不同，被冊命者受賜的「黃」亦有異；而這種差異主要通過「黃」的不同顏色來體現，進而反映佩帶者階級地位的高低。

與典籍所述大體吻合的是，金文的黃、市二物也通常一併被賜。然二者又均有獨立被賜的情形，因此，雖然黃、市多爲相將之物，但明顯爲兩種獨立的物品。此外，金文所賜的「黃」前常有一些表示顏色、質地或紋飾等修飾語，故「黃」的稱法遠豐富於典籍所載，主要有：幽黃、朱黃、悤黃、金黃、素黃、縈黃、冋黃、冋覺黃、五黃等。其中僅「幽黃」、「悤黃」見於典籍。現對諸「黃」類物品分別加以敘述。

一、幽黃（亢）

「幽黃」，「幽」即「黝」，爲黑色之義。此指黑色的帶子。其賞賜多爲西周中期。

二、朱黃（橫、帶）、朱亢

「朱黃」，指朱色的市上之帶。此物的賞賜在諸「黃」類物品中最常見，且多見於西周晚期。其中師訊鼎和害毀二銘的「黃」分別作「橫」、「𦷾」形，據銘辭文意，二者與「黃」義同，只是前者從「市」而作，後者直接爲「帶」而已。

此外，新見戚簋、衛簋（甲、乙）三件器銘中有朱亢的記載，吳鎭烽指

〔註25〕郭沫若：《金文餘釋之餘・釋亢黃》，《郭沫若全集》第五卷，科學出版社，2002 年10 月。

〔註26〕孫稚雛：《金亢非車轄辨》，《中山大學學報》，1979 年第 3 期。

出「亢」爲陽部溪紐，「衡」爲陽部匣紐，兩字疊韻旁紐可通假；「亢」與「黃」同，讀爲「衡」。「朱亢」爲冊命銘文中常見的「朱衡」〔註27〕。並總結認爲：「亢」基本上都集中在西周中期，它和「黃」同時並用，用「黃」的數量還要多於「亢」，但到了西周晚期「亢」就很少出現了；「朱亢（衡）」是用於束繫蔽膝的朱紅色橫帶。其說論述詳備，且指出亢（黃、衡）的具體功用，可從。

三、恖　黃

「恖黃」，「恖」讀爲「蔥」。《詩・小雅・采芑》「有瑲蔥珩」，傳「蔥，蒼也」，《禮記・玉藻》「三命赤市蔥衡」，鄭玄注「青謂之蔥」。《玉篇》「蔥，淺青色。」由此可知，恖黃指青色的帶。因「恖黃」爲三命所授予的物品，故在諸「黃」類物品中最爲貴重，且在金文中賞賜比較少，僅見於毛公鼎和番生𣪘蓋銘。

四、金黃（亢）

「金黃」，陳夢家讀「金」爲「黅」〔註28〕。並引《說文》「黅，黃黑也，從黑金聲，」《玉篇》「黅，黃黑如金也」，《詩・小雅・車攻》「赤市金舄」，鄭箋「金舄，黃朱色也」等典籍所記。由此，「金黃」指黃朱色的帶子。

五、素黃

「素黃」，僅見於輔師𠭯𣪘。「素」，典籍有訓。《詩・召南・羔羊》「素絲五紽」，毛傳「素，白也。」《說文》「素，白緻繒也。」《禮記・檀弓下》「奠以素器」，鄭玄注「凡物無飾曰素」。據此，「素」可理解爲「白色」或「無紋飾」之義，前者指「黃」的顏色，後者指「黃」的外表特徵。銘辭中「素黃」指「白色的帶子」或「沒有紋飾的帶子」。

觀此銘「戠市、素黃、巒旂，今余增乃命，易女玄衣黹屯、赤市、朱黃」之言，可知與「朱黃」相比，「素黃」是王第一次冊命時所授之物，其等級比「朱黃」要低。

〔註27〕吳鎭烽：《戚𣪘銘文釋讀》，《文博》，2014年第6期。
〔註28〕陳夢家：《西周銅器斷代》（下）436頁，中華書局，2004年。

六、冋黃、冋曓黃

「冋黃」之「冋」，唐蘭在徵引大量典籍的基礎上認爲其是「鎜麻」的「檾」、「縪」、「絅」、「䪥」等字的初文〔註29〕。可從。「冋曓黃」，陳夢家讀「曓」爲「縷」，指以鎜麻製作黃時所呈現的交織之形〔註30〕。因此，「冋黃」指用鎜麻製成的帶；「冋曓黃」爲用鎜麻交織製成的有紋飾的帶。它們與屢見金文的「赤雍市、雍市」兩種服飾質地相近（詳見下文），都是以麻類物品爲製作的重要原料。

七、縈黃

「縈黃」，僅見於申設蓋銘。「縈」讀作「檾」，與上述「冋」同訓爲「鎜麻」。「縈黃」亦指以鎜麻製作的帶，與「冋黃」義同。

八、五黃

「五黃」，對其中「五」的釋讀，學者有不同觀點。郭沫若讀作「菩」，表示顏色之義〔註31〕；唐蘭以爲其表示數目〔註32〕；陳夢家讀「五」爲「交午」的「午」，謂「五黃猶縷黃，疑指交織之形。」〔註33〕如前所述，金文所賜服飾前可加表示顏色、質地、紋飾之詞；又金文賞賜物前往往有數量詞的修飾，故諸說皆可通。「五黃」之賜，均爲西周晚期。

綜上所述，金文所賜「黃」類物品甚多，且常與「市」同時出現在西周中晚期的冊命賜物中。其中以「朱黃」最爲常見，而「素黃」、「冋曓黃」和「縈黃」均爲一見。根據銘辭文意，「恩黃」的受賜者等級似最高，與文獻以其爲三命所授之物吻合。總之，諸「黃」都指繫於市上的帶子。

第三節　衣

金文賞賜的衣的種類較多，主要有：玄衣、玄袞衣、冂、戠衣、褐衣、中

〔註29〕唐蘭：《毛公鼎「朱韍、蔥衡、玉環、玉琮」新解》，《光明日報》1961 年 5 月 9 日。

〔註30〕陳夢家：《西周銅器斷代》（下）436 頁，中華書局，2004 年。

〔註31〕郭沫若：《兩周金文辭大系圖錄考釋》第 154 頁，上海書店出版社，1999 年 7 月。

〔註32〕唐蘭：《毛公鼎「朱韍、蔥衡、玉環、玉琮」新解》，《光明日報》1961 年 5 月 9 日。

〔註33〕陳夢家：《西周銅器斷代》（下）436 頁，中華書局，2004 年。

冋、參冋、韍恩、枲親（襯）等。

一、玄衣、玄衣黹純、玄衣朱褻裣、玄衣濩屯

玄衣，玄色的衣。玄衣之賜，金文習見，其後常附有「黹屯」、「朱褻（襮）裣」、「濩屯」等修飾詞。

（一）玄衣黹屯

「黹屯」的「屯」，乃「純」之省「糸」而作。孫詒讓認爲「黹屯」即《書·顧命》「黼純」之省[註34]。徐同柏從之[註35]。屈萬里進一步指出「黹字最初的聲音當和黼相同，這不但有《尚書·顧命篇》的『黼純』和《詩·小雅·采菽》的『玄袞及黼』兩個黼字，就是金文中常見的玄衣黹屯的黹字也可爲其證」，同時據「黹」在曾伯棸簠中與午、武同韻，謂「黹字應該讀爲黼的讀音，當可確定。」[註36]是以說明「黹屯」讀爲「黼純」，上引諸說均可據。

黼，《說文》「白與黑相次文。」純，《說文》「緣，衣純也。」《廣雅·釋詁》「純，緣也。」「黼純」指在衣緣飾以黑白相間的黼紋。金文「玄衣」後的「黼純」，指玄衣的衣緣是以黼紋爲飾的。

（二）玄衣朱褻裣

朱褻裣，見於㣀方鼎銘。唐蘭指出此「褻」從衣虣聲，即「襮」字，義指「黼領」[註37]。裘錫圭在論述甲骨文此字時，進一步提出「褻」即古書「襮」字的異體。同時認爲「裣」爲「衿」、「襟」的古字，「朱襮裣」即以黼紋裝飾的有丹朱純緣的下連於衿的斜領，而「玄衣朱襮裣」就是有這種斜領的玄色上衣[註38]。二說甚確，可從。

《群經平議·毛詩四》「常服黼冔」，俞樾按「黼，謂黼領也」所云的「黼」與此「襮」義同。

[註34] 孫詒讓：《古籀拾遺》，清光緒十六年自刻本。

[註35] 徐同柏：《從古堂款識學》卷2第4頁，清光緒三十二年蒙學報館影石校本。

[註36] 屈萬里：《釋黹屯》，《中研院集刊》37。轉引黃然偉《殷周史料論集》，三聯書店有限公司，1995年10月。

[註37] 唐蘭：《用青銅器銘文來研究西周史》附錄：《伯㑥三器銘文的譯文和考釋》，《文物》1976年第6期。

[註38] 裘錫圭：《說「玄衣朱褻裣」──兼釋甲骨文虣字》，《文物》1976年第12期。

據與敔方鼎同墓出土的他器之銘所記，知敔因戰勝了戎胡而受到王姐姜的賞賜。然則，敔之所以受賜這種較爲特殊的玄衣，當是其在此役中所獲戰功較大的緣故。

（三）玄衣澆屯

「澆屯」之「澆」，與其相關的字還見於啓卣和毛公鼎。其中啓卣銘寫法與此相同；毛公鼎銘是在此字形體之下多一「言」旁。對其釋讀，學者有不同意見：一讀爲竟，何琳儀師、黃錫全持此說〔註39〕。一讀爲訓，林澐、陳漢平持此說〔註40〕。

與其相應，各家釋讀此銘時也有兩種不同音讀。其中，贊同前者說法的：王輝讀此處的「澆」爲「黥」，訓爲「黑色」〔註41〕。周曉陸釋爲「澆」，引《說文》「澆，瀳乾漬米也」的記載，認爲「澆修飾純，蓋謂絲縳漂晾乾未染色澤，彷彿漉乾之米，指白亮之純。」〔註42〕陳昭容釋爲「錦」，指染色絲織彩爲文的一種華麗而珍貴的絲織品〔註43〕。贊同後者說法的：白於藍釋爲「紃」，引《說文》「紃」之釋解，稱「玄衣紃屯」指「在衣緣之縫中飾有以彩色絲線辮成的線條的玄色衣服。」〔註44〕

可以看出，諸家不僅在音讀上觀點不同，且音讀相同者亦有不同釋義，可謂眾說紛紜。

我們認爲，上引學者對此字在啓器和毛公鼎中的釋讀均有一定的合理性。相對而言，筆者傾向於前一種讀法，即此字乃從「竟」得聲。由此，上引持此觀點而釋的諸說中，似以陳文的觀點最爲合理，其不僅有形體、音讀上的具體分析，還結合楚簡資料加以印證，所述甚詳。

〔註39〕 何琳儀、黃錫全：《啓尊、啓卣銘文考釋》，《古文字研究》第 9 輯，中華書局，1984年。

〔註40〕 轉引自張光裕：《虎簋甲、乙蓋銘合校小記》，《古文字研究》第 24 輯，中華書局，2002 年。

〔註41〕 《虎簋蓋銘座談紀要》，《考古與文物》1997 年第 3 期。

〔註42〕 《虎簋蓋銘座談紀要》，《考古與文物》1997 年第 3 期。

〔註43〕 陳昭容：《說「玄衣澆屯」》，《中國文字》新 24 期，藝文印書館，1998 年 12 月。

〔註44〕 轉引自張光裕：《虎簋甲、乙蓋銘合校小記》，《古文字研究》第 24 輯，中華書局，2002 年。

二、玄袞衣

　　《詩‧小雅‧采菽》「又何予之，玄袞及黼」注「玄袞，卷龍也」，箋「玄袞，玄衣而畫以卷龍也。」可見，玄袞衣爲在玄衣之上畫有卷龍圖案的衣服。可能是因其製作比玄衣複雜而稍顯珍貴，故金文中其作爲賞賜品明顯少於玄衣。

　　銘辭中以單稱玄袞衣者居多，惟師𩛥鼎銘的「玄袞衣」後有「䋝屯」一詞。䋝，于豪亮釋爲「黼」，引典籍「黼」爲「繪五彩顏色」之義，認爲「䋝屯」指「玄袞衣上鑲著畫有五采花紋的邊子」〔註45〕。王愼行謂「䋝」乃「從黹且聲」，「且」與「甫」均屬魚部字。故此「䋝」疑讀爲「黼」，「䋝屯」即「黼純」〔註46〕，即與「黹屯」義同，指玄袞衣上鑲有的黑白紋相間的邊。

　　二家之說，如從突出玄衣華美角度考慮，于說較妥；如以金文習見的「黹屯」爲對比而釋，則王說較妥。凡此，於文意皆可通。

　　「玄袞衣䋝屯」，僅見於毛公鼎和㝬戒鼎二器。由前分析，這些受賜者的地位頗高，然則此物當十分珍貴。

三、冂

　　「冂」，學者或釋爲「冕」、或釋爲「冋」、或釋爲「冒（帽）」〔註47〕。

　　我們認爲，從此字的形體和釋義上看，應以釋爲「冕」最合理。

　　銘辭中，「冂」與「衣」分屬兩種物品，即「冕」和「衣」。根據衣物在人體的穿著部位，麥方尊、大盂鼎中的「冕」、「衣」、「市」、「舄」是受賜者得到

〔註45〕于豪亮：《陝西扶風縣強家村出土虢季家族銅器銘文考釋》，《古文字研究》第 9 輯，中華書局，1984 年 1 月。

〔註46〕王愼行：《師𩛥鼎銘文通釋譯論》，《古文字與殷周文明》218 頁，陝西人民教育出版社，1992 年 12 月。

〔註47〕吳式芬：《捃古錄金文》卷 3 之 3 第 35 頁，吳氏家刻本。徐同柏隸定爲「冕」《從古堂款識學》卷 16 第 31 頁，清光緒三十二年蒙學報館影石校本。方濬益：《綴遺齋彝器款識考釋》卷 3 第 22 頁，商務印書館石印本，1935 年。吳大澂：《愙齋集古錄》卷 4 第 12 頁，涵芬樓影印本，1930 年。楊樹達：《積微居金文說》（增訂本）第 43 頁，中華書局，1997 年 12 月。周法高等：《金文詁林補》第 2546 頁，香港中文大學，1982 年。晏琬：《北京、遼寧出土銅器與周初的燕》，《考古》1975 年第 5 期。馬承源：《商周青銅器銘文選》（三）第 32，文物出版社，1988 年 4 月。

的自上而下的各種衣物。

此物的賞賜，僅見於西周早期。

四、裳

「𧘇」，見於新出叔矢方鼎。關於此字，學者多有釋。李伯謙以「𧘇」爲金文常見「冂衣」的「冂」之異構，但又指出「此字如於冂下加『口』，與金文『㡀』字極相似。並認爲冂、衣即應釋爲『裳、衣』。」〔註48〕李學勤從李伯謙的第一個說法，認爲此「𧘇」乃從八得聲，在鼎銘中讀作「襹」〔註49〕。饒宗頤認爲「𧘇」當是「回」的異體，「𧘇衣」「讀爲絅衣」〔註50〕。黃盛璋認爲「冂」是「冒」古字初文，即「帽」字〔註51〕。吳振武認爲「從字形上講，將『𧘇』視爲『冂』之異體，恐難解釋；而將其與下面的『衣』合爲一體釋爲『裳』，則毫無困難。古代從『尙』得聲之字，『尙』旁正多省『口』，其例不煩枚舉。……金文中賜裳的例子，已見於子犯編鍾，只不過鍾銘寫作『常』而已」〔註52〕。黃錫全亦釋爲「裳」〔註53〕。

以辭例推斷，各家釋爲衣屬大體不誤，然對於其具體所指，意見頗不一致。故此字仍有進一步討論的必要。

細審形體，此字從冂從八，其中的「冂」是上文的「冕」。因此釋爲「絅衣」明顯有誤；若釋爲「冒」者，此字上部所從的「八」形無法交代。故上引饒、黃之說均不可據。至於李文僅就音讀分析而於形體無說，其說似難以爲據。

我們認爲，諸說中釋爲「裳」的觀點對理解銘辭最具有啓發意義。然其視

〔註48〕李伯謙：《叔矢方鼎銘文考釋》，《文物》2001 年第 8 期。

〔註49〕李學勤：《談叔矢方鼎及其他》，《文物》，2001 年第 10 期。

〔註50〕饒宗頤等：《曲沃北趙晉侯墓地 M114 出土叔矢方鼎及相關問題研究筆談》，《文物》2002 年第 5 期。

〔註51〕黃盛璋：《晉侯墓地 M114 出土叔矢方鼎主人、年代和墓葬世次年代排列新論證》，《晉侯墓地出土銅器國際學術研討會論文集》，上海書畫出版社，2002 年 7 月。

〔註52〕吳振武等：《曲沃北趙晉侯墓地 M114 出土叔矢方鼎及相關問題研究筆談》，《文物》2002 年第 5 期。

〔註53〕黃錫全：《晉侯墓地諸位晉侯的排列及叔虞方鼎補證》，《晉侯墓地出土青銅器國際學術研討會論文集》，上海書畫出版社，2002 年 7 月。

「合」與「衣」爲合文，進而釋爲「裳」則有欠穩妥。不難看出，「合」在銘刻中位置顯爲獨立的一字，與「衣」並無構形上的關係。

　　檢金文，鼝羌鍾的「賞」字作（圖）、舀鼎作「（圖）」，所從之「尙」或省作「合」；又子犯編鍾所賜的「裳」寫作「常」，是以說明「尙」、「常」、「裳」三者的關係密切，諧聲可通。故「合」可隸定爲「尙」，讀爲「裳」。同時也可以看出，上引吳說對『尙』的分析是正確的。

　　「合」爲「裳」，與「衣」同賜於叔矢。典籍中亦有裳、衣連言之例，《詩·豳風·七月》「制彼裳衣，勿士行枚」，又《詩·齊風·東方未明》「東方未晞，顛倒裳衣」，均其佐證。

五、䙴衣

　　「䙴」，吳大澂以爲是「織」字之省〔註54〕。劉心源從之，並引典籍釋爲「染繢衣」〔註55〕。郭沫若從吳大澂對該字形的分析，但駁斥了釋「䙴」爲顏色的說法〔註56〕。可從。由此，「䙴衣」即以染絲織成的衣服。然學者或有疑義，陳漢平認爲此「䙴」應爲顏色，而非織〔註57〕。其反駁依據有二：一、以金文常見的「玄袞衣」爲例，認爲「西周金文凡顏色與紋繢合言者，顏色字置於紋繢字之前」。二、在肯定銘辭中與䙴衣同賜的（圖）爲袷的前提下，由《說文》「士無市有袷」和《禮記》「士不衣織」的說法，進而認爲䙴衣不應與屬士之命服的袷同賜。

　　那麼這裡的「䙴」究爲何意？現結合上引諸說，對其作進一步討論。

　　需要指出的是，上引陳文僅以「玄袞衣」辭例爲據，其結論不免以偏代全。另外，釋金文（圖）爲袷屬誤釋。故其說不可成立。

　　《禮記·玉藻》「士不衣織。」疏云「織者，前染絲後染織者，此服功多色重，故士賤不得衣之也。大夫以上衣織，染絲織之也。」《禮記·少儀》「則曰致廢衣於賈人」，鄭玄注「掌凡王之獻金玉兵器文織良貨賄之物」，陸德明《釋文》云「織，畫繡之屬。」又清儒宋綿初著《釋服》云：「士不衣織，織

〔註54〕吳大澂：《說文古籀補》，清光緒二十四年增輯本。
〔註55〕劉心源：《奇觚室吉金文述》卷4第5頁，清光緒二十八年自寫刻本。
〔註56〕郭沫若：《兩周金文辭大系圖錄考釋》第77頁，上海書店出版社，1999年7月。
〔註57〕陳漢平：《西周冊命制度研究》，學林出版社，1986年12月。

謂織彩也，謂合五彩絲組織而成文章，如袞衣鷩衣毳衣之等。蓋大夫以上之衣，經緯五彩，組織精好，各有等威，士賤，故不得衣也。」由此可知，「織」爲染絲而製，其本身就有顏色的含義。而這些染絲又可能爲多種顏色的絲，故「織「又爲「織彩」、「畫繡」之屬，且只有階級地位較高的人才能穿著。

銘辭中，「戠」仍當從前人之釋：「戠」爲「織」；「戠衣」是用染絲製成的衣，即文獻的「絲衣」。《詩·周頌·絲衣》「絲衣其紑，載弁俅俅。」傳「絲衣，祭服也。」由此推知，金文的「戠衣」亦可能是祭祀時穿著的命服。

言賜戠衣的者，部智段、戠段、免簠中的受賜者均爲司徒類職官，豆閉段豆閉的官職爲司馬。司徒、司馬屬古代三有司之列，地位十分重要。故戠衣非普通人所能得到的賞賜物。儘管趞觶中僅言趞更其先祖之職，未明其爲何種官職，但據以上分析，其職位不會太低。

六、褐衣

褐，作𩂿或𩂿形〔註 58〕（爲便於敘述，下文以△代之），出現於西周中期的瘋盨和西周晚期的元年師旋段，凡九見；其中元年師旋段的 4279·2 寫法略異，現將諸形體列舉如下：

A　𩂿4462　　𩂿4463　　　𩂿4279·1　　𩂿4280·1　𩂿4280·2　　　𩂿4281　　𩂿4282·1　　𩂿4282·2

B　　𩂿 4279·2

可以看出，A 式諸形體顯然爲一字。與 A 式相比，B 式形體在「𩂿」部件旁少了一小半圓的筆畫，但其與元年師旋段中其他形體爲同銘異器之文，可知 B 式與 A 式中的形體應爲一字無疑。

關於此字的釋讀，郭沫若在《長安縣張家坡銅器銘文匯釋》一文中著重討論了元年師旋段中的形體，並提出了兩種不同觀點〔註 59〕：

1. 隸定爲「般」。銘文中的「麗般」即文獻中常見的「鑾鑣」。

2. 隸定爲「敉」。「敉」假爲「褐」，乃爲「深黑色褐衣」。但又指出，「褐

〔註58〕瘋盨和元年師旋段中此字的形體右邊所從分別爲「攴」和「殳」。古文字中，這兩偏旁常可互作無別，故視這兩種形體爲一字。

〔註59〕郭沫若：《長安縣張家坡銅器群銘文匯釋》，《考古學報》1962 年第 1 期。

乃小兒之襁褓。《小雅・斯干》『載衣之裼』。又如褕狄或褕狄，則爲后夫人之服。故此說難通」。陳夢家則認爲此字應隸定爲「敽」，「假爲裼」。麗爲黑色之義。指出「此麗裼當爲羔裘的裼衣。」〔註60〕馬承源讀爲「裼」，認爲是「裘上所加之衣」〔註61〕。

細審△形，其左邊所從的 **𦨶**，與金文常見「舟」形明顯不符，有學者已指出〔註62〕。由此，△不能釋爲「般」。然郭文釋爲「般」的說法一直影響很大，學者在隸定此銘時或從此說〔註63〕，或存原篆；而對釋爲「裼」這一頗有見地的觀點很少採用。下文將從形、音、義角度分析此字，進一步申述之。

從形體上看，△左邊所從之「𣱖」，應爲「水」旁，類似的寫法在金文中有：

𣱖 （司父鼎）　　　　**渪** 渪（缶鼎）

中間所從的部件乃金文習見的「易」字。諸如：

㑥 （呂鼎）　　　　**㑥**（縣妃簋）　　　　**㑥**（卯簋）

細審之，只是其中所從點畫的方向和多少略有差別而已，這種現象於金文亦屢見不鮮：

沙　　　　**沙**（訇簋）　　　　**沙**（休盤）

原　　　　**原**（雍伯原簋）　　　　**原**（克鼎）

基於以上的分析，我們認爲△左邊兩個部件應隸定爲「湯」，右「從攴或攴」，則「△」即「潡」字。

值得注意的是，金文中還有一字與上列 B 式形體基本相同，見於西周中期的宰獸簋，作「**潡**」形（與 B 式形體相比，兩者左邊部件完全相同；右邊部件於前者從攴，後者從攴，應無別）。羅西章將其隸定爲「敽」〔註64〕，但無釋。

〔註60〕陳夢家：《西周銅器斷代》（上）204 頁，中華書局，2004 年。

〔註61〕馬承源：《商周青銅器銘文選》（三）第 206 頁，文物出版社，1988 年 4 月。

〔註62〕董蓮池：《〈金文編〉校補》，東北師範大學出版社，1995 年 9 月。其文引用了林澐先生的說法「釋般根據不足，宜入附錄」。

〔註63〕一些具有較高參考價值的工具書以及諸多金文論述文章中，都將此字隸定爲「般」。如《金文編》（第四版）將其歸入「般」字條下；《〈殷周金文集成〉引得》中，作者也採用了這種觀點。

〔註64〕羅西章：《宰獸簋銘略考》，《文物》1998 年第 8 期。按：羅先生的釋讀可能也受到

施謝捷結合銘辭進行分析，將其釋爲「攸」，即金文所記賞賜物中恒見的「攸勒」的「攸」〔註65〕。據文例，可知施文的釋讀是正確的。

那麼，我們能否據宰獸簋裏「攸」的形體而將 B 式的形體也釋爲「攸」呢？

如前所述，A 式和 B 式的形體爲一字。如釋 B 式形體爲「攸」，則 A 式中諸形亦爲「攸」，瘋盨銘所記諸賞賜物就是「攸🔯、虢市、攸勒」等。不難看出，銘辭中有兩寫法迥異的「攸」字，這對同一器銘中的同一字來說，實爲罕見。因此，我們只能把 B 式左邊所從的形體看作是鑄銘時的不愼而造成的訛誤，而不能視其與宰獸簋的「攸」字所從形體相同，進而也釋之爲「攸」。這也進一步說明釋△爲「㳠」不無道理。

「㳠」，字書不見。在此應讀爲「裼」，表示「裼衣」之意。

需要提出的是，上引郭、陳都提出了釋此字爲「裼」。然郭文對形體的分析時將其與釋讀成「般」並列而論，不免帶有游離之意；在銘辭釋義時可能又受到與文意無法相合的「裼乃小兒之襁褓」之說的影響，進而最終否定了這一說法，云「故此說難通」。如果說郭文中的合理部份被他自己的騎牆之說所掩蓋，進而未引起學者的注意尚可理解的話；那麼，陳、馬二說近於定論的觀點同樣較少引起研究者的注意，則頗爲遺憾。

關於裼衣的說解，《禮記‧玉藻》：「君衣狐白裘，錦衣以裼之」。鄭玄注：「君衣狐白之裘，則以素錦爲衣覆之，使可裼也。袒而有衣曰裼。必覆之者，裘褻也。《詩》云『衣錦絅衣，裳錦絅衣』。然則錦衣復有上衣明矣。天子狐白之上衣，皮弁服與？凡裼衣象裘色也。」由此可見，裼衣是古人著於裘衣之上且在顏色上和裘衣相匹配的一種服飾。《儀禮‧聘禮》：「公側授宰玉，裼降立。」賈公彥疏：「凡服四時不同。假令冬又裘，襯身褌衫，又有襦袴，襦袴之上有裘，裘上有衣，裼衣之上又有上服，皮弁祭服之等。」《禮記‧玉藻》：「裘之裼也，見美也」鄭注：「君子於事，以見美爲敬」。《詩‧小雅‧都人士》「狐裘黃黃」，《禮記‧玉藻》「狐裘，黃衣以襲之。」顯然，在一些重要場合，裼衣的穿著是很有必要的且使用的階層亦較廣泛，而各種裼衣質地的不同是由穿著者的地位決定的。

瘋盨和元年師旋毀中「㳠」字形體的影響。

〔註65〕施謝捷：《宰獸簋銘補釋》，《文物》1999 年第 11 期。

　　分析至此，「△」的形、音、義已十分清楚。元年師旋毁中，其和前一字「麗」組成「麗褐」之語，與「赤市」、「冋黃」同為所賜之衣物。「麗」，《廣雅・釋詁》「織作冰紈綺繡純麗之物」，《廣韻》「美也」，顏師古注《地理志》時引如淳曰「麗，好也。」「麗褐」指美麗、質地好的褐衣。瘦盨中，其後的「⿰衤⿱𠂤十」字不識，但由「⿰衤⿱𠂤十」字從衣，知其與「褐」同屬衣物之列。元年師旋毁和瘦盨兩器銘中褐衣的出現，不僅豐富了西周銘文賞賜品的種類，也與文獻中褐衣的記載相吻合。

　　在重視等級制度的西周社會，裘衣的穿著往往是一種身份的象徵，金文中也有大量賞賜裘衣的記載〔註66〕，故這種既保護裘衣又能體現裘衣之美，乃至社會功用的褐衣同樣倍受人們的關注。然則其和裘衣一樣作為統治者賜其臣屬的物品而出現於西周金文，就不足為奇了。

七、中冋、參冋

　　作為衣物的「冋」的賞賜，見於師酉毁、大克鼎兩器。前者寫作「絅」，後者寫作「冋」。《禮記・玉藻》「禪為絅」，注云「絅謂有衣裳而無裏」，《說文》「禪，衣不重」。由此可知，「冋」即「絅」，為無裏的單衣。

　　「中絅」，孫詒讓釋與典籍所云相同，並謂「蓋冢裘者謂之褐衣，冢它衣者謂之中衣。」〔註67〕劉心源亦釋為「中衣」，云「在大衣之中是也」〔註68〕。馬承源將「中冋」與前「朱黃」相聯而釋，指出「朱黃中絅是指三根朱色衡帶中間夾著兩根絅色的衡帶」〔註69〕。由銘辭中「朱黃」、「中絅」並稱，以及「黃」已為「帶」推之，此「絅」應非指帶類物品，故馬文之說不可從。此處仍應從孫、劉二文所說。

　　「參冋」，孫詒讓以「參」為「縿」，讀為「綃」；「冋」與「中絅」之「絅」義同，「綃冋」就是以綃製作的中衣，並謂「綃言其質也」〔註70〕。陳夢家讀「參」

〔註66〕金文中關於裘衣記載的較多，如王姜賜不壽裘（不壽毁）、王呼宰賜智大師盧虎裘（大師盧毁）、次蔑歷，賜馬、賜裘（次尊）等器銘。

〔註67〕孫詒讓：《籀高述林》卷7第16頁，1916年刻本。

〔註68〕劉心源：《古文審》卷7第12頁，清光緒十七年自寫刻本。

〔註69〕馬承源：《商周青銅器銘文選》（三）第127頁，文物出版社，1988年4月。

〔註70〕孫詒讓：《籀高述林》卷7第16頁，1916年刻本。

為「黳」，訓為「淺青黑色」〔註71〕，是說明冋的顏色詞。

檢典籍，《說文》「綃，生絲也。」《禮記・郊特牲》「繡黼丹朱中衣」，孔穎達疏「五色備曰綃」，由此可見，綃不僅謂綢的質地，也言及其色澤。故此處的「參」應釋為「綃」，既指冋之質地，又言其色澤。然則「參冋」指用五色之生絲製作的中衣，與《禮記》所載「繡黼」的「中衣」吻合。

需要提出的是，唐蘭以此「冋」與金文恒見「冋黃」之「冋」義同，為檾麻製成之衣物〔註72〕。由前「參冋」之義可知，此綢衣為絲製，而非麻類織物。然則，金文的冋似有兩種含義，一為唐氏所云，指檾麻；一為此處的衣物。前者置於「黃」前以說明其質地；後者為賞賜衣物，其前有「中」、「參」等修飾詞。

八、䒑㤉

「䒑㤉」，郭沫若認為，「䒑」為「衷」的假借，「㤉」為「蔥色」，「䒑㤉」即指蔥色的衷衣〔註73〕。可備一說。

九、菜親（襯）

「親」，張政烺認為：一釋為「紳」，指帶；一釋為「綟」，「菜綟」為其前的「黃」的修飾語〔註74〕。據銘辭記載，金文習見的「朱黃」之物，從無別的詞語來修飾。故應視此「菜親」為獨立的物品。另外，在「菜親」前已有表示「帶」義的「黃」，故此「親」亦非「紳」。

我們認為，此處「親」應是「襯」的省寫。《玉篇》「襯，近身衣。」《慧琳音義》卷四十二「襯臥」注引《考聲》云「襯，親身衣也。」故「菜親」為「賁襯」，即有飾的近身衣，與今天的貼身襯衣類似。

〔註71〕陳夢家：《西周銅器斷代》（上）第263頁，中華書局，2004年。

〔註72〕唐蘭：《毛公鼎「朱韍、悤衡、玉環、玉瑹」新解——駁漢人「悤珩佩玉」說》，《唐蘭先生金文論集》，紫禁城出版社，1995年10月。

〔註73〕郭沫若：《兩周金文辭大系圖錄考釋》第123頁，上海書店出版社，1999年7月。

〔註74〕張政烺：《王臣簋釋文》，《張政烺文史論集》621頁，中華書局，2004年4月。

十、🐦

🐦，此字爲金文車馬飾中🐦字的偏旁。由其下部所從爲「衣」，以及在賞賜物中與其他服飾同列，可知其義與衣物有關，但具體含義不明。

瘋盨銘僅言🐦，而十三年瘋壺的🐦前有修飾語「畫」。

第四節　裘

裘，《說文》「皮衣也」，指用獸皮製成的衣服。裘的產生，可能是古代人們在長期狩獵過程中，發現所獲獸皮不僅可以用來防身，也可以用來蔽體和禦寒；遂用各種獸皮爲原料來製作裘衣，並將之作爲穿著的服飾之一。

典籍中，由《論語・鄉黨》「緇衣羔裘，素衣麑裘，黃衣狐裘。」，《禮記・玉藻》「君之右虎裘，厥左狼裘。」「麛裘青豻褒」「犬羊之裘不裼」，《詩・小雅・大東》「熊羆是裘」，《纂圖互注禮記》卷二「鹿裘衡長袪」，《淮南子》卷十七「豹裘而雜，不若狐裘之粹」等記載，可知羊（羔）、鹿（麑、麛）、狐、虎、狼、犬、熊、羆、豹等動物皮毛都可製作裘衣。

有了豐富的原料，加之由專人負責製作和管理，古代的裘衣製造業遂成爲當時手工業中一個重要部門。《周禮・天官・冢宰下》所云「掌皮」之官，其職守爲「秋斂皮，冬斂革，春獻之。遂以式法頒皮革於百工，共其毳毛爲氈，以待邦事。歲終，則會其財齎。」即負責從材料的收集、分工、直至最後將所製裘衣數量的匯總等各項工作。顯然，這需要一定數量的人員才能完成。故《周禮・天官・冢宰上》有「掌皮，下士四人，府二人，史四人，徒四十人」。而對王參加重要祭祀活動所需的裘衣，則又設立「司裘」之官來負責，如《周禮・天官・冢宰下》所云「司裘，掌爲大裘，以共王祀天之服。」

九年衛鼎銘關於裘衛家族從事的以獸皮爲原料的手工業活動，以及所獻各種皮革製品的記載，表明當時已有專門製作裘衣的作坊，而裘衛就是掌管皮裘生產的官吏。這與上引文獻記載有相合之處。

實際使用中，裘的穿著又無不注入了禮制的因素。質地、顏色不同的裘都成爲區分不同等級的一個標尺。對此，《禮記・玉藻》述之甚詳：

> 唯君有黼裘以誓省，大裘非古也。君衣狐白裘，錦衣以裼之；君之
> 右虎裘，厥左狼裘。士不衣狐白，君子狐青裘豹褒，衣絹衣以裼之；

麑裘青豻褎，絞衣以裼之；羔裘豹飾，緇衣以裼之；狐裘，黃衣以
裼之。錦衣狐裘，諸侯之服也。犬羊之裘，不裼，不文飾也，不裼。

由上可見，諸裘中以狐白裘爲最貴重之服，乃天子所著。狐裘爲諸侯、士人所
著，但前者以錦衣裼之，後者以絹衣或黃衣裼之。至於庶人，則穿著以犬、羊
的皮製作的沒有文飾的裘，且不需裼衣的。

與此相類的是，穿著不同裘衣者，出現的場合亦不同。《周禮》「司裘掌爲
大裘，以共王祀天之服」，鄭司農云「大裘，黑羔裘服以祀天示質。」《毛詩》
卷六「君子至止，錦衣狐裘」，注「狐裘，朝廷之服也。」《詩・鄭風・羔裘》
「羔裘逍遙，狐裘以朝」，注「羔裘以遊燕，狐裘以適朝。」由此可見，大裘、
狐裘、羔裘分別爲王祭天、諸侯上朝或遊宴時所著之裘服。

金文言賜裘衣的，除不壽敦和次卣、次尊二器單稱裘外，他銘的裘前均有
獸名，是以明其原料來源。其中燮戒鼎有虎裘、豹裘兩種，數量最多；大師盧敦
僅言虎裘；而羌伯敦和周至敔簋兩器中表獸名的![字]、![字]二字，形體較殊。現簡
要分析之。

（1）貂裘

對羌伯敦![字]字的釋讀，諸家有說：王國維隸定爲鰷[註75]。高田忠周以
其爲鰷字省文，但又以音轉謂爲羔字[註76]。朱方圃隸定爲鰷字，稱其爲貂
字初文[註77]。郭沫若、李孝定釋爲貂[註78]。唐蘭、白川靜、馬承源所釋
相同，爲貔字[註79]。

從形體上看，上引諸說的字形分析都有一定合理因素。其中右邊所從爲
豸，有學者述之甚詳[註80]。至於其左邊所從的![字]，我們認爲，應從郭、李
二說，視爲「刀」形，是「召」的省文；然則![字]即「貂」字。

[註75] 王國維：《觀堂別集・羌伯敦跋》，海寧王忠慤公遺書初集本，1927 年。

[註76] 李孝定等：《金文詁林附錄》第 2019 頁，香港中文大學，1977 年。

[註77] 李孝定等：《金文詁林附錄》第 2019 頁，香港中文大學，1977 年。

[註78] 李孝定等：《金文詁林附錄》第 2019 頁，香港中文大學，1977 年。

[註79] 唐蘭：《西周青銅器銘文分代史徵》，中華書局，1986 年 12 月。馬承源：《商周青
銅器銘文選》（三）第 140 頁，文物出版社，1988 年 4 月；白川靜之釋見注 2。

[註80] 曾憲通：《說鰷》，《古文字研究》第 10 輯，1983 年 7 月。

貂裘，即貂皮製作的裘衣。《資治通鑒・後晉紀一》「解白貂裘以衣帝」，胡三省注引《埤雅》「貂，亦鼠類，縟毛者也。其皮煖於狐貉。」又《後漢書・東平憲王劉蒼傳》云「遣謁者賜貂裘。」與金文賞賜物的貂裘吻合。

（2）貉裘

新出周至敔簋的 （字形），劉自讀、路毓賢認爲其左邊所從的 （字形） 爲「月」之反文，隸定成「貀」字，是「貊」的本字的僞變，釋爲貉[註81]。

可以看出，此字釋讀的關鍵是對其左邊所從「（字形）」形的理解。上引劉、路二家隸定爲「貀」在形體上似可成立，但所提出的「月」、「舟」訛變的觀點則有待商榷。金文「舟」字形體與後世「月」字形體確實有些相似之處，但與同時期的「月」字形體差別頗爲明顯，故視「貀」爲「貊」的本字不確。

我們認爲此「（字形）」應爲「夕」，（字形）即「豹」，爲從豸夕聲的字。以音讀求之，夕、各上古音均屬魚部，音近可通，故「豹」似可讀爲「貉」。《詩・豳風・七月》「一之日取貉」，陸德明《釋文》「貉，獸名。」朱熹《集傳》「貉，狐狸也。」《漢書・楊惲傳》「如一丘之貉」，顏師古注「貉，獸名，似狐而善睡。」《正字通》：「貉，似貍，銳頭尖鼻，斑色毛，深厚溫滑可爲裘」。據此，貉是一種似狐的獸，貉裘就是用貉皮製作的裘衣。

金文所賜之裘，顯不如典籍記載的豐富，主要有裘、虎裘、豹裘、貂裘、貉裘等。從大師盧簋、庬戒鼎兩器所載其他賞賜物和銘文內容來看，虎裘、豹裘是比較貴重的物品。在此，儘管不能斷定他器所賜之裘同樣貴重，然以其均爲裘類物品推之，自不會是普通之物。

第五節　舃

舃，古代足服之一，即當今意義上的鞋。對其形制和功用的說解，典籍頗多。

舃的形制，《周禮・天官・屨人》云「屨人掌王及后之服屨」，鄭玄注「複下曰舃」。《說文通訓定聲》云「漢以前複底曰舃，單底曰屨。」皆說明屨爲單底之鞋，而舃爲雙層底的鞋。

〔註81〕劉自讀、路毓賢：《周至敔簋器蓋銘文考釋》，《考古與文物》1991 年第 6 期。

舄的功用，《古今注·輿服》「舄，以木置屨下，乾臘不畏泥濕也。」《釋名·釋衣服》曰「屨，拘也，所以拘足也。複其下曰舄。舄，臘也，行禮久立地或泥涇，故複其下使乾臘也。」由此可見，舄的穿著是爲了能使鞋保持乾爽。

然不同等級者享用的舄亦不相同，且主要根據舄的顏色來區分。鄭玄對《周禮·屨人》注解時云：

> 凡屨舄各象其裳之色……王吉服有九，舄有三等：赤舄爲上，冕服之舄。詩云：王錫韓侯，玄袞赤舄，則諸侯與王同，下有白舄、黑舄。王后吉服六，唯祭服有舄，玄舄爲上，褘衣之舄也。下有青舄、赤舄，鞠衣以下皆屨耳。……天子諸侯吉事皆舄，其餘唯服冕衣翟著舄耳。

據此，王、諸侯、王后之舄均有三等。王與諸侯之舄等次相同，分別有赤舄、白舄、黑舄，爲參加一些吉事或穿冕服、翟服等重要場合時所用。而王后之舄有玄舄、青舄、赤舄三等，且只有在祭祀時才穿著。至於階級地位地下之人則只能穿著屨而沒有舄。

與文獻的豐富記載相比，金文僅言舄和赤舄。赤舄即指赤色的舄，由前分析可知其享用者地位較高。《詩·大雅·韓奕》「王錫韓侯，玄袞赤舄」，指明受賜者爲諸侯。

大盂鼎和麥方尊二器所賜的「舄」前均單稱「市」。檢賜「舄」諸銘，凡舄、市同賜時，這二物前多有修飾詞，惟此二器例外。我們認爲，這種單稱「市」、「舄」的兩器銘時代上屬西周早期，而這一時期爲古代命服制度發展的最初階段，故所言的服飾顯不如西周中晚期命服制度已成體系時的複雜。

所賜之舄，在銘辭中敘次較爲固定；單稱「舄」的，均置於「衣」、「市」後；稱「赤舄」的，多放在「衣」、「市」、「黃」等物品之後。凡此皆與「舄」爲足服在人們衣著中的位置相吻合。

西周金文「服飾」類賞賜物資料輯錄：

柞鍾：柞易載、朱黃、鑾（《集成》133～136；137～139）

庚季鼎：王易赤⊗市、玄衣黹屯、鑾旂（《集成》2781）

七年趞曹鼎：易趞曹載市、冋黃、絲（《集成》2783）

康鼎：令（易）女幽黃、鋚革（勒）（《集成》2786）

𢼸方鼎：王𡣿姜事內史友員易𢼸玄衣、朱襮裣（《集成》2789）

利鼎：易女赤🜚市、絲旂（《集成》2804）

南宮柳鼎：易女赤市、幽黃、攸勒（《集成》2805）

師奎父鼎：易載市、冋黃、玄衣黹屯、戈琱𢧕、旂（《集成》2813）

無𣄹鼎：易女玄衣黹屯、戈琱𢧕、厚必、彤沙、攸勒、絲旂（《集成》2814）

趩鼎：王乎內史冊易趩：玄衣屯黹、赤市、朱黃、鑾旂、攸勒（《集成》2815）

伯晨鼎：易女𢀰鬯一卣、玄袞衣、幽夫（市）、赤舄、駒車、畫呻、鞴𢼸、虎幃冟依里幽、鋚勒、旂五旂、彤弓、彤矢、旅弓、旅矢、寅、戈、繍、胄（《集成》2816）

師晨鼎：易赤舄（2817）

褒鼎：王呼史減冊易褒：玄衣黹屯、赤市、朱黃、絲旂、攸勒、戈琱𢧕、厚必、彤沙（《集成》2819）

此鼎：易女玄衣黹屯、赤市、朱黃、絲旂（《集成》2821-2823）

善夫山鼎：易女玄衣黹屯、赤市、朱黃、絲旂（《集成》2825）

頌鼎：易女玄衣黹屯、赤市、朱黃、絲旂、攸勒（《集成》2827-2829）

師𩈪鼎：易女玄袞齟屯、赤市、朱橫、絲旂、大師金膺、攸勒（《集成》2830）

大克鼎：易汝叔市、參冋、苪悤，易汝田於埜，易汝田於渒，易汝井寅𦅸田於峻，以厥臣妾，易汝田於康，易汝田於匽，易汝田於隫原，易汝田於寒山，易汝史、小臣、霝龠、鼓鐘，易汝井𪕧𦅸人𫍙，易汝井人奔於量（《集成》2836）

大盂鼎：易女𢀰鬯一卣、冂、衣、市、舄、車、馬，易乃祖南公旂，用狩，易女邦嗣四伯，人鬲自馭至於庶人，六百又五十又九夫，易夷嗣王臣十又三伯，人鬲千又五十夫，逤𢦏遷自厥土（《集成》2837）

曶鼎：易汝赤🜚市……井叔易曶赤金、鬱（《集成》2838）

毛公鼎：易女秬鬯一卣、裸圭瓚寶、朱市、悤黃、玉環、玉琮、金車、朵緣較、朱鞹𩏑綏、虎冟熏里、右軛、畫轉、畫輶、金甬、造衡、金橦、金豙、約軝、金簟弼、魚箙、馬四匹、攸勒、金嚾、金膺、朱旂二鈴（《集成》2841）

變毀：王令變在市、旂（《集成》4046）

不壽𣪕：王姜易不壽裘（《集成》4060）

敔𣪕：易玄衣、赤[illegible]（《集成》4166）

師毛父𣪕：易赤市（《集成》4196）

郘𣪘𣪕：易戠衣、赤◎市（《集成》4197）

何𣪕：王易何赤市、朱亢、䜌旂（《集成》4202）

衛𣪕：王增令衛，殿赤市、攸勒（《集成》4209-4212）

免𣪕：易女赤◎市（《集成》4240）

救𣪕蓋：內史尹冊易救：玄衣黹屯、旂四日（《集成》4243）

走𣪕：易女赤□、□□、□旂（《集成》4244）

楚𣪕：內史尹氏冊命楚：赤◎市、䜌旂（《集成》4246-4249）

即𣪕：王呼命女：赤市、朱黃、玄衣黹屯、䜌旂（《集成》4250）

大師虘𣪕：王呼宰曶易大師虘虎裘（《集成》4251、4252）

弭叔師察𣪕：易汝赤舄、攸勒（《集成》4253、4254）

𢦏𣪕：易汝戠衣、赤◎市、䜌旂（《集成》4255）

廿七年衛𣪕：易衛載市、朱黃、䜌（《集成》4256）

弭伯師耤𣪕：易女玄衣黹屯、𨥅市、金鈧、赤舄、戈琱䋣、彤沙、攸勒、䜌五日（《集成》4257）

害𣪕：易女桒朱帶、玄衣黹屯、旂、攸勒，易戈琱䋣、彤沙（《集成》4258-4260）

趞𣪕：易女赤市、幽亢、䜌旂（《集成》4266）

申𣪕蓋：賜女赤市、縈黃、䜌（《集成》4267）

元年師兌𣪕：易女乃祖市、五黃、赤舄（《集成》4274、4275）

豆閉𣪕：易女戠衣、◎市、䜌旂（《集成》4276）

王臣𣪕：易女朱黃、桒襯、玄衣黹屯、䜌旂五日、戈畫䋣、厚必、彤沙（《集成》4268）

望𣪕：易汝赤◎市、䜌（《集成》4272）

師俞𣪕蓋：易赤市、朱黃、旂（《集成》4277）

元年師旋𣪕：易女赤市、冋黃、麗裼（《集成》4279-4282）

輔師𠭰𣪕：易女載市、素黃、䜌旜，今余增乃命，易女玄衣黹屯、赤市、朱黃、戈彤沙琱䋣、旂五日（《集成》4286）

伊𣪕：易女赤市、幽黃、䜌旂、攸勒（《集成》4287）

師酉𣪕：新易汝赤市、朱黃、中㬎、攸勒（《集成》4288-4291）

揚𣪕：賜女赤𢓊市、䜌旂（《集成》4294、4295）

𨞸𣪕蓋：易女赤市、冋䙷黃、䜌旂（《集成》4296、4297）

此𣪕：易女玄衣黹屯、赤市、朱黃、䜌旂（《集成》4303-4310）

師頯𣪕：易汝赤市、朱黃、䜌旂、攸勒（《集成》4312）

師虎𣪕：易女赤舄（《集成》4316）

訇𣪕：易女玄衣黹屯、載市、冋黃、戈琱咸、厚必、彤沙、䜌旂、攸勒（《集成》4321）

師嫠𣪕：易女叔市、金黃、赤舄、攸勒（《集成》4324、4325）

番生𣪕蓋：易朱市、悤黃、鞞䩛、玉環、玉琮、車、電軫、桒縟㡉、朱鬣𩏂綏、虎冟熏里、遣衡、右軛、畫轉、畫䡅、金童、金豙、金簟弼、魚箙、朱旂旜金芼二鈴（《集成》4326）

羌伯𣪕：王命仲致歸羌伯貂裘……易女貂裘（《集成》4331）

頌𣪕：易女玄衣黹屯、赤市、朱黃、䜌旂、攸勒（《集成》4332-4335、4337-4339）

蔡𣪕：易女玄衮衣、赤舄（《集成》4340）

瘨盨：王呼史年冊易褐、𦀚、虢市、攸勒（《集成》4462、4463）

師克盨：易汝秬鬯一卣、赤市、五黃、赤舄、牙僰、駒車、桒㡉、朱虢𩏂綏、虎冟熏里、畫轉、畫䡅、金甬、朱旂、馬四匹、攸勒、素鉞（《集成》4467、4468）

𦱊盨：易女秬鬯一卣、乃父市、赤舄、駒車、桒㡉、朱虢𩏂綏、虎冟熏里、畫轉、畫䡅、金甬、馬四匹、攸勒（《集成》4469）

免簠：易戠衣、䜌（《集成》4626）

次卣：公姞令次𤔲田人，次蔑歷，易馬，易裘（《集成》5405）

免卣：令史懋易免：載市、冋黃（《集成》5418）

復作父乙尊：匽侯賁復冂、衣、臣妾、貝（《集成》5978）

次尊：公姞令次田人，次蔑歷，易馬，易裘（《集成》5994）

免尊：令史懋易免：載市、冋黃（《集成》6006）

盠方尊：易盠：赤市、幽亢、攸勒（《集成》6013）

麥方尊：侯易玄琱戈……侯易𢦏臣二百家，劑用王乘車馬、金勒、冂、衣、

市舄……作冊麥易金於辟侯（《集成》6015）

趩觶：易趩戠衣、載市、冋黃、旂（《集成》6516）

十三年𤸫壺：王呼作冊尹冊易𤸫：畫𢼸、牙僰、赤舄（《集成》9723、9724）

曶壺蓋：易女秬鬯一卣、玄袞衣、赤市、幽黃、赤舄、攸勒、䜌旂（《集成》9728）

頌壺：易女玄衣黹屯、赤市、朱黃、䜌旂、攸勒（《集成》9731，9732〔蓋〕）

吳方彝蓋：易秬鬯一卣、玄袞衣、赤舄、金車、桒圅朱虢、虎冟熏里、桒𩊚、畫轉、畫𨍭、金甬、馬四匹、攸勒（《集成》9898）

彖方彝：易彖，赤市、幽亢、攸勒（《集成》9899、9900）

敔簋蓋：王易敔貉裘（《集成》10166）

呂服余盤：易汝赤市、幽黃、攸勒、旂（《集成》10169）

㚤戒鼎：䑣伯慶易㚤戒簟弼，𠞬雁、虎裘、豹裘（《商周》02279）

𨾊鼎：易冋黃（《商周》02367）

叔夨方鼎：齊叔夨以裳、衣、車、馬、貝三十朋（《商周》02419）

古鼎：易汝金車、旂、𦅫市、幽黃（《商周》02453）

靜方鼎：易汝鬯、旂、市、采𩰫（《商周》02461）

師酉鼎：易豹裘（《商周》02475）

卌三年逨鼎（甲－癸）：易女秬鬯一卣、玄袞衣、赤舄、駒車、桒較、朱虢圅綏、虎冟熏里、畫轉、畫𨍭、金甬、馬四匹、攸勒（《商周》02503、02504、02505、02506、02507、02510、02512）

采隻簋甲、乙：易汝戠衣、赤𦅫市、䜌旂（《商周》05154、05155）

呂簋：易汝玄衣黹屯、𢦏市、冋黃、戈琱㦹、厚必、彤沙、旂䜌（《商周》05257）

曶簋：易載市、冋黃（《商周》05217）

召簋：易汝玄衣滰屯、載市、幽黃、金膺（《商周》05230）

馭簋：易汝幽黃、攸勒（《商周》05243）

大師虘簋甲－丁：王呼宰曶易大師虘虎裘（《商周》05280-05283）

殷簋：王呼內史言令殷，易市、朱黃（《商周》05305、05306）

獄簋甲、乙、丙、丁：王賜獄佩、緇市、絲亢、金車（《商周》05315-05318）

師道簋：易汝貣、朱亢、玄衣黹屯、戈畫戚、厚必、彤沙、旂五日、轡（《商周》05328）

親簋：易汝赤市、幽黃、金車、金勒、旂（《商周》05362）

衛簋甲、乙：王易衛佩、緇市、朱亢、金車（《商周》05368、05369）

宰獸簋：易女赤市、幽亢、攸勒（《商周》05376、05377）

畯簋：易汝鬯卣、赤市、幽黃、攸勒（《商周》05386）

虎簋蓋甲、乙：易汝載市、幽黃、玄衣帨屯、䜌旂五日（《商周》05399、05400）

古盨蓋：易汝金車、旂、[illegible]市、幽黃（《商周》05673）

獄盨：王賜獄佩、緇市、絲亢、金車（《商周》05676）

寏盤：易寏玄衣黹屯、緇市、幽黃、䜌、赤旂五日（《商周》14528）

獄盤：王賜獄佩、緇市、絲亢、金車（《商周》14531）

頌盤：易汝玄衣黹屯、赤市、朱黃、䜌旂、攸勒（《商周》14540）

逨盤：易汝赤市、幽黃、攸勒（《商周》14543）

束盉：束易市、䜌旜[illegible]（《商周》14790）

古盉：易汝金車、旂、雍市、幽黃（《商周》14798）

獄盉：王賜獄佩、緇市、絲亢、金車（《商周》14799）

嫚鼎：嬀易嫚玄衣（《商周續編》0214）

䞣應姬鼎：易貝十朋，玄布二乙（匹）（《商周續編》0221）

紳鼎：易女玄衣滰屯、戈彤必、琱戚（《商周續編》0230）

召簋：易汝玄衣滰屯、載市、幽黃、金膺（《商周續編》0446）

師大簋：易女赤市、朱睘（環）、玄衣黻屯（《商周續編》0447）

左右簋：易女幽黃、攸勒、䜌旂（《商周續編》0449）

戚簋：易女赤市、朱亢、攸勒（《商周續編》0450）

槐簋：易女幽黃、攸勒（《商周續編》0453）

衍簋：易女冋衣、赤舄、幽黃、攸勒，易女田於盉、於小水（《商周續編》0455）

獄簋甲、乙：王賜獄佩、緇市、朱亢（《商周續編》0457、0458）

獄簋：王賜獄佩、緇市、朱亢（《商周續編》0459）

衛簋丙：王易衛佩、緇市、朱亢、金車（《商周續編》0462）

師酉盤：易女赤市、攸勒（《商周續編》0951）

第四章　兵　器

「爲了取得戰爭的勝利，就使得一些可以殺人的有鋒刃的勞動或狩獵工具，進而轉變成專門用來作戰殺人的特殊工具——兵器」﹝註1﹞，這不僅是對兵器產生緣由的闡釋，也表明了兵器在戰爭中重要作用。西周時期，歷代統治者爲了穩固和加強其統治地位：一方面抵禦外族入侵；一方面不斷通過戰爭來擴大自己疆土，戰事逐不斷爆發。然則西周金文中出現大量兵器的賞賜，可能也是這種狀況的側面反映。

從所賜各種兵器的使用特點和功用來看，可分爲進攻類和防禦類兩種。其中，進攻類兵器主要有弓、矢、戈、殳和鉞等；防禦類兵器主要甲、冑和盾等。下文將討論這兩類兵器及其相關物品。

第一節　進攻類兵器及其相關物品

本節主要討論弓、矢、戈、殳和鉞等進攻類兵器，同時還涉及「魚葡」一物。從嚴而論，「魚葡」不是兵器，但考慮其與「矢」關係密切，加之此物出現較少而不足以單獨成章節來探討，故稱之爲「相關物品」而置此一併討論。

―――――――――――――

〔註1〕　楊泓：《中國古兵器論叢》（增訂本），文物出版社，1980年6月。

一、弓矢及其相關物品

就物品屬性而言，弓、矢為獨立的兩種物品。但實際使用中，弓是利用弓弦來射矢的遠射兵器，二者關係殊為密切。為便於敘述，茲將其一起討論。

從整個人類社會發展進程的角度看，弓矢的出現是人類征服、改造自然過程中的智慧的體現。「后羿射日」就是人們把這種智慧集於英雄形象而進行讚美的典型。儘管其為傳說，但可能說明這樣的狀況：即久遠的年代，弓矢就存在於人們的生活之中。

關於古代弓、矢形制、質地等方面的記載，典籍頗多。

弓的形制、質地。《釋名·釋兵》「弓，穹也，張之穹隆然也。其末曰簫，簫言稍也；又謂之弭，以骨為之，滑弭弭也。中央曰弣，弣，撫也，人所撫持也。簫弣之間曰淵，淵，宛也，言宛曲也。」由此可知，簫、弭、弣和淵等共同構成整個弓體。另據《周禮·考工記·弓人》記載，弓在使用時有「上制」、「中制」和「下制」等三種情形之分。其製作材料有干、角、筋、絲、膠、漆等。

矢的形制、質地。《周禮·考工記·矢人》「三分其長而殺其一，五分其長而羽其義，以其笴厚為之羽深。水之以辨其陰陽，夾其陰陽以設其比，夾其比以設其羽。」鄭玄注「矢槀長三尺，殺其前一尺，令趣鏃也。羽者六寸。笴讀為槀，謂矢幹，……鄭司農云『比謂括也。』」可見，矢由鏃、幹兩部份組成。其中幹末端扣弦的地方稱為「括」，且在「括」占「幹」五分之一處設有羽。同時，《矢人》對各種矢的形制亦有具體說解。

結合傳世文獻對弓矢功用的大量說解，可知弓矢是用於射殺的兵器之一。

金文中所賜弓、矢前常有顏色詞修飾，如「彤弓」、「彤矢」、「旅弓」、「旅矢」的「彤」和「旅」。其後或有數量詞及其他修飾語。現分別加以論述。

（一）彤弓、彤矢

金文彤弓、彤矢的寫法比較特殊，主要有：

1、彤弓

　　A、彡（應侯見工鍾　西周中晚期）𢎘（伯晨鼎　西周中期）

　　B、彤弓（宜侯夨殷　西周早期）

2、彤矢

A、彡（應侯見工鍾　西周中晚期）夫（伯晨鼎　西周中期）

B、彡夫（宜侯夨𣪘　西周早期）

C、彤夫（虢季子白盤　西周晚期）

在釋讀伯晨鼎銘時，孫詒讓指出舊釋彡、夫爲「弓三矢二」的錯誤，認爲弓旁的彡「非三字，乃彡字」，「矢字旁亦當爲彡。作彡者，文有剝落耳」，「彡、夫即彤弓、彤矢也」。並引《書・文侯之命》載平王對晉文侯「彤弓一、彤矢百、旅弓一、旅矢百」的賞賜來印證〔註2〕。其說甚確。

上列「彤」的各種寫法，除 C 式爲標準形體外，A 式省寫爲彡或彡形，分別與弓、矢構成合文，指「彤弓、彤矢」；B 式仍保留了 A 式省寫與合文的特徵，因其後分別有弓、矢二字，故這裡的合文僅指「彤」。有趣的是，B 式的「彤」在修飾「弓」時所從爲「矢」，而修飾「矢」時所從爲「弓」。有學者認爲此「矤弓、弰矢」應該讀爲「弰弓、矤矢」，因𣪘銘的範把「弰」、「矤」兩字排顛倒了，故錯成「矤弓」和「弰矢」〔註3〕。可備一說。

「彤」，《說文》「丹飾也。從丹從彡。彡，其畫也。」有學者辯此說之誤，認爲「彤」是從彡得聲〔註4〕。由此，A 式的「彤」僅存其聲符；B 式的「彤」在保留聲符的基礎上，可能受其後修飾詞的影響而分別加上意符「弓」和「矢」。

彤弓、彤矢，典籍有載。《詩・小雅・彤弓序》「彤弓，天子錫有功諸侯也」，陸德明釋文「彤弓，赤弓也。」《書・文侯之命》「彤弓一、彤矢百」，孔安國傳「彤，赤也。」《荀子・大略》「諸侯彤弓」，楊倞注「彤弓，朱弓也。」《史記・晉世家》「彤弓矢百」，裴駰《集解》引賈逵曰「彤弓，赤也。」由此可知，彤弓、彤矢指赤色或朱色的弓矢。

金文應侯見工鍾的「彤弓一、彤矢百」，爲弓一矢百的比例，與上引文獻相合；且能得到此物賞賜的多爲伯、侯等地位較高的人。如就受賜者而言，所獲這類物品無疑是一筆相當豐厚的獎賞而足以爲榮，誠如范甯注《穀梁傳・

〔註2〕　孫詒讓：《古籀拾遺》（下）第 19 頁，清光緒十六年自刻本。

〔註3〕　唐蘭：《宜侯夨𣪘考釋》，《考古學報》1956 年第 2 期。

〔註4〕　周法高等：《金文詁林》第 7 冊第 3247 頁，香港中文大學，1975 年；李學勤：《宜侯夨簋與吳國》，《文物》1985 年第 7 期。

定公九年》「得寶玉大弓」時所云「弓，王國之分器也，得之足以爲榮，失之足以爲辱。」

（二）旅弓、旅矢

旅弓、旅矢的「旅」，孫詒讓認爲是「玈」的假借﹝註5﹞。甚確。《書·文侯之命》「旅弓一，旅矢百」，江聲集注音疏「旅，讀爲玈。玈，黑色也。」《說文》段注「旅，又古假爲盧弓之盧。」由此可知，旅弓、旅矢爲黑色弓和矢。

宜侯夨殷的「旅弓十、旅矢千」，弓、矢之比與前述相同，但數量爲上引《書》「旅弓一，旅矢百」的十倍之多。

（三）🪔（盛）弓、象珥

弓前的🪔，字跡不晰，惟下部「皿」形可辨。學者多釋爲「盛」字，姑從之；是「弓」的修飾詞。

「盛弓」，僅見於師湯父鼎，其後有「象珥」一詞。

「象珥」，典籍習見。《爾雅·釋器》「弓無緣者謂之珥」。邢昺疏引李巡曰「骨飾兩頭曰弓，不以骨飾兩頭曰珥。」劭晉涵《正義》云「珥者，弓之別名。」是把象珥看作弓。郝懿行《義疏》云「珥是弓末之名，非即弓名。珥之言已也、止也，言弓體於此止已也。」《詩·小雅·采薇》「象珥魚服」，馬瑞辰在《毛詩傳箋通釋》中謂「弓之有緣者繫束而漆之，其珥不露，故謂之弓；無緣者其珥外見，故謂之珥。」顯然，後二者的說法與前述有所不同。然由此銘中「象珥」與「盛弓」同賜，知「珥」應爲弓的構件而非弓。故郝、馬之說甚確。

關於象珥的質地和功用。《詩·小雅·采薇》「象珥魚服」，注曰「象珥，弓反末別者，以象骨爲之，以助御者」，箋云「珥，弓反末別者，以象骨爲之，以助御者解轡紛，宜滑也」。由此可知，象珥是一種以象骨製成的用來幫助御弓者的工具。使用者可用它把弓弦扣置到弓體之末，這既有利於固定弦與弓體，也能在不使用時比較方便地從弓體上把弦解下來。

師湯父鼎的象珥是「盛弓」的構件。值得注意的是，金文言賜之「弓」，或單稱，或在弓前加顏色詞「彤」，或在弓後加數量詞。而象這種既有「盛」置於「弓」前，又在其後加「象珥」構件的記述方式，實爲罕見。

─────────

〔註5〕孫詒讓：《古籀拾遺》（下）第19頁，清光緒十六年自刻本。

（四）矢荎　矢荎、彤㲋

金文的❖，孫詒讓認爲是「晉」之省，以晉、晉、箭音近可通，謂此「矢荎」就是「矢箭」〔註6〕。學者多從此說，然亦有持異議者〔註7〕。郭沫若以此字前有「矢」，謂「矢箭一事，既言矢不得又言箭也。」進而指出此字當假爲「翦」，「矢荎」指「金鏃翦羽」。陳夢家則疑「荎」爲《爾雅・釋器》「骨鏃不翦謂之志」的「志」，「矢荎」即習射的骨矢。對於郭氏的說法，容庚提出反駁，認爲「矢箭非一事。」

諸說中，郭氏以賞賜物出現情況爲據來釋讀銘辭的研究思路，對我們確有很大啓發意義；但其稱「矢箭一事」則欠妥，上引容文已辯之。至於陳氏以「荎」爲「志」的說法在文意上雖可成立，但此二字音讀有一定距離，似不可通，故其說亦難爲信。因此，「矢荎」當釋爲「矢箭」。箭多爲竹製，前加「矢」字，是明其功能似「矢」，這可能也是典籍或將矢、箭混爲一談的原因。

師湯父鼎的「矢荎」後有修飾詞「彤㲋」（下文對此原篆用△代替）。△，孫詒讓隸作「㲋」，假爲「梧」，引《說文》「梧，矢栝隱弦處。」謂「彤梧」即以彤漆飾矢栝〔註8〕，學者多從之。馬承源則指出銘辭中△下部存在鑄造缺陷，△左邊所從非「丱」，乃「干」，由此，△應爲「玕」字，以音求之，釋爲「盾」。「彤△」即彤色的盾〔註9〕。細審銘拓，馬文認爲此字乃從干是不無道理的。然由銘辭所賜之物「盛弓、象弭，矢荎、彤△」觀之，其中的「象弭」、「彤△」應分別是「盛弓」、「矢荎」的修飾語；且從干得聲的「玕」與「盾」音讀相去較遠。故釋此字爲「盾」似欠穩妥。

我們認爲，此△可隸作「玕」，讀爲「杆」，義指「矢箭的杆部」。考古實物中，居延甲渠侯遺址出土的西漢竹箭，杆末有缺口，即括；而箭鏃和尾羽

〔註6〕　孫詒讓：《古籀餘論》卷3第9頁，燕京大學哈佛燕京學社石印（容庚校補本），1929年。

〔註7〕　周法高：《金文詁林》第6529頁，香港中文大學，1975年。按，下文各家之說中凡不另出注者，均出於此。

〔註8〕　孫詒讓：《古籀餘論》卷3第9頁，燕京大學哈佛燕京學社石印（容庚校補本），1929年。

〔註9〕　馬承源：《商周青銅器銘文選》（三）第148頁，文物出版社，1988年4月。

上均纏絲塗漆〔註10〕。由此推之，箭杆上也有塗漆的可能，正如金文的「彤杆」
——紅色的箭杆。

（五）魚葡

「魚葡」之「葡」，多讀為「箙」〔註11〕。方濬益認為此字象矢在箙中之形。」
又以典籍「箙」、「服」相通，謂「魚葡」即「魚服」〔註12〕。甚確。

《詩・小雅・采芑》「簟笰魚服」，傳「魚服，矢箙也。」疏「其上所載有
魚皮為矢服之器。」《春秋正義》卷十「《詩》云：象弭魚服，此云魚軒，則用
魚為飾，其皮可以節器物者，唯魚獸耳，故云以魚皮為飾，陸璣《毛詩義疏》
云，魚獸似豬，東海有之，其皮背上有班文，腹下有純青，今人以為弓鞬」。曾
侯乙墓簡文中有「紫魚之箙、「綠魚之箙」的記載，與文獻所記吻合。又《周禮・
夏官・司弓矢》「中求獻矢箙」，鄭注「箙，盛矢器也，以獸皮為之。」由此可
知，盛矢之囊為「魚服」，或稱「矢箙」，是由魚皮或其他獸皮製成的。

考古實物中，安陽殷墟西區 M43 車馬坑中車的車箱裏有一個內裝十支箭的
皮質圓筒形矢箙〔註13〕。這是魚服在使用時所處的具體位置。然則金文每言「魚
服」，往往在車和車飾後，實為與弓矢相關的物品。

需要指出的是，黃然偉以「西周有弓矢之賜，而不與車馬飾相混」為由，
認為金文的「魚服」非《詩》「象弭魚服」之「魚服」，而為《說文》的「靫」，
即「車駕具」。並據考古資料釋之為「有魚紋銅飾之車駕具也。」〔註14〕隨後，
陳漢平一方面仍前人「魚服」之釋，一方面又謂黃氏之論可備一說〔註15〕。莫
衷一是。學者在論及此銘時常作「魚葡」或「魚服」而未加說明。因此，「魚葡」

〔註10〕孫機：《漢代物質文化資料圖說》第 138 頁，文物出版社，1991 年 9 月。

〔註11〕劉心源：《奇觚室吉金文述》卷 2 第 46 頁，清光緒二十八年自寫刻本；徐同柏《從
古堂款識學》卷 16 第 28 頁，清光緒三十二年蒙學報館影石校本；吳式芬《攈古
錄金文》卷 3 之 3 第 51 頁，吳氏家刻本；孫詒讓《古籀拾遺》（上）第 29 頁，清
光緒十六年自刻本。

〔註12〕方濬益：《綴遺齋彝器款識考釋》卷 26 第 27 頁，商務印書館石印本，1935 年。

〔註13〕中國社會科學院考古研究所安陽工作隊：《1969～1977 年殷墟西區墓葬發掘報
告》，《考古學報》1979 年第 1 期。

〔註14〕黃然偉：《殷周史料論集》第 179 頁，三聯書店有限公司，1995 年 10 月。

〔註15〕陳漢平：《西周冊命制度研究》第 250 頁，學林出版社，1986 年 12 月。

之意仍有進一步討論的必要。

據黃文，毛公鼎銘中自「金車」至「金𪐴」一段記載的是車馬及車馬飾內容。置於其間的「魚箙」只有解釋爲「有魚紋銅飾之車駕具」才符合金文記載賞賜物的排列規律，故其非典籍所云之「魚服」。

誠然，摒棄前人舊說，黃文關注賞賜物記載的規律，以及運用考古實物作爲參證等研究思路對正確理解銘辭都有一定啓發意義。但如果細細研讀銘文內容，就會發現其觀點尙有可推敲之處。

據目前所掌握資料，金文言賜的馬飾主要有：攸勒、金嘆、金𪐴、斵雁等。銘辭中這些物品均在「馬」後，尤其是常見的「攸勒」，只要與馬同賜，無一例外地位於「馬」的後面。由此推之，「魚箙」若爲鞁具，即屬馬飾，那麼就應該在「馬四匹」之後，而不是在其前面。這種推斷與毛公鼎「魚箙＋馬四匹＋攸勒」的記載恰好相反。

由此可見，釋「魚箙」爲「鞁具」的觀點無法成立。此外，由考古實物中盛矢之具多位於車上，可知其與車及車飾的關係密切，故銘辭中其同樣緊置於車及車飾之後。

分析至此，我們認爲金文「魚箙」仍應從舊釋訓成典籍的「魚服」，即魚皮製作的盛矢之物。據其功用，應與弓矢關係密切而非車或車馬飾之列。

最後需要提出的是，在對賞賜物進行研究時，我們既要注意到銘辭對各物品記載時所體現的以類相聯的規律，也要對某一類物品中各種不同物品的內在聯繫及相互間的排列規律有所關注。二者同等重要，不可偏廢；否則就會導致錯誤結論的產生。

二、戈

《周禮・考工記・冶氏》「已句則不決」鄭玄注「戈，句兵也」。《說文》段注「戈、戟皆句兵，戈者兼句與擊者也。用其橫刃則爲句兵，用橫刃之喙以啄人則爲擊兵。」因此，戈是兼直擊和句殺兩種功能的兵器。

關於戈的形制，一般認爲其有刃且平出的部份爲援，援後的短柄謂之內，而垂直與柄相合的部份爲胡，胡上之穿是供絲物縛戈於柲即戈柄上的孔。

戈所縛之柄，《詩・秦風・無衣》「修我戈矛」毛傳「戈長六尺六寸」。《玉

篇・戈部》「戈，平頭戟，長六尺六寸」。《周禮・考工記・廬人》「戈柲六尺有六寸」等記載，是對其長度的描述。然出土實物中，陝西長安張家坡出土的兩戈柄，其長分別為 70 和 82・5 釐米〔註16〕，與文獻所記有一定出入。另戰國早期山彪鎮出土的水陸攻戰紋鑒的紋飾上，有單手執戈的情形〔註17〕。由此可見，戈柄的長度並非如文獻所云的等齊劃一。誠如學者所描述的情形：「普通與人站立時的眉端稍等謂之中兵，比中兵長一倍的謂之長兵，格殺或車戰時用之最便，比中兵短一半的謂之短兵，一手執盾者用之最便。」〔註18〕

戈柄之質地，學者研究認為「從殷代、西周時期北方地區諸遺址中出土的實物看，均是木料的。東周時期南方地區，如楚地出土的戈柲除木料之外，亦用竹料。」〔註19〕可以看出，製作戈柲所使用的材料是由木質向竹質發展的。因而，金文出現的西周晚期「厚必」當為木質，但也不排除其為這兩種質地的過渡時期，即以木、竹構成的，類似於西周以後的情形。

金文所賜之戈的稱法有以下幾種方式：1. 單言戈。2. 戈前加修飾詞，如戚戈、玄琱戈；這類很少，僅見於小盂鼎和麥方尊兩器。3. 戈後附加修飾詞，如琱戚、厚必、彤沙等；這類較為多見。

此外，伯晨鼎有與「戈」同賜的「寅（戟）」，亦屬進攻類兵器。為便於敘述，姑置此一併討論。

（一）戈琱戚、厚必、彤沙，戈琱戚，戈彤沙

如前所述，「琱戚」、「畫戚」、「厚必」、「彤沙」等為戈的修飾之詞。其中，「琱戚」一詞惟王臣簋例外，作「畫戚」。「琱戚」、「厚必」、「彤沙」三者同時出現的占十二件器中的七件；「琱戚」、「彤沙」或僅其一，或並存修飾戈；「厚必」均與「琱戚」和「彤沙」同時出現，無一例外。

對這些修飾詞的正確理解，顯然是全面瞭解所賜之戈的必要前提。為此，學者作了較多考證並取得一定成果。諸如吳大澂釋「雽」為「沙」、劉心源以

〔註16〕分別參見《1967 年長安張家坡西周墓葬的發掘》，《考古學報》1980 年第 4 期；《陝西長安張家坡 M170 號井叔墓發掘簡報》，《考古》1990 年第 6 期。

〔註17〕郭寶鈞：《山彪鎮與琉璃閣》，科學出版社，1959 年。

〔註18〕郭寶鈞：《殷周的青銅武器》，《考古》1961 年第 2 期。

〔註19〕朱鳳瀚：《古代中國青銅器》第 259 頁，南開大學出版社，1995 年 6 月。

「必」爲「柲」之省、郭沫若釋「必」爲戈柄等觀點〔註20〕。然對其中「厚必」的說解，學者意見頗爲不同，直至現今。

這種分歧，主要是對「厚必」之「厚」分析理解的不同產生的。「厚」，多作 形（下文以△代之）。清代學者多釋爲「縞」或「繹」〔註21〕。對此，于省吾、郭沫若、唐蘭已辨之，認爲所從的 應爲「厚」〔註22〕，諸說是以他銘的字形作對比而釋的結論，所述有據，確不可移。

然而，緊隨對△之形體上認識的統一，是其釋義上的分歧。郭沫若提出「厚」爲「簹之初字」，「厚必即是簹柲」，「其柲爲繏（纏竹爲之）」等觀點〔註23〕。對此，唐蘭以銘辭中「肜」爲「沙」之顏色詞，謂△亦應爲「必」之顏色詞。又徵引典籍二十餘例的從糸之字，得出「從糸之字多用爲彩色之義」，進而指出此「絑字《說文》無，以醇、甜同字之例推之，則當爲紺之異文。」〔註24〕對於唐氏的釋讀，李孝定認爲「說無可易」〔註25〕。張政烺則認爲「厚」應讀爲「絿」，但所述甚略〔註26〕。近來，劉雨引《戰國策》「非能厚勝之也」之注「厚猶大也」謂「厚必即長大之柄」〔註27〕。

上引說法中，諸家對郭文釋「簹」的輾轉之說的否定是正確的。且唐氏運用以辭例分析來確定此字所屬的方法，對理解銘辭很有啓發意義。但唐氏釋爲「紺」的觀點則值得商榷。從音讀上看，紺屬元部字，而從「厚」得聲之△屬侯部。兩韻相距甚遠，似不可通。至於劉文以「厚」爲「長大」之意，是視「厚」爲形容之詞，這與△從「糸」之形在意義範疇上不相吻合。故此二家之說均不可從。

〔註20〕 李孝定等：《金文詁林附錄》第 2361 頁，香港中文大學，1977 年。

〔註21〕 李孝定等：《金文詁林附錄》第 2361 頁，香港中文大學，1977 年。

〔註22〕 李孝定等：《金文詁林附錄》第 2361 頁，香港中文大學，1977 年。

〔註23〕 郭沫若：《長安縣張家坡銅器群銘文匯釋》、《戈珋戚厚必肜沙說》，分別見於《殷周青銅器銘文研究》卷 6 第 317 頁和卷 4 第 186 頁，《郭沫若全集》第 6 卷，科學出版社，2002 年。

〔註24〕 李孝定等：《金文詁林附錄》第 2361 頁，香港中文大學，1977 年。

〔註25〕 李孝定等：《金文詁林附錄》第 2361 頁，香港中文大學，1977 年。

〔註26〕 張政烺：《王臣簋釋文》，《四川大學學報》第 10 輯，1982 年 5 月。

〔註27〕 劉雨：《西周金文中的軍禮》，《容庚先生百年誕辰紀念文集》，廣東人民出版社，1998 年 4 月。

我們認為，△應從張文的觀點，讀為「緱」。從音讀上看，上古音中「緱」與「厚」同屬侯部；聲分屬牙、喉，乃一音之轉，故二字音近可通，文獻也不乏二者相通之例證。《史記・封禪書》「黃帝得寶鼎宛朐。」《孝武本紀》「宛朐作宛侯。」《莊子・讓王》「強力忍垢。」《呂氏春秋・離俗》引垢作詢。《左傳・襄公十四年》「公使厚成叔弔於衛。」《釋文》「厚本或作郈。」凡此均說明「侯」可讀為「厚」。然則從侯之「緱」亦可讀作從厚之△。

緱，典籍有說。《說文》云「刀劍緱也。」《廣韻》「緱，刀劍頭纏絲為緱。」《說文通訓定聲》「緱，劍首纏絲手所握處也。」《史記・孟嘗君列傳》「猶有一劍耳，又蒯緱。」裴駰集解「緱，謂把劍之處。」據此，緱為古代刀劍上纏繞的絲，銘辭之「緱」當為戈柄上纏繞的絲。同時，由戈、刀、劍同屬一類，知古代兵器之柄常有絲類物品纏繞。

這種以絲織物纏繞器物尤其是兵器之柄的現象，在考古實物中亦不難發現。江陵雨台山楚墓出土戈的積竹柲，整理者云「中間用棱形木條做心，外用數根細竹片包裹，再用絲線纏緊，外髹漆。」〔註28〕其戈柲上就有纏繞的髹漆的絲線，與金文之「緱」類似。包山楚墓224號墓出土的由三根瘦竹組成竹竿，上部用絹織帶和絹帶各捆紮三道並漆成紅色。有學者認為，此竹竿指簡文「旌中干」的「干」。而竹竿上部的絹絲帶和絹帶指簡文「朱縞七就」〔註29〕。「縞」為絲，以之纏旗杆，猶如以「緱」纏戈柄。

以上是我們結合考古資料，從形、音、義角度對銘辭中「緱」所作的分析。得出銘辭之「△必」為「緱必」，即纏有絲線的戈柄。

下面我們再來討論另外兩個詞：「琱喊」、「彤沙」。其中「沙」字的形體與《汗簡》錄《義雲章》「沙」形正相同，可見上引吳大澂之釋不誤。對這二詞的釋讀，郭沫若述之猶詳。他指出琱喊的「喊」為「戈之援。……無胡之戈，其援橫出，恰類棘刺，則棘者宜為援之古名，而與文則造從肉從戈之喊以當之也。戈之肉即戈之援」，琱喊為「戈之體有刻紋」，彤沙為戈內端的紅色的緌，即纓飾〔註30〕。

〔註28〕湖北省荊州地區博物館：《江陵雨台山楚墓》，文物出版社，1984年4月。

〔註29〕李家浩：《包山楚簡中的旌旆及其他》，《第二屆國際中國古文字學研討會論文集（續編）》，香港中文大學中文系，1995年9月。

〔註30〕郭沫若：《長安縣張家坡銅器群銘文匯釋》、《戈琱喊厚必彤沙說》，分別見於《殷周

考古實物中，甘肅靈臺白草坡 M2：26 中出土的一無胡戈，其戈的援基處飾有獸面紋飾；陝西扶風黃堆 M1：23 的一有胡戈的援部近闌處的中脊線上有雕刻的龍紋；甘肅靈臺白草坡 M7：3 中出土一有胡戈，其援本處飾有羊首紋飾〔註31〕。凡此均說明古代戈的援部確有紋飾的存在，也足證上引郭說之不誤。

需要指出的是，與戈的「瑂威」在考古實物中較多出現的情況相比，「緱必」之「緱」比較少見，且幾乎沒有「彤沙」的出現。究其原因，可能是後兩者的質地為絲織類，故不易保存。其中「彤沙」是戈內懸垂的纓飾，缺少「緱」所纏繞的柄，故其即使得以保存也可能會散落而難以發現。

綜上所述，「瑂威、厚必、彤沙」分別指：有紋飾的戈援，用緱纏繞的戈柄，戈的內端懸垂紅色的纓飾。王臣簋的「畫威」，亦指有紋飾的戈援。

（二）寅、戈

「𤞤戈」之賜，僅見於伯晨鼎。對「戈」前𤞤的釋讀，歷來有多種說法。吳榮光釋為「必」〔註32〕，劉心源釋為「寅」，並謂此𤞤與戈合文為「戭」字〔註33〕。高田忠周從劉氏之說〔註34〕。于省吾釋為「赤」〔註35〕。郭沫若謂「疑是冠之異文，假為干，古干戈二字每相將。」〔註36〕蔡哲茂釋為「矛」〔註37〕。

以上諸說，儘管於銘辭皆能讀通，但就此字形體而言，似以劉氏所釋與字形較相符。他分析到：靜彝丙寅作𡨄，從𠂤，而此字從反𠂤作𠂤，仍為寅。寅戈即戭戈，《說文》「戭，長槍也。」寅亦作鏔。《方言》九「凡戟無刃，秦

青銅器銘文研究》卷 6 第 317 頁和卷 4 第 186 頁，《郭沫若全集》第 6 卷，科學出版社，2002 年。

〔註31〕朱鳳瀚：《古代中國青銅器》第 840 頁，南開大學出版社，1995 年 6 月。

〔註32〕吳榮光：《筠清館金文》卷 4 第 13 頁，清宜都楊守敬重刻本。

〔註33〕劉心源：《奇觚室吉金文述》卷 16 第 11 頁，清光緒二十八年自寫刻本；《古文審》卷 1 頁 13，清光緒十七年寫刻本。

〔註34〕高田忠周：《古籀篇》卷 26 第 7 頁，日本說文樓影印本初版，1925 年。

〔註35〕于省吾：《雙劍誃吉金文選》卷下之 1 第 16 頁，中華書局，1998 年 9 月。

〔註36〕郭沫若：《兩周金文辭大系圖錄考釋》第 116 頁，上海書店出版社，1999 年 7 月。

〔註37〕蔡哲茂：《釋伯晨鼎「𤞤」字》，《第三屆國際中國古文字學研討會論文集》，香港中文大學出版，1997 年 10 月。

晉之間謂之釾，或謂之鏽。」據此，戴爲長槍之類的物品。

　　銘辭所賜兵器有：弓矢、戴戈和緎冑。由這三者結構上相同，以及其中的「弓矢」、「緎冑」均分屬二物推之，此「戴戈」亦應爲二物，即「長槍」和「戈」。以此觀之，上引劉文儘管對該字形體的分析以及釋義上都很有見地，但將其與「戈」視爲一字的合文，則不免失之。

（三）䧴戈

　　「䧴」，爲「戈」的修飾語。郭沫若認爲是「䜌」字古文，作「䧴」是省去「䜌」的聲符「才」。此處以「䜌」假爲「櫼」。「䧴戈」指有珚識之戈〔註38〕。可備一說。

（四）玄珚戈

　　馬承源認爲「戈的本體是金色的青銅，從未發現有任何黑色的裝飾物」，故此「玄」非戈的顏色，而是戈鞘之色，如同河南信陽長臺關一號墓出土的髹有黑漆的戈鞘〔註39〕。據此，玄珚戈爲附有黑色戈鞘的有紋飾之戈。

三、殳　鉞

（一）殳

　　殳，有學者據甘肅武威皇娘娘臺齊家文化遺址出土的齒輪狀石器，即報告者稱爲「多頭石斧」的實物資料，認爲其產生時代可上溯至新石器時代晚期〔註40〕。與此相似的還有原始社會用於狩獵的「環狀石器」〔註41〕，因這兩類器物與後世殳的形制較相似，故其可能爲西周銅殳產生的源頭〔註42〕，由此，學者或把與此相類的部份出土西周銅器稱爲「殳」〔註43〕。

　　考古發現實物中，竹園溝出土的西周早期銅殳有四個較短的作圓鈍乳丁狀凸齒，伯戔墓出土的西周中期銅殳有五個較長的作有棱銳角狀凸齒。可見，

〔註38〕郭沫若：《兩周金文辭大系圖錄考釋》第39頁，上海書店出版社，1999年7月。

〔註39〕馬承源：《商周青銅器銘文選》（三）第47頁，文物出版社，1988年4月。

〔註40〕沈融：《中國古代的殳》，《文物》1990年2月。

〔註41〕王培新：《吉林延邊出土的環狀石器及其用途》，《文物》1978年第4期。

〔註42〕王培新：《吉林延邊出土的環狀石器及其用途》，《文物》1978年第4期。

〔註43〕羅西章：《扶風出土西周兵器淺識》，《考古與文物》1985年第1期。

　　殳的凸齒在形制和數量上這種變化，似表明殳的殺傷力逐漸增強。

　　典籍中殳有不同稱法。《周禮・夏官・司戈盾》「授旅賁殳」，孫詒讓正義「殳、杸聲義並同。殳以竹木爲之而無刃。」《廣雅・釋器》「殳，杖也」。《方言》卷九「三刃枝，其柄自關而西或謂之殳。」錢繹箋疏「殳也，矜也，杖也，異名而同實，皆柄之別名也。」《詩・曹風・侯人》「彼候人兮，何戈與祋」傳曰「祋，殳也」。由此可知，殳又稱作杸、祋、杖、矜等。

　　關於殳的質地和形制，據前引《周禮》、《方言》以及《詩・衛風・伯兮》「伯也執殳」，毛傳「殳，長二丈而無刃」的記載，可知殳的主體是竹木製成的，且有無刃和有刃之別。

　　考古實物資料中，曾侯乙墓中出現的自名「殳」的兵器，其頂部正好有三棱矛形之刃；而沒有自名者，與文獻之杖形而無刃的殳的特點十分相合。這兩種殳的同時出現，不僅說明了它們使用時間上有並存的階段，也與文獻對殳有刃、無刃的說解相吻合。

　　在出土的兩類殳中，與有刃殳相比，無刃殳形體較小且輕薄。前者可能是用於戰爭的兵器；後者似爲禮儀所用，即《周禮・夏官・司戈盾》所云「祭祀授旅賁殳」。

　　金文中，殳沒有文獻所記的各種異名，其賞賜也僅見於十五年趞曹鼎，中趞曹得到的殳是王在射盧舉行射禮後賜予的。據前分析，其獲賜的殳可能爲無刃之殳。

（二）鉞

　　「鉞」，於典籍異名頗多。或稱「戉」，《周禮・夏官・大司馬》「右秉鉞」，孫詒讓《正義》「經典通借鉞爲戉」；或稱「揚」，《詩・大雅・公劉》「弓矢既張，干戈戚揚。」毛傳「戚，斧也。揚，鉞也」；或稱「鏚」，《說文》徐鉉曰「鉞，今俗作鏚。」

　　鉞的形制，《莊子・胠篋》「斧鉞之威」，成玄英疏「小曰斧，大曰鉞」。《書・顧命》「一人冕執鉞」，孔穎達疏引鄭玄云「鉞，大斧」。由此可見，鉞類似於斧，故常以之爲斧形器一種。有學者據出土斧、鉞的特點，指出鉞身一般比斧寬且扁，「鉞皆平肩有內，是以直內入於木柲中，以肩部、內部（或鉞身中

部穿孔）縛於柲上。」斧爲鐼多內少，鉞則鐼少內多〔註44〕。這表明斧、鉞雖形制上相似，但還是有區別的。

據文獻記載，鉞的功用主要有以下幾個方面。

第一，象徵權威，體現天子的權威和軍事方面的威儀。《書‧顧命》「一人冕，執劉，立於東堂；一人冕，執鉞，立於西堂。」《書‧牧誓》「王左杖黃鉞，右秉白旄以麾，」注「鉞，以黃金飾斧，左手杖鉞，示無事於誅」。分別記述了冊命時天子之威的顯現以及戰爭中軍威的顯示。

第二，古代刑具之一。《周禮》卷九「掌戮，掌斬殺，賊諜而搏之」注「斬以鈇鉞，若今腰斬也，」又《國語》卷一「有斧鉞刀墨之民」注「斧鉞，大刑也」。

第三，戰爭有功或取得勝利後，獻捷禮時所持之物。《周禮》卷七「若師有功，則左執律，右秉鉞，以先愷樂獻於社」注「功，勝也，律，所以聽軍聲，鉞所以爲將威也，先，猶道也，兵樂曰愷，獻於社，獻功於社也，司馬法曰，得意則愷樂，愷歌示喜也」。

綜上，鉞確爲珍貴之物而倍受人們重視，進而又爲王賜其臣屬的物品。

金文中「鉞」均寫作「戉」。所賜之鉞，虢季子白盤銘曰「賜用鉞，用征蠻（蠻）方」的「鉞」，指明其爲征伐之器，與《禮記‧王記》「諸侯賜弓矢然後征，賜斧鉞然後殺」所記略同。師克盨的「素鉞」，即表面平素無紋飾的鉞，是師克承繼先祖之職，捍禦王身之器。據前分析，虢季子白和師克受賜象徵軍威、地位的鉞，確爲一種殊榮。

第二節　防禦類兵器

本節以賞賜物中防禦類兵器爲討論對象，主要有盾、甲、冑等物品。

一、盾

盾，《說文》「盾，瞂也，所以扞身蔽目，象形。」《慧琳音義》卷六十八「排盾」注引《文字集略》云「盾，持板自蔽也。」《釋名‧釋兵》「盾，遯

〔註44〕朱鳳瀚《古代中國青銅器》第 268 頁；342、343 頁；369、370 頁，南開大學出版社，1995 年 6 月。

也，跪其後，避刃以隱遯也。」凡此表明盾爲古代一種防護身體的兵器。

典籍中，盾有「戤」、「干」、「櫓」、「旁排」、「吳魁」、「楯」等多種稱法。《方言》卷九「盾，自關而東或謂之戤，或謂之干，關西謂之盾。」《戰國策・韓策一》「甲、盾、鞮、鏊」，鮑彪注「盾，櫓。」《急就篇》卷三「矛鋋鑲盾刃刀鉤」，顏師古注「盾，一名戤，亦謂之干，即今旁排也。」《釋名・釋兵》「盾，大面平者曰吳魁」，王先謙《疏證》補引蘇輿曰「渠與魁一聲之轉，故盾謂之渠，亦謂之魁。」《詩・大雅・公劉》「干戈戚揚」鄭玄箋「干，盾也。」陸德明《釋文》「本亦作楯」。

盾的形制和質地，典籍記載並不豐富，然出土實物盾給研究者提供很多重要信息。成東以先秦出土的實物盾爲研究對象，對盾的形制、功用等方面的發展變化作了全面梳理〔註45〕，所述可據之處頗多，爲我們的研究帶來了極大的便利。在此基礎上，下文將結合金文及文獻所記對其論述作簡要地介紹。

盾的結構。盾有正、背兩面，其中正面隆起的部份稱爲「盾脊」。《左傳・昭公二十六年》云「射之中楯瓦。」杜預注「瓦，楯脊。」背面有用來把持的柄，爲盾握，即《說文》稱作「盾握」的「䪐」。這些特徵在甲骨、金文的一些盾形圖象中均有所窺見。另外，盾面上往往繪有一些紋飾，《詩・秦風・小戎》「龍盾之合，鋈以觼軜。」毛傳「龍盾，畫龍其盾也。」《國語・齊語》「韅盾綴革，有文如繢也。」小臣宅殷的「畫盾」指盾面畫有紋飾，五年師旋殷的「盾生皇畫內」謂「畫出活潑生動的鳳皇於盾的內部」〔註46〕，都是盾面上繪有紋飾的。

盾的質地。由出土實物看，盾多爲木、革等質地；而銅質盾在出土實物中無一發現，與此相近的也只是一些銅飾的盾面。西周金文中，言賜盾且明其質地的有小盂鼎和五年師旋殷兩器，前者的盂是承王命征伐鬼方後得到盾的賞賜，故無論盂受賜的盾是自己作戰時所持，還是從對方俘獲而來，都是用於戰爭；後者的師旋亦承時王之命而「羞追於齊」，以「王師征討獫狁之類」，故其獲賜的盾可能亦爲戰爭所用。此兩器銘的「金盾」、「易盾」就是以銅爲飾的盾，與出土實物相合。

〔註45〕成東：《先秦時期的盾》，《考古》1989 年第 1 期。

〔註46〕于省吾：《釋盾》，《古文字研究》第 3 輯，中華書局，1980 年 11 月。

盾的形狀。前引成文云「先秦時期，盾由方形而變成長方形，這是一種重要的盾制。」

以上是我們對古代盾的稱法、結構、形制和功用等所作的簡要分析。

金文中，盾的稱法雖沒有文獻中諸多異名，然對「盾」字形的分析研究，卻是學者長期關注的焦點。現簡要回顧一下諸家對「盾」字的釋讀。

古文字中，出現於甲骨文的 ⊕、⊕、⊕、⊕、⊕ 等形，金文的 ⊕、⊕、⊕、⊕、⊕ 等形。學者多以之為盾形，但在音讀上存在分歧。唐蘭、郭沫若從孫詒讓之說，釋為「毌」，前者謂「象干盾之形。」後者指出「毌」字是「干」的初文，也可以讀為「干」〔註47〕。張亞初從之〔註48〕。羅振玉、朱芳圃、于省吾釋為「盾」〔註49〕。林澐從羅氏等說法，指出 致毁 ⊕ 形下部的 ⊕ 為「盾」，是從 ⊕ 演化而來的；且將同屬這種演化規律的古、戎二字列表以比較〔註50〕。為了便於後文的討論，茲將此表摘錄如下：

古	屰	父巳盉	吉	盂鼎	古	牆盤	古	中山王壺
戎	戎	卣文	戎	盂鼎	戎	師同鼎	戎	多友鼎

可以看出，諸說或從象形、或從音讀角度對上引甲、金文諸字所作的種種分析，都具有一定的合理因素。我們認為，儘管各家對此字的最終釋義是相同的，且不妨礙文意的理解；但考慮到金文「干」多作 ⊁ 形，且「毌」字初文之義與「盾」義有一定的差距，故釋為「盾」似更為穩妥。據此，結合上引圖表，不難發現林文對「盾」字的演化規律的闡釋是正確的，這種規律正是漢字形體發展過程中由繁趨簡的體現。

需要指出的是，金文中還有一些形體諸如 ⊕、⊕、⊕ 等（當此三形體一併敘述時，下文以△代之），與上述「盾」形十分相似。因此，有學者將其釋為「盾」。那麼，這種說法是否成立呢？在探討這個問題之前，我們首先看金文

〔註47〕林澐：《說干、盾》，《古文字研究》第22輯，中華書局，2000年7月。按，諸說為林文所引。

〔註48〕張亞初：《殷周金文集成（引得）》，中華書局，2001年7月。按，張文將此字隸定為毌，是其釋「盾」為「毌」的觀點的體現。

〔註49〕于省吾：《釋盾》，《古文字研究》第3輯，中華書局，1980年11月。

〔註50〕林澐：《說干、盾》，《古文字研究》第22輯，中華書局，2000年7月。

中含△的銘文，因學者釋讀時存在不同的讀法，故僅將有關銘文隸定列出：

（1）十五年趙曹鼎：史趙曹易弓矢虎盧九胄✚殳

（2）五年師旋設：儕女✚五易登盾生皇畫內戈琱威厚必彤沙

（3）師𤔲設：易女戈琱威（厚）必彤沙✚五錫鍾一肆五金

諸銘分別有✚、✚、✚相應地在「殳」、「五」、「五」等字前。其中，五年師旋設和十五年趙曹鼎中分別有「易盾」、「虎盧」（詳下文釋）等表示盾的物品。因而，如釋爲盾（丑），此二器就有「盾」的重複賞賜。我們知道，這種重複賞賜行爲往往只出現在命賜者對被賜者增命，或被賜者在接受首次賞賜後又重新完成一些事務等場合。尤值注意的是，五年師旋設中「易盾」的「盾」已作𡉈，若釋✚爲「盾」，則出現同一銘辭中同一字的寫法完全不同的情形，這在金文中是極爲罕見的。這也是我們不能釋△爲「盾」的最有力證據。

據此，上列（1）（2）（3）銘辭中的△均不能釋爲「盾」。

與此同時，有學者可能也意識到釋△爲「盾」存在的種種問題，遂釋之爲「十」，以表示賞賜物的數量。我們認爲，儘管這種釋讀於銘辭的通讀無礙，且金文中確有直接將數詞置於名詞前的少數例子。但是，金文中「十」的形體，往往是在豎筆中加一點畫，且這一點畫很少擴展而成一橫畫，故釋爲「十」在形體上似不完全吻合。

至此，△既然不能釋爲表示盾義的「丑」等字，又不能釋爲表示數量義的「十」。那麼其究爲何字？

值得注意的是，林文在分析所列圖表時謂「在古字和戎字中的✚，後來都變成了和甲字形相混的✚」。其說確有見地，秦代嶧山刻石中「戎臣奉詔」的「戎」字爲從戈從甲；《說文》云「戎，從戈從甲。」都是「盾」、「甲」二字相混的情形。

既然「盾」、「甲」二字有相混的可能和實證，且△與「盾」字形體又十分相似，那麼其有可能就是「甲」字，在銘辭中指「甲衣」。

需要指出的是，「甲」在金文中主要有兩種含義：一爲表示天干義的「甲」，常作「十」形；二爲表示「甲衣」的「甲」，多作「田」形。可以看出，前者與△形近但釋義迥然有別；後者與△形體有差異但釋義吻合。那麼我們能否據此而否定釋△爲「甲衣」之「甲」的合理性呢？回答是否定的。于省吾通過對甲

骨、金文中「甲」形的分析，指出「田和十偶而通用」〔註51〕。由此可見，釋△爲「甲衣」之「甲」在形體上不無依據。可以說，正因爲這兩者的「偶而通用」，才導致金文中表示「甲衣」的△不多見。

下面將金文中與△形體有關的賞賜物，以及已確定爲「盾」字的諸形體列舉如下（由於小盂鼎和新出員鼎二器的形體不太清晰，故不錄，辭例見下文）。對其逐一加以闡釋並就相關問題展開討論。

（1）𢦏𣪘 西周中期　　五年師旋𣪘 西周中期

（2）西周早期　　小臣宅𣪘

（3）西周中期　　十五年趞曹鼎

（4）西周晚期　　逆鐘　　五年師旋𣪘　　師𤟼𣪘

上列諸形中，（1）中兩形已明確爲「盾」字。其中𢦏𣪘字的構形是以（盾）爲意符，「豚」爲聲符的形聲字；五年師旋𣪘的「盾」作形，于省吾認爲其「乃盾字構形的初文」，爲會意兼形聲字〔註52〕。從時代上看，𢦏𣪘爲穆王時器，五年師旋𣪘爲懿王時器。結合前引諸家對甲骨文、金文中一些盾形字符的釋讀，似可作以下推斷：

西周早期金文中的「盾」字承繼了甲骨文中的字形特徵，作，爲象形字。至中期較早的𢦏𣪘的「盾」字，其構形爲形聲字，但仍以象形的「盾」形爲其意符；而中期較晚的五年師旋𣪘「盾」字，不僅在構形上更爲複雜，爲會意兼形聲之字，且寫法上已與後世十分接近。

這表明：與「甲」形相混的「盾」出現時間多爲西周中期。因爲西周前期的「盾」字多爲象形階段，與「甲」形的區別特徵仍很明顯；而西周中晚期出現的結構複雜、字形較穩固的「盾」字與「甲」字已經完全沒有關係了。「盾」字構形上的這種由象形－形聲－會意兼形聲的演變軌跡，正體現了文字發展過程中構形的形聲化趨勢和由簡趨繁。其中，以西周中期爲其演變的轉折點。

據此，前列（2）的應釋爲「盾」。（3）的形體，正是「盾」、「甲」相混時期，但據銘辭已有「盾」義的「虎盧」的賞賜，故釋爲「甲」。（4）的諸

〔註51〕于省吾：《甲骨文字釋林·釋甲》（下）347～350頁，中華書局，1979年6月。
〔註52〕于省吾：《釋盾》，《古文字研究》第3輯，中華書局，1980年11月。

形應釋爲「甲」。至於小盂鼎和員鼎中此字的釋讀，前者爲西周早期器，應釋爲「盾」；後者銘辭中已有訓爲甲衣的「皐」的賞賜，故其亦應爲「盾」。

以上是我們根據「盾」、「甲」形體演變規律及銘文辭例等呈現的特點，對金文賞賜物中以往被誤釋爲「盾」字的「甲」字重新加以說明的過程。

最後還需交待的是，陳夢家在對十五年趞曹鼎、小盂鼎、小臣宅設三器考釋時，亦將此形釋爲「甲」。但從其對五年師旋設的 字不識、把一些出現在「五」前的「甲」字釋爲「十」，以及對小臣宅設中顯爲「盾」字的 釋爲「甲」字等方面來看，他似乎並未注意到西周賞賜物中「盾」、「甲」二字在字形上存在這種相混的現象。這也是我們今天仍有必要對其加以申述的道理所在；且因爲表示甲衣的「甲」字與「盾」字在形體上關係密切，故將屬下面討論的「甲」亦置此一併討論。

金文所賜之盾，有干、虎盧、金盾、盾生皇畫內、畫盾等。現分別加以論述。

（1）干。據前所引，即指盾。

（2）虎盧。盧，陳夢家指出「假作櫓，《廣雅・釋器》云『盾也』。」〔註53〕可從。但其以「盧」前的「虎」字爲皐皮之橐，視「虎盧」爲二物的觀點有誤。白川靜認爲，虎盧指以虎皮爲質地且有虎文的盾〔註54〕。據前引出土資料，其說可從。另外，此處以「虎」修飾「盧」亦可理解爲虎皮的盾，或者有虎紋的盾。前者突出其質地，後者強調其紋飾。凡此，於部份考古實物和文意皆可通。

（3）金盾。前以述及，指有銅飾之盾。

（4）（易登）盾生皇畫內。其中對「生皇畫內」的解釋，學者有不同說法。郭沫若認爲「盾」前的「易登」的「登」指「兜鍪」，即「冑」。並謂「生皇畫內」指「盾」頭上釋有眞正的五采羽飾，盾面畫有文飾〔註55〕。陳夢家以「易」連上讀，「登」、「盾」均未識。「生皇」指樂器的「笙簧」，「畫內」

〔註53〕陳夢家：《西周銅器斷代》（上）第156頁，中華書局，2004年。

〔註54〕周法高等：《金文詁林補》，香港中文大學，1982年。

〔註55〕郭沫若：《長安縣張家坡銅器群銘文匯釋》，《郭沫若全集》第6卷，科學出版社，2002年。

與下「戈」連讀〔註56〕。于省吾從郭說，釋義爲「畫出活潑生動的鳳凰於盾的內部。」但認爲「盾」前的「易」、「登」二字都是盾的修飾語，「登盾」是「大盾」〔註57〕。馬承源採用了上引郭文部份說法，同時讀「內」爲「芮」，認爲「盾生皇畫內」指「飾有羽毛和繫有彩綏的盾」〔註58〕。劉雨認爲是「以鳳凰圖案飾於盾內部。」〔註59〕

可以看出，諸家對「盾」及與其相關銘辭在讀法和釋義方面均有所不同。我們認爲，這裡的「（易登）盾生皇畫內」應讀爲「（易登）盾，生皇畫內」，其中「生皇畫內」連讀且爲「盾」的修飾語。同時，「登」、「盾」分屬二物，前「易」字分別修飾登和盾。關於其意義上的闡釋，據目前考古實物的盾面上常繪有紋飾的特點看，當以上引於說的觀點爲是。至於馬承源所提的觀點正確與否，似有待新材料的發現來印證。

綜上所述，「盾生皇畫內」指盾的「盾面有易金爲飾，且盾的內面畫有鳳凰的圖案」。此「易盾」之賜，與《左傳・定公六年》「獻楊盾六十於簡子」之「楊盾」義同。

（5）畫盾。指盾面有文飾圖案的盾。

金文中，盾常與其他的兵器同時被賜。其中，十五年趙曹鼎的「虎盧九」、小盂鼎的「金盾一」均指明所賜盾的數量。

二、縞（甲）

甲爲「甲衣」，是古代戰爭中穿著於身的防禦兵器。典籍或稱「介」，《周禮・夏官・旅賁氏》「軍旅則介而趨」，鄭玄注「介，披甲。」《漢書・南粵王傳》「介弟兵就舍」，顏師古注「甲，甲也，被甲而自衛也。」又稱「鎧」，《書・說命中》「惟甲冑起戎」，孔安國傳「甲，鎧也。」《詩・鄭風・叔于田序》「繕甲治兵」，鄭玄箋「甲，鎧也。」因其與保護頭部的冑同屬戰爭中用來防禦的物品，故古書有時把二者混爲一談。《慧琳音義》卷四十一「介冑」注引《考

〔註56〕陳夢家：《西周銅器斷代》（上）第156頁，中華書局，2004年。

〔註57〕于省吾：《釋盾》，《古文字研究》第3輯，中華書局，1980年11月。

〔註58〕馬承源：《商周青銅器銘文選》（三）第187頁，文物出版社，1988年4月。

〔註59〕劉雨：《西周金文中的軍禮》，《容庚先生百年誕辰紀念文集》，廣東人民出版社，1998年4月。

聲》云「冑，鎧也」。

　　金文賞賜物中的「甲」字寫法不一，除前述作✚外，還有帝、毓等字。現對後兩形體加以分析。

　　帝，見於㝬𣪘，學者或釋爲」甲」〔註60〕。高田忠周釋爲「介」〔註61〕。郭沫若釋爲「示」〔註62〕。裘錫圭在釋讀牆盤銘文時，將與此字所從丅形同的字釋爲「𠂤」〔註63〕。張亞初認爲此字所從丅形象考古實物中的「簪」形，進而釋其爲典籍訓爲「古衣」的「𧘝」字，並謂「其與冑連文，猶如甲與冑連文。」〔註64〕

　　諸說或於銘辭，或於字形，都有一定的合理性，學者在論及此銘時也多有不同傾向而從其中一說。我們認爲，從文意上看，此帝爲「甲」義是很明確的，至於如何在形體上給予合理的分析，還有待進一步研究。

　　「毓」，不僅見於西周早期的小盂鼎和中期的伯晨鼎二器，還見於庚壺、中山王方壺和楚簡。故學者在探討戰國文字中此字時，往往對金文的此形也有所論及。

　　關於金文中此字的釋讀，孫詒讓據其音讀而釋爲「皋比」的「皋」，即「甲衣」，並謂「伯晨鼎之錫毓冑，亦猶㝬彝云錫甲冑。」〔註65〕郭沫若從之，認爲此「皋」爲假借〔註66〕。劉心源、陳夢家釋爲「皋」，但認爲其乃弓衣之意〔註67〕。其中，陳夢家指出小盂鼎的皋「敘在弓矢之後，則爲弓矢之藏。」張政烺在釋讀庚壺銘時讀其爲「介」〔註68〕。于豪亮在釋讀中山王方壺時讀其爲

〔註60〕李孝定等：《金文詁林附錄》第2026頁，香港中文大學，1977年。

〔註61〕李孝定等：《金文詁林附錄》第2026頁，香港中文大學，1977年。

〔註62〕郭沫若：《扶風齊家村銅器群銘文匯釋》，《郭沫若全集》第6卷，科學出版社，2002年。

〔註63〕裘錫圭：《史牆盤銘解釋》注13，《文物》1978年第3期。

〔註64〕張亞初：《古文字分類考釋論稿》，《古文字研究》第17輯，中華書局，1989年6月。

〔註65〕孫詒讓：《古籀餘論》卷3第54～56頁，燕京大學哈佛燕京學社石印（容庚校補本），1929年。

〔註66〕郭沫若：《兩周金文辭大系圖錄考釋》38頁，上海書店出版社，1999年7月。

〔註67〕劉心源：《文源》卷1頁24，1920年寫印本；陳夢家：《西周銅器斷代》（上）112頁，中華書局，2004年。

〔註68〕張政烺：《庚壺釋文》，《出土文獻研究》，文物出版社，1985年6月。

「甲」〔註69〕。

諸說除劉、陳二家對此字的釋義不同外，他說皆以之為「甲」。誠然，「皋」為藏弓器的論說見於典籍，但陳文以鼎銘賞賜物品排列順序作為支持其觀點的重要依據，是不恰當的。新近出土的冒鼎銘云「侯釐冒皋、冑、盾、戈、弓、矢束、貝十朋」，其中，「皋」、「冑」二物與小盂鼎所載相同，但其並非是置於弓、矢之後。因此，單純以小盂鼎銘辭中皋與弓矢之間位置關係而釋其為「弓衣」是不妥當的。

其實，學者在研究金文時多已明確此字的含義，但關鍵問題是怎樣對其形體進行合理的分析，才能與「甲」義吻合。

對此，研究者在楚簡的釋讀中論述頗多。李家浩從上引張政烺說，讀為介〔註70〕。然在其後的文章中，又稱介、甲為同源字，故此字在不同的語例中可讀為不同的音：或為甲、或為介〔註71〕。李零認為此字「即『甲冑』之『甲』的本來寫法（有別於干支之甲）」〔註72〕，李文同時引諸多楚簡材料說明此字為「甲」，但對其音讀仍沒有較為明確、肯定的說法。

我們認為，儘管據目前掌握的資料完全可以確定此字為「甲衣」之「甲」義，但對其形體的合理分析還有待於進一步的研究。

分析至此，上述諸字均可訓為「甲」，即「甲衣」。小盂鼎和伯晨鼎兩器均為虢、冑二物同賜。其中，小盂鼎的「畫虢」指帶有紋飾的甲衣。

三、冑

冑，古代戰爭中戴於頭部的保護性裝備，又稱「兜鍪」。《詩·魯頌·閟宮》「貝冑朱綬」毛傳「貝，貝飾也」孔穎達疏「冑謂兜鍪。」《說文》「冑，兜鍪也。從冃，由聲。案，司馬法冑從革。」

冑的質地，由上引典籍的「冑」從「金」或從」革「而作，以及金文師同鼎銘的「金冑卅」，可知冑是用皮革或銅製作而成的。可能因皮革較易腐爛而難

〔註69〕于豪亮：《中山三器銘文考釋》，《考古學報》1979年第2期。

〔註70〕李家浩：《庚壺銘文及其年代》，《古文字研究》第19輯，中華書局，1992年8月。

〔註71〕李家浩：《包山遣冊考釋（四篇）》，《古籍整理研究學刊》，2003年9月。

〔註72〕李零：《古文字雜識（兩篇）》，《于省吾教授誕辰100週年紀念文集》，吉林大學出版社，1996年9月。

以保存，故出土殷周實物資料中僅有銅冑的出現。

　　金文言賜冑的，小盂鼎稱「貝冑」，即以貝爲飾的冑，與《詩經》「貝冑朱綏」所記相合。五年師旋𣪘言「易登」，郭沫若云「『登』假爲簦，即是兜」，「『易簦』即是銅兜。」〔註73〕可從。「易」爲上好銅料的意思。由此可知，師旋得到的是質地很好的銅質冑。

西周金文「兵器」類賞賜物資料輯錄：

　　逆鍾：今余易女甲五、錫戈彤㲋。（《集成》60-63）

　　應侯見工鍾：易彤弓一、彤矢百、馬四匹（《集成》107-108）

　　師湯父鼎：王呼宰雁易盛弓、象弭、矢䩉、彤㲋（《集成》2780）

　　十五年趞曹鼎：史趞曹易弓矢、虎盧、九、冑、甲、殳（《集成》2784）

　　噩侯鼎：王親易御方玉五瑴、馬四匹、矢五束（《集成》2810）

　　師奎父鼎：易戠市、冋黃、玄衣黹屯、戈琱威、旂（《集成》2813）

　　無叀鼎：易女玄衣黹屯、戈琱威、厚必、彤沙、攸勒、鑾旂（《集成》2814）

　　伯晨鼎：易汝秬鬯一卣、玄袞衣、幽夫（市）、赤舃、駒車、畫呻、虤較、虎幃冟依里幽、䤾勒、旅五旅、彤弓、彤矢、旅弓、旅矢、寅、戈、緎、冑（《集成》2816）

　　褒鼎：王呼史減冊易褒：玄衣黹屯、赤市、朱黃、鑾旂、攸勒、戈琱威、厚必、彤沙（《集成》2819）

　　小盂鼎：王令賞盂……弓一、矢百、畫緎一、貝冑一、金盾一、臷戈二、矢䩉八（《集成》2839）

　　毛公鼎：易汝秬鬯一卣、祼圭瓚寶、朱市、恩黃、玉環、玉瑹、金車、㭤纏較、朱虢圅綏、虎冟熏里、右厄、畫轉、畫轄、金甬、遣衡、金橦（踵）、金豙、約轄、金簟弼、魚箙、馬四匹、攸勒、金𤧕、金膺、朱旂二鈴（《集成》2841）

　　𢼸𣪘：易𢼸弓、矢束、馬匹、貝五朋（《集成》4099，西中）

　　㝬𣪘：易厥臣弟㝬井五槩，易甲、冑、干、戈（《集成》4167）

　　小臣宅𣪘：伯易小臣宅畫毌、戈九、易金車、馬兩（《集成》4201）

〔註73〕郭沫若：《長安縣張家坡銅器群銘文匯釋》，《郭沫若全集》第6卷，科學出版社，2002年。

五年師旋設：僭女毌五、易登盾生皇畫內、戈瑪威、厚必、彤沙（《集成》4216-4218）

弭伯師藉設：易女玄衣黹屯、鈒市、金鈧、赤舄、戈瑪威、彤沙、攸勒、綜旂五日（《集成》4257）

害設：易女桼朱黃、玄衣黹屯、旂、攸勒，易戈瑪威、彤沙（《集成》4258-4260）

王臣設：易女朱黃、桼襯、玄衣黹屯、綜旂五日、戈畫威、厚必、彤沙（《集成》4268）

師㝬設：易女戈瑪威、厚必、彤沙、毌五、錫鐘一肆五金（《集成》4311）

宜侯夨設：易🦎（秬）鬯一卣、商瓚一□、彤矢百、旅弓十、旅矢千，易土：厥川三百□，厥□百又廿，厥宅邑卅又五，厥□百又四十，易在宜王人十又七生，易鄭七伯，厥盧□又五十夫，易宜庶人六百又□六夫（《集成》4320）

訇設：易女玄衣黹屯、载市、冋黃、戈瑪威、厚必、彤沙、綜旂、攸勒（《集成》4321）

番生設蓋：易朱市、悤黃、鞶鞢、玉環、玉琮、車、電軫、桼縟羃、朱虢圅綏、虎冟熏里、遣衡、右厄、畫轉、畫輴、金童（踵）、金豪、金簟弼、魚箙、朱旂旜金芳二鈴（《集成》4326）

不嬰設：易女弓一、矢束、臣五家、田十田（《集成》4328、4329〔蓋〕）

師克盨：易汝秬鬯一卣、赤市、五黃、赤舄、牙僰、駒車、桼較、朱虢圅綏、虎冟熏里、畫轉、畫輴、金甬、朱旂、馬四匹、攸勒、素鉞（《集成》4467、4468）

同卣：王易同金車、弓矢（《集成》5398）

靜卣：王在荼京，王易靜弓（《集成》5408）

麥方尊：侯易玄瑪戈……侯易者㜀臣二百家，劑用王乘車馬、金勒、冂、衣、市、舄……作冊麥易金於辟侯（《集成》6015）

易伯壺蓋：王入冄父宮，易夋伯矢束、素絲束（《集成》9702）

走馬休盤：王乎作冊尹冊易休：玄衣黹屯、赤市、朱衡、戈瑪設、彤沙、厚必、綜肍（《集成》10170）

袤鼎：王呼史减冊易袤：玄衣黹屯、赤市、朱黃、綜旂、攸勒、戈瑪威、厚必、彤沙（《集成》10172）

虢季子白盤：王賜乘馬，是用佐王，易用弓、彤矢其央，易用鉞（《集成》10173）

昌鼎：侯釐昌皇、胄、盾、戈、弓、矢束、貝十朋（《商周》02395）

應侯見工簋甲、乙（蓋、器）：應侯視工侑，易玉五瑴，馬四匹，矢三千（《商周》05231、05232）

師道簋：易汝𧨏、朱亢、玄衣黹屯、戈畫威、厚必、彤沙、旂五日（《商周》05328）

呂簋：易汝玄衣黹屯、載市、同黃、戈琱威、厚必、彤沙、旂綊（《商周》05257）

引簋甲、乙：易汝彤弓一、彤矢百、馬四匹（《商周》05299、05300）

晉侯蘇鍾 B 丁：弓、矢百，馬四匹（《商周》15309）

應侯見工鍾：易彤弓一、彤矢百、馬（《商周》15314-15317）

紳鼎：易女玄衣㴆屯、戈彤必、琱威（《商周續編》0230）

𢦏簋：易女□□矢、金車、金旟（〓）（《商周續編》0456）

宗人簋：祭伯乃易宗人祼……乃易宗人冊戈。冊五揚：戈琱威、厚必、彤沙，僕五家（《商周續編》0461）

第五章 旗　幟

　　《通典・旌旗》云「黃帝振兵，教熊羆貔貅虎，制陣法，設五旗五麾。」又《禮記・明堂位》云「有虞氏之綏，夏后氏之旂」。這是典籍對旗最早起源的說解：旗源於傳說中的黃帝時代。

　　據典籍和金文的記載，旗之功用大致有以下幾種：

　　1、用於戰爭。《詩・小雅・采芑》「其車三千，旂旐央央」，箋云「交龍爲旂，龜蛇爲旐。此言軍眾將帥之車皆備」，這裡的旗是用來指揮軍事行動的重要工具。

　　2、用於禮儀。《詩・魯頌・閟宮》「周公之孫，莊公之子，龍旂承祀，六轡耳耳，春秋匪解，享祀不忒」，箋云「交龍爲旂，承祀，謂視祭事也」。《詩・小雅・采菽》「君子來朝，言觀其旂，其旂淠淠，鸞聲嘒嘒，載驂載駟，君子所屆」，箋云「諸侯來朝，王使人迎之，因觀其衣服車乘之威儀，所以爲敬，且省禍福也」。凡此皆說明其或爲祭祀場合，或爲臣下拜見天子時車上所用之旗。

　　3、用於田獵。《周禮》卷三「凡四時之田……及期，以司徒之大旗，致眾庶而陳之，以旗物辨鄉邑而治其政令」。大盂鼎記有「易乃祖南公旂，用狩」之語。均表明旗在田獵中用來統一參加人員的行動。

　　綜上所述，古代的旗主要用於戰爭、禮儀和田獵等方面。

　　從結構上看，旗主要有干、干首、縿三個部件，且往往因執有者或使用場

合的不同而有異。

干為旗杆，是用來支撐整個旗面的。《爾雅‧釋天》云「天子之旐高九仞，諸侯七仞，大夫五仞，士三仞」，表明不同等級的人所用旗杆的高度各異。

干首，亦稱竿頭，是置於旗杆頂部用來繫旄和懸鈴的部件。《詩‧國風‧干旄》「孑孑干旄」，毛傳「注旄於干首」。《爾雅‧釋天》郭璞注「懸鈴於竿頭。」出土資料中，洛陽北窯西周墓出土的一件三叉形銅器就是實際中使用的銅干首。

緣為旗面，即旗的主體部份。《周禮‧春官‧司常》云「日月為常，交龍為旂，通帛為旜，雜帛為物，熊虎為旗，鳥隼為旟，龜蛇為旐，全羽為旞，析羽為旌。」是根據旗面上不同紋飾對旗的各種異稱，即文獻中「九旗」之說。對此，孫詒讓辨析甚詳，認為古代的旗主要有常、旂、旗、旟、旐五種，「九旗」只是由旗面上不同圖案和顏色而派生出的更多種類〔註1〕。其說頗有見地。

金文中對旗的記載顯不如文獻豐富，且常稱「旂」而沒有「旗」，這似乎表明二者在實際使用中往往無別。同時，旂的寫法也有異：或作「旂」形，或作𣄼，或作「旅」，或作「㫃」。𣄼所從「屮」，可能是斤的訛變，惟師訊鼎銘作此形；「旅」，從㫃從從，為人舉旗之狀〔註2〕。據晚商金文「旅」字形體多突出其旛旗之形，故此處的『旅』字為『旂』的省聲；「㫃」，乃「旗」之初文〔註3〕。

所賜之旂，有鑾旂、朱旂和鑾旟等，現分別加以敘述。

（一）鑾旂、鑾、旂

「鑾旂」之「鑾」，張政烺認為其義有二：1. 讀為「鑾」，並引《廣雅‧釋器》「鑾，鈴也。」《爾雅‧釋天》「有鈴曰旂」，注「懸鈴於竿頭，畫交龍與旐。」等記載為證。2. 讀為「鸞」，引《文選‧東京賦》「鸞旗皮軒」，薛綜注「鸞旗，謂以象鸞鳥也」為據〔註4〕。

〔註1〕孫詒讓：《九旗古誼述》，轉引自錢玄《三禮通論》，南京師範大學出版社，1996年10月。

〔註2〕周法高等：《金文詁林》第9冊第4247頁，香港中文大學，1975年。

〔註3〕周法高等：《金文詁林》第9冊第4217頁，香港中文大學，1975年。

〔註4〕張政烺：《王臣簋釋文》，《四川大學學報》第10輯，1982年5月。

　　從銘辭內容看，「鑾」應爲一種獨立物品：1. 其與旂均有單獨賞賜的情形；2. 所賜「鑾旂」或「旂」後往往有「四日」、「五日」等說明旗面圖案的詞語，而「鑾」卻沒有，這與理解「鑾」爲「鑾旂」之省不相吻合。由此，張文的第二種釋讀儘管在王臣簋銘中可備一說，但並不適用於他銘。故此說難通。

　　鑾從上引張文的第一種釋讀，讀爲「鑾」。《說文》「鑾，人君乘車，四馬鑣，八鑾鈴，象鸞鳥聲，和則敬也。」《禮記・明堂位》云「鸞車」，《詩・小雅・信南山》云「鸞刀。」結合上引文獻，可知古代旗、鑣、車和刀上都有「鑾」的設置。其中旂上之「鑾」，即懸於旗竿頭的鑾鈴。毛公鼎和番生簋中分別有「朱旂二鈴」、「朱旂旃金柄二鈴」，均指此意，與文獻所載相同。

　　分析至此，「鑾旂」就是柄首有鈴且旂面有交龍圖案之旗。

　　所賜之旂中，稱「鑾旂」者遠遠多於單稱「旂」的。其中單言旂的賞賜裏有善鼎的「乃祖旂」和大盂鼎的「乃祖南公旂」。二者均指受賜者得到的「旂」乃先祖之物；但所用不同，前者受賜之旂是爲了「用事」，後者受賜之旂則是用於田獵活動。

　　如前所述，銘辭中「鑾旂」和「旂」後或有「五日」、「四日」的修飾語。張政烺認爲這是指旗上所畫的日形，例同繪於山彪鎮出土的水陸攻戰紋鑒、四川出土的宴樂水陸攻佔紋壺上的旗面的圖案——即五個和四個圓形 〔註5〕。

（二）朱旂

　　朱旂，見於毛公鼎和番生𣪘蓋兩器。其完整稱法分別爲：「朱旂二鈴」和「朱旂旃金萊二鈴」。

　　如前所述，古代「旂」的竿頭上常懸有鑾鈴。由此，毛公鼎「朱旂二鈴」即指竿頭懸有兩個鈴的赤色的旂，而番生𣪘蓋銘「朱旂旃金萊二鈴」之稱則略顯複雜。其中的「旃」、「萊」二字形體較殊，分別作🔲和🔲形。郭沫若釋🔲爲「旃」，引《爾雅・釋天》「因章曰旃」，《周禮・司常》「通帛爲旃，雜帛爲物」的記載，認爲「朱旂旃」指旂旃同色的朱旂 〔註6〕。唐蘭亦釋爲「旃」 〔註7〕；

〔註5〕　張政烺：《王臣簋釋文》，《四川大學學報》第10輯，1982年5月。

〔註6〕　郭沫若：《金文餘釋・釋朱旂旃金萊二鈴》，《郭沫若全集》第五卷，科學出版社，2002年。

〔註7〕　唐蘭：《西周時期最早的一件銅器利簋銘文解釋》，《文物》1977年第8期。

且郭文還將🅇隸爲「莽」，釋爲「柄」，認爲「金莽」義指「朱旂之槓以金色之錦韜之也。」〔註8〕

不難發現，上引二家根據🅇與《說文》「旆」之或體相似，並結合辭例釋其爲「旆」是正確的。然對其中🅇的釋讀還有分歧，可能是因爲郭沫若先生的釋讀於銘辭的通讀無大礙，故其影響較大而爲多數學者所從。

釋🅇爲「莽」，顯然是認爲其中的🅇爲「方」。但結合金文中與此相關的形體看，這種釋讀是有問題的。現試以形體分析爲基礎，再從音、義角度對其加以詳細地分析。

首先看金文中一些「方」或從「方」之字的形體：

A、🅇（方 乙亥鼎）　🅇（方 保卣）　🅇（方 兮甲盤）

B、🅇（方 錄伯簋）　🅇（方 番生簋）　🅇（方 召卣）

C、🅇（枋 𥱧壺）　🅇（彷 中山王𦥑鼎）　🅇（汸 𥱧壺）

🅇（䢈 陳䢈簋）

在「方」的 A、B 兩式形體中。A 式形體如「施一橫於刀身，表示以刀分物」〔註9〕，爲金文常見寫法，這在 C 式從「方」之字中亦有體現。B 式形體則稍顯複雜：一則刀身頂部多一小橫畫；一則施於刀身的一橫的兩端均有短豎筆畫，這種寫法不太常見。

可以看出，「方」B 式形體的橫於刀身的一畫兩端均有短豎筆畫與🅇上部的橫畫寫法確有相似之處，但該字的主體明顯不是刀形，而是人形。此外，🅇與上引「方」B 式形體中🅇皆出於番生簋銘，這說明不能把🅇看作「方」，因金文某字同出一器而寫法迥異的現象是極爲罕見的。因此，學者以二者的部份特徵相似認爲🅇乃「方」的觀點是不正確的。

檢金文，沈子它簋中從水尤聲的「沈」字作：

🅇　🅇　　（沈　沈子它簋）

古文字中，某字的構件往往出現位置上的顛倒，但實爲一字。這裡「沈」的兩種寫法亦是如此，而且還互爲反書。「沈」中的「尤」置於左邊時與🅇在形體上

〔註8〕郭沫若：《金文餘釋・釋朱旂鑪金莽二鈴》，《郭沫若全集》第五卷，科學出版社，2002年。

〔註9〕何琳儀：《戰國古文字典》，中華書局，1998年，第713頁。

完全相同，而置於右邊則爲  的反寫。由此， 即《說文》所謂「從人出門」的「尤」， 應隸定爲從艸從尤的「莍」。

從音讀上看，「莍」從尤得聲，疑讀爲「首」。《易‧謙‧九四》「由豫大有得。」漢帛書本「由」作「尤」。《戰國策‧西周策》「昔智伯欲伐厹由。」高注「厹由，狄國，或作仇首也。」是由、尤、首音讀相近的例證。故「金莍」可讀作「金首」。

那麼這裡的「金首」究指何意？在說明這個問題前，我們先簡要瞭解一下古代旗幟的構造。

從結構上看，旗主要有干、干首、縿三個部件，且往往因執有者或使用場合的不同而有異。干首，亦稱竿頭，是置於旗杆頂部用來繫旄和懸鈴的部件。《詩‧國風‧干旄》「孑孑干旄」，毛傳「注旄於干首」。《爾雅‧釋天》郭璞注「懸鈴於竿頭。」這種懸於旗竿頭的鈴即毛公鼎「朱旂二鈴」的「鈴」。由此可知，本銘中「金首」的「首」應指旗杆的頂部，「金」爲旗杆頂部質地的修飾詞，表示銅的含義；「金首」就是銅質的旗杆頂部。

考古實物中，洛陽北窯西周墓 M453 出土一件三叉形銅器。學者稱之爲銅干首，並考證指出這種銅干首是安裝在旗杆頂部的重要構件，且干首刺上的兩個小鈕是用來懸鈴的（附圖）〔註 10〕。這可能就是實際中使用的銅干首，因其爲銅質，故稱爲「金」；又因爲其位於旗杆頂部，故稱爲「首」。而干首刺上的兩個小鈕與「金莍」後的「二鈴」也正相吻合。

附圖　洛陽北窯西周墓 M453 出土的銅干首

綜上所述，「朱旂膚金莍二鈴」是指銅干首上懸掛兩個鈴的朱紅色的旂。儘管與上述毛公鼎銘「朱旂二鈴」同樣印證了傳世文獻中以鈴懸於旗杆的記載，

〔註 10〕蔡運章：《銅干首考》，《考古》，1987 年第 8 期。

但「朱旂旜金荠二鈴」不僅對旂的顏色特徵進行了描述，還對兩個小鈴的懸掛位置交待得很清楚，其記述更爲具體。

（三）䜌旜（）

，郭沫若依此字上部形體隸作「旃」，但將下部所從的「又」旁看作另一字〔註 11〕。不確。《金文編》因襲其誤，在所錄形體中漏掉「又」旁，作形〔註 12〕。陳夢家認爲此字「從㫃取聲」〔註 13〕，是將其所從的「目」旁當成「且」旁，亦誤。

細審形體，此字應隸作「旜」字，所從「又」旁乃綴加的無義偏旁，即「旃」。「旃」又見於陶文。何琳儀師據《說文》「看」的古文「翰」作「」形，認爲「翰」所從的倝與「旃」所從的㫃爲一字的分化，故「旃」是「看」的或體「翰」，乃從目㫃聲〔註 14〕。可從。由此，金文的「䜌旃」爲「䜌看」，然其究爲何意，尚不得而知。

銘辭中，師嫠不僅得到䜌旜的賞賜，且在王重申前命後又獲賜畫有五日的旂。同時得到兩旂的賞賜，其受王寵愛甚明。

西周金文「旗幟」類賞賜物資料輯錄：

庚季鼎：王易赤市、玄衣黹屯、䜌旂（《集成》2781）

七年趞曹鼎：易趞曹载市、冋黃、䜌（《集成》2783）

利鼎：易女赤市、䜌旂（《集成》2804）

師奎父鼎：易载市、冋黃、玄衣黹屯、戈琱㦰、旂（《集成》2813）

無叀鼎：易女玄衣黹屯、戈琱㦰、厚必、彤沙、攸勒、䜌旂（《集成》2814）

趨鼎：王乎內史冊易趨：玄衣屯黹、赤芾、朱黃、鑾旂、攸勒（《集成》2815）

伯晨鼎：易汝秬鬯一卣、玄衮衣、幽夫（市）、赤舃、駒車、畫呻、幬較、虎幃冟依里幽、鋚勒、旅五旅、彤弓、彤矢、旅弓、旅矢、寅、戈、綋、冑（《集

〔註 11〕郭沫若：《輔師嫠毀考釋》，《考古學報》1958 年第 4 期。

〔註 12〕容庚：《金文編》（第四版）第 471 頁，中華書局，1985 年 7 月。

〔註 13〕陳夢家：《西周銅器斷代》（上）第 197 頁，中華書局，2004 年。

〔註 14〕何琳儀：《戰國古文字典》（下）第 966 頁「旃」字條下所云。

成》2816）

寰鼎：王呼史減冊易寰：玄衣黹屯、赤市、朱黃、緣旅、攸勒、戈琱戟、厚必、彤沙（《集成》2819）

善鼎：易女乃祖旂（《集成》2820）

此鼎：易女玄衣黹屯、赤市、朱黃、緣旅（《集成》2821-2823）

善夫山鼎：易女玄衣黹屯、赤市、朱黃、緣旂（《集成》2825）

頌鼎：易女玄衣黹屯、赤市、朱黃、緣旅、攸勒（《集成》2827-2829）

師𩛥鼎：易女玄袞齟屯、赤市、朱橫、緣旂、大師金膺、攸勒（《集成》2830）

大盂鼎：易女鬯一卣、冂、衣、市、舄、車、馬，易乃祖南公旂，用狩，易女邦𤔲四伯，人鬲自馭至於庶人，六百又五十又九夫，易夷𤔲王臣十又三伯，人鬲千又五十夫，遮𡨦遷自厥土（《集成》2837）

毛公鼎：易汝秬鬯一卣、祼圭瓚寶、朱市、悤黃、玉環、玉琮、金車、桒縟較、朱虢圅綏、虎冟熏里、右厄、畫轉、畫輯、金甬、遣衡、金𨍭（踵）、金豙、約轄、金簟弼、魚箙、馬四匹、攸勒、金囆、金膺、朱旂二鈴（2841）

𦆫𣪘：乎易緣旂（《集成》4192、4193）

恒𣪘蓋：易汝鑾旂（《集成》4199、4200）

何𣪘：王易何赤市、朱亢、緣旂（《集成》4202）

救𣪘蓋：內史尹冊易救：玄衣黹屯、旂四日（《集成》4243）

走𣪘：易女赤□、□□、□旂（《集成》4244）

楚𣪘：內史尹氏冊命楚，赤◯市、緣旂（《集成》4246-4249）

即𣪘：王呼命女：赤市、朱黃、玄衣黹屯、緣旂（《集成》4250）

䟫𣪘：易汝戠衣、赤◯市、緣旂（《集成》4255）

廿七年衛𣪘：易衛載市、朱黃、緣（《集成》4256）

弭伯師耤𣪘：易女玄衣黹屯、䌛市、金鈧、赤舄、戈琱戟、彤沙、攸勒、緣旂五日（《集成》4257）

害𣪘：易女桒朱黃、玄衣黹屯、旂、攸勒，易戈琱戟、彤沙（《集成》4258-4260）

趞𣪘：易女赤市、幽亢、緣旂（《集成》4266）

申𣪘蓋：易女赤市、縈黃、緣（《集成》4267）

王臣殷：易女朱黃、苯襪、玄衣黹屯、䜌旂五日、戈畫威、厚必、彤沙（《集成》4268）

望殷：易汝赤⊘市、䜌（《集成》4272）

豆閉殷：易女䩓衣、⊘市、䜌旂（《集成》4276）

師俞殷蓋：易赤市、朱黃、旂（《集成》4277）

輔師嫠殷：易女截市、素黃、䜌旂，今余增乃命，易汝玄衣黹屯、赤市、朱黃、戈彤沙琱威、旂五日（《集成》4286）

伊殷：易女赤市、幽黃、䜌旂、攸勒（《集成》4287）

揚殷：賜女赤⊖市、䜌旂（《集成》4294、4295）

鄷殷蓋：易汝赤市、同䵎黃、䜌旂（《集成》4296、4297）

此殷：易女玄衣黹屯、赤市、朱黃、䜌旂（《集成》4303-4310）

師穎殷：易汝赤市、朱黃、䜌旂、攸勒（《集成》4312）

訇殷：易女玄衣黹屯、䩓市、同黃、戈琱威、厚必、彤沙、䜌旂、攸勒（《集成》4321）

番生殷蓋：易朱市、恩黃、鞞鞜、玉環、玉琭、車、電軫、苯緱較、朱离邑綏、虎冟熏里、遣衡、右厄、畫轉、畫轎、金童（踵）、金豪、金簟弼、魚箙、朱旂旜金芳二鈴（《集成》4326）

頌殷：易女玄衣黹屯、赤市、朱黃、䜌旂、攸勒（《集成》4332-4339）

師克盨：易汝秬鬯一卣、赤市、五黃、赤舄、牙僰、駒車、苯較、朱虢邑綏、虎冟熏里、畫轉、畫轎、金甬、朱旂、馬四匹、攸勒、素鉞（《集成》4467、4468）

趩觶：易趩䩓衣、䩓市、同黃、旂（《集成》6516）

曶壺蓋：易女秬鬯一卣、玄袞衣、赤市、幽黃、赤舄、攸勒、䜌旂（《集成》9728）

頌壺：易女玄衣黹屯、赤市、朱黃、䜌旂、攸勒（《集成》9731、9732〔蓋〕）

呂服余盤：易汝赤𣄼、幽黃、攸勒、旂（《集成》10169）

古鼎：易汝金車、旂、雍市、幽黃（《商周》02453）

靜方鼎：易汝鬯、旂、市、采霾（《商周》02461）

采隻簋甲、乙：易汝䩓衣、赤雍市、䜌旂（《商周》05154、05155）

呂簋：易汝玄衣黹屯、䩓市、同黃、戈琱威、厚必、彤沙、旂䜌（《商周》05257）

羚簋：易絲（《商周》05258）

師道簋：易汝賣、朱亢、玄衣黹屯、戈畫胾、厚必、彤沙、旂五日（《商周》05328）

親簋：易汝赤市、幽黃、金車、金勒、旂（《商周》05362）

虎簋蓋甲、乙：易汝載市、幽黃、玄衣㡇屯、䜌旂五日（《商周》05399、05400）

古𣪙蓋：易汝金車、旂、雍市、幽黃（《商周》05673）

窦盤：易窦玄衣黹屯、緇市、幽黃、䜌、赤旂五日（《商周》14528）

頌盤：易汝玄衣黹屯、赤市、朱黃、䜌旂、攸勒（《商周》14540）

束盉：束易市、䜌旟🀆（《商周》14790）

古盉：易汝金車、旂、雍市、幽黃（《商周》14798）

羚簋：易絲（《商周續編》0448）

左右簋：易女幽黃、攸勒、䜌旂（《商周續編》0449）

第六章　貝

　　據目前所掌握的資料，賞賜物貝最早見於商代甲骨刻辭。西周金文裏，貝是比較常見的賞賜物之一；且以西周早期居多，至中期明顯減少，晚期則僅見於敌殷、敖叔殷和保侃母壺三器。

　　考古資料中，貝最早出現於陝西臨潼姜寨遺址，爲公元前四千五百年左右的新石器時代晚期〔註1〕。其後，一些墓葬中也屢有貝的發現，直至戰國晚期。

　　關於貝的性質和用途，主要有：

1、用於裝飾

　　《詩・魯頌・閟宮》「貝胄朱綅」，毛傳「貝，貝飾也。」與小盂鼎「貝胄」義同。《穆天子傳》「朱帶貝飾三十」，是「以貝飾帶也」〔註2〕。出土實物中，商及商代以前墓葬中就有用貝裝飾人身和車、馬的現象。西周時期，上村嶺虢國墓地有貝與其他玉石、陶製物等組成串飾以作爲人身的配飾〔註3〕。陝西長安縣張家坡等地的車馬坑中有用來裝飾車馬器的貝〔註4〕。凡此均以貝爲飾物。

〔註1〕　半坡博物館等：《姜寨——新石器時代發掘報告》，文物出版社，1988年版。

〔註2〕　于省吾：《〈穆天子傳〉新證》，《考古社刊》，1937年第6期。

〔註3〕　中國社會科學院考古研究所：《上村嶺虢國墓地》，科學出版社1959年版。

〔註4〕　中國社會科學院考古研究所：《張家坡西周墓地》，中國大百科全書出版社，1999年。

2、用於喪葬

《儀禮・士喪禮》「貝三實於笲……主人左報米，實於右，三實一貝，左、中亦如之。」《禮記・集記下》「天子飯九貝，諸侯七，大夫五，士三。」出土實物中，商周墓葬裏的貝不僅有置於死者口中，還有放置於其手或腳部等情形。這與典籍所記吻合，皆說明貝有陪葬之用。

3、用為貨幣

就目前研究狀況而言，學者對貝具有貨幣功能的探討頗多，但由於各家對材料使用的傾向不同，加之傳世文獻不能提供很明確信息，故異說紛紜。究其核心，是對貝充當貨幣的起止時間的認識上分歧。一般認為，貝具有貨幣的性質始於殷後期或殷周之際，而在西周晚期左右結束。

由金文中用所賜之貝去鑄器的記載，以及亢鼎對用貝進行購買物品的過程的記錄〔註5〕，我們認為貝確實充當過貨幣，且這些器銘多為西周早中期，屬上述貝具有貨幣功能的時間範圍。

值得注意的是，考古實物中的貝所反映的情況並非如此。吳旦敏對自新石器時期至戰國時期共 113 處墓葬、遺址和車馬坑中出現的貝作了羅列〔註6〕，是有關此類材料比較完整且全面的總結。其中，新石器時期至西周晚期的約為 85 處〔註7〕。對此，吳文分析總結為：

> 由此可見，新石器時代晚期，墓葬中出現仿製貝並不是個別的現象。該時期仿製貝與天然貝的隨葬在數量上沒有孰多孰少的規律，可能當時人們對兩者的使用沒有差別。商代主要以天然貝隨葬，仿製貝所佔比例極少。自西周起隨葬仿製貝的現象開始普遍，仿製貝的數量逐漸增多，它在墓葬中所佔的比例亦逐漸增大。進入春秋以後，用仿製貝隨葬的現象和數量多於天然貝。

這是從出土的天然貝和仿製貝的比例關係角度去論述的。對這二者的關係，學

〔註5〕 馬承源：《亢鼎銘文——西周早期用貝幣交易玉器的記錄》，《上海博物館集刊》第 8 期，上海書畫出版社，2000 年 12 月。

〔註6〕 吳旦敏：《出土貝現象分析研究》，《上海博物館集刊》第 9 期，上海書畫出版社，2002 年 12 月。

〔註7〕 此統計對其中兩處跨西周晚期和春秋早期的墓葬未計算在內，故謂其結果為約數。

界一般認爲，天然貝的價值要大於仿製貝。

　　結合前述貝作爲貨幣在時間上的跨度，吳文的總結似可從另一個角度來闡述，即：新石器時代晚期的貝不是貨幣，人們在使用時也就不考慮天然貝和仿製貝在價值上差別，故二者在墓葬場所出現數量基本等同。商代尤其是商代晚期，當貝已開始充當貨幣時，人們在墓葬中仍使用大量天然貝，而很少用仿製貝。西周特別是西周晚期，即貝已不具有貨幣職能時，人們多使用仿製貝而極少用天然貝。

　　可以看出，人們這種在商代晚期把大量可充當貨幣之天然貝用於墓葬，而在西周晚期卻又不把非貨幣的天然貝用於墓葬等行爲，顯在情理之外。

　　據此，我們認爲在不否定貝曾充當貨幣的前提下，對其存續時間上的確定還有待進一步研究。

　　金文所賜的「貝」除單稱外，或在「貝」前加地名；或在其後加數量詞。其中的數量詞，除𤔲卣爲「孚」外，其他均爲「朋」。所賜之貝，以西周早期曻方鼎最多，爲二百朋。

西周金文「貝」類賞賜物資料輯錄：

　　瀕事鬲：婦休易厥瀕事貝（《集成》643）

　　伯矩鬲：匽侯易伯矩貝（《集成》689）

　　圉甗：王易圉貝（《集成》935）

　　作冊般甗：王商作冊般貝（《集成》944）

　　易貝作母辛鼎：易（貝）（《集成》2327）

　　德鼎：王易德貝廿朋（《集成》2405）

　　乙未鼎：王（易）貝（《集成》2425）

　　曻婦方鼎：曻婦商易貝於司（《集成》2433、2434）

　　從鼎：伯姜易從貝卅朋（《集成》2435）

　　翼父鼎：休王易翼父貝（《集成》2453-2455）

　　中作祖癸鼎：侯易中貝四朋（《集成》2458）

　　交鼎：交從獸，遨即王，易貝（《集成》2459）

　　斿父丁鼎：尹商斿貝三朋（《集成》2499）

　　作冊瞏鼎：易作冊瞏貝（《集成》2504）

圉方鼎：匽侯易圉貝（《集成》2505）

𦫲作且乙鼎：王易𦫲貝（《集成》2506）

復鼎：侯商復貝四朋（《集成》2507）

小臣𧼦鼎：休於小臣𧼦貝五朋（《集成》2556）

獻侯鼎：商獻侯顯貝（《集成》2626，2627）

匽侯旨鼎：王賁旨貝廿朋（《集成》2628）

德方鼎：王易德貝廿朋（《集成》2661）

征人鼎：天君賁厥征人斤貝（《集成》2674）

新邑鼎或柬鼎：王賁貝十朋（《集成》2682）

䙷方鼎：𡚬商有正䙷貝在穆朋二百（《集成》2702）

堇鼎：大保賁堇貝，用作太子癸寶尊（《集成》2703）

客鼎：易貝五朋（《集成》2705）

旅鼎：公易旅貝十朋（《集成》2728）

不栺方鼎：不栺易貝十朋（《集成》2735、2736）

𡌭方鼎：公賁𡌭貝百朋（《集成》2739）

庚嬴鼎：易瓚、䚄貝十朋（《集成》2748）

憲鼎：侯易憲貝、金（《集成》2749）

呂方鼎：王易呂秬鬯三卣、貝卅朋（《集成》2754）

小臣夌鼎：小臣夌易貝、易馬兩（《集成》2775）

剌鼎：王易剌貝卅朋（《集成》2776）

伯姜鼎：易貝百朋（《集成》2791）

德𣪘：王易德貝廿朋（《集成》3733）

保侃母𣪘蓋：保侃母易貝於庚宮（《集成》3743、3744）

圉𣪘：王易圉貝（《集成》3824、3825）

𡚬父丁𣪘：□子易𡚬貝廿朋（《集成》3905）

攸𣪘：侯賁攸貝三朋（《集成》3906）

叔德𣪘：王易叔德臣𡢁十人、貝十朋、羊百（《集成》3942）

天君𣪘：我天君饗飲酒，商貝，厥征斤貝（《集成》4020）

史𧦝𣪘：廼易史𧦝貝十朋（《集成》4030、4031）

易𣪘：叔休於小臣貝三朋、臣三家（《集成》4042、4043）

奢𣪘：公姒易奢貝（《集成》4088）

客𣪘：眤厥師眉，鹿王爲周客，易貝五朋（《集成》4097）

𢾃𣪘：易𢾃弓、矢束、馬匹、貝五朋（《集成》4099）

榮𣪘：王休易厥臣父榮瓚王祼、貝百朋（《集成》4121）

敖叔𣪘：嗌貝十朋（《集成》4130）

鼄𣪘：公易鼄宗彝一肆，易鼎二，易貝五朋（《集成》4159）

庸伯𣪘𣪘：易庸伯𣪘貝十朋（《集成》4169）

穆公𣪘蓋：兮（乎）宰□易穆公貝廿朋（《集成》4191）

師遽𣪘蓋：王呼師朕易師遽貝十朋（《集成》4214）

白懋父𣪘：易師率征自五𪉷貝，小臣謎蔑歷，眔易貝（《集成》4238、4239）

作冊夨令𣪘：姜商令貝十朋、臣十家、鬲百人（《集成》4300、4301）

敔𣪘：使尹氏授贅敔圭瓚、𢊺貝五十朋，易田於敔五十田，於早五十田（《集成》4323）

小臣豐卣：商小臣豐貝（《集成》5352）

圍卣：王易圍貝（《集成》5374）

岡刲卣：易岡刲貝朋（《集成》5383，）

息伯卣蓋：息伯易貝於姜（《集成》5385、5386〔息伯卣〕）

𪓣作兄癸卣：王易𪓣貝在寢（《集成》5397）

盂卣：兮公𧼌盂鬯束、貝十朋（《集成》5399）

作冊䰜卣：公易作冊䰜鬯、貝（《集成》5400）

遣卣：易遣采曰趞，易貝五朋（《集成》5402）

豐卣：大矩易豐金、貝（《集成》5403）

商卣：帝司賞庚姬貝卅朋、𬰯絲廿孚（《集成》5404）

𪛊卣：易貝卅孚（《集成》5411）

錄戎卣：易貝十朋（《集成》5419、5420）

士上卣：賞卣鬯、貝（《集成》5421、5422）

庚嬴卣：易貝十朋，又丹一枡（《集成》5426）

效卣：王易公貝五十朋，公易厥涉子效王休貝廿朋（《集成》5433）

鬲作父甲尊：鬲易貝於王（《集成》5956）

叔肆方尊：叔肆易貝於王姒（《集成》5962）

蔡尊：蔡易貝十朋（《集成》5974）

微作父乙尊：公易微貝（《集成》5975）

岡刦尊：易岡刦貝朋（《集成》5977）

復作父乙尊：匽侯賞復冂、衣、臣妾、貝（《集成》5978）

奭尊：奭從王如南，攸貝，武㑚（《集成》5979）

歔尊：歔休於匽季，受貝二朋（《集成》5981）

能匋尊：能匋易貝於厥㚸公，犬㑚五朋（《集成》5984）

㪤士卿父戊尊：王易㪤士卿貝朋（《集成》5985）

作父乙尊：商睦貝（《集成》5986）

臣衛父辛尊：公易臣衛宋䶃貝四朋（《集成》5987）

作冊鯑父乙尊：公易作冊鯑閏、貝（《集成》5991）

遣尊：易遣采曰趄，易貝五朋（《集成》5992）

豐作父辛尊：大矩易豐金、貝（《集成》5996）

商尊：帝司賞庚姬貝卅朋、述絲廿孚（《集成》5997）

士上尊：賞卣鬯、貝（《集成》5999）

效尊：王易公貝五十朋，公易厥涉子效王休貝廿朋（《集成》6009）

何尊：何易貝卅朋（《集成》6014）

厝觶：厝易貝於公仲（《集成》6509）

庶觶：公仲易庶貝十朋（《集成》6510）

小臣單觶：周公易小臣單貝十朋（《集成》6512）

貝父乙觚：貝唯易（《集成》7310）

望父甲爵：公易望貝（《集成》9094）

征作父辛角：斑商征貝（《集成》9099）

御正良爵：公大保賞御正良貝（《集成》9103）

義盉蓋：逨義易貝十朋（《集成》9453）

士上盉：賞卣鬯、貝（《集成》9454）

保侃母壺：王姒易保侃母貝（《集成》9646）

史懋壺：王呼伊伯易懋貝（《集成》9714）

叔肆方彝：叔肆易貝於王姒（《集成》9888）

鮮簋：王䄍祼玉三品、貝廿朋（《集成》10166）

保汝母器：保汝（如）母易貝於庚姜（《集成》10580）

䍩作父辛器：易䍩貝五朋（《集成》10581）

臣高鼎：王賞臣高貝十朋（《商周》02020）

小臣伯鼎：王姜易小臣伯貝二朋（《商周》02205）

師衛鼎：召公賚衛貝廿朋、臣廿、厥牛廿、禾卅車（《商周》02378）

庚贏鼎：易祼，賞貝十朋（《商周》02379）

荊子鼎：賞白牡一……賞𩰫卣、貝二朋（《商周》02385）

昌鼎：侯釐昌皐、胄、盾、戈、弓、矢束、貝十朋（《商周》02395）

叔夨方鼎：齊叔夨以裳、衣、車、馬、貝三十朋（《商周》02419）

亢鼎：公令亢歸美亞貝五十朋，以與茅[illegible]、鬯𩰫（觛）、牛一（《商周》02420）

伯唐父鼎：易秬鬯一卣、貝五朋（《商周》02449）

孟狂父甗：易貝十朋（《商周》03348）

𢦏甗：易貝五（朋）（《商周》03363）

易旁簋：休於小臣貝三朋、臣三家（《商周》05011）

何簋：公益何貝十朋（《商周》05136、05137）

師衛簋：召公賚衛貝廿朋、臣廿、厥牛廿、禾卅車（《商周》05142）

旂伯簋：王易旂伯貝十朋（《商周》05147/05148）

夷伯簋：益貝十朋（《商周》05158、05159）

𦳊簋：楷侯𦬁𦳊馬四匹、臣一家、貝五朋（《商周》05179）

再簋：易貝卅朋，馬四匹（《商周》05233）

夾簋（器、蓋）：賜玉十又二瑴，貝廿朋（《商周》05271、05272）

貝爵：貝唯賜（《商周》08539）

疑觚：辛易疑王用殷貝（《商周》09850）

師衛尊：宮公賞師衛貝五朋（《商周》11786）

叔尊：賞女貝、馬……賜貝於原（《商周》11818）

呂壺蓋：呂賜鬯一卣、貝三朋（《商周》12373）

師衛壺甲、乙：宮公賞師衛貝五朋（《商周》12402、12403）

僕麻卣：余易帛、賣貝（《商周》13309）

小臣靜卣：王易貝五十朋（《商周》13315）

叔卣甲：易汝貝用……易貝於寢（《商周》13327）

錄致卣：易貝十朋（《商周》13332）

庚嬴卣：易貝十朋，又丹一桴（管）（《商周》13338）

棘狀鼎：易棘狀貝十朋（《商周續編》0217）

宋叔鼎：易宋叔貝十朋、赤金二反（鈑）（《商周續編》0218）

馘應姬鼎：易貝十朋，玄布二乙（匹）（《商周續編》0221）

賢鼎：易賢貝百朋（《商周續編》0228）

□父爵：易□父貝卅朋（《商周續編》0668）

傳觶：傳易貝（《商周續編》0737）

疑尊：姒賞貝（《商周續編》0792）

豫卣：豫易貝（《商周續編》0877）

疑卣：姒賞貝（《商周續編》0881）

第七章　絲及絲織物

　　絲及絲織物賞賜，在金文中占的比重很少。本章主要討論絲、帛這兩種物品的賞賜情況。

一、絲

　　絲，《說文》「絲，蠶所吐也」。作爲古代織物重要原料之一，較早就出現在古代人們的生活中。在出土新石器時代實物裏，西陰村和吳興錢山漾就分別有家蠶蠶繭和絲織品殘片的出現。西周時期，河南濬縣辛村和寶雞茹家莊墓葬中出土了玉蠶，茹家莊墓葬銅器上或淤泥上還發現利用平織法所造的絲織物的印痕。凡此都說明了絲及絲織品與當時人們生活的關係密切。

　　金文中，作爲賞賜物的絲大多出現於西周早中期，主要有絲、素絲、曼絲等。「絲」後常有一些單位詞，諸如「乎」、「束」等。其中，夨伯壺蓋銘的「素絲」，是以「束「修飾的，與守宮盤」絲束「之」束「相同；商尊銘的「絲」以乎爲單位詞。由於「乎」常爲金屬類物品稱量單位，故在此修飾「絲」頗爲特殊。

　　素絲，見於夨伯壺蓋銘。其中的「素」，典籍有訓。《詩·召南·羔羊》「素絲五紽」，毛傳「素，白也。」《論語·八佾》「素以爲絢兮」，劉寶楠《正義》「引申爲凡物白飾之稱。」又《禮記·檀弓下》「奠以素器」，鄭玄注「凡物無飾曰素」。《釋名·釋采帛》「物不加飾皆自謂之素」。由此可見，「素」有「白

色」、「無紋飾」兩種含義。然則此處的「素絲」可理解爲「白色的絲」或「沒有文飾的絲」。

需要提出的是，陳夢家在釋讀寓鼎銘時曾涉及到「素絲」〔註1〕。其文引《說文》「縵，繒無文」以及《晉語》五「乘縵、不舉，策於上帝」的注「縵，車無文」爲據，認爲寓鼎的「曼絲」即爲「素絲」，但同時又謂「曼絲」當即「縵帛」之類。可以看出，陳文認爲「曼絲」爲「素絲」是正確的，但其提出「曼絲當即縵帛之類」的觀點則值得商榷。我們知道，絲爲絲織品的原料，帛爲絲的製成品，二者自不可相混；且金文中另有帛的賞賜。故其將絲、帛視爲一物似欠妥。

至於商尊銘的「述絲」，有學者認爲「述」假爲「貸」，義指庚姬用被賜的卅朋貝來購買廿孚的絲〔註2〕。據此，這裡的「絲」並非指賞賜物。馬承源將「述絲廿孚」後的「商」連上讀，釋「絲」爲「茲」，認爲此「述」假借爲「弋」，意指「取此廿孚以賞」〔註3〕，所述頗爲複雜。如以此說，「此廿孚」似爲上文庚姬受賜的「卅朋貝」所含之物，然則銘辭中首先是庚姬受賞，後又云「取此廿孚以賞」，文意似顯混亂；故此「絲」不能釋爲「茲」。至於「述絲廿孚」後的「商」，可能是代庚姬作器的人，因此儘管是庚姬受賞，但根據作器者定名的通例，應稱爲「商尊」。

此外，從文意上看，這裡的「述」亦可看作某地名。銘辭中，帝后不僅賜庚姬貝，還賜予她廿孚出產於述地的絲，此說亦可通。

二、帛

傳世文獻中，《說文》「帛，繒也」，《玉篇》「帛，繒帛也」，《禮記·聘禮》「帛，今之璧色繒也」，均指帛爲繒類的物品。

銘辭中，爯毁的「帛」，有學者將之與其後的「金」連讀爲「白金」〔註4〕。我們認爲，銘辭的「帛」從白從巾，與叔毁中「白金」之「白」的形體明顯不同。因此，把此銘的「帛」和「金」看作兩種賞賜物，不僅可免讀「帛」爲

〔註1〕 陳夢家：《西周銅器斷代》（上）第140頁，中華書局，2004年。

〔註2〕 徐中舒：《殷周金文集錄》第189頁，四川人民出版社，1984年。

〔註3〕 馬承源：《商周青銅器銘文選》（三）第94頁，文物出版社，1988年4月。

〔註4〕 周法高等：《金文詁林補》第2176頁，香港中文大學，1975年。

「白」、「帛金」乃「白金」的迂迴之說，而且在字形分析上也更爲有據。此外，新見僕麻卣的「帛」就是作爲單獨物品和「貝」同賜的。

西周金文「絲及絲織物」類賞賜物資料輯錄：

乃子克鼎：室絲五十孚（《集成》2712）

寓鼎：獻佩於王姒，易寓曼絲（《集成》2718）

商尊（卣）：帝后賞庚姬貝卅朋、述絲廿孚（《集成》5997）

炎伯壺蓋：易炎伯矢束、素絲束（《集成》9702）

守宮盤：易守宮絲束、蘆幕五、蘆幕二、馬匹、毳布三、團篷三、琭朋（《集成》10168）

殳敦：相侯休於厥臣殳，易帛、金（《集成》4136）

舍父鼎或辛宮鼎：辛宮易舍父帛、金（《集成》2629）

僕麻卣：余易帛、賣貝（《商周》13309）

第八章　金

　　《說文》「金，五色金也。」《周禮・地官・卝人》「掌金玉錫石之地」，孫詒讓正義「金，五金之總名。」《詩・秦風・小戎》「陰靷鋈續」，孔穎達疏「金銀銅鐵總名爲金」。《說文繫傳》謂「五色」乃「黃、白、赤、青、黑」等五種顏色。由此可見，文獻常稱金爲五色金的總名，包括黃金、白金、赤金、青金、黑金等五種金屬。

　　金爲「五色金」總名，文獻又常以之代替其他金屬名稱。《周禮・考工記・輪人》「五分其轂之長」，孫詒讓正義云「金，謂釭鐵也」，是以金稱鐵；《周禮・春官・大師》「金石上革絲木匏竹」，鄭玄注「金，鍾鎛也」，是以金稱銅，與金文「金」含義相同。

　　「金」的功用。由銘辭常有受賜者用所獲之「金」來「用作寶彝」的記載，以及眾多銅質兵器和一些底部帶有較厚煙炱的形體較小的鼎、甗在出土實物中的出現，可知「金」是製造禮器、兵器和生活用具主要原料之一。此外，師旂鼎銘記有師旂因沒有率「眾僕」出征而交三百寽罰金給伯懋父，這與金文賜金之舉正好相反，成爲懲罰手段之一。

　　所賜之金有吉金、赤金、白金等。其中「赤金」、「白金」居文獻五金之列。

　　吉金，學者多認爲指上好的銅。裘錫圭從朱劍心《金石學》的解釋，提出

「吉，堅結之意」，吉金指堅實的銅（指鑄器之銅）〔註1〕，是進一步地強調「吉金」質地，仍屬上好的銅的範疇，均可從。

赤金，赤色的銅。金文中赤金的賞賜占較大篇幅。一般均單言「赤金」，惟柞伯簋銘「赤金」後加數量詞「十反」。「反」為「板」，大概表示十塊銅餅的意思。非賞賜類銘文中，匍鴨盉銘的匍被賓贈的「赤金一鈞」，是以常修飾「金」的單位詞「鈞」來形容。

白金，《說文》「鋈，白金也。」《詩·秦風·小戎》「陰靷鋈續」毛傳「鋈，白金也。」又稱為銀，《說文》「銀，白金也。」《爾雅·釋器》「白金謂之銀」。張子高結合出土實物，對上述關於「鋈」的解釋提出不同觀點〔註2〕：

> 鋈為動詞，音義與沃通，惟以水溉地謂之沃，以白色金屬溉雜色金屬則謂之鋈。所以言白色金屬，是因為沃字本身含光亮之義。此種白色金屬有可能是銀、錫兩種金屬，因銀熔點較高（960℃），價格較昂，於手續上與經濟上皆不便。錫色僅次於銀，又較銀易得，熔點也較低（230℃），便於液化鍍於青銅之上，所以鋈之本義即是鍍錫。

可以看出，張氏是把「白金」當作「錫」來看待。出土實物中，有學者對雲南晉寧石寨山出土的戰國時期銅鏡進行分析研究，認為該器物上確有鍍錫的現象〔註3〕。這說明了張文釋「白金」為「錫」不無道理。

錫，由《考工記》對青銅器合金成分的說解，知其與銅、鉛同為鑄造青銅器主要材料。值得注意的是，琉璃河西周燕國墓地發現的車馬坑中，整理者云「其中倚於坑東壁中部的兩個車輪轂部帶有銅飾件，坑東南角的兩個車輪轂端有鉛飾件。」〔註4〕這表明鉛已運用於當時人們生活。

綜上，如果釋白金為錫不誤的話，那麼金文中就有銅、錫的賞賜，但已運用於實際的鉛卻沒有被賜的記載。我們認為這可能是在銅器鑄造中，銅所佔比

〔註1〕 裘錫圭：《說字小記》，《古文字論集》，中華書局，1992年。

〔註2〕 張子高：《從鍍錫銅器談到鋈字本義》，《考古學報》1958年第3期。

〔註3〕 朱鳳瀚：《古代中國青銅器》（南開大學出版社，1995年6月）所引：楊根《雲南晉寧青銅器的化學成分分析》，《考古學報》1958年第3期。何堂坤：《幾層表面漆黑的古鏡之分析研究》，《考古學報》1987年第1期。

〔註4〕 中國社會科學院考古研究所、北京市文物工作隊、琉璃河考古隊：《1981～1983年琉璃河西周燕國墓地發掘簡報》，《考古》1984年第5期。

重最大，錫其次，而鉛最少。與此相應，金文中銅的賞賜比較普遍，白金的賞賜僅見於𣄣鍾、叔𣪘和榮仲方鼎三器，而鉛則沒有出現。

　　儘管所賜白金甚少，但就受賜者而言，這些白金和銅都是他們鑄器的必備材料而同樣彌足珍貴。

西周金文「金」類賞賜物資料輯錄：

　　鮮鍾：王易鮮吉金（《集成》143）

　　麥方鼎：麥易赤金（《集成》2706）

　　召鼎：易汝赤☉市……井叔易召赤金、鬱（《集成》2838）

　　錄作辛公𣪘：伯雍父來自𣈆，蔑錄歷，易赤金（《集成》4122）

　　臤尊：仲競父易赤金（《集成》6008）

　　𣄣鍾：宮令宰僕易𣄣白金十鈞（《集成》48）

　　叔𣪘：賞叔𣪘鬯、白金、趞（𫀞）牛（《集成》4132）

　　遇甗：易遇金（《集成》948）

　　臣卿鼎：臣卿易金（《集成》2595）

　　舍父鼎或辛宮鼎：辛宮易舍父帛、金（《集成》2629）

　　小臣鼎：密伯於成周休朕小臣金（《集成》2678）

　　𡠚鼎或內史𡠚鼎：內史令𡠚事，易金一鈞、非、余（《集成》2696）

　　嚴鼎或師雍父鼎：其父篾嚴歷，易金（《集成》2721）

　　師俞鼎：易師俞金（《集成》2723）

　　𣄣孔方鼎：王易𣄣孔進金（《集成》2725、2726）

　　憲鼎：侯易憲貝、金（《集成》2749）

　　臣楲殘𣪘：大保易厥臣楲金（《集成》3790）

　　臣卿𣪘：臣卿易金（《集成》3948）

　　禽𣪘：王易金百乎（《集成》4041）

　　利𣪘：易右史利金（《集成》4131）

　　御史競𣪘：賞金（《集成》4134、4135）

　　相侯𣪘：相侯休於厥臣妟，易帛、金（《集成》4136）

　　豐卣：大矩易豐金、貝（《集成》5403）

　　米父乙尊：伯米父易□金（《集成》5973）

師俞尊：師俞從，王夜功，易師俞金（《集成》5995）

豐作父辛尊：大矩易豐金、貝（《集成》5996）

小子生尊：小子生易金、鬱鬯（《集成》6001）

作冊折尊：令作冊折兄聖土於相侯，易金、易臣（《集成》6002）

麥方尊：侯易玄琱戈……侯易者㛣臣二百家，劑用王乘車馬、金勒、冂、衣、市、舄……作冊麥易金於辟侯（《集成》6015）

矢令方尊：明公易亢師鬯、金、小牛……賜令鬯、金、小牛（《集成》6016）

作冊折觥：令作冊折聖土於相侯，易金、易臣（《集成》9303）

麥盉：侯易麥金（《集成》9451）

幾父壺：易幾父🏯犛六、僕四家、金十鈞（《集成》9721、9722）

井侯方彝：易金（《集成》9893）

折方彝：令作冊折聖土於相侯，易金、易臣（《集成》9895）

矢令方彝：明公易亢師鬯、金、小牛……易令鬯、金、小牛（《集成》9901）

陶子盤：陶子或易匋娲金一鈞（《集成》10105）

霸簋（蓋、器）：芮公舍霸馬兩、玉、金（《商周》04609、04610）

比簋：比易金於公（《商周》04537）

柞伯簋：王則畀柞伯赤金十反，徣易稅磬（《商周》05301）

榮仲鼎：子易白金鈞（《商周》02412）

前爵：叔易前金（《商周》08575）

賢尊：中競父易赤金（《商周》11808）

孝簋：易孝金五鈞（《商周續編》0441）

比盉：比易金於公（《商周續編》0533）

第九章　玉　器

　　據典籍記載，玉爲常見六種玉器的總稱，或稱「六瑞」。《儀禮・覲禮》「遂執玉，三揖至於階」，胡培翬正義「凡圭璋璧琮琥璜皆玉爲之，故總稱玉。」

　　自新石器時期至夏商周三代，古代社會一直廣泛流行著崇尙玉製品的習俗，各種玉器遂常被作爲禮器、儀仗和日常裝飾物。

　　金文中所賜之玉或玉製品的品種較多，除單稱「玉」之外，還有圭、璋、瓚、圭瓚、璋瓚、玉環、玉琮、琲、裸玉等。其中的瓚、圭瓚和璋瓚，學者或稱作「挹酒器」、「酒具」等，並將其置於酒類物品加以探討。然據文獻記載，這些「瓚」類物品的柄部是玉屬的圭或璋，是以表明此類物品與本節討論的圭、璋關係密切；故本文將其視之爲玉製品，與其他玉器一併討論。

一、玉

　　如前所述，玉爲各種玉器的總稱。金文單言賜玉的，除鳳作且癸𣪘蓋銘敍述較簡外，他器銘中言及的玉，據學者研究，多爲古代禮儀活動中的酬幣〔註1〕。根據銘辭所記，奠侯、御方和應侯受賜的玉均爲參加王饗禮活動後得到的酬幣；至於伯䏁鼎的五品「寶玉」說法較殊，似爲一種珍貴玉器，但究指哪種尚不得而知。

〔註1〕　陳夢家：《西周銅器斷代》（上）第 136 頁，中華書局，2004 年 4 月；裘錫圭：《應侯視工𣪘補釋》，《文物》2002 年第 7 期。

二、圭　璋

圭、璋，同屬六種「瑞玉」之列。關於二者形制，《說文》「圭，瑞玉也，上圓下方。」《儀禮·聘禮》「圭與繅皆九寸」，鄭注「圭，所執以為瑞節也。剡上，象天圓地方也。」《說文》「剡上為圭，半圭為璋。」《書·顧命》「秉璋以酢」，孔安國傳「半圭曰璋。」《儀禮·聘禮》「受夫人之聘璋」，陸德明《釋文》「璋，半圭。」據此，圭為下端平直，上部呈銳形或圓形的扁平長條形玉器；璋為呈「半圭」形玉器。

典籍又對圭、璋的種類加以詳細地區分，如《周禮》把圭分成大圭、鎮圭、桓圭、信圭、躬圭、穀圭、琬圭、琰圭、珍圭等諸多不同類別。有學者認為，典籍中這種「說明瑞玉的尺寸大小，排列有序，顯然是系統化和理想化的結果」，並不是周代的實物〔註2〕。由考古實物資料看，各種出土玉器與典籍所云確難以完全吻合，此說頗有見地。

有鑒於此，下文將適當結合文獻記載對金文所言的玉器類賞賜物進行討論。

古代的圭、璋，主要用於祭祀、喪葬、朝聘、通使、除惡懲邪等方面，有學者已作了詳細的分析〔註3〕；而金文所賜圭、璋多為時王用來獎賞其有功臣屬的物品。這些圭、璋除了單稱外，還有瑂圭、瓛璋。

1、瑂圭

瑂，作圖形。對此字的釋讀，說法頗多〔註4〕：吳大澂、強運開釋為「瓛」；方濬益、商承祚和陳夢家釋為「瑁」；丁佛言、柯昌濟分別釋為「瑂」和「瓊」；高田忠周、郭沫若和楊樹達釋為「瑂」。諸說中同一釋讀裏往往還有對字形分析的不同，可見諸家觀點分歧較大而仍有進一步討論的必要。

細審形體，此字左邊所從為「面」，故應以釋「瑂」為是。至於釋為「瑁」在意義上的欠妥，有學者已辨之〔註5〕。

〔註2〕 夏鼐：《漢代的玉器》，《考古學報》1983 年第 2 期；《商代玉器的分類、定名和用途》，《考古》1983 年第 5 期。

〔註3〕 王輝：《殷墟玉璋朱書文字蠡測》，《文博》1996 年第 5 期。

〔註4〕 周法高等：《金文詁林》第 282 頁，香港中文大學，1975 年。

〔註5〕 周法高等：《金文詁林》第 2108 頁，香港中文大學，1975 年。

「珥」，高田忠周認爲是「璊」字異文，引《說文》「璊，玉經色也」，「珥圭」指經色璊玉所作的圭。郭沫若以此字所從之「面」聲與「琬」音相近，謂「珥圭即琬圭」。楊樹達讀「珥」爲「縵」，由「縵」爲「無文之繒」之義，認爲「珥圭」指無文飾的圭。這些對「珥」讀法的不同而產生了釋義上差異：郭說意指圭的種類，高田氏之說意在明圭之質地，楊文意在說明圭外部特徵。凡此，於文意皆可通，三說均可成立。

2、瑗璋

，即「瑗」字。「瑗璋」，與「珥圭」同見於師遽方彝器，前引諸家在論述珥圭時或對瑗璋作了討論。郭沫若釋爲「環」，謂「環章當及瓚璋，用以灌鬯。」〔註6〕楊樹達認爲 從袁，不從睘，應釋爲瑗，讀作瑑，瑗璋即指有文飾的璋〔註7〕。陳夢家亦釋 爲環，但認爲其與後面的璋分屬二物〔註8〕。張日昇讀作「瑗」，釋爲璧玉〔註9〕。

不難看出，諸說由「袁」、「睘」在音讀和形體上的密切關係可知讀爲「瑗」、「瑑」均可成立。對其釋義，陳氏將「瑗」、「章」分屬二物，與其前釋「珥」爲「瑁」同樣無法成立。據銘辭，師遽受賜的「瑗璋」屬王在饗禮後賜予其臣屬的玉幣之列；然則金文所賜玉器或爲祼禮所用，但似不能將其徑釋爲用於祼禮的「瓚璋」。從音讀和文意上看，上引釋「瑑」、釋「瑗」二說均可成立。

三、瓚　圭瓚　璋瓚

，郭沫若釋爲「鸝」，讀爲「瓚」。云「圭鬲連文得言圭瓚也」〔註10〕。「鸝」、「瓚」古音相近，故可通。這種釋讀也基本爲學界所接受。

典籍對瓚類物品的記載頗豐，如：

1、《周禮・春官・典瑞》「祼圭有瓚，以肆先王，以祼賓客。」鄭司農云「於圭頭爲器，可以挹鬯祼祭，謂之瓚。」

〔註6〕 郭沫若：《兩周金文辭大系圖錄考釋》第84頁，上海書店出版社，1999年7月。

〔註7〕 楊樹達：《積微居金文說》（增訂本）第116頁，中華書局，1997年12月。

〔註8〕 陳夢家：《西周銅器斷代》（上）第159頁，中華書局，2004年。

〔註9〕 周法高等：《金文詁林》第2108頁，香港中文大學，1975年。

〔註10〕 郭沫若：《金文叢考》267頁，人民出版社，1954年影印本。

2、《詩・大雅・旱麓》「瑟彼圭瓚，黃流在中。」毛傳「玉瓚，圭瓚也。」
鄭箋「圭瓚之狀，以圭爲柄，黃金爲勺，青金爲外，朱中央也。」

3、《禮記・祭統》「君執圭瓚祼尸，大夫持璋瓚亞祼。」鄭玄注「圭瓚、璋
瓚，祼器也。」

這些材料表明：瓚爲古代祼禮中用來挹鬯的主要工具，類似今天的勺；其
勺部爲銅質，柄部爲玉質；因其柄部的不同又有圭瓚、璋瓚之分；祼玉指圭瓚
和璋瓚。

金文所賜之「瓚」，毛公鼎銘的「祼圭瓚寶」與秬鬯同賜，顯爲祼禮之用；
稱「寶」，是指明其珍貴。宜侯夨𣪘的「商瓚」，有學者認爲指商代之遺物，似
不可據。連劭名認爲「商」當讀爲「璋」，「商瓚」即指璋瓚〔註 11〕。李學勤從
之，並認爲此「商」字寫法和前「伐商」的「商」不同，是爲了在意義上區別
〔註 12〕，甚確。金文的圭瓚、璋瓚指用於祼禮的以圭或璋爲柄的瓚。

需要指出的是，由於文獻所云的這種「瓚」在考古實物中尚未發現，故學
者對「瓚」類物品形制，以及對一些出土實物定名等方面問題的認識有很大分
歧。因此，儘管學者或以文獻爲主，或以考古資料爲主對「瓚」進行了諸多分
析，但對其能得以全面瞭解似乎還有待新材料的發現。

四、祼玉

《周禮・春官・鬱人》云「凡祼玉，濯之陳之，以贊祼事」，鄭注「祼玉，
謂圭瓚、璋瓚。」《正義》亦云「贊勺以金爲之，不用玉，因其以圭、璋爲柄，
故通謂之祼玉。」祼玉是古代祼禮活動中所用物品。

金文鮮盤的「祼玉」，王愼行認爲是「瓚」的一種稱名〔註 13〕。李學勤認爲
鮮盤的「祼玉三品」是三種祼禮用的玉器〔註 14〕。又指出「用作瓚柄的圭、璋
等，要專門洗淨陳放，稱爲祼玉」、「銘中王在祼禮後以祼玉賞賜器主，不稱瓚
而稱祼玉，是只賜予瓚的玉製部份，也就是玉柄。」〔註 15〕根據目前所見的古

〔註 11〕連劭名：《汝丁尊銘文補釋》，《文物》1986 年第 7 期。

〔註 12〕李學勤：《宜侯夨𣪘與吳國》（《文物》1986 年第 7 期。

〔註 13〕王愼行：《瓚之形制與稱名考》，《考古與文物》1986 年 3 月。

〔註 14〕李學勤：《鮮𣪘的初步研究》，《走出疑古時代》，遼寧大學出版社，1994 年。

〔註 15〕李學勤：《說祼玉》，《重寫學術史》，河北教育出版社，2002 年。原載《東亞玉器》，

代挹注之器，結構上包括柄部和挹取物品的部位；而文獻對「裸玉」指「圭瓚、璋瓚」的說解亦比較明確。故此二說均有一定合理性。

五、玉環

《說文》「環，璧也，肉好若一謂之環。」據此，環爲璧，其中空部份與璧肉部份所佔比重相同。《禮記・玉藻》「孔子佩象環五寸而綦組綬」，司馬彪云「紫綬以上，綟綬之間得施玉環鑈云」，說明玉環是繫在衡上的玉佩，爲古人裝飾物之一〔註16〕。

玉環的賞賜，僅見於毛公鼎一器。《春秋經傳集解》卷 21 云「公與之環」，注「環爲玉環」。與金文所賜相同。

六、玉琮

「琮」，銘辭中作𤦲形。學者或釋爲玨〔註17〕，或釋爲玦〔註18〕，與形體差異較大。劉心源指出𤦲的右邊所從爲二「余」，乃「余」之籀文，𤦲即琮，指「笏」義〔註19〕。郭沫若亦釋爲「琮」，並云「余爲琮的初文」〔註20〕。由此可知，玉琮指玉笏。

「笏」，或稱「珽」、「荼」。《大戴禮記・虞戴德篇》云「天子御珽，諸侯御荼，大夫御笏。」《廣雅・釋器》云「珽、荼，笏也。」以此觀之，笏因使用者不同而產生不同名稱，實爲一物。又《禮記・玉藻》云「笏，畢用也，因飾焉。」《禮記》卷九云「笏，天子以球玉，諸侯以象，大夫以魚須文竹，士竹本，象可也」，注「球，美玉也。文猶飾也，大夫士飾竹以爲笏，不敢與

香港中文大學中國考古藝術中心，1998 年。

〔註16〕 唐蘭：《毛公鼎「朱韍、蔥衡、玉環、玉瑹」新解——駁漢人「蔥珩佩玉」說》，《唐蘭先生金文論集》，紫禁城出版社，1995 年 10 月。

〔註17〕 孫詒讓：《古籀拾遺》卷下第 29 頁，清光緒十六年自刻本。王國維：《觀堂古金文考釋五種・毛釋》，1927 年海寧王忠愨公遺書二集本。

〔註18〕 徐同柏：《從古堂款識學》，清光緒三十二年蒙學報館影石校本；吳大澂：《愙齋集古錄》第 4 冊第 8 頁，涵芬樓影印本，1930 年。

〔註19〕 劉心源：《奇觚室吉金文述》卷 2 第 49 頁，清光緒二十八年自寫刻本。

〔註20〕 郭沫若：《金文餘釋之餘・釋非余》，《郭沫若全集》第五卷，科學出版社，2002 年10 月。

君並用純物也」。據此，使用笏的階層比較廣泛，且不同等級使用的笏的裝飾也不同。

用來賞賜的玉琮見於毛公鼎和番生殷蓋兩器，其使用與前述「玉環」相同，亦是插在恩黃的衡上〔註21〕。

七、非、余

「非」、「余」，見於內史龏鼎和小臣傳殷。郭沫若認爲「余當即《玉藻》『諸侯荼，前詘後直』之荼，笏也。《廣雅》作璑。《集韻》作琮。非當是赤色之意，以非爲聲之字多含赤義。……故「非余」必爲緋琮無疑，即赤笏也。古人之笏未明其色，今知有赤色者在矣〔註22〕。容庚指出「古者金與馬每同賞賜，非余當讀作騑騄。」〔註23〕陳直結合容說，引《漢鐃歌十八曲・聖人出》所記「聖人出，陰陽和，美人出，遊九河，美人來，騑離哉」，認爲其中的「騑離」即是「非余」的音轉，是古代的名馬〔註24〕。

上引諸說均是由音而釋，但「騄」、「離」在音讀上有一定距離，似不可通，故陳文釋爲「騑離」有欠妥當；容氏讀爲「騑騄」雖可成立，但由賞賜物中「金」顯不如「馬」多見，且二者同時賞賜很少見的情形觀之，其以「金與馬每同賞賜」爲據則不免牽強。至於郭文「赤笏」的釋義，於銘辭通讀確無問題，但「赤笏」未見於典籍，其說亦難成定論。

綜上所述，此處的「非余」或可從容氏之說，釋爲古代的馬。同時也可理解爲「琲」、「琮」兩種物品，只是銘辭中二者形體均省其所從的「玉」旁；現分述如下。

「琲」，《說文新附》「珠五百枚也。」《慧琳音義》卷九十九「珠琲」，注引顧野王《玉篇》云「琲，謂貫珠之名也，百珠爲貫，五貫爲琲。」又《說文》「珠，蚌之陰精。」《廣韻》「珠，珠玉。」《莊子・大地》「遺其玄珠」，成玄英

〔註21〕唐蘭：《毛公鼎「朱韍、蔥衡、玉環、玉琮」新解——駁漢人「蔥珩佩玉」說》，《唐蘭先生金文論集》，紫禁城出版社，1995年10月。

〔註22〕郭沫若：《金文餘釋之餘・釋非余》，《郭沫若全集》第五卷，科學出版社，2002年10月。

〔註23〕容庚：《金文編》第760頁，中華書局，1985年7月。

〔註24〕陳直：《讀金日箚》第19頁，西北大學出版社，2000年11月。

疏「珠，乃珍貴之寶。」《周禮・天官・玉府》云「共王之服玉，佩玉，珠玉」。凡此說明琲爲一種珍貴的珠玉。「琭」，同前所釋，指玉笏。

此銘中，𣄰和小臣傳均獲賜珠玉和玉笏兩種物品。

八、琝

《說文》「琝，瓊玉也。」「琝朋」指王賜給守宮一朋琝，即一朋玉。金文中「朋」常爲貝的單位詞，此銘用來說明玉，實不多見。

九、琱玉

此銘中部份形體殘缺不可識，但「周玉」尚能辨識。郭沫若以函皇父𣪘的「琱娟」在匜文中作「周娟」，認爲此「周」爲「琱」〔註25〕。甚確。

檢金文，「琱」字常見於「戈」後「琱威」一語，義指「繪有紋飾」。據此，「琱玉」似指有紋飾的玉。

十、佩

佩，典籍習見。或釋爲「帶」，《說文》「佩，大帶佩也，從人，從凡，從巾。」《廣韻》「佩，玉之帶也。」或釋爲「佩玉、玉佩」，《詩・鄭風・青衿》「青青子衿」，毛傳「佩，佩玉也。」《禮記・曲禮下》「立則磬折垂佩」，孔穎達疏「佩，謂玉佩也。」

需要指出的是，頌器和善夫山鼎銘有「受命冊佩以出」之語，這裡的「佩」並非賞賜物品，對其釋讀，學者有兩種不同意見：郭沫若云「佩指所賜之朱珩」〔註26〕，秦永龍從之〔註27〕，皆認爲指玉器。于省吾注重分析了「佩」前的「冊」，揣其文意，是把「佩」當做動詞表示「佩帶」之義〔註28〕。學者多從於文的釋義〔註29〕。可以看出，郭說是建立在把「黃」釋爲「玉珩」的基礎

〔註25〕郭沫若：《兩周金文辭大系圖錄考釋》第 67 頁，上海書店出版社，1999 年 7 月。

〔註26〕郭沫若：《兩周金文辭大系圖錄考釋》第 67 頁，上海書店出版社，1999 年 7 月。

〔註27〕秦永龍：《西周金文選注》67 頁，北京師範大學出版社，1992 年。

〔註28〕于省吾：《雙劍誃吉金文選》138 頁，中華書局，1998 年 9 月。

〔註29〕洪家義：《金文選注繹》，江蘇教育出版社，1988 年；劉翔：《商周古文字讀本》，語文出版社，1989 年。

上，故謂「所賜之朱珩」。「黃」的釋讀，唐蘭已辨其非而釋為「帶」。因此，郭文把這兩件器銘的「佩」視為玉器是無法成立的。結合前引文獻記載，「佩」有帶、佩玉、佩帶三種含義。

至於僅見瘐器、衛鼎、獄盤等器銘的「佩」，根據文意顯指表示賞賜物品的名詞，故不得釋作動詞的「佩帶」；且服飾的賞賜常出現於冊命類金文，故其應指「玉佩」或「佩玉」。

西周金文「玉器」類賞賜物資料輯錄：

瘐鍾：易佩（《集成》248-250）

尹姞鬲：易玉五品、馬四匹（《集成》754、755）

嫐鼎：內史令嫐事，易金一鈞、非、余（《集成》2696）

庚嬴鼎：易瓚、兂貝十朋（《集成》2748）

史獸鼎：尹賞史獸瓚，易豕鼎一、爵一（《集成》2778）

大矢始鼎：大矢始易友（曰）䟗……易□、易璋（《集成》2792）

噩侯鼎：王親易御（方玉）五瑴、馬四匹、矢五束（《集成》2810）

多友鼎：易汝土田……汝靖京師，易汝圭瓚一、鍚鐘一肆、鐈鋚百鈞（《集成》2835）

毛公鼎：易汝秬鬯一卣、祼圭瓚寶、朱市、悤黃、玉環、玉琭、金車、桒縟較、朱虢圅綏、虎冟熏里、右厄、畫轉、畫輯、金甬、遣衡、金幢（踵）、金豙、約軝、金簟弼、魚箙、馬四匹、攸勒、金嚚、金膺、朱旂二鈴（《集成》2841）

鳳作且癸𣪕蓋：揚易鳳玉（《集成》3712）

榮𣪕：王休易厥臣父榮瓚、王祼貝百朋（《集成》4121）

瘐𣪕：易佩（《集成》4170-4177）

小臣傳𣪕：師田父令小臣傳非、余，……伯𠟭（割）父賞小臣傳□（《集成》4206）

縣妃𣪕：易女婦爵、娸之[illegible]琱玉、黃[illegible]（《集成》4269）

宜侯夨𣪕：易[illegible]（秬）鬯一卣、商瓚一□、彤矢百、旅弓十、旅矢千，易土：厥川三百□，厥□百又廿，厥宅邑卅又五，厥□百又四十，易在宜王人十又七生，易鄭七伯，厥盧□又五十夫，易宜庶人六百又□六夫（《集成》4320）

敔𣪕：使尹氏授贅敔圭瓚、[illegible]貝五十朋，易田於敜五十田，於早五十田

（《集成》4323）

番生段蓋：易朱市、悤黃、鞞鞍、玉環、玉瑹、車、電軨、荣縵鞃、朱薈圅綏、虎冟熏里、遣衡、右厄、畫轉、畫輴、金童（踵）、金豪、金簞弼、魚箙、朱旂旜金芳二鈴（《集成》4326）

卯段蓋：易汝瓚四、章毂、宗彝一肆寶，易女馬十匹、牛十，易於乍一田易於宮一田，易於隊一田，易於戠一田（《集成》4327）

師訇殷：易女秬鬯一卣、圭瓚、夷允三百人（《集成》4342）

競卣：賞競璋（《集成》5425）

𢼸尊：仲易𢼸瓚（《集成》5988）

師遽方彝：王乎宰利易師遽珪圭一、瓛璋四（《集成》9897）

鮮簋：鮮蔑歷，祼，王韓祼玉三品、貝廿朋（《集成》10166）

守宮盤：易守宮絲束、蘆幕五、蘆幕二、馬匹、毳布三、團蓬三、蚕朋（《集成》10168）

衛簋甲（蓋、器）：王易衛佩、緇市、朱亢、金車（《商周》05368）

獄簋甲、乙、丙、丁：王賜獄佩、緇市、絲亢、金車（《商周》05315-05318）

獄盨：王賜獄佩、緇市、絲亢、金車（《商周》05676）

獄盤：王賜獄佩、緇市、絲亢、金車（《商周》14531）

獄盉：王賜獄佩、緇市、絲亢、金車（《商周》14799）

應侯見工簋甲、乙（器、蓋）：應侯視工侑，易玉五毂，馬四匹，矢三千（《商周》05231、05232）

夾簋（器、蓋）：賜玉十又二毂，貝廿朋（《商周》05271、05272）

霸簋（蓋、器）：芮公舍霸馬兩、玉、金（《商周》04609、04610）

我簋：易圭瓚彝一肆（《商周》05321）

內史亳豐觚：成王易內史亳祼（《商周》09855）

庚嬴鼎：易祼，賞貝十朋（《商周》02379）

伯㡰鼎：公易伯㡰寶玉五品，馬四匹（《商周續編》0213）

師大簋：易女赤市、朱睘（環）、玄衣黹屯（《商周續編》0447）

獄簋甲、乙：王賜獄佩、緇市、朱亢（《商周續編》0457、0458）

獄簋：王賜獄佩、緇市、朱亢（《商周續編》0459）

宗人簋：祭伯乃易宗人裸……乃易宗人冊戈。冊五揚：戈琱戚、厚必、彤沙，僕五家（《商周續編》0461）

陶觥：易圭一、璧一、璋五（《商周續編》0893）

第十章 彝 器

《史記·殷本紀》云「班賜宗彝，作分殷之器物。」是文獻對彝器賞賜的較早記載。西周金文所賜彝器主要有兩種：一爲禮器，如宗彝、尊彝、鼎、爵等；一爲樂器，有鐘、柷、磬等，其中樂器裏「柷」、「磬」二物均爲首見。

第一節 禮 器

一、宗彝 尊彝

《說文》「彝，宗廟常器也。《國語·周語中》「出其樽彝」，韋昭注「樽、彝，皆受酒之器也。」又《書·洪範》附《分器序》「班宗彝」，孔穎達疏「盛鬯者爲彝，盛酒者爲尊，皆祭宗廟之酒器也。」《周禮·鬱人》「掌祼器，凡祭祀賓客之祼事，和鬱鬯以實彝而陳之。」由此可知，彝是祭祀活動用來盛酒之具，所盛之酒多爲十分貴重的鬯酒。如叔趯父卣云「小鬱彝」，所稱與文獻記載相合，其「鬱」是「鬱鬯」的省簡。〔註1〕

金文中，「彝」常爲一些青銅禮器的共名，如「作尊彝」、「作寶彝」、「作宗彝」、「作旅彝」等中的「彝」。又稱作「尊彝」，《國語·周語下》「而火焚其彝

〔註1〕 李學勤、唐雲明：《元氏銅器與西周的邢國》，《考古》1979 年第 1 期。

器」,韋昭注「彝,尊彝,宗廟之器。」《周禮‧春官‧序官》「司尊彝」,鄭注「彝,亦尊也。」凡此,均以彝與尊彝爲一物。

宗,《說文》「尊祖廟也。」「宗彝」,當爲放置於祖廟祭祀祖先的青銅彝器。尊,杜迺松以不同青銅器上常有「作尊」、「作寶尊」共名。認爲「尊」可作「器」用。然則,「尊彝」連稱可以看作一個名詞,都是器物共名〔註2〕。其說可從。

金文所賜的各種禮器,以「宗彝」最爲多見,其後常有修飾性詞語「一△」。△作𢼎、𢾖、𢽳等形。其中𢾖與多友鼎銘𢾖形體完全相同。李學勤在釋讀多友鼎銘「錫鐘一𢾖」時指出,此字爲石經「逸」字古文,因音近借爲「肆」,「鐘一逸」即典籍中的「鐘一肆」〔註3〕。可從。「逸」、「肆」相通,在文獻中不乏其例。《尚書‧盤庚上》「胥及逸勤。」蔡邕司空文烈侯楊公碑引「逸」作「肄」。《左傳》昭公三十年「若爲三師以肄焉。」《釋文》「肄本又作肆。」又《論語‧季氏》「樂佚遊」,《釋文》「佚,本亦作逸」。《春秋》莊公廿二年「肆大眚」,《穀梁傳》「肆,失也」,《公羊傳》「肆者何,跌也」,《釋文》「本作佚」。凡此,均說明「逸」可讀爲「肆」。值得注意的是,新出西周晚期的楚公逆編鐘曰「入享赤金九萬鈞,楚公逆用作龢齊錫鐘百飤」,其中的「肆」寫作「飤」,亦爲音近相通。

由此,𢼎、𢾖、𢽳皆爲「逸」字,只是寫法稍異;銘辭中均讀爲「肆」。宗彝一肆,指宗廟彝器一列。

「尊彝」之賜,僅見於頵卣一器。與他器所述不同,此銘在記錄頵賜婚宗彝之前〔註4〕,對此器的製作還作了交待。例同復公仲銘(《集成》9681)所云「復公仲擇其吉金,用作饗壺,其賜公子孫,萬壽用之。」另外,和叔趯父卣記載相同,頵卣亦指明所賜之器具體所用,前者爲「用饗乃辟軝侯」,後者爲「用鼎於乃姑宓」。

〔註2〕 杜迺松:《金文中的鼎名簡釋——兼釋尊彝、宗彝、寶彝》,《考古與文物》1988年第4期。

〔註3〕 李學勤:《論多友鼎的時代及意義》,《人文雜誌》1981年第6期。

〔註4〕 此銘「易(賜)」後一字形體不清晰,但下部從女可辨。現暫從張亞初《引得》的說法,隸作婚,爲婦名。

二、鼎

鼎，古代重要的禮器之一。關於金文所言諸鼎，張亞初作了分類闡釋，並歸納其具有十二種用途〔註5〕，殊爲詳備。

銘辭中，師佳鼎的「鼎」作「貞」形，與《說文》「鼎」的籀文形同。所賜之鼎數，惟鼄毁中「二鼎」最多，其餘皆「一鼎」。史獸鼎的「**ʒ**鼎」，即「豕鼎」，亦見於函皇父諸器器銘，指禮儀活動時的盛豕之鼎。

從諸銘文意上看，所賜的鼎多用於祭祀。

三、爵

《說文》「爵，禮器也。象爵之形，中有鬯酒，又持之也，所以飲。」《禮記·祭統》「凡賜爵」，孔穎達疏「爵，酒爵也。」《詩·大雅·行葦》「洗爵奠斝」，孔穎達疏「爵，酒器之大名。」由此可知，爵爲禮器中的飲酒之器。

據傳世之器和出土實物推知，爵一般出現在殷末和西周早期，西周中期直至其後則很少見。這與金文中言賜爵者多爲西周早中期的記載相吻合。

文獻中，《左傳·莊二十一年》云「虢公請器，王予之爵」，是賜爵的記載。

金文爵的賞賜僅見於遹毁。在此，由王親自賜爵予遹，可見遹頗受王之恩寵。

第二節　樂　器

一、鐘

在崇尚禮樂的西周社會，鐘是統治階級實行禮儀教化不可或缺的用具之一。

金文中，和禮器相比而言，鐘的賞賜不僅在出現的次數上略少，而且多爲西周晚期，不像禮器那樣爲西周早中期。

所賜之鐘，除成鐘銘單稱外，他銘中「鐘」的前後或有一些修飾詞。其中，多友鼎和師嫠毁銘中「鐘」的前後分別有不同的修飾語，瞭解這些修飾語，無疑有助於我們獲得更多與「鐘」相關的信息。現對其分別加以討論。

〔註5〕 張亞初：《殷周青銅鼎器名、用途研究》，《古文字研究》第18輯，中華書局，1992年8月。

「鐘」前的 𝄞、𝄡 二字，前者是從水易聲的「湯」，後者是從金易聲的「錫」。檢文獻，與這二者的還有「錫」字，《爾雅・釋器》云「黃金謂之璗」。可以看出，湯、錫、璗均爲從易得聲之字。以聲求之，𝄞字可看作是「錫」的假借，亦可當作「璗」的假借；𝄡即指「錫」。《廣雅・釋器》云「赤銅謂之錫」。由此可知，錫指質地上好的銅料，即赤銅。新出西周晚期的楚公逆編鐘曰「入享赤金九萬鈞，楚公逆用作龢齊錫鐘百飤（肆）」，明確指出錫鐘爲赤金製作而成，與《廣雅》所言吻合。

「鐘」後或有「一肆」之語。「肆」，同前「宗彝一肆」的「肆」。《周禮》卷六「凡縣鐘磬，半爲堵，全爲肆」，注「鐘磬者，編縣之，二八十六枚而在一虡，謂之堵；鐘一堵，磬一堵謂之肆。」《左傳・襄公十一年》「歌鐘二肆」，孔穎達疏「鐘一堵，磬一堵謂之肆。」由此可知，「一肆」指鐘的數量，爲八枚。

上引楚公逆編鐘云「以赤金九萬鈞製作錫鐘百飤（肆）」，由此觀之，一肆錫鐘的製作需要大約九千鈞赤金。「一鈞」之稱量，一般認爲約指三十斤重。然則一肆之鐘要花費將近二十七萬斤的銅料，數目驚人，似乎不是鑄鐘所需材料多少的實際反映。因而，這可能是作器者爲顯其所受恩寵之高而說的誇大之辭。需要指出的是，儘管不能以此推算出「一肆錫鐘」所需之銅料，但至少從側面反映了其製作是一筆不小的開銷。

另外，公臣𣪘和師㝨𣪘中還有表示「鐘」數量的「五金」。關於「五金」在句中的讀法及含義。張亞初指出舊說讀成「鐘五、金」的錯誤，認爲應讀作「鐘五金」，引典籍「鐘」可稱作「金」，視此處的「金」爲量詞〔註6〕。檢金文，表示某物的名詞，常可轉化爲量詞對其進行修飾，如「田十田」、「邑五邑」中的「田」和「邑」。據此，「鐘」可稱作「金」，說明這兩者之間也存在轉化的可能。因此，張文以「金」爲鐘之量詞的觀點可以成立。

用作量詞的「金」，已非「金屬」的意思。公臣𣪘的「鐘五金」指的是五個鐘；師㝨𣪘的「錫鐘一肆，五金」乃指在一肆鐘之外還有五個鐘的意思。顯然，這種用不同量詞來說明同銘中的同一物品的情形，在金文中甚爲特殊。

可以看出，對受賜者而言，「一肆」或「五金之鐘」的賞賜都是一種優厚

〔註6〕 張亞初：《金文新釋》，《第三屆國際中國古文字學研討會論文集》香港中文大學出版，1997 年 10 月。

的待遇。成鐘中，雖然成被賜的僅爲鐘，但其受到王的親自賞賜，顯非居一般地位之人所能及。

二、柷（梲）、磬

柞伯簋銘中，除習見金文的赤金外，還有其他物品。對其釋讀，學者觀點不同，現將部份研究者對此銘的隸定、釋文摘錄如下：

1、王則卑柞白（伯）赤金十板祮，易（賜）梲，見柞白（伯）用乍（作）周公寶尊彝。〔註7〕

2、王劗（則）畀（畀）柞（胙）白（伯）赤金十反（板），祮（誕）易（賜）梲（梲）見（棟），柞（胙）白（伯）用乍（作）周公寶尊彝。〔註8〕

3、王則畀柞白（伯）赤金十反（鈑），祮（遂）易（賜）梲（梲）虎，柞白（伯）用作周公寶尊彝。〔註9〕

與此同時，各家的釋讀意見大致包括：

1、隸祝、罘二字爲「梲」、「見」。「梲」爲賞賜物品，「見」連下讀。檢文獻，《說文》「樂木空也。所以止音炎黃子孫。」《書‧梲謨》「合止梲敔。」注云「梲狀如黍桶，方二尺四寸，深一尺八寸，中有椎柄連底，桐之令左右擊。」郭璞云「樂之初擊梲以作之，樂之，末戛以止之。」由此，梲爲一種樂器。

2、將祝、罘分別隸定爲「梲」、「見」，「見」不連下讀。並謂「『梲』即「梲」，梲亦作控，爲樂器。」又以「見」與「棡」、「柬」、「官」音同可通，釋爲「管」或「棟」。「棟」爲小鼓，與「梲」均爲樂器。

3、將祝、罘分別隸定爲「梲」、「虎」，「梲」讀作「梲」。《呂氏春秋‧仲夏紀》「飭鐘磬梲敔」，高誘注「梲如黍桶，中有木椎，左右擊以節樂；敔，木虎，脊上有鉏鋙，以杖捽之以止樂。」據此，銘辭的「梲虎」即典籍之「梲敔」，爲樂器。

諸家觀點中，2、3說對銘辭的句讀並將「梲（梲）罘」視爲賜的對象，1、

〔註7〕徐錫台：《應、申、鄧、柞等國青銅器銘文考釋》，《容庚先生百年誕辰紀念文集》，廣東人民出版社，1998年4月。

〔註8〕王龍正、姜濤、袁俊傑：《新發現的柞伯簋及其銘文考釋》，《文物》1998年第9期。

〔註9〕李學勤：《柞伯簋銘考釋》，《文物》1998年第11期。

2 說釋🐯爲「見」，以及根據傳世文獻對「柷（柷）」的釋義等觀點無疑都是正確的。然而有關🐯字的形體、釋讀等方面仍有補充的餘地。

細審銘拓，🐯上部所從爲目，下部爲人體跪踞之側形，顯然與「虎」形不類，故應從前引文章之說，釋爲「見」。

「見」，於銘辭中疑讀爲「磬」。「見」，見紐元部字；「磬」，溪紐耕部字。見、溪均爲牙音，「見」、「磬」雙聲可通。典籍中，《詩·大雅·大明》「俔天之妹。」《釋文》「俔，《韓詩》作磬。」馬瑞辰《毛詩傳箋通釋》云「俔，即磬之假借也。」此「俔」從「見」得聲，是「見」、「磬」音近可通的直接證據。

需要指出的是，上引 2 說提出的「見」可讀爲「楝」或「管」。我們認爲，「楝」的音讀在《廣韻》和《集韻》中分別爲「羊晉切」、「以忍切」，乃眞部字。又《詩·周頌·有瞽》「應田縣鼓。」鄭箋「田當作楝。聲轉字誤，變而作田。」《周禮·春官·大師》鄭注、《爾雅·釋樂》郭注均引「田」作「楝」。由此可知，「楝」是從「申」得聲之字，非從「柬」得聲，故以「見」和「柬」音通，進而釋爲「楝」的觀點是錯誤的。另外，儘管讀「見」爲「管」，釋爲一種樂器於銘辭文意無礙，但據前分析知其可直接讀爲「磬」，似不必以音轉而釋。

分析至此，我們根據學者對「見」形體的釋讀，再通過音讀上分析而釋其爲「磬」。然則，此銘之句讀應爲：

王則畀柞白（伯）赤金十反（鈑），徟（遂）易（賜）柷（柷）、（見）
磬，柞白（伯）用作周公寶尊彝。

「柷（柷）」、「磬」爲王賞賜柞伯的兩種物品。

檢《說文》，「磬，樂石也。從石，殸象縣虞之形，殳，擊之也。」《爾雅·釋樂》「大磬謂之馨」，邢昺疏「磬，樂器名也，以玉石爲之。」《玉篇》「磬，以石爲樂器也。」《左傳·襄公十一年》「及其鑄磬」，杜預注「磬，樂器。」又《白虎通德論》卷二引《樂記》曰「土曰塤，竹曰管，皮曰鼓，匏曰笙，絲曰弦，石曰磬，金曰鐘，木曰柷敔，此謂八音也。」由此可知，磬是古代一種以石爲主的打擊樂器，與本銘的「柷敔」之「柷」同屬八音之列。

與文獻記載相類，自史前時期以來發現的各種磬實物看，就以石磬最爲常

見〔註10〕。此外，對於其他質地的磬的發現，如木磬、陶磬、青銅磬。經學者研究整理〔註11〕，其中木磬和陶磬分別爲 18 件和 16 件；青銅磬除《宣和博古圖》著錄的四件傳世品外，在實物中僅兩件，且均出自南方地區。凡此表明磬文獻所記的多以石爲質地不無根據。

饒有興味的是，1985 年於鳳翔秦公大墓出土的石磬銘中有「殴虎」之語，孫常敘先生從音讀角度進行了大量的分析，讀作「鉏鋙」，合音爲「敔」，在銘辭中指古代止樂的木虎，即以「入樂發聲」使「訖事之樂」戛然而止之具[7]。王輝、焦南峰、馬振智等先生在《秦公大墓石磬殘銘考釋》文中從孫先生之說[8]。譚步雲先生認爲「殴虎」即典籍之「柷敔」[9]。這裡，無論磬銘之「殴虎」是「敔」還是「柷敔」，其與柞伯簋之「柷」都同屬樂器。然則磬銘中關於「殴虎」的記載，以及柞伯簋把「柷」、「磬」二種樂器並列的情形，正說明「柷」、「敔」等物與「磬」的關係密切。

綜觀古代禮樂制度的發展，西周時期乃統治者推行禮樂制度的重要時段，鐘磬樂懸也成爲當時禮樂制度的重要組成部份。而秦公大墓出土的石磬，雖在時代上屬「鐘磬之樂」業已黯淡的春秋晚期，但所載的內容似仍可窺見傳統禮樂制度的孑遺。由此，在重視禮樂的西周社會，柞伯簋銘中「柷」、「磬」作爲賞賜物品同時出現不僅不足爲奇，而且是當時社會制度的眞實反映。

出土西周金文材料中，早期學者曾把師獸段銘：

易女戈琱戜、厚必、彤沙、毌五、鍚鐘一肆五金（《集成》4311）

中的表示「鍚鐘」單位詞的「肆」釋爲「磬」，並將其與下文的「五」連讀爲「磬五」，即賞賜物中有五磬，顯爲誤釋。由此，本銘中的磬和柷在金文賞賜物中均屬首見。

文獻中，《儀禮·大射禮》「鼗倚於頌磬西紘」注引《王制》曰「天子賜諸侯樂，則以柷將之。」據學者研究，柞伯簋銘的「柞」爲《左傳·僖公二十四年》「凡、蔣、邢、茅、胙、祭，周公之胤也」中的「胙」，即胙國。因此，《王制》所云與此銘王賜柞以「柷」的記載在官階的反映上相吻合。至於所賜之「磬」的質地，由前引木、陶之磬均屬明器，知其似應爲實用的石磬

〔註10〕王子初：《中國音樂考古》，福建教育出版社，2003 年。

〔註11〕陳佩芬：《說磬》，《上海博物館集刊》（9），上海書畫出版社，2002 年。

或青銅磬，然究指何種，尚無法判定。

綜上所述，柞伯得到王賜予的柷、磬兩種樂器。據銘辭文意，此二物爲王在周舉行大射禮中使用的樂器，射禮完畢後，王又將其賜予參加這次活動的柞伯〔註12〕

西周金文「彝器」類賞賜物資料輯錄：

小臣逋鼎：小臣逋即事於西，休仲易逋鼎（《集成》2581）

師隹鼎：厍商厥文母魯公孫用鼎（《集成》2774）

史獸鼎：尹賞史獸瓚，易豕鼎一、爵一（《集成》2778）

多友鼎：易汝土田……易汝圭瓚一、湯鐘一肆、鐈鋚百鈞（《集成》2835）

黿毁：公易黿宗彝一肆，易鼎二，易貝五朋（《集成》4159）

公臣毁：易女馬乘、鐘五金（《集成》4184-4187）

遹毁：穆王親易遹爵（《集成》4207）

縣妃毁：易女婦爵、娸之弋周玉、黃[illegible]（《集成》4269）

師訇毁：易女戈琱戟、厚必、彤沙、毌五、錫鐘一肆五金（《集成》4311）

卯毁蓋：易汝瓚四、章瑴、宗彝一肆寶，易女馬十匹、牛十，易於乍一田，易於[illegible]一田，易於隊一田，易於截一田（《集成》4327）

卣：顜作母辛尊彝，顜易婦（娼）曰：用[illegible]於乃姑宓（《集成》5388、5389）

叔趯父卣：余（貺）爲女茲小鬱彝（《集成》5428、5429）

繁卣：易宗彝一肆，車、馬兩（《集成》5430）

柞伯簋：王則畀柞伯赤金十反，徣易柷磬（《商周》05301）

成鐘：王親易成此鐘（《商周》15264）

〔註12〕李學勤：《柞伯簋銘考釋》，《文物》1998年第11期。

第十一章　土　地

　　作爲西周社會宗法制度重要組成部份的分封制，是鞏固當時政權的一種重要制度。如果說「封建親戚，以藩屏周」體現了周王室欲以血緣爲紐帶，進而將同姓子弟親屬封爲地方邦國之主來作爲保護周王室屏障的意願，《禮記・禮運篇》「天子有田以處其子孫，諸侯有國以處其子孫，大夫有采以處其子孫」則是層級分封制的眞實反映。金文中，這種分封多表現爲周天子或公卿賜其臣屬以土地，即土、田、里、采、邑、川等。

　　爲便於敍述，茲將各種土地形式分類敍述，其中名異而實同的，仍歸入其名稱上所屬的類別，同時加以說明。因所賜土地多言及地望，故採取對各器分別釋讀，其間有內在聯繫的另加以指明。

一、土

　　土爲疆土，是一個國家存亡的象徵及人們賴以生存的物質基礎。《大盂鼎》云「雩我其遹省先王受民受疆土」、《左傳・定公四年》云「聃季授土，陶叔受民」以及宜侯夨毀銘的「土」涵蓋土地的多種形式，皆表明土爲一個國家版圖中較大區劃，基本包涵了土地存在的各種形式。

　　土的賞賜，除宜侯夨毀單言賜土且分列諸多形式外，一般在所賜的「土」前都冠以地名或表示土地性質的詞。現分述如下：

（一）土

宜侯夨𣪕：「易土：厥川三百□，厥□百又廿，厥宅邑卅又五，厥□百又四十」的記載。陳夢家認爲「所不能辨的兩項當有田」，並引郭沫若意見，得出「易土」的最後一項乃是井，即「□百又卅」前所缺之字爲「井」字〔註1〕。結合中方鼎銘「今兄（貺）畀女禍土，作乃采」的記述，可知金文中「土」包括「川、田、宅邑、井、采」多種形式。

（二）地名＋土

A、亳鼎：杞土、𡠥土。杞，爲公元前十一世紀周分封的姒姓諸侯國，最初在雍丘（今河南省杞縣）。《論語‧八佾》：「夏禮，吾能言之，杞不足徵也。」何晏《集解》引包咸曰：「杞、宋，二國名，夏殷之後。」又亳鼎出土於開封，然則「杞土」當與開封不遠。𡠥，張亞初《引得》隸爲「𡠥」。細審形體，其上部所從之形與鹿形不類，而與𡖊形相近，故此字應依陳夢家之說隸爲「𡠥」，指地名。

B、中方鼎：禍土。這裡，王將禍土賜予中，並謂「作乃采」。由銘文言禍人於武王時入事，知此禍土可能爲遠在王畿之外的垗地〔註2〕。

C、召圜器：畢土。陳夢家認爲「畢」在今西安西南附近〔註3〕。可備一說。召得到王畿之內方圓五十里之土，待遇殊爲優厚。

（三）表土地性質的詞＋土

A、大保𣪕：榢土。榢，形如𣎵，舊多釋爲「余」〔註4〕。郭沫若指出此字與「余」字不同，乃是「柖」之古文，爲國族名〔註5〕。林潔明釋爲「宋」〔註6〕。《金文編》和張亞初的《引得》均隸定爲從木從宀之字，且後者視之爲「集」。

〔註1〕陳夢家：《西周銅器斷代》（上），中華書局，2004年。陳先生原文云「最近郭沫若先生來信見告應讀作『易□邑卅又五，□百又卅』，35 是 140 的四倍，古有四井爲邑說，所缺之字或是井。」按，陳氏所云「35 是 140 的四倍」的說法有誤，似應改爲「140 是 35 的四倍」。

〔註2〕李學勤：《中方鼎和〈周易〉》，《文物研究》第六輯，1990 年 10 月。

〔註3〕陳夢家：《西周銅器斷代》（上）第 52 頁，中華書局，2004 年。

〔註4〕周法高等：《說文詁林補》第 1629 頁，香港中文大學，1982 年。

〔註5〕周法高等：《說文詁林補》第 1629 頁，香港中文大學，1982 年。

〔註6〕周法高等：《說文詁林補》第 1629 頁，香港中文大學，1982 年。

　　上引諸說中，以𣏗從木從亼的觀點對正確釋讀該字很具啓發意義，但惜於體例限制而不能對其進行詳細的形體分析和文意闡釋。本文擬從形、音、義角度對其加以全面探討。

　　檢古文字形體，「余」的寫法有：

　　A、🔣（乙 1239）　　🔣（甲 2418）　　🔣（鐵 144・4）　　🔣（拾 8・13）

　　B、🔣（克鼎）　　🔣（卯簋）　　🔣（士父鍾）　　🔣（居簋）

　　C、🔣（哀成叔鼎）　　🔣（者刀鍾）　　🔣（王孫鍾）　　🔣（陳方簋）

這裡的 A、B、C 三式分別是「余」在甲骨文、金文和戰國文字中的形體。其中金文和甲骨文「余」形體基本相同，至於居簋的「余」形，何琳儀先生認爲是「加二斜筆爲飾」所致〔註7〕；戰國文字則完全承襲這種加飾筆的金文形體。此外，古文字的「木」及從「木」之字也幾無上引「余」字下部兩飾筆與文字主體分離的寫法，故大保設𣏗下所從的「木」與「余」字下部類似「木」的形體雖然相近，卻沒有任何關聯；釋𣏗爲「余」明顯有誤。同時，金文「合」字沒有省簡下部「口」，「宋」上部的「宀」也從無𣏗上部以「宀」和「一」形體疊加的寫法，因此將𣏗釋爲「栒」、「宋」同樣是有問題的。

　　分析至此，𣏗下部所從爲木，上部所從爲亼已無疑義。檢字書，《說文》「亼，三合也。從入、一。象三合之形。讀若集」。因此，𣏗可隸作從「木」「集」聲的「樔」。檢文獻，《說文》「雜，從衣集聲。」《廣韻・合韻》「雜，集也。」《詩・大雅・大明》「有命既集」，馬王堆帛書作「有命既雜」。《禮記・月令》「四方來集。」《呂氏春秋・仲春紀》「集作雜。」《荀子・禮論》「並行而雜」，王念孫按「雜，讀爲集。」凡此說明二者音近可通：「集」、「雜」同屬從母緝部字。「樔土」即讀爲「雜土」。

　　「雜土」的含義，由《方言》卷三「荊淮海岱雜齊之間罵奴曰臧」，郭璞注「俗不純爲雜。」《淮南子・本經》「而智故不得雜焉」，高誘注「雜，糅也。」《文選・張衡〈南都賦〉》「被服雜錯」，李善注「雜錯，非一也。」《說文》「雜，五彩相會。」段玉裁注曰「雜，引申爲凡參錯之稱」等文獻材料的闡述，可知在本銘中似指優劣並存的土地。

―――――――――

〔註7〕何琳儀：《戰國古文字典》，中華書局，1998 年，第 533 頁。

《周禮・地官・遂人》云「凡令賦，以地與民制之。上地，食者參之二……；中地，食者半，……；下地，食者參之一，……」，注「賦，給軍用者也。令邦國之賦，亦以地之美惡，民之眾寡爲制……鄭司農云『上地謂肥美田也……下地，食者參之一，田薄惡者所休多……』」。這說明古代存在墾殖力不一的田地，進而有優質、劣質土地之分。

綜上所述，大保受賜的「樸土」可能爲一些優劣並存的土地，即文獻所云的「美」、「惡」之地。

B、作冊折尊、觥：聖土。聖，作?形。舊多釋「望」，不確。王輝釋此字爲「聖」〔註8〕，引劉雨的觀點認爲銘文「聖土」爲周王賜予諸侯土地的憑證〔註9〕，指象徵意義的土，與具體土地同爲西周兩種賞賜形式下的土地。綜之，此「聖」和大保毀的「樸」一樣，都是說明土的性質。

二、田

田在土地賞賜中比重較大，除上述「土田」連言外，還有「田邑」的說法。

金文中，所賜之田據有無地名而分成兩種情形：前者如大克鼎、敔毀、卯毀蓋、四十二年逨鼎和永盂等；後者如旟鼎、多友鼎和不嬰毀等。「田」後多有指稱其數量的詞語。

（一）田

A、旟鼎

此銘中，田後有「於待?」之語。?字，學者有多種釋讀。郭沫若釋爲「刈」，謂「象田中有禾穗被刈之意」〔註10〕。朱德熙釋爲「劀」，讀爲「刈」，認爲所從的?是「竹」字的異體〔註11〕。銘文義指王姜賜予旟「三個田和田中有待收穫的禾稻」。史言隸爲「劀」，謂「待劀」是說明三個田的所在地的地名〔註12〕。徐在國指出此字從刀箸聲，將之與金文、楚簡文字分析比較，釋

〔註8〕 王輝：《作冊旂器銘與西周分封賜土禮儀考》，《中國歷史文物》，2005年第1期。

〔註9〕 劉雨：《西周金文中的「周禮」》見注①文所引。

〔註10〕 郭沫若：《關於眉縣大鼎銘辭考釋》，《文物》1972年第7期。

〔註11〕 朱德熙：《長沙帛書考釋（五篇）》，《朱德熙文集》第5卷第203頁，商務印書館，1999年9月

〔註12〕 史言：《眉縣楊家村大鼎》，《文物》1972年第7期。

爲「𢾑」，是「徹田」之「徹」的專字。「待徹」爲「等待治理、等待取租之意」〔註13〕，說明所賜之田的狀況。

上引諸說，不僅在字形分析上存在分歧，而且對字義的闡釋亦有差別。我們認爲，儘管各家之釋在銘辭中能讀通，但對此字形體的分析似未安而有待進一步探討。

B、多友鼎

土田，文獻有載，如《詩・大雅・崧高》云「徹申伯土田」，《詩・大雅・江漢》云「錫山土田，於周受命，自召祖命」等。後者與多友鼎所言「易汝土田」相同。「土田」連言，是在「田」前加其所屬的「土」，強調的是「田」。

C、不嬰𣪘

田十田，前一「田」爲「田地」之義，後一「田」已轉化爲量詞；義指不嬰得到「十個田」的賞賜。「田十田」之稱法，類似於五祀衛鼎所云「田五田」。

（二）地名＋田

A、大克鼎

鼎銘中與所賜「田」關係密切的幾個形體較殊的字爲：𤳩、�296。𤳩，方濬益釋爲「縲」之古文，柯昌濟釋爲「古緶字」〔註14〕，黃錫全隸定爲「緤」〔註15〕；�296，裘錫圭釋爲遹〔註16〕。黃、裘二說與形體最爲吻合，可從。

銘辭「田」後多附有地名，如埜、淖、峻、康、匽、陼原和寒山等。其中的「陼原」，王國維謂「此鼎出於寶雞縣之渭水南岸，而克鍾有遹涇東至於京師之語，是克之封地跨涇渭二水，與公劉所居之豳地略同，則陼原殆即詩之溥原矣」〔註17〕。郭沫若從其說〔註18〕。需要指出的是，羅振玉認爲此器出於岐山縣法門寺之任村。岐山在鳳翔東五十里，在渭北，與王氏所云渭南

〔註13〕徐在國：《釋楚簡「𢾑」兼及相關字》，《古文字研究》第 25 輯，中華書局，2004年 10 月。

〔註14〕李孝定等：《金文詁林附錄》第 2361 頁，香港中文大學，1977 年。

〔註15〕黃錫全：《古文字論叢》208 頁，藝文印書館，1999 年 10 月。

〔註16〕裘錫圭：《古文字釋讀三則》，《古文字論集》，中華書局，1992 年

〔註17〕王國維：《觀堂古金文考釋五種・克釋》，海寧王忠慤公遺書二集本，1927 年。

〔註18〕郭沫若：《兩周金文辭大系圖錄考釋》123 頁，上海書店出版社，1999 年 7 月。

迴異〔註19〕。孰是孰非，難以明確。由此，上引王、郭兩家觀點僅可備一說。

陳夢家認為「埜」、「渾」、「峻」分別從土、水、山，應指三種田，又其上分別有臣妾附屬之，與《詩·大雅·江漢》和《詩·魯頌·閟宮》所云「錫之山川，土田附庸」中「山川土田」和附庸的賞賜相類似。「廉」、「匽」、「陣原」和「寒山」當是平地之田、高原之田和山田，但沒有附於田的臣妾〔註20〕。顯然，陳氏是將「以厥臣妾「分屬前述的所有田後。

裘錫圭則認為銘辭「易汝井寓緟田於峻」、「易汝井遑緟人⿱艹⿰弓」的「緟」字都為某族名，且前者的「寓」為「居住」之義，後者的「遑」為「徵發」義。由此，「井寓緟田」指井人所居的緟田，其後的「以厥臣妾」正是附屬於此田的奴隸〔註21〕。其文從文字、文例及相關方面均作了詳細的分析，其觀點於諸說較優。

B、敄設

敄、早均為地名。敄，其地不詳。早，吳東發認為其與「郢」同，屬南陽郡築陽縣〔註22〕，即今湖北省穀城縣。可備一說。

C、卯設蓋

此銘涉及地名有：乍、𡩋、㝵、𢧐。𡩋，下部形體殊異，學者或釋此字為「宮」、「室」、「害」等〔註23〕，似不可據，待考。㝵，多釋為「遂」，不確。林澐認為此字右邊所從為「豕」，應隸定為阝豕，即《說文》「隊」字〔註24〕。𢧐，或釋為「栽」和「戲」〔註25〕，均不確。細審形體，其左下半部所從為「良」，右邊所從為「戈」，故應從郭沫若的隸定，隸作「戢」字〔註26〕。然諸字所指土地的具體地望均無從考證，誌此待考。

〔註19〕引陳夢家文中的說法。《西周銅器斷代》（下），中華書局，2004 年 4 月。

〔註20〕陳夢家：《西周銅器斷代》（下），中華書局，2004 年 4 月。

〔註21〕裘錫圭：《古文字釋讀三則》，《古文字論集》，中華書局，1992 年

〔註22〕吳東發：《商周文字拾遺》（中）22 頁，中國書店石印本，1924 年。

〔註23〕李孝定等：《金文詁林附錄》第 1928 頁，香港中文大學，1979 年。

〔註24〕轉引自董蓮池《〈金文編〉校補》，東北師範大學出版社，1995 年 9 月。

〔註25〕阮元：《積古齋鍾鼎彝器款識法帖》卷 6 第 19 頁，清嘉慶九年自刻本；徐同柏：《從古堂款識學》卷 6 第 36 頁，清光緒三十二年蒙學報館影石校本。

〔註26〕郭沫若：《兩周金文辭大系圖錄考釋》86 頁，上海書店出版社，1999 年 7 月。

D、四十二年逨鼎

鄭、徥，兩地名。王輝指出鄭從邑虘聲，可能讀爲「巎」；徥讀爲「夷」。兩地具體地望不詳，但大體方位應在晉南、豫北〔註27〕。可備一說。

E、永盂

淪易洛，即「陰陽洛」。亦見於敔𣪘。由敔𣪘銘文「內伐溫、昂、參泉、裕敏、陰陽洛」，可知其爲地名無疑。陳邦懷認爲這可能是靠近「上洛」的地名〔註28〕。疆，研究者或連上讀與「陰陽洛」連言，進而將師俗父田亦視爲王賞賜永的田地，並謂這是土地的轉賜。我們認爲，這裡的「疆」應連下讀，即「疆師俗父田」，例同《五祀衛鼎》「厥東疆眔散田，厥南疆眔散田眔政父田，厥西疆眔厲田」之「疆」；這些「疆」意指「（界定）疆界」。然則此銘文意爲王賞賜屬於陰陽洛地的田給永，其疆界至於師俗父田。

F、㝬比𣪘

此銘所記內容複雜，學者對其探討較多〔註29〕。一般認爲，此銘所記的是周王把原來屬於其他臣子的田邑轉賜給㝬比，共有十三處田邑。這一方面反映周王對㝬比的恩寵之深，一方面說明西周時期的王可以隨意地把土地賞賜給其寵愛的大臣。

銘文涉及的田邑所在之地不少，但多不可考。

三、邑

《說文》「邑，國也」，與「邦」意思相同。一般認爲，邑不僅意指土地，更強調土地上居住的人；故賞賜的邑應該包括某塊土地及其居民。

金文賜邑的僅見於宜侯夨𣪘，爲「宅邑卅又五」。李學勤認爲中山王鼎銘言中山所獲的「城邑數十」就相當於一個大國，且還在此宜侯受封幾百年後，故此三十五宅邑可謂「大邦」〔註30〕。《左傳・襄公二十六年》有「鄭伯賞入城之

〔註27〕王輝：《四十二年逨鼎銘文箋釋》，《陝西歷史博物館館刊》第 10 輯，西北大學出版社，1998 年 6 月。

〔註28〕陳邦懷：《永盂考略》，《文物》1972 年第 11 期。

〔註29〕黃天樹：《㝬比𣪘銘文補釋》（《黃盛璋先生八秩華誕紀念文集》第 183 頁，中國教育文化出版社，2005 年 6 月）文中所引。

〔註30〕李學勤：《宜侯夨簋與吳國》，《文物》1985 年第 7 期。

攻」而賜子展「八邑」、子產「六邑」的記載，可證當時確有邦邑賞賜之事。

四、里

《爾雅‧釋名》「里，邑也。」《周禮‧里宰》鄭注「邑，猶里也。」里、邑意義基本相同。

大啟中，受到「里」賞賜的有趞睽、大兩人。其中的趞睽在受賜後不久，又奉王命把自己獲賜的「里」轉讓給大，爲西周時期土地轉讓的眞實記載。這一過程的主導者是時王，而具體工作則由膳夫豕來完成。

五、采

據文獻記載，古代王畿內的城邑中，內服王臣的食邑爲采邑。據其大小，又分成不同等級且分屬不同階級地位的人享有。《禮記‧禮運》「大夫有采，以處其子孫」。《韓詩外傳》「古者天子爲諸侯受封，謂之埰地。」由此可知，古之諸侯、卿大夫所受這類土地均可稱爲采。

西周金文裏，所賜的采前均有地名。

（1）遣卣

𧽖，羅振玉釋爲遣〔註31〕，不確。此字從走從歹，應隸定爲趏；但地望不可考

（2）靜方鼎

采霉，指王賜靜在「霉」這個地方的采地。李學勤據中器出土地多在孝感（隨州以南），推測此「霉」也在孝感附近〔註32〕。可備一說。

六、川

川，郭沫若讀爲「甽」，同「畎」〔註33〕。唐蘭從其說，但辨郭說以「川」爲數量詞之誤。據《禹貢》：「岱畎絲枲」，「羽畎夏翟」。《廣雅‧釋山》：「畎，

〔註31〕羅振玉：《貞松堂集古遺文》卷7第19頁，石印本（初選版），1930年。

〔註32〕李學勤：《靜方鼎考釋》，《第三屆國際中國古文字研討會論文集》，香港中文大學，1997年。

〔註33〕郭沫若：《兩周金文辭大系圖錄考釋》，上海書店出版社，1999年7月。

谷也」。《釋名・釋山》：「山下根之受霤處曰岰，岰吮也，吮得山之肥潤也」等
文獻記載，認為「川」應指山下肥沃的土地〔註 34〕。李學勤認為「川即山川之
川」〔註 35〕，指河流。從文意上看，上引唐、李二說均可成立。

　　檢文獻，《詩・魯頌・閟宮》云「乃命魯公，俾侯於東，錫之山川，土田附
庸」，明確載有川的賞賜。

西周金文「土地」類賞賜物資料輯錄：

　　亳鼎：公侯易亳杞土、槳土、禾禾、禾禾（《集成》2654）

　　中方鼎：王令大史貺福土……今兄（貺）畀女福土，作乃采（《集成》2785）

　　大保殷：易休樣土（《集成》4140）

　　召圜器：休王自穀事賞畢土方五十里（《集成》10360）

　　作冊折尊：令作冊折兄聖土於相侯，易金、易臣（《集成》6002）

　　作冊折觥：令作冊折兄聖土於相侯，易金、易臣（《集成》9303）

　　大克鼎：易汝叔市、參冋、㡌恖，易汝田於埜，易汝田於淠，易汝井寅䲶田
於峻，以厥臣妾，易汝田於康，易汝田於匽，易汝田於陣原，易汝田於寒山，
易汝史、小臣、霝龠、鼓鐘，易汝井遱䲶人葍，易汝井人奔於量（《集成》2836）

　　敔殷：使尹氏授釐敔圭瓚、𤿌貝五十朋，易田於㱃五十田，於早五十田（《集
成》4323）

　　卯殷蓋：易汝瓚四、章穀、宗彝一肆寶，易女馬十匹、牛十，易於乍一田，
易於宀一田，易於隊一田，易於戠一田（《集成》4327）

　　旟鼎：王姜易旟田三於待劃（《集成》2704）

　　多友鼎：易汝土田……易汝圭瓚一、錫鐘一肆，鐈鋚百鈞（《集成》2835）

　　不娶殷：易女弓一、矢束、臣五家、田十田（《集成》4328、4329〔蓋〕）

　　宜侯矢殷：易鬱（秬）鬯一卣、商瓚一□、彤矢百、旅弓十、旅矢千，易
土：厥川三百□，厥□百又廿，厥宅邑卅又五，厥□百又四十，易在宜王人
十又七生，易鄭七伯，厥盧□又五十夫，易宜庶人六百又□六夫（《集成》4320）

　　大殷蓋：王呼吳師召大，易趞睽里，王令膳夫豕曰趞睽曰，余既易大乃里

〔註 34〕　唐蘭：《宜侯矢殷考釋》，《考古學報》1956 年第 2 期。
〔註 35〕　李學勤：《宜侯矢簋與吳國》，《文物》1985 年第 7 期。

（《集成》4298、4299）

鬲比盨：章厥算夫叟鬲比田，其邑㫃、𢆶、𡩜；復友鬲比其田，其邑復䚢、言二邑，畀鬲比。復厥小宮叟鬲比田，其邑役罘句商兒罘雓戈；復限余鬲比田，其邑兢、㭒、甲三邑，州、瀘二邑。凡復友復友鬲比田十又三邑（《集成》4466）

遣卣：易遣采曰𢆶趄，易貝五朋（《集成》5402）

作冊折方彝：令作冊折望土於相侯，易金、易臣（《集成》9895）

永盂：易畀師永厥田：淪易洛、疆罘師俗父田（《集成》10322）

靜方鼎：易汝鬯、旂、市、采䘏（《商周》02461）

卌十二年逨鼎（甲、乙）：貲汝秬鬯一卣，田於鄭卅田，於徫廿田（《商周》02501、02502）

季姬方尊：易厥田，以生（牲）馬十又五匹，牛六十又九叔，羊三百又八十又五叔，禾二稟（《商周》11811）

衍簋：易女同衣、赤舄、幽黃、攸勒，易女田於盍、於小水（《商周續編》0455）

第十二章　臣　僕

　　西周時期，與其他賞賜物相比，具有生命力的臣僕是一種特殊的「物品」。
金文所記這種被賜「物品」的組成比較複雜：有社會地位頗低者，有爲統治階
級服務但地位並不低下者，有參與統治者管理和統治奴隸者。瞭解這種複雜的
狀況，無疑對我們全面認識西周賞賜物品很有必要。

　　銘辭中所賜臣僕的稱法頗多，有臣、僕、王人、庶人、人鬲、史、靈龠、
鼓鐘等。由於部份臣僕身份較爲複雜，故我們或採取對各器分別釋讀方式來進
行論述，並在文章結尾處作一小結。

一、臣

　　臣的賞賜，金文記載頗多。對其身份的探討，歷來爲學者所關注，論述也
頗多〔註1〕。總而言之，所賜臣的身份比較複雜，或爲地位低下的奴隸；或爲地

〔註1〕　郭沫若：《說臣宰》，《甲骨文字研究》，人民出版社，1952 年；楊樹達：《積微居金
　　　　文說》（增訂本）第 40 頁，中華書局，1997 年 12 月；汪寧生：《釋臣》，《考古》
　　　　1979 年第 3 期；于省吾：《甲骨文字釋林》中《釋臣》、《釋小臣的職別》，分別見
　　　　於第 311 頁、308 頁，中華書局，1979 年 6 月；唐蘭：《西周青銅器銘文分代史徵》
　　　　第 276 頁，中華書局，1986 年 12 月；高明：《論商周時代的臣和小臣》，《盡心集
　　　　——張政烺先生八十壽慶論文集》，中國社會科學出版社，1996 年；楊寬：《西周
　　　　史》第 290 頁，上海人民出版社，1999 年 11 月。

位並不太低的事君者；或爲地位較高及具有一定官職的事君者。

銘辭「臣」後常有數量詞組的修飾。其中，表示量詞的有「家」和「伯」，前者意指「成家」；後者訓爲「長」，是說明「臣」的司職，同時兼作量詞。從數目上看，以麥方尊的「二百」最多，義指麥受賜二百個成家的奴隸。他銘所述較爲複雜，現分述如下：

（1）榮作周公設：「易臣三品：州人、重人、庸人」，郭沫若認爲所賜之人「殆謂水沿岸之部落氏族。」〔註2〕于省吾認爲此「三品」意指三種，並謂其中的「州」與「州黨」的「州」意同；「庸」爲楚境內的上庸縣〔註3〕。陳夢家以此「州」爲杜注《左傳》隱公十一年「與鄭人之州」時所云的「州縣」；「重」爲《鄭語》「己姓」之「董」；「庸」與上引於說相同〔註4〕。黃然偉釋其爲「三種不同身份之臣僕」〔註5〕。黃盛璋指出「庸」爲新鄉縣附近的古鄘國。「州」與上引陳文釋同；「重」可能爲距殷朝歌不遠的「東」，並稱他們大概是「殷故土之奴隸」〔註6〕。

根據銘文內容，可知王賜予榮的三品之人爲奴隸。其身份既明，似不必另行交待，故「人」前的「州」、「重」、「庸」當指地名或族名；諸家所釋均可備一說。

（2）孟設：「毛公易朕文考臣，自厥工」，郭沫若認爲「『自厥工』者謂以自工以下之臣僕」〔註7〕，意指其爲「臣」的修飾語。對此，陳夢家、裘錫圭辨之，前者謂「所錫之臣是出自毛公征無需戎工所俘獲的」〔註8〕。後者指出「毛公賞賜盂的父親以出自他的工奴」〔註9〕，均認爲「自厥工」是說明所賜之臣的來源，可從。但此「工」究指「俘獲」還是「工奴」，尙難斷定。二說

〔註2〕 郭沫若：《兩周金文辭大系圖錄考釋》第39頁，上海書店出版社，1999年7月。

〔註3〕 于省吾：《井侯設考醳》，《考古社刊》，1936年第4期。

〔註4〕 陳夢家：《西周銅器斷代》（上）第82頁，中華書局，2004年4月。

〔註5〕 黃然偉：《殷周史料論集》第187頁，三聯書店，1995年10月。

〔註6〕 黃盛璋：《扶風強家村新出西周銅器群與相關史實之研究》，《西周史研究》，《人文雜誌叢刊》第2輯，1984年。

〔註7〕 郭沫若：《長安張家坡銅器群銘文匯釋》，《郭沫若全集》第六卷，科學出版社，2002年。

〔註8〕 陳夢家：《西周銅器斷代》（上）第131頁，中華書局，2004年4月。

〔註9〕 裘錫圭：《「錫朕文考臣自厥工」解》，《考古》1963年第5期。

在文意上皆可通，指奴隸。

（3）大盂鼎：「邦嗣四伯、夷嗣王臣十又三伯」，李學勤以「邦司四伯」與「夷司王臣」對舉，指出「邦司」是周人有司，「夷司王臣」是夷人而爲周臣者。「伯」訓爲「長」，共十七人〔註10〕。高明認爲「邦司」是管理周族奴隸的機構；「夷司」是管理外族奴隸的機構；並認爲此處的「王臣」是幫助統治階級管理奴隸的人員〔註11〕。我們認爲，後者對「王臣」身份的分析不無道理，但對「邦司」、「夷司」職守的闡述，似以李說爲優。

（4）觶毁：「夷臣」，高明以此銘有「用永乃事」之語，認爲「夷臣」指掌握一定專門技術的世襲家臣〔註12〕。由此可知，其地位不會太低。然據臣、僕皆爲事君者，則此「夷臣」似與他銘「夷僕」所指相同。由此，其或可指「戰爭中俘獲的夷人」，即奴隸。

（5）麥方尊：「姛臣」，學者對此說法較多〔註13〕。據銘辭中同記有戈、車馬等賞賜物，知其當爲「侍衛之臣」之類。

（6）大克鼎：「臣妾」、「小臣」。

「臣妾」，《周禮・大宰》「八曰臣妾」，注「臣妾，男女貧賤之稱。」《書・費誓》「臣妾逋逃」，傳「男曰臣，女曰妾」。由此可知，臣、妾只是性別上的區分，二者均是地位低下的人；而「臣妾」的賞賜是附於土地之上，故其應爲從事耕作的農奴。

「小臣」，郭沫若認爲其與同賜的「史、霝龠、鼓鐘」爲四官名〔註14〕，可從。然則此處有官職的「臣」，與同銘中「臣妾」的「臣」所處社會地位顯然有別。

〔註10〕李學勤：《大盂鼎新論》，《鄭州大學學報》，1985 年第 3 期。

〔註11〕高明：《論商周時代的臣和小臣》，《盡心集——張政烺先生八十壽慶論文集》，中國社會科學出版社，1996 年。

〔註12〕高明：《論商周時代的臣和小臣》，《盡心集——張政烺先生八十壽慶論文集》，中國社會科學出版社，1996 年。

〔註13〕周法高等：《金文詁林補》第 902～912 頁，香港中文大學，1982 年；李零《古文字雜識》（五則），《國學研究》第 3 卷。

〔註14〕郭沫若：《金文叢考》第 77 頁，《郭沫若全集》第五卷，科學出版社，2002 年。

二、僕

金文中，所賜之僕皆爲單稱。陳公柔對「僕」作了較爲全面地總結，指出「僕」有「僕御」、「僕射」、「宰僕」、「夷僕」等不同稱法，同時說明了其司職的範圍不盡相同，但身份上都爲奴隸〔註15〕。

我們認爲，上文對「僕」從事範圍之分甚確。但作爲事君者的「僕」，其未必都是奴隸身份。誠然，叔夷鎛銘「余錫汝車馬，戎兵、釐僕三百又五十家」中的「釐僕」爲「俘獲的萊地之僕」，這無疑指奴隸。但由靜段有「夷僕」和貴族「小子」們共同習射於學宮的記載，緐鍾裏的「宰僕」已代行上級之命賜「緐」以「白金十鈞」，可知這些「僕」似乎都不能以奴隸身份來理解。由此可見，如同前述「臣」，「僕」一樣，其身份的確定也要結合具體辭例或文獻資料而論。

所賜之僕，有「卅夫」、「十家」的數量。其中以「夫」爲單位詞，與「人鬲」相同。上引陳文認爲「一夫是一個單身的人，不包括家室妻子在內，從被用爲賞賜來講，其身份當然是奴隸」；以「家」爲單位詞，同於「臣」，指成家之僕。

三、庶人　王人

庶人、王人，見於宜侯矢𣪘銘。對其釋讀，學者說法頗多。除部份銘文不清晰而產生異說外，其他分歧主要體現在對「王人」和「奠」含義的理解。現簡要介紹如下。

「王人」，陳邦福認爲是「在俎的周代王族部下的下士」〔註16〕。郭沫若認爲指殷遺民，爲奴隸〔註17〕。唐蘭從之〔註18〕。李學勤認爲指周人〔註19〕。楊向奎認爲指殷遺民，但並非爲奴隸〔註20〕。許倬雲從陳邦福說〔註21〕。我們認爲，

〔註15〕陳公柔：《記幾父壺、柞鍾及其同出的銅器》，《考古》1962年第2期。

〔註16〕陳邦福：《矢𣪘考釋》，《文物參考資料》1955年第5期。

〔註17〕郭沫若：《矢𣪘銘考釋》，《考古學報》1956年第1期。

〔註18〕唐蘭：《宜侯矢𣪘考釋》，《考古學報》1956年第2期。

〔註19〕李學勤：《宜侯矢𣪘與吳國》，《文物》1985年第7期。

〔註20〕楊向奎：《「宜侯矢𣪘」釋文商榷》，《文史哲》1987年第6期。

〔註21〕許倬雲：《西周史》，北京生活新知·三聯書店，2001年1月。

從目前所掌握的資料看，視「王人」爲殷代遺民或周人均有其合理之處，似不能遽定何說爲是。「王人」後的計數單位，因銘文不清晰，多認爲是「生」字，通作「姓」。此處姑且從之。

「奠」，學者多讀爲「鄭」，指地名。李學勤以甲骨文「甸」義爲對比，指出此「奠」應讀爲「甸」，「甸七伯」即指郊外之人的官長〔註22〕。研究者或從之〔註23〕。我們認爲，從音讀上看「奠」可讀爲「鄭」或「甸」，且此二說在文意上皆可通，故均可成立。至於「甸七伯」後的「盧」，上引李文讀爲「旅」，表示「眾」的意思，可從。

「庶人」，學者多認爲是宜地的土著居民，銘辭中以「夫」作爲計數單位。

此外，言賜「人」的還有大克鼎的「井微續人」、「井人奔於量」，裘錫圭認爲分別指「井族所徵發的續人」和「來源於糧田的井族之人」〔註24〕。可備一說。師酉殷的「夷允」、「允」，即金文常見的「執訊」，指戰爭中俘獲的奴隸；「夷允」當是在征伐夷族戰爭中俘獲的奴隸。

四、鬲　人鬲

鬲，或稱人鬲。對其釋讀，學者主要有兩種意見：一釋爲奴隸，一釋爲表示「俘馘的名冊」的「歷」；其中以前者居多。至於後者說法，李學勤在吸取孫詒讓釋讀成果基礎上，認爲古音「鬲」在支部，「隸」在祭部，二者音讀距離較大；故釋其爲「歷」，表示「數」的意思〔註25〕。

我們認爲，金文凡言及所賜臣民數目時，其敘述方式多爲：表示臣民的名詞＋數量詞組，基本沒有例外。另外，作冊夨令殷銘云「貝十朋、臣十家、鬲百人」，其中「貝」、「臣」、「鬲」應分別爲賞賜物之名稱，結構很規整。另外，有學者對第二種釋讀提出一些較爲合理的質疑的意見〔註26〕。由此，這裡的「鬲」仍應從舊釋，指奴隸。

〔註22〕李學勤：《宜侯夨簋與吳國》，《文物》1985年第7期。

〔註23〕張亞初：《〈殷周金文集成〉引得》第87頁對此銘文隸定時即吸收此成果。

〔註24〕裘錫圭：《古文字釋讀三則》，《古文字論集》，中華書局，1992年。

〔註25〕李學勤：《大盂鼎新論》，《鄭州大學學報》，1985年第3期。

〔註26〕楊寬：《西周史》，上海人民出版社，1999年11月。

五、史 霝龠 鼓鐘

大克鼎銘有「史、小臣、霝龠、鼓鐘」，郭沫若認為其皆為官名〔註27〕。又謂「霝龠殆《周官》之籥師，鼓鐘，鐘師也。」〔註28〕可從。

據學者研究，此四官可能為「世襲之官」〔註29〕。

西周金文「臣僕」類賞賜物資料輯錄：

令鼎：余其舍女臣十家，王至於溓宮（《集成》2803）

叔德殷：王易叔德臣嬜十人、貝十朋、羊百（《集成》3942）

易千殷：叔休於小臣貝三朋、臣三家（《集成》4042、4043）

孟殷：毛公易朕文考臣，自厥工（《集成》4162-4164）

龘殷：易女夷臣十家（《集成》4215）

榮作周公殷：易臣三品：州人、重人、庸𩰙人（《集成》4241）

作冊夨令殷：姜商令貝十朋、臣十家、鬲百人（《集成》4300、4301）

不娶殷：易女弓一、矢束、臣五家、田十田（《集成》4328、4329〔蓋〕）

復作父乙尊：匽侯賞復冂、衣、臣妾、貝（《集成》5978）

作冊折尊：令作冊折兄望土於相侯，易金、易臣（《集成》6002）

耳尊：侯休於耳，易臣十家（《集成》6007）

麥方尊：侯易玄琱戈……侯易者𩵋臣二百家，劑用王乘車馬、金勒、冂、衣、巿、舄……作冊麥易金於辟侯（《集成》6015）

作冊折觥：令作冊折望土於相侯，易金、易臣（《集成》9303）

作冊折方彝：令作冊折望土於相侯，易金、易臣（《集成》9895）

大克鼎：易汝叔巿、參冋、苂恩，易汝田於埜，易汝田於渒，易汝井寓繼田於峻，以厥臣妾，易汝田於康，易汝田於匽，易汝田於陣原，易汝田於寒山，易汝史、小臣、霝龠、鼓鐘，易汝井遑繼人𢁥，易汝井人奔於量（《集成》2836）

旅鼎：公易旅僕（《集成》2670）

伯克壺：伯太師易伯克僕卅夫（《集成》9725）

幾父壺：易幾父𤳪菜六、僕四家、金十鈞（《集成》9721、9722）

〔註27〕郭沫若：《兩周金文辭大系圖錄考釋》第123頁，上海書店出版社，1999年7月。

〔註28〕郭沫若：《金文叢考》第77頁，《郭沫若全集》第五卷，科學出版社，2002年。

〔註29〕黃盛璋：《關於詢簋的製作年代與虎臣的身份問題》，《考古》1961年第6期。

宜侯夨殷：易**（秬）鬯一卣、商瓚一□、彤矢百、旅弓十、旅矢千，易土：厥川三百□，厥□百又廿，厥宅邑卅又五，厥□百又四十，易在宜王人十又七生，易鄭七伯，厥盧□又五十夫，易宜庶人六百又□六夫（《集成》4320）

師訇殷：易女秬鬯一卣、圭瓚、夷允三百人（《集成》4342）

大盂鼎：易女鬯一卣、冂、衣、巿、舄、車、馬，易乃祖南公旂，用狩，易女邦嗣四伯，人鬲自馭至於庶人，六百又五十又九夫，易夷嗣王臣十又三伯，人鬲千又五十夫，遞襕遷自厥土（《集成》2837）

薈簋：楷侯枦薈馬四匹、臣一家、貝五朋（《商周》05179）

師衛鼎：召公賚衛貝廿朋、臣廿、厥牛廿、禾卅車（《商周》02378）

師衛簋：召公賚衛貝廿朋、臣廿、厥牛廿、禾卅車（《商周》05142）

易旁簋：休於小臣貝三朋、臣三家（《商周》05011）

宗人簋：祭伯乃易宗人裸……乃易宗人冊戈。冊五揚：戈琱威、厚必、彤沙，僕五家（《商周續編》0461）

第十三章　動　物

　　本章節的討論對象主要有魚、駒、騅、駟、鳳、羊、牛、鹿等動物。其中駒、騅、駟均屬馬類，但考慮它們在賞賜物之間的組合關係上，不如馬與車那樣密切。故將馬與這三者分開而論，前者歸入「車馬及車馬飾」章節，後者置於此處。

一、魚

　　距今五千年左右磁山文化遺址中出土的魚骨，以及年代稍晚的仰韶彩繪陶器上魚圖象的發現，都說明了魚在人們生活中的歷史已相當悠久。

　　古人生活中，魚的功用主要有：

　　1、魚為人們生活食物來源之一。由《詩・小雅・魚麗》列舉的鱨、鯊、魴、鱧、鰋、鯉為宴客的下酒之物，《國語・楚語下》的「士食魚炙」等記載，知魚可作為食物，且享用者不分階級地位的高低。

　　2、魚為觀賞物。《詩・大雅・靈臺》云「王在靈沼，於牣魚躍。」是對文王遊觀靈臺時觀賞遊魚歡跳場面的描述。

　　3、魚為祭祀物品。黃然偉以典籍所載和出土墓葬中或有以魚為祭食的現象，得出「古代四時之祭皆有魚」的觀點〔註1〕，無疑是正確的。又《禮記・曲

〔註 1〕　黃然偉：《殷周金文史料集》，三聯書店有限公司，1995 年 10 月。

禮》云「幾登宗廟，稾魚曰商祭，鮮魚曰脡祭」，說明不同祭祀方式下所用之魚亦有別。

魚的捕獲，據金文、文獻和考古資料記載，主要有兩種：1、用魚網捕獲。《說文》「網，庖犧所結繩以漁」；張家坡西周居住遺址出土的陶網墜的漁具。都說明了用魚網從事捕撈活動，確爲當時人們獲取魚的一種方式。2、用弓矢射擊捕獲。《左傳・隱公五年》云「公矢魚於棠」，《淮南人・時則訓》云「季冬之月，天子親往射魚，先薦寢廟。」矢魚即射魚，用弓矢射擊以獲取魚。金文中，害敼有「底魚」之語，據陳夢家研究，「底魚」爲「射魚之官」〔註2〕，負責射魚的整個過程。

需要指出的是，公姞鬲、井鼎和遹敼銘分別有「子仲漁焂池」，「王漁於敱池」、「乎漁於大池」記載。漁，《說文》「捕魚也」，其強調的是捕魚行爲而不涉及捕魚的方法。因而，此三器中所從事「漁」的活動可能爲上述兩種方法並用或其一。

捕魚之地點，公姞鬲、井鼎和遹敼分別爲「焂池」、「敱池」和「大池」。其中遹敼的「大池」，陳夢家指出是「鎬京之辟廱」〔註3〕。公姞鬲和井鼎中「池」前的「焂」和「敱」，從形體上看應爲一字之異寫，故「焂池」、「敱池」爲同一捕魚地點。據井鼎銘云「王在鎬京」，似可以推斷「焂（敱）池」位於鎬京附近。

金文中，公姞和井受賜魚的原因不同：公姞因事天君有功，故天君從子仲所獲之魚中拿出三百賜給公姞；井是隨從王參加捕魚活動而受到王的賞賜。陳夢家認爲，後者隨從王捕魚的井爲古代的從漁之官〔註4〕。這種隨從王捕魚之做法，還見於遹敼的「遹御無遣」。二者與王田獵時以專人執犬之舉屬同類情形。

二、駒、騩

駒，《說文・馬部》「駒，馬二歲曰駒，三歲曰駣。」《周禮・夏官・廋人》「功駒」鄭玄注引鄭司農云「駒，馬二歲曰駒。」《周禮・夏官・校人》「執駒」，鄭玄注引鄭司農云「馬二歲曰駒。」又《詩・周南・漢廣》「言秣其駒，」毛傳

〔註2〕 陳夢家：《西周銅器斷代》（下），中華書局，2004年4月。

〔註3〕 陳夢家：《西周銅器斷代》（下），中華書局，2004年4月。

〔註4〕 陳夢家：《西周銅器斷代》（下），中華書局，2004年4月。

「五尺以上曰駒。」《詩‧陳風‧株林》「乘我乘駒，」馬瑞辰傳箋通釋「駒乃小馬，未可駕者，猶在五尺以下，後人訛下爲上。」

綜上所述，駒指年幼的五尺以下的馬。這種把同一物詳細分類的做法，典籍習見。但在本質上，這些分類而稱的事物往往並無區別，故孫詒讓在正義《周禮‧夏官‧校人》「則飾黃駒」時云「對文駒爲小馬，散文駒、馬亦通稱。」

駒之功用，《周禮》「凡將事於四海山川，則飾黃駒。」注「王巡守過大山川，則有殺駒以祈沈禮。」是以說明其與馬同樣可用於祭祀，但與馬多用作四時之祭的祭品相比，駒的使用明顯較少。

年幼之馬的駒若要具備駕車能力，則需一些必要訓練。《夏小正》四月「執陟功駒」，《大戴禮記》卷二云「攻駒也者，教之服車，數舍之也。」《禮記要義》卷十八云「今以大馬牽車於前，而繫駒於後，使此駒日日見車之行，其駒慣習，而後駕之不復驚也。」至此，駒始能加入服馬之行列並舉行一些儀式，即文獻和金文所云之「執駒禮」。

《大戴禮記》卷二云「執駒也者，離之去母也，執而升之君也。」陳夢家引文獻材料考證，認爲「執」即「繫」；《說文》「馽，絆馬也」，「馽」或體作「縶」〔註5〕，是知「執」、「馽」可通之例證。學者據此指出，「執駒」就是給二歲小馬套上絡頭及馬具，以供駕駛馬車〔註6〕。這是幼馬離開母馬而進入服馬之列的必要之禮。

「執駒」之禮，金文記載頗多。在言賜駒的諸銘中，大部份均涉及執駒之禮，而且都是王親自參加這項活動，是以表明執駒之禮的重要性，也反映了周代對馬政的重視〔註7〕。對銘辭中「戌」的理解，研究者說法不盡相同〔註8〕，但多以之爲地名。學者或據此謂「戌」乃周王朝的良馬繁殖基地〔註9〕。可備一說。

所賜之駒，以盠駒尊、蓋兩銘記載最爲複雜。現簡要分析之。

〔註5〕　陳夢家：《西周銅器斷代》（上）第 172 頁，中華書局，2004 年 4 月。

〔註6〕　楊寬：《西周史》，上海人民出版社，1999 年 11 月。

〔註7〕　郭沫若：《盠器銘考釋》，《郭沫若全集》第六卷，科學出版社，2002 年。

〔註8〕　周法高等：《金文詁林補》第 1078 頁，香港中文大學，1982 年。

〔註9〕　辛怡華：《「戌」——周王朝的良馬繁殖基地》，《文博》2003 年第 2 期。

（1）盠駒尊：**駒賜兩，樸**

「駒賜兩」格式比較特殊，屬於賓語前置。這種把」駒」提到前面而述，可能是爲了使該物有所突出〔註10〕。「駒賜兩」指賜兩匹駒。樸，是未經調習之馬〔註11〕，亦指此駒，是駒的同位語。

（2）**駒尊蓋一：賜盠駒勇雷、騅子；駒尊蓋二：賜盠駒勇雷、駱子。**

《說文》「騅，馬蒼黑雜毛」。又「駱，馬白色黑鬣尾也。」二者均屬馬類而各具自身特徵。「勇雷」，學者或以爲是駒所產的種屬專名〔註12〕；或以爲是馬的產地〔註13〕。均可備一說。

另外，大鼎銘亦有「騅」，原篆作「𩥉」，對其釋讀，學者說法不一〔註14〕。對左邊所從之形，或釋爲「缶」，或釋爲「舍」；右邊所從之形多釋爲「馬」。李孝定認爲左邊之形疑是「言」的異文，右邊所從與「佳」字近。據此，周法高隸定爲「誰」，並謂「假爲騅。」殊有見地，可從。其義與前述相同。

與言執駒活動同等重要的是，晉侯蘇編鍾比較完整地記錄了賜駒過程，這更加表明了駒之貴重。在此，晉侯蘇得到王四匹駒的賞賜，與其跟隨王參加巡狩之事和擁有征伐夙夷之功是分不開的。

三、騳

𩦲，孫詒讓釋爲「騳」，義指「驪白雜毛之牡馬。」〔註15〕其說可從。

大鼎中，與「騳」同賜的還有「騅」，共三十二匹。

四、鳳

《說文》云「鳳，神鳥也，天老日：鳳之象也，鴻前麐後，蛇頸魚尾，鸛顙鴛思，龍文虎背，燕頷雞喙，五色備舉」，這是對鳳的特徵的描述。因其

〔註10〕潘玉坤：《西周金文中的賓語前置句和主謂倒裝句》，《中國文字研究》第4輯，廣西教育出版社，2003年11月。

〔註11〕陳夢家：《西周銅器斷代》（上）第173頁，中華書局，2004年4月。

〔註12〕陳夢家：《西周銅器斷代》（上）第173頁，中華書局，2004年4月。

〔註13〕馬承源：《商周青銅器銘文選》（三）第190頁，文物出版社，1988年4月。

〔註14〕李孝定等：《金文詁林附錄》，香港中文大學，1977年。

〔註15〕周法高等：《金文詁林》第5900頁，香港中文大學，1975年。

神奇，人們多視其爲吉祥、睿智之物而稱之爲靈鳥、俊鳥、瑞應鳥等。同時還賦予其一定的象徵意義，如《山海經·海內經》云「鳳鳥，首文曰德，翼文曰順，膺文曰仁，背文曰義。見則天下和。」《逸周書·王會》云「鳳鳥者，戴仁抱義披信」等等。

金文「生鳳」是活物，可能爲「古人所謂鳳即南洋之極樂鳥」〔註16〕；或以爲「生鳳當係周人稱鳳的方言」〔註17〕。無論如何，器主中能得到王賞賜的譽爲「神鳥」的鳳，自是一種較爲豐厚的待遇，故將此事「藝於寶彝」。

五、羊

羊，古代六畜之一。仰韶文化時期的陶器中羊圖象紋飾的出現，表明羊在人們生活中有著悠久歷史。

古代的羊，除了是人們生活中重要食物來源之一外，還有以下幾方面功用。作爲祭祀用品。《禮記》所云「五鼎少牢」就是以羊爲首的；《詩經·小雅·楚茨》云「絜爾牛羊，以往烝嘗」，是將羊用於烝嘗之祭；山西侯馬西高發現的祭祀坑中，所用動物以羊最多〔註18〕。凡此均表明古人常以羊爲犧牲來祭祀致福。

古代服飾製作原料之一。《論語·鄉黨》云「緇衣羔裘」、《禮記·玉藻》云「犬羊之裘不裼」，「羔裘」、「羊裘」均指用羊皮製成的裘衣。九年衛鼎中，裘衛所獻物品裏就有以羊皮爲質地的皮革製品。

金文中，羊的賞賜僅見於叔德設，數量爲一百頭；小盂鼎銘記周人與鬼方戰爭後的獻捷禮上，作爲戰果之一的羊有三十八隻，據此，叔德得到一百頭羊當是一筆相當豐厚的獎賞。

六、牛

牛，不僅是人們生活的食物來源，也是農耕和駕車的重要畜力之一。在崇尚禮儀等活動的社會，牛還用在一些祭祀活動中。

〔註16〕郭沫若：《兩周金文辭大系圖錄考釋》第19頁，上海書店出版社，1999年7月。

〔註17〕馬承源：《商周青銅器銘文選》（三）第76頁，文物出版社，1988年4月。

〔註18〕轉引自解堯亭：《〈左傳〉考古札記八則》文中的注釋1，《文物世界》，2003年第1期。

《詩・小雅・楚茨》云「絜爾牛羊，以往烝嘗。」《周禮・地官・大司徒》曰「奉牛牲」，孫詒讓正義「凡郊丘五帝並用犢，餘神則用牛，通謂之牛牲。」由此可知，牛為祭祀常用的牲品之一。

金文所賜之牛除單稱外，還有小牛、䓹（雛）牛、騂犅、白牡等。現分別加以論述。

（一）小牛

小牛，《廣韻》「犞，小牛也。」《集韻》「犞，牛短足。」又《爾雅・釋畜》「犞牛」，邢昺疏引郭璞注「犞牛庳小，今之犍牛也。又呼果下牛，出廣州高涼郡。」並云「其庳小可行果樹下故又呼果下牛」。由此可見，小牛指形體較小的牛。

矢令方尊（彝）銘中，冘師和令都得到了小牛的賞賜，且用於禱祭。

（二）䓹（雛）牛

䓹，銘辭中作𦥑。細審形體，上部所從與大段之「䓹」形同；下部所從止形為增加的無義偏旁，故𦥑為「䓹」。《周禮・充人》「充人掌祀之牲牷，祀五帝則繫於牢，䓹之三月。」注云「養牛羊曰䓹，三月一時，節氣成。」可見，䓹為豢養之意，䓹牛就是將牛放置固定場所飼養，以備將來祭祀之用。學者多持此說。

我們認為，這裡的「䓹」還可讀為「雛」。「雛」為幼小之意，雛牛即小牛。檢金文，叔段云「欝𨲠、白金、䓹（雛）牛」，矢令方尊（彝）云「𨲠、金、小牛」，兩器中賞賜物基本相同且有一定的對應關係，釋「䓹牛」為「雛牛」即「小牛」，與矢令方尊（彝）銘「小牛」正吻合。此外，由矢令方尊（彝）銘明言「用禱」，即所賜之小牛用於祭祀，知叔段的「雛牛」也是用於祭祀的。

以上是從傳世文獻和金文兩個不同角度去分析䓹（雛）牛的含義，據目前掌握的資料，二說均可成立。

（三）騂犅

𦍌，從羊從牛，諸家多隸為羴，釋為騂。《廣韻》「騂，馬赤色也。」犅，《說文》「特牛也」。由此，「騂犅」為赤色之牛，「䓹騂犅」即指幼小或者䓹養的赤色牛。

《公羊傳・文公十三年》「周公用白牡，魯公用騂犅。」注云「騂犅，赤脊，

周牲也。」《詩·魯頌·閟宮》「白牡騂犅」，傳云「騂犅，魯公牲也。」由此可知，用騂犅，即赤色的牛來祭祀祖先確爲周人的風尚，此與大叙中大用「騂犅」禘其考的情形一致。

他銘中，除卯叙蓋所賜的牛可能爲耕作之用（詳見馬章節）外，畬叙的「牛」亦爲器主升祭祖考所用之物。這說明牛確爲古人祭祀活動中主要物品之一。

（四）白牡

白牡，見於新出荊子鼎銘，與上一則的「騂犅」相對應。《詩·魯頌·閟宮》：「白牡騂犅，犧尊將將。」毛傳：「白牡，周公牲也。騂犅，魯公牲也」，說明白牡亦爲祭祀所用犧牲之一。又《禮記·郊特牲》：「諸侯之宮縣，而祭以白牡……乘大路，諸侯之僭禮也。」鄭玄注：「白牡、大路，殷天子禮也。」《公羊傳·文公十三年》「周公用白牡，魯公用騂犅。」何休注：「白牡，殷牲也」，兩家的注解均明確白牡爲殷代天子祭祀時所用之物。如單純依傳世文獻的記載，「白牡」和前述辭銘的「騂犅」，一爲白色，一爲赤色，與傳統「殷人尚白、周人尚赤」吻合。因荊子鼎的時代爲西周早期，然則荊子得到時王賞賜用於殷代祭祀的白牡之物，可能是周初對殷代習俗的延續；這與上引《詩經》毛傳、《公羊傳》所云吻合。

七、鹿

鹿，在作爲古人生活食物來源的同時，還具有一定的實用和經濟價值。諸如：張家坡西周居址中有用爲漁獵的鹿角骨角鏈、用於紡織和縫紉的鹿製角錐；典籍所記的車的屏蔽物和古人之冠有以鹿皮爲質地的；金文中九年衛鼎記有用來交換貴重物品的各種鹿皮製成品，匍鴨盉中匍受到賓贈的「虒䍿」，即用牝鹿皮製作的披肩〔註19〕。

此外，鹿還常用於祭祀活動。《穆天子傳》卷六云「癸酉，天子南祭白鹿於漯。」《禮記·射義》云「天子將祭，必先習射於澤」，「已射於澤，而後射於射宮」。金文中伯唐父鼎銘所言的「禱祭」有「射娀、㪍虎、貉、白鹿、白狼於辟池」的活動，與文獻所載相合。

鹿的賞賜見於命叙和貉子卣兩器，其數分別爲一頭和三頭。其中，貉子受

〔註19〕 王龍正、姜濤、婁金山：《匍鴨銅盉與頫聘禮》，《文物》1998 年第 4 期。

賜的三頭鹿可能是王田獵時所獲物品。

西周金文「動物」類賞賜物資料輯錄：

公姞鬲：天君蔑公姞歷，事易公姞魚三百（《集成》753）

井鼎：王漁於滆池，呼井從魚，攸易魚（《集成》2720）

瘋鼎：王呼虢叔召瘋，易駒兩（《集成》2742）

中方鼎：中乎歸生鳳於王（《集成》2751、2752）

大鼎或己伯鼎：王召走馬膺，令取騜、騩卅二匹易大（《集成》2806-2808）

叔德毀：王易叔德臣嫀十人、貝十朋、羊百（《集成》3942）

命毀：王易命鹿（《集成》4112）

叔毀：王姜史叔使於大保，賞叔鬱鬯、白金、芻（雛）牛（《集成》4132）

大毀：易芻（雛）騂犅（《集成》4165）

卯毀蓋：易汝瓚四、章瑴、宗彝一肆寶，易女馬十匹、牛十，易於乍一田，易於🈳一田，易於隊一田，易於戠一田（《集成》4327）

貉子卣：王令士道歸貉子鹿三（《集成》5409）

駒尊蓋一：易盠駒勇雷、騅子（《集成》6011‧1）

盠駒尊：王親旨盠，駒易兩樣（《集成》6011‧2）

矢令方尊：明公易亢師鬯、金、小牛……易令鬯、金、小牛（《集成》6016）

奢毀：易牛三（《集成》4194）

駒尊蓋二：易盠駒勇雷、駱子（《集成》6012）

矢令方彝：明公易亢師鬯、金、小牛……易令鬯、金、小牛（《集成》9901）

荊子鼎：賞白牡一……賞毗卣、貝二朋（《商周》02385）

達盨蓋甲、乙、丙：王易達駒（《商周》05661-05663）

作冊吳盉：易駒（《商周》14797）

季姬方尊：易厥田，以生（牲）馬十又五匹，牛六十又九叔，羊三百又八十又五叔，禾二廩（《商周》11811）

老簋：易魚百（《商周》05178）

師衛鼎：召公賚衛貝廿朋、臣廿、厥牛廿、禾卅車（《商周》02378）

亢鼎：公令亢歸美亞貝五十朋，以與茅🩰、鬯鬱（胊）、牛一（《商周》02420）

晉侯蘇鍾B乙：王親易駒四匹（《商周》15307）

師衛簋：召公賚衛貝廿朋、臣廿、厥牛廿、禾卅車（《商周》05142）

伯旂簋：王易伯旂牲五（《商周續編》0436）

第十四章　其　他

　　本章主要對前述十三類以外的物品進行探討，據銘辭，其主要有以下幾種情形：一、表示某物的銘文可以釋讀，但既不便將其歸入前述各類別，也不足以單獨立章節而論的；二、據文例知其爲賞賜物，但所表示的意義難以確定或比較抽象而無法歸類的；三、據文例知其爲賞賜物，但由於部份銘文的脫落或不清晰，且不便補足；或形體清晰但不知其究指何字，進而無法釋讀並歸類的。

　　爲便於敘述，對其中部份出自同銘的物品放置一起討論。現分述如下。

　　一、表示某物的銘文可以釋讀，但既不便將其歸入前述各類別，也不足以單獨章節進行討論的。

（一）俎

　　俎爲賞賜物，僅見於三年癲壺，作🔲形，原整理者未釋。孫稚雛釋爲「俎」〔註1〕，于豪亮進一步申述之〔註2〕。釋🔲爲俎，甚確。

　　《說文》「俎，禮俎也。」《左傳》隱公五年「鳥獸之肉，不登於俎，皮革齒牙骨角毛羽，不登於器，則公不射。」杜注云「俎，祭宗廟器，切肉之薦亦曰俎。」又作冊矢令簋銘「奠俎於王姜」，是作冊矢令受到王姜設大俎的享宴。由此可知，俎是古人祭祀、宴享時所使用的一種禮器。

〔註1〕孫稚雛：《天亡簋銘文匯釋》，《古文字研究》第 3 輯，中華書局，1980 年。
〔註2〕于豪亮：《說俎字》，《于豪亮學術文集》，中華書局，1985 年。

金文中所賜之俎有「羔俎」和「豕俎」。〔註3〕《儀禮‧少牢‧饋食禮》云「佐食上利執羊俎，下利執豕俎。」「羊俎」和「豕俎」對舉而述，與金文所記相同。

顯然，在很短的時間裏，瘐在參加王主持的兩次饗禮的同時，還受到羔俎、豕俎的賞賜。其受王之恩寵甚爲明顯。

（二）糧

西周彝銘裏，糧作爲賞賜物品見於賢簋、瘐段兩器。糧的寫法較殊且有異：前者作黍形，後者作量形。黍，郭沫若釋爲「糧」，並指出「晦賢百晦糧」的「晦」爲古「畝」字。其中前一個「晦」是動詞，假爲「賄」，表示賜予之意；後一個「晦」即其本字〔註4〕，量，李零釋爲「量」，讀作「糧」〔註5〕。均可從。近有學者認爲瘐段的「量」爲動詞，表示丈量之義〔註6〕。殊不可據。又，上引郭文認爲賢簋的「糧」指「百畝之糧」。吳闓生則把賢簋「晦賢百晦」的後一「晦」字讀斷，謂「畝賢百畝」意即「與之以田百畝」〔註7〕。李零認爲「糧」是「糧田」的省稱，「井五糧」指「五井糧田」。裘錫圭從郭文對賢簋銘的釋讀，並認爲瘐段銘的「井五糧」指「一井所出的五種糧食」〔註8〕。

我們知道，金文賞賜物中與農業有關的不僅有田，還有類似於糧的一些農作物或農產品，諸如禾、米等。因此，賢簋和瘐段中的「糧」似可直接按其本義來理解，而不必認爲是「糧田」的省稱。

從銘辭內容上看，此二銘均可兩讀：

賢簋	瘐段
（1）晦賢，百晦糧	井，五糧
（2）晦賢，百晦，糧	井五，糧

〔註3〕 孫稚雛：《金文釋讀中一些問題的探討（續）》，《古文字研究》第9輯，中華書局，1984年1月。

〔註4〕 郭沫若：《兩周金文辭大系圖錄考釋》第225頁，上海書店出版社，1999年7月。

〔註5〕 李零：《西周金文中的土地制度》，《學人》第二輯247頁，1992年。

〔註6〕 王暉：《從瘐簋銘看西周井田形式及宗法關係下的分封制》，《商周文化比較研究》259頁，人民出版社，2000年5月。

〔註7〕 吳闓生：《吉金文錄》，第4卷第13頁，1933年版。

〔註8〕 裘錫圭：《西周糧田考》，《周秦文化研究》，周秦文化研究編委會，1998年。

　　賢簋的「百畮糧」可理解爲「百畮的糧」或者「用來種糧的百畮地」；而「井五糧」可指「一井上的五種糧」或者「用來種糧的五井之地」。凡此，於文意皆通。

（三）鐈銎

　　「鐈銎」，諸家有釋。或指一種金屬，即銅；或爲兩種不同金屬，即錫和銅〔註9〕。張亞初以金文「銎勒」與「金勒」互文爲據，釋「銎」爲「金」。另據伯公父簠銘「擇之金，唯鐈唯盧，其金孔吉」，指出「鐈」也是一種金屬名〔註10〕。劉雨引《禮記‧樂記》：「齊音敖辟喬志」。釋文云：「喬音驕，本或作驕」爲證，認爲此「鐈」應通「驕」。又《說文》云「銎，一曰鑾首銅」。故「鐈銎」讀爲「驕銅」，即上好銅料〔註11〕。可以看出，張、劉的釋讀分別是上述兩種不同意見的延續。那麼，此銘的「鐈銎」究爲一種還是兩種金屬名，似乎還有進一步討論的必要。

　　我們認爲，存在上述分歧的主要原因是對「鐈」字的不同理解，即「鐈」是「銎」的修飾詞，還是與「銎」並列的另一個表金屬名的詞。因此，正確理解「鐈」的含義至關重要。

　　現結合典籍和金文中出現的「鐈」，對其義進行討論。

　　（1）《說文》「鐈，似鼎而長足。」

　　（2）《玉篇》「鐈，鐈鼎，長足者。」

　　（3）《集韻》「鐈，溫器，似鼎高足。」

　　（4）鄧子午之飤鐈（《集成》2235）

　　（5）盅子𤔲自作飤鐈（《集成》2286）

　　（6）「楚王酓忈作鑄鐈鼎（《集成》2623）

　　（7）「擇吉金：鈇、鐈、錉、鋁，用作鑄其寶鎛」（《集成》285）。

　　（8）伯太師小子伯公父作簠，擇之金，唯鐈唯盧，其金孔吉（《集成》4628）

　　（9）唯曾伯陭迺用吉金鐈銎，用自作醴壺。（《集成》9712）

　　不難看出，（1）（2）（3）所引傳世文獻對鐈義的闡釋基本一致，即「高足

〔註9〕　周法高：《金文詁林》第 7583、7611 頁，香港中文大學，1975 年。

〔註10〕　張亞初：《談多友鼎銘文的幾個問題》，《考古與文物》，1982 年第 3 期。

〔註11〕　劉雨：《多友鼎銘的時代與地名考訂》，《考古》1983 年第 2 期。

之鼎」。據銘文辭例，（4）（5）（6）中「鐈」的含義與傳世文獻記載相同。（7）
（8）（9）中「鐈」很明顯爲金屬之名。由多友鼎銘云「鐈鋚百匀」，可知此處
的「鐈」非「器物」，「鐈」應爲一種金屬。此外，（7）（8）中「鈇、鐈、錛、
鋁、盧」等金屬，均爲「吉金」之列。換言之，「吉金」之「金」乃金屬名的總
稱，爲種概念；而「鈇、鐈、錛、鋁、盧」爲屬概念，是「吉金」所涵蓋的各
種具體金屬名。至於「金」前的「吉」，乃明其質地之好。然則曾伯陭壺和多友
鼎的「吉金鐈鋚」應讀爲「吉金：鐈、鋚」。「鐈」爲金屬之名。

「匀」即「鈞」。《說文》「鈞，三十斤。」銘辭中，多友受賜的金屬原料多
達三千斤左右，加之其他物品，足見其受武公恩寵之甚，同時也表明了其在對
獫狁的軍事活動中戰功之顯赫。

（四）則

則，作𪔅形。郭沫若以鄭注《周禮》云「則，地未成國之名」，釋爲埰地
〔註12〕。李旦丘釋爲「貝」〔註13〕。孫常敘根據對「則」字形體的分析，釋爲
「器樣」〔註14〕。

諸說中，李氏的分析與字形不符；而郭氏雖以典籍之釋爲據，但金文言賜
土地的幾無這種說法，上引孫文已詳辨，李、郭二說均難以成立。由金文常有
某某鑄器的記載推之，這種鑄器所需的「器樣」的賞賜是有可能的，然則上引
孫氏之說最爲合理。

（五）呂、聿

對𪖩的釋讀，郭沫若以其爲「冰」的本字，此借作「掤」，指「箙」〔註15〕。
此外，學者或釋爲「呂」〔註16〕。或釋爲「金」〔註17〕。

〔註12〕郭沫若：《兩周金文辭大系圖錄考釋》第 84 頁，上海書店出版社，1999 年 7 月。

〔註13〕李旦丘：《金文研究・釋則》，1941 年來熏閣書店影印本。

〔註14〕孫常敘：《則、法度量則、則誓三事試解》，《古文字研究》第 7 輯，中華書局，1982
年 6 月。

〔註15〕李孝定等：《金文詁林附錄》第 3957 頁，香港中文大學出版社，1977 年。

〔註16〕李孝定等：《金文詁林附錄》第 3957 頁，香港中文大學出版社，1977 年。

〔註17〕唐鈺明：《銅器銘文釋讀二題》，《第二屆國際中國古文字學研討會論文集》，香港
中文大學中文系編集，1993 年 10 月。

馬承源將其讀爲「鉼」，釋爲「金餠」〔註18〕。陳世輝認爲此字應讀爲「冰」，含義爲「金餠」〔註19〕。檢金文，〓常在「金」字形體中出現，是以說明其與金屬關係密切。其中陳逆簋「冰」字所從的〓爲聲符，又戰國文字的「夌」字形體亦常以〓爲聲符。由此可見，將其讀爲「冰」聲，釋爲金餠之類不無道理。

需要指出的是，儘管目前對此字的讀音和釋義都有了較爲合理的分析，但其形體的隸定還有待進一步研究。

（六）聿

聿，舊多釋爲秉〔註20〕。秉爲以手持禾之義，與此字所從之形有別，故此說難通。劉心源隸爲「聿」〔註21〕，與該字形體吻合，是正確的。然劉氏一方面引《說文》「聿，所以書也，楚謂之聿，吳謂之不聿，燕謂之弗」，釋此「聿」爲「筆」；另一方面，又以「書」的形體從「聿」，認爲此處的「聿」假爲「書」。

我們認爲，此聿爲「聿」，似可直接看作書寫工具的筆，而不必另作他解。據上引之說，「筆」稱爲「聿」當屬先秦時期的習慣稱法。

「聿二」，謂尹賜予執兩枝筆。

（七）米

金文中以農產品爲賞賜物僅見此器中。與此相關的還有他器中農作物的賞賜，如禾、糧等。

銘辭中，王以斵處的米賞賜給般。

（八）丹

丹的賞賜，僅見於此銘。林義光釋之爲丹砂，引《說文》丹，巴越之赤石

〔註18〕馬承源《商周青銅器銘文選》（三）第 90 頁，文物出版社，1988 年 4 月。

〔註19〕陳世輝：《對青銅器銘文中幾種金屬名稱的淺見》，《于省吾教授百年誕辰紀念文集》，吉林大學出版社，1996 年 9 月。

〔註20〕阮元：《積古齋鍾鼎彝器款識法帖》卷 1 第 21 頁，清嘉慶九年自刻本。孫詒讓：《古籀餘論》卷 2 第 20 頁，燕京大學哈佛燕京學社石印（容庚校補本），1929年。

〔註21〕劉心源：《古文審》卷 4 第 12 頁，清光緒十七年自寫刻本。

也。」〔註22〕學者所釋多與此同〔註23〕。

古之丹砂，方濬益云「古丹砂甚寶重，故與貝同賜」〔註24〕。陳夢家據《梓材》云「丹所以塗棟樑」，認爲丹是顏料，且「有可能作爲婦女所用之脂粉」〔註25〕。白川靜指出「以爲乃脂粉之用，然作爲存問寡婦之禮，此乃不適當之解釋也。」〔註26〕因而，此丹砂之用尚無法明確。

丹後的「麻」字，舊釋爲「櫋」，義同「橐」〔註27〕。學者多從之〔註28〕。郭沫若認爲「此字從木斤聲，疑即管之異文」〔註29〕。值得注意的是，于省吾在其後來的文章中放棄了原本亦釋爲「橐」的觀點，並對金文中「斤」字及從「斤」之字作了詳細分析，肯定並進一步申述郭氏的釋讀〔註30〕。郭、於二說甚詳且有據，可從。「麻」即指「管」。

「丹一管」，指一管之丹砂。至於其具體重量爲多少，尚不得而知。但是，從王親臨宮室對庚嬴進行賞賜，及庚嬴還受賜十朋貝的情況來看，這一管丹砂不會是一般的物品，如前引方氏所云「古丹砂甚寶重」。凡此，都表明了庚嬴所居地位之高。

（九）鹵

鹵，指鹽。西周金文言賜鹵的僅見於免盤和新見發現的龠簋，與春秋早期晉姜鼎銘「易鹵責千兩」的「鹵」意義相同。

〔註22〕林義光：《文源》，1920 年寫印本。

〔註23〕周法高等：《金文詁林》第 7 冊，香港中文大學，1975 年。

〔註24〕方濬益：《綴遺齋彝器款識考釋》卷 12 第 27 頁，商務印書館石印本，1935 年。

〔註25〕周法高等：《金文詁林》第 7 冊，香港中文大學，1975 年。

〔註26〕周法高等：《金文詁林補》第 1380 頁，香港中文大學，1982 年。

〔註27〕翁大年：《陶齋金石文字跋尾·庚羆卣銘跋》，雪堂叢刻本。

〔註28〕吳云：《兩罍軒彝器圖釋》卷 6 第 4 頁，清同治十一年自刻木本。林義光：《文源》，1920 年寫印本。方濬益：《綴遺齋彝器款識考釋》卷 12 第 27 頁，商務印書館石印本，1935 年。于省吾《〈穆天子傳〉新證》，《考古社刊》，1937 年第 6 期。陳夢家：《西周銅器斷代》（上）第 98 頁，中華書局，2004 年。唐蘭：《西周銅器銘文分代史徵》，中華書局，1986 年 12 月。

〔註29〕郭沫若：《兩周金文辭大系圖錄考釋》第 44 頁，上海書店出版社，1999 年 7 月。

〔註30〕于省吾：《讀金文札記五則》，《考古》1966 年第 2 期。

　　免盤問世較早，學者的討論也較多：對其中「鹵」後「百⬚」的⬚，郭沫若隸爲「陼」，云「陼字與隩之結構相近，從凷乃缶屬，大約即盛鹵之器也」〔註31〕。李旦丘以此字右上部所從爲「畚」，釋成「畚」，據典籍訓爲「瓶」〔註32〕。可以看出，儘管郭氏認識到此字所從爲「凷」，但在隸定「⬚」時又把「凷」寫成「由」。同樣地，李文亦將「凷」當「由」形看待，並指出「由」訛變爲「甾」，而「甾」又與「缶」同；然則此字從「由」與從「缶」同，「畚」可爲「畚」，說解頗爲輾轉。我們認爲，「凷」應爲「甾」。「甾」，甲骨文形體即象缶形之器形，金文形體仍保留其基本特徵。凡此，皆與《說文》「東楚名缶曰甾」的闡釋吻合。由此，⬚應隸定爲「陼」。

　　「陼」的主體爲「畚」，乃從肉從甾。因「甾」與「缶」義同，故「畚」即「畚」。《說文》「畚，瓦器也」，《廣雅·釋器》「畚，瓶也」。由此，「陼」爲「畚」異體的繁構，義指盛鹵的瓶。

　　綜上，免盤的「鹵百⬚」指免受到百瓶鹽鹵的賞賜；而⬚簋的「鹵百車」意義明瞭，應爲百車鹽鹵。

（十）薦嘆　薦萱　毳布

　　對此三物的釋讀，郭沫若分別敘述爲：「薦」是「苴」的繁文，即苴布；「嘆」爲「幕」之異文，義指帷幕。「萱」爲帷帳之類；毳布指氈〔註33〕。陳夢家認爲「薦嘆、薦萱」是圍於帳四圍的帷，「毳毛」爲帳中席坐的毛地毯，此三物爲守宮「守禦王宮設帳之具。」〔註34〕于省吾以古稱「麻」爲「苴」，指出「薦嘆、薦萱」應是麻製的幕幄和幔帳；同時據金文賞賜物記述的通例，認爲「毳布」應與前兩物相連，而不應在這三者之間插入「馬匹」一物，故「毳布」應釋爲與「馬匹」連稱的「馬衣」〔註35〕。

　　可以看出，於文在吸收郭、陳二說合理因素的基礎上，利用銘辭文例對「毳布」含義的闡釋，確有見地。

〔註31〕郭沫若：《兩周金文辭大系圖錄考釋》91 頁，上海書店出版社，1999 年 7 月。

〔註32〕李旦丘：《金文研究·釋畚》，1941 年來熏閣書店影印本。

〔註33〕郭沫若：《兩周金文辭大系圖錄考釋》93 頁，上海書店出版社，1999 年 7 月。

〔註34〕陳夢家：《西周銅器斷代》（上）第 187 頁，中華書局，2004 年。

〔註35〕于省吾：《讀金文札記五則》，《考古》1966 年第 2 期。

綜上所述，蘆𦈡、蘆萱分別指用麻布等製作的帷幕和幔帳；毳布爲馬衣。

（十一）牙㺣　㺣

牙㺣，陳劍否定舊說釋爲「衣領」，認爲此物是「邪幅」，類似於近代的「綁腿」〔註36〕。其論述有據且詳備，所述觀點於諸說最爲合理。

據此可知，牙㺣爲服飾中的一種。至於高卣的「𧰼㺣」，因 𧰼 字不識等其他諸多因素，暫不能明其義。

（十二）𠄌䇂

𠄌、丅，學者對其釋讀不同，或爲示〔註37〕，或爲丁〔註38〕，或爲笲〔註39〕。其中以後一說法影響較大，研究者或從之〔註40〕。

我們認爲，上引釋爲「丁」與形體明顯不符；釋爲「笲」，與考古實物所象之形相似，故此說較優。

（十三）大具

大具之賜，僅見於此鼎。陳佩芬在釋讀鼎銘時指出「啓鼎的銘文，關鍵在於『王在西宮，王令寢易啓大具』句。此句意爲王在寢宮，令賜啓大具，也就是王在西宮的寢小室，下令賜予啓大具。」進而認爲「本銘在小寢所賜的物品『具』，不應當是禮器。」故釋具爲饌，即王之饌食〔註41〕。

我們認爲，陳文所謂的「王在寢宮」之說不確。從辭例上看，「王令寢易啓大具」之語與㝬鍾「宮令宰僕賜㝬白金十鈞」、中方鼎「王令大史貺福土」

〔註36〕陳劍：《西周金文「牙㺣」小考》，《語言》第四卷，首都師範大學出版社，2003 年 12 月。

〔註37〕郭沫若：《扶風齊家村銅器群銘文匯釋》，《郭沫若全集》第 6 卷，科學出版社，2002 年。

〔註38〕白川靜：《白鶴館》33：892，轉引自黃然偉《殷周史料論集》第 193 頁，三聯書店有限公司，1995 年 10 月。

〔註39〕裘錫圭：《史牆盤銘解釋》注 13，《文物》1978 年第 3 期。

〔註40〕張亞初：《古文字分類考釋論稿》，《古文字研究》第 17 輯，中華書局，1989 年 6 月。董蓮池：《〈金文編〉校補》中從裘、張的說法，並進一步申述其義，東北師範大學出版社，1995 年 9 月。

〔註41〕陳佩芬：《新獲西周青銅器》，《上海博物館集刊》第 8 期，上海書畫出版社，2000 年 12 月。

等銘辭的語法結構相同：

　　主語＋謂語動詞＋兼語〔賓語、主語〕＋謂語動詞＋雙賓語

由此，這裡的「寢」既是王命令的對象，又是賞賜動作的發出者，故「寢」應爲人名，而非「寢宮」之義。

需要提出的是，金文中確有「寢宮」的記載，如麥方尊銘「王以侯入於寢」、王盂銘「王作莽京中寢歸盂」等〔註42〕。然據辭例和文意，這些「寢」無疑指的都是表示場所的「寢宮」，與此鼎作爲人名的「寢」截然不同。這裡的「寢」，是承王命將「大具」賞賜給啟的人。

「大具」的「具」，《禮記·內則》「則佐長者視具」，鄭注「具，饌也。」《戰國策·齊策四》「具，饌具。」《漢書·司馬相如傳》「爲具召之」，顏師古注「具謂酒食之具。」由此，具可指食用器具，亦可指饌食。

檢文獻，《詩·秦風·權輿》云「於我乎，夏屋渠渠」，傳「夏，大也」，箋「屋，具也。渠渠，猶勤勤也。言君始於我厚設禮，食大具以食我，其意勤勤然。」可見，此「夏屋」指「大具」，是人君爲其設置的厚食。

由此可知，金文的「具」似以饌食之類物品爲是。「大具」即是王賜予啟的豐厚之饌食。

綜上，儘管陳文對「大具」釋義可以參考，但由於其對銘文中「寢」的理解有誤，且未注意到文獻中相關材料，故其說解難免輾轉，所得結論也難以令人信從。

另外，此鼎器主名「𢓊」，其形左從人，右從殳，下部所從不明。此姑從陳文隸作「啟」。

（十四）禾

《史記·魯周公世家》云「天降祉福，唐叔得禾，異母同穎，獻之成王，成王命唐叔以饋周公於東土，作《饋禾》。」是成王母弟唐叔傳天子令，饋贈嘉禾的行爲。

金文中，禾的賞賜僅亳鼎一見。另殷代小臣缶鼎銘曰「王易小臣缶湡積五年」。于省吾指出其中的「積」是王賞賜小臣缶的禾稼〔註43〕。與此處所賜之物

〔註42〕羅西章：《西周王盂考》，《考古與文物》1998年第1期。

〔註43〕于省吾：《關於商周對於「禾」「積」或土地有限度的賞賜》，《中國考古學會第一

相同。

銘辭中，「禾」前的⬚、⬚為二地名，不識。

（十五）鞞鞛（剝）

「鞛」，靜𣪘從「刀」作⬚，學者對其探討較多〔註44〕。唐蘭認為「鞞是革制的刀鞘，剝為係刀鞘的革帶。」〔註45〕其說甚詳且有據，可從。

（十六）逐毛

逐，據靜𣪘、番生𣪘蓋鞛（剝）所從之夆形，可知逐為遂字。「遂毛」，陳夢家釋為「立於導車上的以五采羽毛為之的旗子」〔註46〕。唐蘭認為，此「遂毛」當讀為「旞旄」，「旞」為導車竿頭所安的鳥羽，「旄」為古代旗竿頭本身所懸掛的旄牛尾〔註47〕。二家所說大體相同。

《周禮·司常》「掌九旗之物名……全羽為旞，析羽為旌……導車載旞。」《詩·小雅·出車》「建彼旄矣」，朱熹《集傳》「旄，注旄於旗干之首也。」所言之旞、旄，與金文所記同。然則，𣪘𣪘受賜的兩份旞旄，是立於車上的旗上的物品。典籍中，其或為旗的代稱。

（十七）巾

巾，《說文》「巾，佩巾也。」《周禮·天官·冪人》「巾，佩巾也。」《儀禮·士喪禮》「有巾」，胡培翬正義「巾，布巾，以拭手。」《玉篇》「巾，佩巾也，本以拭物，後人著之於頭。」巾是生活中用於擦拭或覆物等方面的織物。

需要提出的是，金文的「市」有作「巾」形，與此相同。但由於「市」多為古代命服，其賞賜也多屬冊命之禮且時代較晚，據此，這裡的「巾」似不宜當作「市」的省寫而釋為「市」，其只是一般賞賜物而已。

次年會論文集》，1979 年，文物出版社。轉引自陳秉新：《銅器銘文考釋六題》，《文物研究》第 12 輯，1999 年 12 月。

〔註44〕周法高：《說文詁林》第 1512 頁，香港中文大學，1975 年。

〔註45〕唐蘭：《毛公鼎「朱芾、蔥衡、玉環、玉瑹」新解——駁漢人「蔥珩佩玉」說》第 98 頁，《唐蘭先生金文論集》，紫禁城出版社，1995 年。

〔註46〕陳夢家：《西周銅器斷代》（上）第 55 頁，中華書局，2004 年。

〔註47〕唐蘭：《西周銅器銘文分代史徵》，中華書局，1986 年 12 月。

（十八）飴器

飴器，馬承源引《集韻》「飤，《說文》糧也，或從司亦作食飴」的記載，釋爲「飤器」〔註48〕。可從。

（十九）茅苞

霸伯盂有「」、「」二字，黃錦前將之與商周金文、楚簡、秦簡中相關形體進行對比〔註49〕，分析指出此二字分別爲「茅」、「苞」，即文獻常見的祭祀時用以縮酒「苞茅」。所述有據，可從。

二、據文例知其爲賞賜物，但所表示的意義難以確定或比較抽象而無法歸類的。

（一）六品、賓

在金文研究中，對保器銘文進行探討的文章頗多〔註50〕，但諸家在一些字詞、句讀以及文意分析等方面存在不同程度的分歧。其中涉及到「六品」和「賓」的主要有：

（1）六品、賓的含義。六品，或以爲指六族之人，或以爲指賞賜五侯的物品，或以爲是數量詞組「六種」。賓，或以爲服從來會的諸侯；或以爲五侯賓贈之物。

（2）賜賓動作的發出者。或以爲是王；或以爲是保。

我們認爲，這裡的「六品」指王賞賜五侯的六種物品；「賓」爲五侯賓贈之物。兩者均指賞賜物但其具體含義不明。

（二）三國

國，《說文》「國，邦也。」《周禮・春官・職喪》「凡國有司」，鄭玄引鄭司農云「凡國謂諸侯國」。

〔註48〕馬承源：《商周青銅器銘文選》（三）第 236 頁，文物出版社，1988 年 4 月。

〔註49〕黃錦前：《霸伯盂銘文考釋》，《中國國家博物館館刊》2012 年第 5 期。

〔註50〕周法高等：《說文詁林補》第 1766 頁，香港中文大學，1982 年。蔣大沂：《保卣銘考釋》，《中華文史論叢》第五輯，1964 年。平心：《保卣銘略釋》，《中華文史論叢》第四輯，1963 年。趙光賢：《「明保」與「保」考辨》，《中華文史論叢》第一輯，1982 年，上海古籍出版社。李學勤：《全國商史學術討論會論文集》，《殷都學刊》編輯部，1985 年。彭裕商：《保卣新解》，《考古與文物》1998 年第 4 期。

金文中，「國」多作「或」。僅錄戎卣「淮夷敢伐內國」、傳世秦公鍾「造祐下國」等器銘國字的寫法與此盤相同，為從□從或。

國，常表示諸侯國、邦、域等義。保器「東國五侯」即指諸侯國義。秦公鍾銘云「賞宅受或」，吳鎮烽以為此「受或」即「受國」，指平王封襄公為諸侯，並賜給歧西之地〔註51〕。

據此，緣伯盤的「三國」可能指三個邦的土地。由於盤銘嚴重脫落，故其在整篇銘文中的意義以及其他相關信息都無從知曉，這也是沒有把其置於「土地」章節進行討論的主要原因。

三、**據文例知其為賞賜物，但由於部份銘文的脫落或不清晰，且不便補足；或銘文形體清晰但不知其究指何字，進而無法釋讀並歸類的。**

此類銘文裏，如有表示賞賜物或與之密切相關的銘文脫落或部份脫落的，僅對其中部份尚可辨析的形體作簡要說明，以備參考。為便於敘述，茲將各器分開論述。

（一）奭尊：🔣🔣

🔣二字，形體殊奇。清代學者對其有釋〔註52〕，然多不可據。吳匡以🔣所從的「由」為「鬯」，釋為「醜」。同時指出🔣為從廠從糸從同，即「綱」字。認為此處有貝、醜鬯及綱三物的賞賜〔註53〕。不難發現，吳文對🔣的偏旁分析是正確的，但稱「由」為「鬯」字，似不為據。「由」為鬼頭之義，「鬯」為器皿盛酒之狀，二者分別甚明。至於吳文對🔣的分析，有一定的道理，但是否為「綱」字，尚難確定。

（二）敔段：赤🔣

🔣，似從衣從土，不知何字。

（三）嗣鼎：🔣、🔣

張亞初在《引得》中將其隸定為「煩、燹」。細審形體，尚能辨析者有：前者下部為糸，左上部為邑；後者下部為火。

〔註51〕吳鎮烽：《陝西金文匯編》，三秦出版社，1989 年。

〔註52〕周法高：《說文詁林》第 5698 頁，香港中文大學，1975 年。

〔註53〕吳匡：《說奭尊》，《大陸雜誌》63 卷第 2 期，1981 年。

（四）寏侯弟鼎

「賜弟」後缺一字，從辭例上看，「嗣㚖」或爲弟所受之職，即治理㚖地；或爲某種物品之名。

（五）寓鼎

表示所賜物品的兩字，前一字不晰，張亞初在《引得》中隸作「纘」，不知所據。後一字作，張文隸爲「倬」，可備一說。

（六）縣妃𣪕：黃

黃的字不可識。

（七）守宮盤：弄□三

賞賜物品中的「弄□三」。「弄」後一字，學者或隸爲夆〔註 54〕，或隸爲厗〔註 55〕。然銘辭形體不清晰，不可識。

西周金文「其他」賞賜物資料輯錄：

乙未鼎：王（易）貝，𡨦（易）巾（《集成》2425）

寏侯弟鼎：寏侯易弟□嗣㚖（《集成》2638）

亳鼎：公侯易亳杞土、檿土、禾、禾（《集成》2654）

嗣鼎：溓公蔑嗣歷，易罿□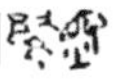（《集成》2659）

𢿌𪒠方鼎：楷仲賁厥𢿌𪒠逐毛兩、馬匹（《集成》2729）

寓鼎：王蔑寓歷，使𦎫大人易作冊寓□（倬）（《集成》2756）

大矢始鼎：大矢始易友（曰）𢦚……易□、易璋（《集成》2792）

多友鼎：易汝土田……汝靖京師，易汝圭瓚一、錫鐘一肆、鐈鋚百勻（《集成》2835）

曶鼎：易汝赤市、□……井叔易曶赤金、鬱（《集成》2838）

效父𣪕：休王易效父三（《集成》3822、3823）

賢簋：公命事，畮賢百畮糧（《集成》4104～4106）

〔註 54〕郭沫若：《兩周金文辭大系圖錄考釋》，上海書店出版社，1999 年 7 月。唐蘭：《西周銅器銘文分代史徵》，中華書局，1986 年 12 月。張亞初：《〈殷周金文集成〉引得》，中華書局，2001 年。

〔註 55〕陳夢家：《西周銅器斷代》（上），中華書局，2004 年。

敔段：易玄衣、赤㣈（《集成》4166）

虡段：易厥臣弟虡邢五糧，易甲、胄、干、戈（《集成》4167）

蒲簋：王命蒲眔叔緐父歸吳姬飴器（《集成》4195）

小臣傳段：師田父令小臣傳非、余，……伯惻（則）父賞小臣傳□（《集成》4206）

段段：令龏牧逾大則於段（《集成》4208）

走段：易女赤□、□□、□旂（《集成》4244）

縣妃段：易女婦爵、牧之𡍴珮玉、黃𧈢（《集成》4269）

靜段：王易靜鞞刻（《集成》4273）

番生段蓋：易朱市、恩黃、鞞鞑、玉環、玉琮、車、電軫、朱緟𢼸、朱𩨹𦥑綏、虎冟熏里、遣衡、右厄、畫轉、畫轓、金童（踵）、金豪、金簟弼、魚箙、朱旂旜金芳二鈴（《集成》4326）

師克盨：易汝秬鬯一卣、赤市、五黃、赤舄、牙僰、駒車、莕較、朱虢𦥑綏、虎冟熏里、畫轉、畫轓、金甬、朱旂、馬四匹、攸勒、素鉞（《集成》4467、4468）

執卣：尹格於宮，賞執，易𢆶二、聿二（《集成》5391）

保卣：征兄（貺）六品，蔑歷於保，易賓（《集成》5415）

庚嬴卣：王蔑庚嬴歷，易貝十朋，又丹一枡（《集成》5426）

高卣：尹易臣𧔷樊（《集成》5431）

執尊：尹格於宮，賞執，易𢆶二、聿二（《集成》5971）

𤔕尊：𤔕從王如南，攸貝，𨣔𨟻（《集成》5979）

保尊：征兄（貺）六品，蔑歷於保，易賓（《集成》6003）

企高卣：王易企高𢆶（《集成》5319）

般觥：王令般兄（貺）米於𨛭（《集成》9299）

幾父壺：易幾父𠂤莕六、僕四家、金十鈞（《集成》9721、9722）

十三年瘐壺：王呼作冊尹冊易瘐：畫𣪘、牙僰、赤舄（《集成》9723、9724）

三年瘐壺：呼虢叔召瘐，易羔俎……呼師壽召瘐，易麀俎（《集成》9726、9727）

免盤：令作冊內史易免鹵百䕞（《集成》10161）

縊伯盤：易三國，……□邑百，□攸金（《集成》10167）

守宮盤：易守宮絲束、𧇾𧇾五、𧇾𧇾二、馬匹、毳布三、𢍮□三、琜朋（《集成》10168）

𨈟鼎：易冋黃（《商周》02367）

師衛鼎：召公賚衛貝廿朋、臣廿、厥牛廿、禾卅車（《商周》02378）

亢鼎：公令亢歸美亞貝五十朋，以與茅、鬯𩰫（觛）、牛一（《商周》02420）

𢼸鼎：王令寢易𢼸大具（《商周》02427）

紳鼎：紳易禾於王五十秭（《商周》02441）

賢簋：公命事，晦賢百晦糧（《商周》05067-05070）

賢簋蓋：公命事，晦賢百晦糧（《商周》05071）

師衛簋：召公賚衛貝廿朋、臣廿、厥牛廿、禾卅車（《商周》05142）

霸伯盂：歸茅苞、芳鬯（《商周》06229）

季姬方尊：易厥田，以生（牲）馬十又五匹，牛六十又九㲹，羊三百又八十又五㲹，禾二廩（《商周》11811）

𩁹簋：易𩁹鹵百車（《商周續編》0422）

懋尊：易犬（緄）帶（《商周續編》0791）

懋卣：易犬（緄）帶（《商周續編》0880）

下　篇
西周金文賞賜物品相關問題研究

第一章　賞賜動詞研究

　　從目前掌握的資料看，賞賜類銘文在西周金文中佔有相當的比例。這類銘文中，都含有表示賞賜意義的動詞。分析研究這類動詞，不僅有助於正確地理解銘辭；還可將之作爲判定賞賜類銘文的依據之一，進而瞭解一些賞賜行爲中的授受關係。

　　就目前狀況而言，研究這類銘文的學者，筆力較多專注於銘文釋讀和相關歷史制度等方面的考察，而論及這些表賞賜意義動詞的，除部份文章稍有涉獵之外；專文討論的，就筆者所見，僅陳夢家《西周銅器斷代·賞賜篇》一文。但陳文中只是集中列舉了一些詞語，並沒有具體的說解，且選取詞語的範圍稍顯寬泛〔註1〕。有鑒於此，這類賞賜動詞仍有進一步討論的必要。

　　西周賞賜類銘文中，這類動詞主要有：易、賜、嗌、賈、商、寶、賚、兄、貺、休、令、命、畮、友、舍、余、儕、劑、毗、畀、受、妥、𢼄、攸、童、贛等，現對其分別加以討論。爲便於敘述，其中形體關係密切的將一併討論。

一、易、賜

　　「易」字，金文習見。通常作𤾤形，惟叔德𣪘的形體有異，作𤾤形。據銘

〔註1〕　王世民：《西周銅器賞賜銘文管見》，《第三屆國際中國故文字學研討會論文》，香港中文大學，1997 年 10 月。此文認爲在陳夢家所確定的諸多賞賜行爲中，有些並不是嚴格意義上的賞賜。按，由此推之，陳文中所選取的賞賜動詞則稍顯寬泛。

辭文意，其表示賞賜意義甚明。但對其形體的分析，學者多持有不同看法。分析過程中，學者多結合與易形相關的如甲骨文的等字進行探討。郭沫若認為「易字是益字的簡化」，「益乃溢之初文，象杯中盛水滿出之形，故引申為增益之益」，「益既引申為增益，故再引申為錫予。」〔註2〕張桂光把此字與甲骨、金文中與其相關的諸形體進行對比，認為其「正像盤中盛水自上向下傾注之形，會易予之義。」〔註3〕裘錫圭指出「殷墟甲骨文裏有一個字，象用手將一個器皿裏的液體注入另一器皿。其簡體有省去手形的，也有省去受注器形的」，據不同用法，可讀為「𣪊」、「駐」或「鑄」〔註4〕。據此，郝士宏認為「由｛注｝之形體可以看出即有『易』義，又引申有賜予義」，「所以『易』字很可能就是由｛注｝字省簡一形體，取其傾倒之形，而後訛變為形。」〔註5〕

客觀而論，上引各家對此形說解的合理性成分越來越多，但釋義方面似都存在一定的主觀性。總之，「易」形含有賜予之義。至於其形體的正確分析，還有待進一步研究。

西周賞賜類銘文中，除「易」為常用的賞賜動詞外，還有一從目從易的「睗」字。對此字釋讀時，學者說法頗多〔註6〕：1、「睗」的「目」旁為「貝」，「睗」即「賜」字；2、「睗」即「易」字；3、「睗」、「錫」、「賜」、「易」之間因假借而往往相通。

我們認為，上述觀點中應以3說為是。至於前兩種說法，有學者已辨之。

需要指出的是，王國維在釋讀「睗」字時曾提出「古錫、賜一字，本但作易」，「虢季子白盤睗用弓，彤矢其央，睗用戉用征蠻方，則假睗為之，曾伯䟒簠金道錫行，字又從金從睗，後世因其繁而逕改為從金從易，或從貝從易，於是有錫賜二字矣」。

依王文所云，「錫」、「賜」為「鍚」分化而成的二字，但這種觀點值得商榷。

<hr>

〔註2〕 郭沫若：《由周初四德器的考釋談到殷代已在進行文字簡化》，《文物》1959年第7期。

〔註3〕 于省吾主編：《甲骨文字詁林》第3389頁，中華書局，1996年。

〔註4〕 裘錫圭：《殷墟甲骨文字考釋（七篇）》，《湖北大學學報》1990年第1期。

〔註5〕 郝士宏：《古漢字同源分化研究》，安徽大學出版社，2008年。

〔註6〕 周法高等：《金文詁林》第2132頁，香港中文大學，1975年。按，下文如有學者觀點出於此，則不另行出注。

　　檢金文，表示賞賜義的從金從易的「錫」字較早見於西周中期生史殷銘；同時，形體明確爲從貝從易的「賜」字見於春秋時期的庚壺和戰國晚期的中山王䜌鼎二銘中。不難發現，如果說王文把春秋時期曾伯霥簠的「鍚」看作是「賜」字產生的源頭在諸字出現的時代上尚有可能的話，但是「錫」字的出現比「鍚」早，顯非爲「鍚」的後起字。因此，王文此說似難以成立。

　　分析至此，結合諸字出現的時代及前引學者的觀點，可以作以下推斷：

　　早期的「易」形具有賜予之義。西周早期和中期的「睗」爲從目易聲的字，假爲「易」，表示賜予之義。西周中期的「錫」亦從易得聲而假爲「易」。春秋時期的「鍚」字在「睗」字上加注「金」旁，但仍從易得聲之字。而春秋、戰國時期的「賜」字是在「易」形上加注意符「貝」而成，表示賞賜之義。由此可見，「睗」、「錫」、「鍚」、「賜」等字均爲「易」的後起之字，它們之間的關係也因此而非常密切。而研究者在涉及到這類動詞時，也多根據其義而直接隸作「賜」。

　　金文中，賞賜動詞「賜」使用的頻率最高，也呈現出以下特點：一、指稱的範圍甚廣。可以是具體的諸如「金」、「貝」、「玄衣」、「䜌旂」等物品，亦可以是一些抽象的概念如「眉壽」等。二、出現的場合多樣。既可出現於一般性賞賜，亦可出現於記載冊命、戰爭等重要的賞賜活動或記有眾多物品的銘文。三、使表示的句意多樣。用「賜」之諸銘，其句意既有主動，也有被動，從而表現出賞賜活動中較爲複雜的授受關係。

二、嗌

　　嗌，作⿰形，與《說文》籀文「嗌」同。楊樹達指出「益可假爲易。」〔註7〕益、易均爲支部字，音近可通。

　　《易‧益》云「或益之十朋之龜。」《墨子‧號令》云「益邑中豪傑。」孫詒讓《墨子閒詁》云「益猶言加賞也。」均指明「益」爲賞賜之義。

　　又《詩‧維天之命》云「文王之德之純。假以溢我，我其收之。駿惠我文王，曾孫篤之。」箋云「溢，乃溢之言也。」陳奐《傳疏》云「假以溢我，言

〔註7〕楊樹達：《積微居金文說》（增訂本）第52頁，中華書局，1997年12月。

以嘉美之道，戒愼於我。」穆海亭、鄭洪春認爲，這些訓釋均未指出「溢」字的本義。實謂以嘉言賜我，我則受之〔註8〕。甚確。「溢」、「嗌」均從「益」得聲，諧聲可通。三者均有賞賜的含義。

由此可見，「嗌」與「易」音義俱近。銘辭中，其亦表示賞賜之義。

金文中「嗌」的使用僅見於西周晚期的敔叔簋銘，其後所述物品爲「貝十朋」，甚爲簡單。

三、賣、商、賨

「賞」，《說文》「賜有功也。」銘辭中表示此義有「商」、「賣」、「賨」等字。形體上，「賣」在「商」形上加「貝」形，是「商」的繁化；「賨」是「賣」的聲符的省簡，二者均從「商」得聲，但前者不見字書。「商」、「賨」，《說文》分別訓之爲「從外知內也。」、「行賈也」，本無「賞」的含義。以音求之，「商」乃假爲「賞」而具有其義。由此，三者都是據音讀作「賞」，從而表示賞賜之義的。其中以「商」、「賨」在金文中最爲常見，

金文中的「賞」字，不僅在意義上與另一賞賜動詞「賜」字關係密切，而且出現的頻率也僅次於「賜」字，是除「賜」以外的最爲常見的賞賜動詞。

需要指出的是，儘管「賞」、「賜」關係密切，文獻中也時常將二者連言而論，但是二者的使用仍存在一定的差異：一、使用時代上。「賞」不如「賜」那樣貫穿整個西周時期，只是較多出現於西周早期。二、指稱對象上。用「賞」的銘辭中，除小盂鼎相對豐富外，其他在數量和種類上都比較少和單一，多爲貝，明顯不如「賜」後物品豐富；而且「賞」指的多爲具體概念的物品，很少用於表示抽象意義的名詞前。三、賞賜行爲的授受關係上。凡用「賞」的，都是上對下的直接賞賜；而且表達上很少有用「賜」時所體現的被動含義。可見，「賞」所體現的授受關係比較簡單。

四、鰲

「鰲」，從貝從敖。劉心源釋噩侯鼎銘中的此字爲「釐」，訓爲「賜」〔註9〕。

〔註8〕 穆海亭，鄭洪春：《夷伯簋銘文箋釋》，《中國考古學研究論集──紀念夏鼐先生考古五十週年》，三秦出版社，1987年。

〔註9〕 劉心源：《奇觚室吉金文述》卷2第10頁，清光緒二十八年自寫刻本。

學者在論述此字時，也多將其看作「釐」字。柯昌濟認爲，「釐」應爲「賷」〔註10〕。張亞初進一步指出「釐」、「釐」不能混爲一談，引師袁毁的「萊」字作「杢」形，謂其「正是杢、來通轉之佳證」〔註11〕。其說甚確。金文的「釐」即指「賷」。

「賷」，《詩・商頌・烈祖》「賷我思成，」毛傳「賷，賜也」。《論語・堯曰》「周有大賷」，何宴集解「賷，賜也。」《詩・周頌・賷序》「賷，予也，言所以錫予善人也。」《爾雅・釋詁下》「臺、朕、賷、畀、卜、陽，予也」，郭璞注「賷、卜、畀，皆賜與也」。凡此，均說明「賷」指賜予、賞賜之義。

金文中，用「賷」作爲賞賜動詞的見於敔毁和舊簋兩器。前者爲「釐」，後者爲其省簡形式，作「杢」形。這與師袁毁三器中的兩同銘之器的「萊」分別作「釐」、「杢」二形的情形相似，同時也進一步說明「釐」、「賷」、「杢」諸字在音讀上是完全可以相通的。

五、兄、貺

西周金文中，有一常見形體爲𠃌的字（爲了便於討論，下文以△代替）。據銘辭文意，其明確爲賞賜之義。然對其形體的分析，學者的觀點不盡相同。

這種觀點上的不同首先表現爲對甲骨文中此字的釋讀：或釋爲兄，或釋爲祝〔註12〕。

關於金文中的△和從△的諸字的釋讀，早期說法中多釋爲「旨」或「猒」的〔註13〕。孫詒讓則認爲應釋爲「兄」，並指出「作此形乃是兄的繁縟寫法」〔註14〕。隨後，學者或據此而進行各種分析〔註15〕，但也有學者持不同意見而

〔註10〕柯昌濟：《讀金文編札記》，《古文字研究》第13輯，1986年。

〔註11〕張亞初：《金文考證例釋》，《第三屆國際中國古文字學研討會論文集續編》香港中文大學出版，1998年10月。

〔註12〕于省吾主編：《甲骨文字詁林》，中華書局，1996年。

〔註13〕吳榮光：《筠清館金文》卷1第27頁，清宜都楊守敬重刻本；吳式芬：《捃古錄金文》卷2之1第17頁，光緒二十一年家刻本；劉心源：《奇觚室吉金文述》卷2第3頁，清光緒二十八年自寫刻本。

〔註14〕孫詒讓：《古籀餘論》卷2第3頁，燕京大學哈佛燕京學社石印（容庚校補本），1929年。

〔註15〕周法高等：《金文詁林補》第2802頁，香港中文大學，1982年。

釋爲「聶」〔註16〕。此字在釋讀上的分歧明顯，故有進一步討論的必要。

細審形體，△下部所從的人的手形十分明顯，其中人的寫法是由兩筆完成的：左側的筆畫向外撇開而稍短，右側的筆畫多作一直筆；且手形的筆畫只是附於一側，而從無將人形的下部相連的情形。整體而言，△如一側立的人形。

尤值注意的是，中方鼎銘云「王令大史𠃓禑土，王曰：中，茲禑人入事，易於武王作臣，今𠃓畁女禑土，作乃采。」這裡出現的𠃓、𠃌二形，前者是常見的「兄」，後者是△。據文意，二者應爲一字，在此讀作「貺」，均指賞賜之義。

基於以上對金文中△形的分析以及同銘中△字的不同寫法，我們認爲，儘管這最能說明△可釋爲「兄」的銘辭於金文僅一見而似有孤證之嫌，但至少說明了兄、△之間確實存在密切的關係。且正是這一例的相混，表明它們之間是有區別的，即表示「賜予」的△字多在「兄」的構形中突出手形。誠如李學勤所云「兄字寫法特顯其手形」、「讀爲貺，在西周前期金文中都是可通的」、而「作賜予講的『貺』字特顯手形」。〔註17〕

綜上所述，△似應釋爲「兄」。銘辭中，其常假爲「貺」。

「貺」，《爾雅·釋詁》：「貺，賜也。」《詩·小雅·彤弓》「中心貺之」《左傳》成公十二年「貺之以大禮」，毛傳和杜預注皆謂「貺，賜也。」凡此，均指貺爲賜予之義。

至於叔趯父卣銘中的「𧨀」字。據文意，其應爲賞賜之義的詞，故其亦是假爲「貺」。

關於「貺」在金文中的用法，彭裕商認爲「凡用貺字的，都不是上對下直接的賜與，而是命人轉交賜物」。對於貺和賜的區別，他認爲「貺主要是指轉交賜物，而賜則是上對下的賜與。所以金文中凡是直接受賜於君主，中間無他人轉交，則皆用賜不用貺；凡言恩惠所自，也皆用賜不用貺」。進而總結到「貺雖可訓爲賜，但在金文中二者還是有明顯區別的。此爲貺字在晚殷和西周時期的古義，已不見於後世典籍。」〔註18〕從目前所掌握的金文資料，彭文的觀點頗有見地，可從。

〔註16〕徐在國：《説「聶」及其相關字》，參看《簡帛研究》網所載，2005年。

〔註17〕李學勤：《全國商史學術討論會論文集》，《殷都學刊》編輯部，1985年。

〔註18〕彭裕商：《保卣新解》，《考古與文物》1998年第4期。

六、休

「休」字，楊樹達認爲指賜予之義，[註19]並指出「休於小臣，休字蓋賜予之義，然經傳未見此訓，蓋假爲好字也」，《左傳》昭公七年云：『楚子享公於新臺，⋯⋯好以大屈。』猶言賂以大屈也。《周禮・天官・內饔》云：『凡王之好賜肉修，則饔人共之。』好賜連言，好亦賜也。」[註20]對此，唐蘭亦認爲金文的「休」確有用作賜予的情形，但駁斥楊氏把金文諸多的「休」字都理解爲「賜予」的觀點。同時指出「休字本訓美，沒有賜予的意義。不過，賜與總是一番好意，所以『休』字就用作好意的賜予，久之也就單用做賜予的解釋了。」[註21]其說可從。

表示「賜予」的「休」字，或與介詞「於」構成「休於」詞組而表示賞賜的含義。張政烺認爲，這種賞賜「皆是上對下，賞賜數額不大，是儀俗而非典禮。」[註22]從目前所掌握的資料看，「休於」的物品以貝爲主的普通賞賜，且多見於西周早期。張文所述不無道理。

金文中「休」字還有與同屬賞賜義的動詞連用的情形，諸如休錫、休毗等。

七、令

《小爾雅・廣言》云「命，予也。」《國語・周語上》云「襄王使邵公過及內史過賜晉惠公命」。趙誠引南朝齊王儉《褚淵碑文》「微於以至仁開基，宋段以功高命氏。」之語，謂此「命氏」即賜姓[註23]。由此可知，「命」有賜予、賞賜的含義。

典籍中，「命」、「令」二字常通用，《書・說命上》「王言惟作命。」《國語・楚語上》曰「王言以出令也。」《周禮・秋官・大行人》「協辭命。」《大

〔註19〕楊樹達：《大公報・文史週刊》十三期，1947 年。轉引自唐蘭《論彝銘中的「休」字》文中所引，《申報・文史副刊》1948 年 2 月 14 日。

〔註20〕楊樹達：《大公報・文史週刊》十三期，1947 年。轉引自唐蘭《論彝銘中的「休」字》文中所引，《申報・文史副刊》1948 年 2 月 14 日。

〔註21〕唐蘭：《論彝銘中的「休」字》，《唐蘭先生金文論集》，紫禁城出版社，1995 年 10 月。原文載《申報・文史副刊》1948 年 2 月 14 日。

〔註22〕張政烺：《伯唐父鼎、孟員鼎瓻銘文釋文》，《考古》1989 年第 6 期。

〔註23〕趙誠：《金文的「命」》，《徐中舒先生百年誕辰紀念文集》，巴蜀書社，1998 年 10 月。

戴禮・朝事》「命作令。」《左傳・昭公二十六年》「齊侯將納公，命無受魯貨。」
《史記・魯周公世家》「命作令。」因而「令」亦有賜予的含義。

康鼎銘云「令女幽黃、鋚革」，其中的「幽黃」、「鋚革」是冊命所賜之物。
以此觀之，「令」可用於冊命類賞賜銘文。但作爲賞賜動詞，其在金文中出現
很少。

八、賄，友

賢簋銘曰「賄賢百賄糧」，郭沫若指出前一個「賄」是動詞，假爲「賄」，
表示賜予之意〔註 24〕。于省吾從其說，同時徵引了《儀禮・聘禮》記「賄在聘
於賄」，《注》「古文賄皆作悔。」《一切經音義》七四「賄，古文賄同」等文獻
材料。〔註 25〕由此可見，郭氏讀「賄」爲「賄」以及對「賄」的釋義等都是正
確的。

典籍中，《說文》「賄，財也。」《玉篇》「賄，贈送財也。」《左傳・文公十
二年》「厚賄之」杜預注「賄，贈送也。」《史記・周本紀》「王賜榮伯作賄息愼
之命」裴駰《集解》引孔安國曰「賄，賜也。」不難發現，最初作爲財貨的賄，
因具有價值，故可用來贈送或賞賜，也因此進一步引申爲表示贈送或賞賜之義
的動詞。

友，見於鬲比盨銘，郭沫若讀爲「賄」〔註 26〕，亦爲贈賜之義。

九、舍、余

「舍」，孫詒讓認爲是「賜予」的「予」的假借〔註 27〕。楊樹達從其說。
〔註 28〕唐蘭指出「舍與余爲一字，余通予。《爾雅・釋詁》『予，賜也。』」
〔註 29〕，此說甚確。

古文字中，「舍」、「余」乃一字分化，二者之間關係密切。又「余」、「予」

〔註 24〕郭沫若：《兩周金文辭大系圖錄考釋》225 頁，上海書店出版社，1999 年 7 月。

〔註 25〕于省吾：《〈穆天子傳〉新證》，《考古社刊》，1937 年第 6 期。

〔註 26〕郭沫若：《兩周金文辭大系圖錄考釋》，上海書店出版社，1999 年 7 月。

〔註 27〕孫詒讓：《古籀拾遺》（下）第 15 頁，清光緒十六年自刻本。

〔註 28〕楊樹達：《積微居金文說》（增訂本）第 1 頁，中華書局，1997 年 12 月。

〔註 29〕唐蘭：《西周青銅器銘文分代史徵》第 233 頁，中華書局，1986 年 12 月。

二字典籍中常可通用。〔註 30〕由此，「舍」爲「余」而讀作「予」。《史記·夏本紀》「與益予眾庶稻鮮食」，司馬貞索隱「予，謂施予之予。」《荀子·修身》「喜不過予。」楊倞注「予，賜也。」凡此，均指予具有授予、賜予之義。

十、畀

畀，唐蘭釋讀永盂銘「錫畀」時述之甚詳，指出畀爲賜予之義〔註 31〕。裘錫圭從其說，並對畀字的形體演變、本義及在甲骨文中的用法作了詳細地分析〔註 32〕。二家之說甚爲精闢，爲學者所從。

「畀」，《詩·邶風·干旄》「何以畀之」，毛傳「畀，予也。」《書·洪範》「不畀洪範九疇」孔安國傳「畀，與也。」《爾雅·釋詁》「畀，賜也。」張衡《東京賦》「龜書畀似」，李善注引《爾雅》之釋。由此可見，「畀」爲「付與」、「賜予」之義。

西周賞賜類銘文中，「畀」用於永盂和柞伯簋兩器。永盂爲「錫畀」連言，與他銘的「休錫」、「休眦」屬同類情形。

十一、眦

用於西周早期小臣鼎的「眦」字。楊樹達指出「休下一字左從目，右從比，字爲眦，蓋從比聲。字假爲畀，休畀謂賜與也。」〔註 33〕可從。

此「休眦」，與他文中「休錫」連言的情形類似，均指賞賜之義。

十二、受、妥

受，《說文》「相付也。」西周中期的㸂尊銘云「㸂休於匽季，受貝二朋，揚季休」，即指明㸂受賜二朋之貝。由此可見，這裡由「付與」義而引申爲賜予、賞賜之義。

此外，龠比盨銘有一字，形體較爲怪異，據文意知其爲賞賜動詞。裘錫圭

〔註 30〕高亨：《古字通假會典》834 頁「余」字聲系，齊魯書社出版，1989 年 7 月。

〔註 31〕唐蘭：《永盂銘文解釋》第 1 期；《〈永盂銘文解釋〉的一些補充——並答讀者來信》第 11 期，《文物》1972 年。

〔註 32〕裘錫圭：《「畀」字補釋》，《古文字論集》，中華書局，1992 年 8 月。

〔註 33〕楊樹達：《積微居金文說》（增訂本）66 頁，中華書局 1997 年 12 月。

釋其爲「爰」，表示「付與」之義〔註34〕。從此字形體和辭例看，其說可從。

十三、🦅

此字出現於衛叡銘，凡四見。其中僅一形體比較清晰，作🦅形。據銘辭的文意，知其爲表賞賜義的動詞，然對其形體的分析還有待進一步研究。

十四、儕、劑

儕，陳夢家對五年師旋叡銘分析認爲「儕假作齎」，爲給予之義。引《周禮‧小宗伯》「受其將幣之齎」，《釋文》云「齎本又作賷。」謂「此銘之儕，似當作爲王使人持遺，送付於師事所在之地，故曰儕而不曰易。」〔註35〕麥方尊中的劑，與儕均從齊得聲，可通。唐蘭在釋讀時指出其「讀如齎」，引典籍訓爲付與之義〔註36〕。由此，「儕」或作「劑」，可讀爲「齎」、「賷」，表示付與之義。

近出晉侯蘇鍾銘裏，王的兩次賞賜行爲分別用了不同的詞語，一爲常見的賜，一爲儕。陳雙新亦從之，並認爲「易可能易側重於儀式和禮節，儕側重於親手交與的動作，以顯示周王的重視和蘇所受的恩寵。」〔註37〕

結合出土文獻資料中晉侯蘇編鍾的「賜」、「儕」二詞並舉，以及傳世典籍中「儕」可讀爲表示賞賜義的「賷」這兩種情況看，「儕」表示賞賜之義甚明。

賞賜類銘文中，「儕」分別見於西周早期的麥方尊、西周中期的五年師旋叡和西周晚期的晉侯蘇鍾。可以看出，「儕」字的使用貫穿整個西周時期。值得注意的是，從賞賜行爲的次數上看，晉侯蘇鍾爲兩次，而麥方尊已達到四次之多。其中，前者的「儕」用於第二次賞賜行爲，後者用於第三次賞賜行爲。從賞賜原因上看，晉侯蘇和師旋均因討伐之功而被賜；麥方尊中是麥參加王舉

〔註34〕裘錫圭：《釋「受」》，《容庚先生百年誕辰紀念文集》第148頁，廣東人民出版社，1998年4月。

〔註35〕陳夢家：《西周銅器斷代》（上）205頁，中華書局，2004年4月。

〔註36〕唐蘭：《西周青銅器銘文分代史徵》252頁注20，中華書局，1986年12月。

〔註37〕陳雙新：《晉侯蘇鍾銘文新釋》，《中國文字研究》第二輯，廣西教育出版社，2001年10月。

行的射禮活動而得到的賞賜。需要指出的是，五年師旋毀中儘管沒有這種重複賞賜行爲的記載，但由師旋所受的諸物品可知其地位亦不會太低。

由此，似可作出這樣的推斷：一、表示賞賜義的「儕」，多用於載有重複賜物行爲的銘辭。二、在用「儕」的銘辭中，所言受賜者的地位都比較高，且戰功顯赫。至於「儕」和「易」的用法是否有嚴格意義上的區分，還有待進一步研究。

十五、寋

寋，從止從宐。學者對其闡述頗多〔註38〕。其中，李學勤在釋讀牆盤銘時認爲與此字上部所從相同的形體在金文中是「寧」，讀爲「予」。于省吾進一步申述其義，指出用爲賞賜動詞的「寋」也應讀作「予」，表示給予之義。二家所說甚確。

金文中，這類動詞用法不多，且所述的物品也多爲普通之物。

十六、攸

攸本無賞賜之義，楊樹達認爲「攸疑假爲休，金文用休字與錫賜義同，攸貝即賜貝也。」〔註39〕「攸」、「休」均爲幽部字，音近可通。

金文中，表示此義的「攸」的使用很少。

十七、遺、歸

「遺」，作形。李旦丘認爲，「饋」的古文作「厬」，又《玉篇》逾字古文作廥，且古文字中從廣與從廠常相通，則從貴之字，可從廠，而從廠之字，又可以從辵，故遺即饋字〔註40〕。可從。「遺」爲「饋」，表示饋贈、賜贈的意思。

與此相類的是，金文還有一「歸」字，銘辭中其亦讀作「饋」，表示賜贈之義。

從目前掌握的資料看，銘辭中凡使用「遺」、「歸」二字爲賞賜動詞的，均不是王的直接賞賜，而是由王的臣屬對受賜者進行的賞賜。這與前述「覒」的

〔註38〕周法高等：《金文詁林補》第 2496 頁，香港中文大學，1982 年。
〔註39〕楊樹達：《積微居金文說》（增訂本）第 71 頁，中華書局，1997 年 12 月。
〔註40〕李旦丘：《金文研究‧釋則》，1941 年來熏閣書店影印本。

用法比較相似。

十八、贛

金文中，在賞賜物前或有一從「章」從「廾」的字，陳劍釋爲「戇」字，讀作「贛」。引典籍，「贛」爲「賜」義〔註41〕。可從。

小　結

通過以上對西周賞賜類銘文中諸賞賜動詞的分析，這些賞賜動詞使用的基本特點爲：

「易（賜）」的使用最爲多見，且所體現的授受關係也最爲複雜，往往必須據銘辭文意才能得以全面瞭解。稍次之的即爲「賞」字，儘管其與「易」關係最爲密切，但兩者的用法頗不相同。而「覘」、「遣」、「歸」等詞的使用，反映的均爲賞賜中的轉賜現象，即命賜者讓他人代行其對受賜者的賞賜。至於「儕」的使用多出現於含有重複賞賜行爲的銘文，且對受賜者的地位有間接地反映，即受賜者的地位不會太低。此外，其他賞賜詞儘管出現較少，但使用情況也比較複雜，如其中的「令」就可以和常見的「賜」一樣用於冊命類銘文；某些賞賜動詞常連言出現，如休賜、休毗、錫畀等；有些賞賜動詞同時用於一篇銘文。

由這些賞賜動詞的使用特點，可以獲得以下認識：

（一）結合銘辭的文意，我們可以將諸賞賜動詞作爲判定賞賜類銘文的依據之一；可以根據其使用特點，對賞賜行爲中的授受關係以及賞賜性質等有一定的認識，從而更全面準確地理解銘辭所反映的相關信息。

（二）某些動詞的使用儘管少見，甚至「稍縱即逝」，但它們的存在對銘文的表達具有重要作用。誠如學者在對鬲比盨中同時用「芟」、「友」、「畀」、「余」爲賞賜動詞的現象解釋時所云「是一種修辭手段」，是「用字不肯蹈復見之病」而爲〔註42〕。因此掌握這些動詞的用法，對我們理解銘辭同樣具有重要意義。

〔註41〕陳劍：《釋西周金文的「戇（贛）」字》，《北京大學古文獻研究所集刊》（一），北京燕山出版社，1999 年 12 月。

〔註42〕黃天樹：《鬲比盨銘文補釋》，《黃盛璋先生八秩華誕紀念文集》第 185 頁，中國文化教育出版社，2005 年 6 月。

第二章　賞賜物總體狀況及組合規律研究

　　賞賜的時代、原因和場合的不同，都會導致各類賞賜物在銘文中出現次數及其間的組合關係等方面有所差異，但同時也體現出一定的規律。求同存異，瞭解這些規律無疑有利於我們比較全面地掌握西周時期的賞賜行為及相關制度。學者在對一些相關制度探討時，也曾不同程度地關注於賞賜物品的規律的找尋和總結。但是，對物品總體狀況和各類物品之間組合規律等基礎性研究的論述則很少。

　　有鑒於此，本章將對這種狀況及組合規律進行分析研究並加以總結，以期能為其他相關研究提供一定的參考。

第一節　西周金文賞賜物的總體狀況

　　西周彝銘中的賞賜物品種類豐富、數量多，在銘文中出現的情況不盡相同。在分析研究賞賜物時，我們不能局限於對某類物品在某一時期狀況的把握，必須對賞賜物的整體狀況有所瞭解，即所有賞賜物在金文中的出現情況以及它們在時代上所呈現的變化。

　　由此，根據目前所掌握的資料，本文擬對西周金文賞賜物出現於銘文的情況作量化研究，並將研究結果以圖表方式列出，同時加以一定的分析總結，以

期能使我們對賞賜物總體狀況有比較直觀的瞭解。

需要說明的是，這裡的量化分析是以記載賞賜物的器銘爲主，故所用材料中如屬同銘異器的情形，均分別計算；但對同一器銘中出現兩次的則不復計入。

附表　各種賞賜物出現於銘文的次數

物品 ＼ 時代 ＼ 次數	西周早期	西周中期	西周晚期	合計
車	8	18	22	48
馬	21	32	38	91
車飾	—	6	21	27
馬飾	1	39	53	93
酒類	20	10	22	52
服飾	8	104	87	179
兵器	5	24	21	50
旗幟	3	34	59	96
貝	125	45	5	175
絲及絲織品	6	2	1	9
金	32	20	1	53
玉器	10	40	6	56
彝器	6	7	8	21
土地	11	4	10	25
臣僕	18	9	6	33
動物	11	21	2	34
其他	19	29	11	59

結合圖表分析，西周賞賜物的總體狀況爲：

一、從種類上看，除不宜歸類的物品外，西周賞賜物主要有：酒、車馬及車馬飾、服飾、兵器、旗幟、貝、絲及絲織物、金、玉器、彝器、動物、土地、臣僕等十三類〔註1〕。其中惟貝類比較單一，他類均涵蓋不同物品且以車飾最多，達十三種。

〔註1〕　爲了更清晰地反映各類賞賜物之間關係，我們將車馬及車馬飾類所含的車、馬、車飾和馬飾分別統計。同時在語言表述上，或將這四者稱作「類」。

二、從出現於銘文的次數和時代上看（附表），西周賞賜物主要呈現出以下情形：

1、賞賜物出現次數呈減少趨勢的

可以看出，貝在諸物中出現頻率最多，在賞賜類銘文中佔有近三分之一的篇幅。其出現時代多為西周早期，至西周中期已明顯減少，而西周晚期則僅五例。諸物中與此相類的還有金、臣僕和絲織品等，其中金的變化幅度最大：西周早期其出現僅次於貝，西周中期開始減少，至晚期時則僅一見。與其相比，絲織品雖也有一定變化，但總體出現次數不多，其變化幅度不明顯。另外，臣僕自西周中期出現次數逐漸減少，至晚期其出現次數僅為早期的三分之一。

2、賞賜物出現次數呈遞增趨勢的

在所有賞賜物中，服飾的出現次數僅次於貝且變化明顯：西周早期較少，西周中期則大量出現，且一直處於遞增趨勢，至西周晚期為最常見的物品。除此之外，旗幟、車馬和車馬飾等物品也呈現這種趨勢，其中旗幟出現次數最多、變化亦最快，由早期的三見發展到晚期的僅次於服飾。這與馬飾在西周早期僅一見，但在西周中晚期比較多見的情形頗為類似。與馬飾關係密切的馬，在西周早期就有較多的出現，西周中期沒有明顯變化，西周晚期時有所增加。另外，車飾在西周中期才出現，但直至晚期其出現次數仍比較少，在出現次數呈遞增趨勢的諸物品中最少見。而與車飾相關的車在西周早期就出現，但直至西周晚期，其出現次數都不多。至於彝器，在整個西周時期一直處於增加的趨勢，但總體出現次數較少，變化幅度亦不大。

3、賞賜物出現次數的變化或有一定起伏，或基本不變的

與前述各物不同，酒類、兵器、服飾、玉器、土地和動物出現次數的變化呈現了另一種特點：即西周早期均出現，並在西周中期出現較多，但至晚期時又有所下降；其中土地和酒類甚至恢復至早期的狀況。

以上是我們對金文賞賜物總體狀況所作的簡要分析。可以看出，大部份物品的出現具有較為明顯的時代性。我們認為，這些賞賜物出現的時代上的變化，往往並非偶然，而具有一定的必然性。

據學者研究，「西周前期雖有冊命制度，但其禮儀似尚未形成固定格式，

至少在鑄器銘文文例只能夠尚未見有固定格式。而西周中期以後，冊命禮儀漸形成一種固定格式，至少在諸器銘文文例中已見此種格式。」〔註2〕由此可見，隨著冊命制度的形成、完善和發展，「賜物」逐漸成爲其重要環節，因而服飾、旗幟、馬飾、車飾、兵器等常作爲冊命禮儀中的所賜之物也逐漸增多。其中以命服的賞賜最爲突出，故服飾在西周中晚期的數量最多。

與此相反，非冊命類金文所記的多爲一些他類物品，其中以貝最爲典型。如前所述，貝的賞賜量在金文中占很大比重，且可用於眾多場合；但在冊命類金文中則頗爲少見，故其在西周中晚期一直處於銳減的情形。同樣地，其他非屬冊命所賜之物在這一時期也逐漸減少。

此外，如果將所賜之物置於當時的社會背景來考慮，同樣會發現其變化亦有規律可尋。如土地的賞賜多爲西周初期，這與周初統治者擴大疆土、欲穩固統治進而分封、賞賜大量土地予其臣屬；而西周中晚期領土擴張相對減少，雖仍有土地賞賜但對臣屬的賞賜卻相應減少的歷史背景相吻合。

第二節　西周金文賞賜物組合規律研究

賞賜物組合規律，即指各類賞賜物之間的組合關係所反映的規律。其主要體現在以下幾個方面：一、某類賞賜物常與哪一類賞賜物同時出現；二、某類賞賜物在某種賞賜場合中常和哪一類賞賜物同時出現；三、某類賞賜物在某一時期常與哪一類賞賜物同時出現。

毋庸置疑，對各類賞賜物之間組合關係及其體現的規律的瞭解，是我們對賞賜物總體狀況分析研究的深化，也是我們探討其他相關賜物制度的必要前提。鑒於此，本節以比較能直接反映各類賞賜物間組合關係的各物間組合次數爲切入點，擬對這些組合次數進行量化分析，同時將分析結果列成圖表，以期能對其間呈現的規律有所窺見。

需要指出的是，因「其他」類物品的屬性比較複雜，故與他物之間的組合關係不便分析，故下文不將其列入討論範圍。此外，因本節分析的是各類賞賜物間的組合關係，這在客觀上存在敘述上交叉的問題，故爲了避免重複論述，其中內容相同的闡述只出現在對初見的某一物品的分析中，他處不再說明。

〔註2〕陳漢平：《西周冊命制度研究》第25頁，學林出版社，1986年12月。

（1）車

名稱\次數\名稱	酒類	兵器	貝	臣僕	旗幟	玉器	彝器	金	服飾	馬	馬飾	車飾
車	13	9	3	2	13	14	1	1	33	22	17	15

由上表可知，車和服飾、馬多同時出現，在諸賞賜物中關係最爲密切。然與其類屬最近的車飾，則多與酒類、馬飾等和車出現於西周晚期的冊命類金文。這當與西周早中期車飾很少出現，以及晚期車飾用於冊命賜物不無關係。此外，車與服飾往往也出現於西周早期的賞賜行爲中，但服飾的稱法和種類都遠不及中晚期複雜。

（2）馬

名稱\次數\名稱	服飾	臣僕	貝	酒類	動物	玉器	兵器	土地	彝器	車飾	馬飾	車	旗幟	金	絲織品
馬	15	4	7	13	3	8	13	2	6	12	13	22	6	2	1

結合前述的總體狀況，可知馬多爲單獨的賞賜。在與諸物的組合上，其常和車一起出現，而與馬飾的關係並不密切；但其往往和馬飾、車飾三者同時出現。

與其他類物品組合時，馬多見於一些賞賜內容比較豐富的非冊命類銘文。

（3）車飾

名稱\次數\名稱	服飾	馬	酒類	玉器	兵器	馬飾	車	旗幟
車飾	14	12	13	2	6	13	15	8

可以看出，和車飾構成組合的物品並非很多，其中與車的關係最爲密切：只要有車飾賞賜的，就有車的出現。但在車的賞賜中，車飾的出現並沒有這種必然性。據前分析，這種情形多出現於西周晚期。

（4）馬飾

名稱＼次數＼名稱	金	車飾	酒類	旗幟	玉器	兵器	服飾	馬	車	土地
馬飾	1	13	14	31	1	12	74	13	17	1

　　與車飾相比，馬飾亦多出現於冊命賜物，且與其他物品較少同時出現。不同的是，在冊命賞賜的場合中，其並非象車與車飾那樣緊密結合，而多和旗幟、服飾等形成組合。其中以和服飾的組合最為常見。

（5）酒

名稱＼次數＼名稱	金	臣僕	貝	動物	旗幟	玉器	兵器	土地	服飾	馬飾	車飾	馬	車
酒類	5	3	13	7	5	3	7	5	12	14	13	13	13

　　如上述馬類相同，酒類也多為單獨賞賜。在與其他物品組合時，西周早期多為貝和動物等，且主要用於祭祀活動。西周晚期則多和車、馬、車飾、馬飾和服飾等出現於冊命類金文。

（6）服飾

名稱＼次數＼名稱	金	臣僕	貝	旗幟	玉器	兵器	土地	酒類	車飾	馬飾	車	馬
服飾	2	4	4	92	10	18	4	12	14	74	33	15

　　結合銘辭，在各種組合關係中，當車、服飾和馬往往同時出現。車飾、馬飾、酒等也多與服飾用於被賜於冊命場合，其中和旗幟的組合最多。此外，服飾在與他類物品組合時多為西周早期，名稱都較簡單；而中晚期則很少和這些物品同時出現。

（7）兵器

名稱＼次數＼名稱	酒類	金	貝	臣僕	旗幟	玉器	彝器	土地	絲織品	服飾	車	馬	車飾	馬飾
兵器	7	1	3	5	18	4	1	2	1	18	9	13	6	12

兵器與其他物品組合時，常和旗幟、服飾和馬飾等出現於西周中晚期的冊命賞賜。其中較常見的組合爲：兵器＋馬飾，兵器＋服飾兩種方式。

（8）旗幟

名稱＼次數＼名稱	酒類	兵器	玉器	土地	服飾	車飾	馬飾	馬	車	臣僕
旗幟	5	18	2	2	92	8	31	6	13	1

結合旗幟與他物的組合關係以及銘辭內容，可知其與服飾、馬飾、兵器等同屬冊命賜物中主要物品。此外，旗幟與其他物品的組合多爲西周早期。

（9）貝

名稱＼次數＼名稱	酒類	金	臣僕	動物	玉器	彝器	土地	絲織品	服飾	車	馬	兵器
貝	13	4	11	3	5	1	3	3	4	3	7	3

以貝在諸物中所佔的比重，可知其主要是單獨賞賜。但在西周早期時，其往往和酒、臣僕和金等同賜，且常用於祭祀活動。

（10）絲及絲織品

名稱＼次數＼名稱	金	貝	馬	玉器	兵器
絲及絲織品	2	3	1	1	1

這裡物品不僅總量少，而且和他物組合也較少。

（11）金

名稱＼次數＼名稱	酒類	兵器	貝	臣僕	車	玉器	彝器	絲織品	服飾	動物	馬	馬飾	土地
金	5	1	4	6	1	2	2	2	2	3	2	1	2

金是以單獨賞賜爲主，較少與他物形成組合。

（12）玉器

名稱＼次數＼名稱	酒類	貝	旗幟	彝器	土地	車	絲織品	服飾	車飾	馬	馬飾	臣僕	動物	兵器
玉器	3	5	2	3	4	14	1	10	2	8	1	3	1	4

玉器大多是單獨賞賜，與物品組合關係不明顯。其和車、馬、服飾都只出現在記載賞賜物較多的冊命金文中。當其與馬同賜時，往往是作爲酬幣而出現在時王參加的饗禮活動後。

（13）彝器

名稱＼次數＼名稱	金	貝	兵器	玉器	土地	車	馬
彝器	2	1	1	3	2	1	6

彝器多爲單獨賞賜，和其他物品組合較少。即使和馬同賜，也是比較隨意性的組合，且多出現於記載物品較爲豐富的非冊命賜物的器銘。

（14）土地

名稱＼次數＼名稱	金	臣僕	貝	酒類	旗幟	玉器	兵器	服飾	彝器	馬	馬飾	動物
土地	2	7	3	5	2	4	2	4	2	2	1	1

土地多爲單獨賞賜。由此，儘管與他物的組合中以臣僕最多，但二者之間並沒有必然聯繫。另外，西周中晚期尤其是晚期，在一些記載所賜之土地豐富的銘辭中，往往是和其他物品同時出現。

（15）臣僕

名稱＼次數＼名稱	金	酒類	貝	旗幟	玉器	兵器	土地	服飾	馬	車	動物
臣僕	6	3	1	1	1	3	5	7	4	2	3

與土地賞賜的情形相似，臣僕亦多爲單獨賞賜。除了和貝或土組合較多之

外外，與其他物品之間沒有明顯的組合關係。

（16）動物

名稱 次數 名稱	金	酒類	臣僕	貝	玉器	兵器	馬	土地
動物	3	7	3	3	1	1	3	1

這類物品以單獨賞賜爲主，在與其他諸如馬、酒類和貝等同賜時往往出現在所載物品相對比較豐富的器銘中，並分佈在各時期。

以上是我們對各類賞賜物組合次數所反映的組合關係及其規律而作的簡要分析，結合前述各物品的總體狀況，我們至少可以獲得以下認識：

（一）從某類物品與他類物品組合狀況上看。諸物品中，以貝的單獨賞賜最多。同時，酒、兵器、絲及絲織品、金、玉器、彝器、土地、臣僕、動物等物品也多爲單獨賞賜。而車、馬、車飾、馬飾、服飾、旗幟、兵器等常與他物同賜。

值得注意的是，車飾、馬飾較少和他類物品組合，往往比較集中、固定地和某些物品形成組合關係，特別是其中的車飾，基本沒有單獨賞賜的情形。

（二）從某類物品與他類物品組合時出現場合的角度來看。屬於單獨的物品，在不排除其本身可能是較爲貴重物品的前提下，其出現的場合較爲隨意，銘文中對這類賞賜及其過程的記載也比較簡單。與此相反，常與他物形成較爲固定組合關係的物品，則往往出現於冊命賜物的場合，同時銘辭對這些物品的賜予過程也交待的比較完整。

（三）從某類物品與他類物品組合所出現的時期的角度來看。與多爲單獨性賞賜物品與他物組合關係不固定相應的是，某類物品與他物組合的出現時期所體現的規律性亦不明顯。比如其中的貝，西周早期或可與鬯、金等用於祭祀，但晚期又可和臣僕、土地等同時被賜。

與上述不同，一些物品之間常形成較爲固定的組合關係。但這種關係的形成具有時代上的差異，比如車飾在西周早中期不常見，故此時的車多與其他物品同賜，直至西周晚期，隨著冊命制度的進一步發展，車飾的大量出現，其與車的組合關係遂非常密切。

可以看出，認識到各類物品之間組合狀況、出現場合以及出現時期所呈現的特點，對我們理解銘辭所包含的諸多信息不無裨益。

（一）有助於我們判斷某次賞賜行爲出現的場合及其性質，進而對受賜者地位等相關問題有初步的認識。比如我們可以根據車飾、馬飾、服飾等出現而推斷出受賜者的地位是比較高的，且這類記載多爲西周中晚期的冊命類金文。

（二）有助於我們根據銘辭所記的賞賜物品對銘文時代進行判斷。比如我們根據車與車飾以外物品組合時多爲西周早中期，服飾和他物組合固定且簡單稱法的多爲西周早期、服飾和旗幟以及馬飾等組合多爲西周中期，車和車飾以及馬飾等組合多爲西周晚期等特點來對某一銘辭反映的時代先後有個總體上的判斷。

（三）有助於我們根據銘辭所記賞賜物及其間組合的變化，從而對西周的社會背景及相關制度的形成、發展和完善有一定的瞭解。比如根據服飾在賞賜物中與他物組合的變化過程，可以使我們側面瞭解西周時期冊命制度中賜物制度的發展過程。由西周早期常用於祭祀的酒、貝和動物等的組合在西周晚期殊爲少見的特點，我們似可以窺見隨著周王朝晚期的逐漸衰敗，居「國之大事」其一的「祀」亦不復如前。

參考文獻

一、著作類

1. 薛尚功：《歷代鍾鼎彝器款識法帖》，明崇禎六年朱謀垔刻本。

2. 畢沅、阮元：《山左金石志》，清嘉慶二年阮元小琅嬛仙自刻本。

3. 阮元：《積古齋鍾鼎彝器款識》，清嘉慶九年自刻本。

4. 吳榮光：《筠清館金文》，清宜都楊守敬重刻本。

5. 吳云：《兩罍軒彝器圖釋》，清同治十一年自刻木本。

6. 孫詒讓：《古籀拾遺》，清光緒十六年自刻本。

7. 劉心源：《古文審》，清光緒十七年自寫刻本。

8. 吳大澂：《古玉圖考》，上海同文書局石版影印，1889 年。

9. 吳式芬：《捃古錄金文》，光緒二十一年家刻本。

10. 吳大澂：《說文古籀補》，清光緒二十四年增輯本。

11. 劉心源：《奇觚室吉金文述》，清光緒二十八年自寫刻本。

12. 徐同柏：《從古堂款識學》，清光緒三十二年蒙學報館影石校本。

13. 孫詒讓：《籀膏述林》，1916 年刻本。

14. 林義光：《文源》，1920 年寫印本。

15. 吳東發：《商周文字拾遺》，中國書店石印本，1924 年。

16. 高田忠周：《古籀篇》，日本說文樓影印本初版，1925 年。

17. 孫詒讓：《古籀餘論》，燕京大學哈佛燕京學社石印（容庚校補本），1929 年。

18. 柯昌濟：《金文分域編》（1～21 卷），餘園叢刻，1929 年。

19. 柯昌濟：《金文分域續編》（1～14），餘園叢刻，1930 年。

20. 羅振玉：《貞松堂集古遺文》，石印本（初選版），1930 年。

21. 吳大澂：《愙齋集古錄》，涵芬樓影印本，1930 年。

22. 吳大澂：《愙齋集古錄釋文賸稿》，1930 年涵芬樓影印本。

23. 羅振玉：《遼居雜著》（丙篇）石印本，1934 年。

24. 方濬益：《綴遺齋彝器款識考釋》，商務印書館石印本，1935 年。

25. 柯昌濟：《韡華閣集古錄跋尾》，餘園叢刻鉛字本，1935 年。

26. 李旦丘：《金文研究》，1941 年來熏閣書店影印本。

27. 容庚：《商周彝器通考》，1941 年哈佛燕京學社印本。

28. 于省吾：《雙劍誃古文雜釋》，北京大業印刷局石印本，1943 年。

29. 周緯：《中國兵器論稿》，三聯書店，1957 年。

30. 王國維：《觀堂集林》（1～4 冊），中華書局，1959 年。

31. 中國社會科學院考古研究所：《上村嶺虢國墓地》，科學出版社，1959 年。

32. 郭寶鈞：《山彪鎮與琉璃閣》，科學出版社，1959 年。

33. 白川靜：《金文通釋》，白鶴美術館，1962～1984 年。

34. 郭寶鈞：《濬縣辛村》，科學出版社，1964 年。

35. 周法高等：《金文詁林》（1～16 冊），香港中文大學，1975 年。

36. 李孝定等：《金文詁林附錄》，香港中文大學出版社，1977 年。

37. 于省吾：《甲骨文字釋林》，中華書局，1979 年 6 月。

38. 《古文字研究》（1～31 輯），中華書局，1979～2016 年。

39. 楊泓：《中國古兵器論叢》（增訂本），文物出版社，1980 年。

40. 高明：《古文字類編》，中華書局，1980 年。

41. 孫稚雛：《金文著錄簡目》，中華書局，1981 年。

42. 周法高：《金文詁林補》（1～12 冊），香港中文大學，1982 年。

43. 中國社會科學院考古研究所：《新出金文分域簡目》，中華書局，1983 年。

44. 湖北省荊州地區博物館：《江陵雨台山楚墓》，文物出版社，1984 年。

45. 徐中舒：《殷周金文集錄》，四川人民出版社，1984 年。

46. 中國科學院考古所主編：《殷周金文集成》（1～18 冊），中華書局，1984～1995 年。

47. 容庚：《金文編》（第四版），中華書局，1985 年。

48. 于豪亮：《于豪亮學術文集》，中華書局，1985 年。

49. 孫稚雛：《青銅器論文索引》，中華書局，1986 年。

50. 陳漢平：《西周冊命制度研究》，學林出版社，1986 年。

51. 唐蘭：《西周銅器銘文分代史徵》，中華書局，1986 年。

52. 馬承源主編：《商周青銅器銘文選》（1～4），文物出版社，1987～1990 年。

53. 洪家義：《金文選注繹》，江蘇教育出版社，1988 年。

54. 盧連成、胡智生：《寶雞弓魚國墓地》，文物出版社，1988 年。

55. 半坡博物館等：《姜寨——新石器時代發掘報告》，文物出版社，1988 年。

56. 吳鎮烽：《陝西金文匯編》，三秦出版社，1989 年。

57. 高亨：《古字通假會典》，齊魯書社，1989 年。

58. 劉翔：《商周古文字讀本》，語文出版社，1989 年。

59. 孫機：《漢代物質文化資料圖說》，文物出版社，1991 年。

60. 裘錫圭：《古文字論集》，中華書局，1992 年。

61. 秦永龍：《西周金文選注》，北京師範大學出版社，1992 年。

62. 王國維：《古史新證》，清華大學出版社，1994 年。

63. 李學勤：《走出疑古時代》，遼寧大學出版社，1994 年。

64. 黃然偉：《殷周史料論集》，三聯書店有限公司，1995 年。

65. 朱鳳瀚：《古代中國青銅器》，南開大學出版社，1995 年。

66. 唐蘭：《唐蘭先生金文論集》，紫禁城出版社，1995 年。

67. 于省吾主編：《甲骨文字詁林》（1～4 冊），中華書局，1996 年。

68. 錢玄：《三禮通論》，南京師範大學出版社，1996 年。

69. 沈從文：《中國古代服飾研究》（增訂本），上海書店出版社，1997 年。

70. 楊樹達：《積微居金文說》（增訂本），中華書局，1997 年。

71. 于省吾：《雙劍誃吉金文選》，中華書局，1998 年。

72. 郭寶鈞：《殷周車器研究》文物出版社，1998 年。

73. 何琳儀：《戰國古文字典》（上、下冊），中華書局，1998 年。

74. 中國社會科學院考古研究所：《張家坡西周墓地》，中國大百科全書出版社，1999 年。

75. 黃錫全：《古文字論叢》，藝文印書館，1999 年。

76. 楊寬：《西周史》，上海人民出版社，1999 年。

77. 郭沫若：《兩周金文辭大系圖錄考釋》，上海書店出版社，1999 年。

78. 戴家祥：《金文大字典》，學林出版社，1999 年。

79. 中國社會科學院考古研究所：《殷周金文集成釋文》（1～6 卷），香港中文大學出版社，2000 年。

80. 陳直：《讀金日箚》，西北大學出版社，2000 年。

81. 許倬雲：《西周史》，三聯書店，2001 年。

82. 孫機：《中國古輿服論叢》（增訂本），文物出版社，2001 年。

83. 高春明：《中國服飾名物考》，上海文化出版社，2001 年。

84. 張亞初：《殷周金文集成引得》，中華書局，2001 年。

85. 華東師範大學中國文字研究與應用中心：《金文引得：殷商西周卷》，廣西教育出版社，2001 年。

86. 華東師範大學中國文字研究與應用中心：《金文引得：春秋戰國卷》，廣西教育出版社，2001 年。

87. 馬承源主編：《上海博物館藏戰國楚竹書》（1～9 冊），上海古籍出版社，2001～2012 年。

88. 馬承源：《中國青銅器研究》，上海古籍出版社，2002 年。

89. 李學勤：《重寫學術史》，河北教育出版社，2002 年。

90. 郭沫若：《郭沫若全集》（歷史編 8 卷，考古編 10 卷），科學出版社，2002 年。

91. 劉雨：《近出殷周金文集錄》（1～4 冊），中華書局，2002 年。

92. 王子初：《中國音樂考古》，福建教育出版社，2003 年。

93. 陳夢家：《西周銅器斷代》（上）、（下），中華書局，2004 年。

94. 陳初生：《金文常用字典》，陝西人民出版社，2004 年。

95. 張政烺：《張政烺文史論集》，中華書局，2004 年。

96. 汪少華：《中國古車輿名物考辨》，商務印書館，2005 年。

97. 鍾柏生：《新收殷周青銅器銘文暨器影彙編》（全三冊），藝文印書館，2006 年。

98. 何樹環：《西周賜命銘文新研》，文津出版社，2007 年。

99. 郝士宏：《古漢字同源分化研究》，安徽大學出版社，2008 年。

100. 徐中舒主編：《漢語古文字字形表》，中華書局，2008 年。

101. 吳闓生：《吉金文錄》（1～3 冊），中國書店出版社，2009 年。

102. 簫聖中：《曾侯乙墓竹簡釋文補正暨車馬制度研究》，科學出版社，2011 年。

103. 李學勤主編：《清華大學藏戰國竹簡》（壹～陸），中西書局，2011～2016 年。

104. 吳鎮烽：《商周青銅器銘文暨圖像集成》（1～35 冊），上海古籍出版社，2012 年。

105. 吳鎮烽：《商周青銅器銘文暨圖像集成續編》（1～4 冊），上海古籍出版社，2016 年。

二、論文類

1. 唐蘭：《作冊令尊及作冊令彝銘考釋》，《國學季刊》卷 4 第 1 期，1934 年。

2. 郭寶鈞：《戈戟餘論》，《史語所集刊》5‧3，1935 年。

3. 于省吾：《井侯𣪘考醳》，《考古社刊》，1936 年第 4 期。

4. 于省吾：《〈穆天子傳〉新證》，《考古社刊》，1937 年第 6 期。

5. 郭沫若：《說臣宰》，《甲骨文字研究》，人民出版社，1952 年。

6. 陳夢家：《宜侯夨𣪘和它的意義》，《文物參考資料》1955 年第 5 期。

7. 陳邦福：《夨𣪘考釋》，《文物參考資料》1955 年第 5 期。

8. 郭沫若：《夨𣪘銘考釋》，《考古學報》1956 年第 1 期。

9. 譚戒甫：《周初矢器銘文綜合研究》，《武漢大學學報》1956 年第 1 期。

10. 唐蘭：《宜侯矢啟考釋》，《考古學報》1956 年第 2 期。

11. 平心：《甲骨文及金石文考釋（初稿)》，《華東師大學報》，1956 年第 4 期。

12. 陳直：《考古論叢‧江蘇鎮江新出土矢啟釋文並說明》，《西北大學學報》，1957 年第 1 期。

13. 張子高：《從鍍錫銅器談到鎏字本義》，《考古學報》1958 年第 3 期。

14. 楊根：《雲南晉寧青銅器的化學成分分析》，《考古學報》1958 年第 3 期。

15. 郭沫若：《輔師嫠啟考釋》，《考古學報》1958 年第 4 期。

16. 郭沫若：《由周初四德器的考釋談到殷代已在進行文字簡化》，《文物》1959 年第 7 期。

17. 林巳奈夫：《中國先秦時代之馬車》，《東方學報》，1959 年。

18. 郭寶鈞：《殷周的青銅武器》，《考古》1961 年第 2 期。

19. 黃盛璋：《關於詢簋的製作年代與虎臣的身份問題》，《考古》1961 年第 6 期。

20. 郭沫若：《長安縣張家坡銅器群銘文匯釋》，《考古學報》1962 年第 1 期。

21. 陳公柔：《記幾父壺、柞鍾及其同出的銅器》，《考古》1962 年第 2 期。

22. 平心：《保卣銘略釋》，《中華文史論叢》第四輯，1963 年。

23. 裘錫圭：《「錫朕文考臣自厥工」解》，《考古》1963 年第 5 期。

24. 蔣大沂：《保卣銘考釋》，《中華文史論叢》第五輯，1964 年。

25. 林澐、張亞初：《〈對揚補釋〉質疑》，《考古》1964 年第 5 期。

26. 于省吾：《讀金文札記五則》，《考古》，1966 年第 2 期。

27. 屈萬里：《釋斺屯》，《中研院集刊》37，1967 年。

28. 唐蘭：《永盂銘文解釋》，《文物》1972 年第 1 期。

29. 郭沫若：《關於眉縣大鼎銘辭考釋》，《文物》1972 年第 7 期。

30. 史言：《眉縣楊家村大鼎》，《文物》1972 年第 7 期。

31. 郭沫若：《「班啟」的再發現》，《文物》，1972 第 9 期。

32. 陳邦懷：《永盂考略》，《文物》1972 年第 11 期。

33. 唐蘭：《〈永盂銘文解釋〉的一些補充——並答讀者來信》，《文物》1972 年第 11 期。

34. 唐蘭：《弓形器〈銅弓柲〉用途考》，《考古》1973 年第 3 期。

35. 唐蘭：《「弓形器」（銅弓柲）用途考》，《考古》1973 年第 3 期。

36. 陳小松：《釋呂市》，《考古學報》61 頁，1975 年第 3 期。

37. 晏琬：《北京、遼寧出土銅器與周初的燕》，《考古》1975 年第 5 期。

38. 唐蘭：《用青銅器銘文來研究西周史》附錄：《伯戫三器銘文的譯文和考釋》，《文物》1976 年第 6 期。

39. 裘錫圭：《說「玄衣朱襮袊」——兼釋甲骨文虣字》，《文物》1976 年第 12 期。

40. 唐蘭：《西周時期最早的一件銅器利簋銘文解釋》,《文物》1977 年第 8 期。

41. 王培新：《吉林延邊出土的環狀石器及其用途》,《文物》1978 年第 4 期。

42. 于省吾：《關於商周對於「禾」「積」或土地有限度的賞賜》,《中國考古學會第一次年會論文集》,文物出版社,1979 年。

43. 李學勤、唐雲明：《元氏銅器與西周的刑國》,《考古》1979 年第 1 期。

44. 中國社會科學院考古研究所安陽工作隊：《1969～1977 年殷墟西區墓葬發掘報告》,《考古學報》1979 年第 1 期。

45. 于豪亮：《中山三器銘文考釋》,《考古學報》1979 年第 2 期。

46. 孫稚雛：《金冘非車轄辨》,《中山大學學報》,1979 年第 3 期。

47. 汪寧生：《釋臣》,《考古》1979 年第 3 期。

48. 孫稚雛：《天亡簋銘文匯釋》,《古文字研究》第 3 輯,中華書局,1980 年。

49. 王宇信：《商代的養馬業》,《中國史研究》,1980 年第 1 期。

50. 羅西章：《陝西扶風楊家堡西周墓清理簡報》,《考古與文物》1980 年第 2 期。

51. 中國社會科學院考古研究所澧西發掘隊：《1967 年長安張家坡西周墓葬的發掘》,《考古學報》1980 年第 4 期。

52. 張長壽、張孝光：《伏兔與畫輯》,《考古》1980 年第 4 期。

53. 于省吾：《釋盾》,《古文字研究》第 3 輯,中華書局,1980 年 11 月。

54. 林澐：《關於青銅弓形器的若干問題》,《吉林大學社會科學論叢·歷史專集》,1980 年。

55. 吳鎮烽、尚志儒：《陝西鳳翔八旗屯秦國墓地發掘簡報》,《文物資料叢刊》第 3 集,1980 年。

56. 吳匡：《說甒尊》,《大陸雜誌》,1981 年。

57. 唐蘭：《論周昭王時代的青銅器銘刻》,《古文字研究》第 2 輯,中華書局,1981 年。

58. 齊思和：《周代錫命禮考》,《中國史探研》,中華書局,1981 年 4 月。

59. 中國社會科學院考古研究所東北工作隊：《內蒙古寧城縣南山根 102 號石槨墓》,《考古》,1981 年第 4 期。

60. 李學勤：《論多友鼎的時代及意義》,《人文雜誌》1981 年第 6 期。

61. 孫常敘：《則、法度量則、則誓三事試解》,《古文字研究》第 7 輯,中華書局,1982 年。

62. 趙光賢：《「明保」與「保」考辯》,《中華文史論叢》第 1 輯,上海古籍出版社,1982 年。

63. 張亞初：《談多友鼎銘文的幾個問題》,《考古與文物》1982 年第 3 期。

64. 張政烺：《王臣簋釋文》,《四川大學學報》第 10 輯,1982 年 5 月。

65. 劉雨：《多友鼎銘的時代與地名考訂》,《考古》1983 年第 2 期。

66. 夏鼐：《漢代的玉器》,《考古學報》1983 年第 2 期。

67. 殷滌非：《鉉冪解》，《江漢考古》1983 年 4 月。

68. 夏鼐：《商代玉器的分類、定名和用途》，《考古》1983 年第 5 期。

69. 秦俑考古隊：《秦始皇陵二號銅車馬初探》，《文物》1983 年第 7 期。

70. 孫機：《始皇陵二號銅車馬對車制研究的新啟示》，《文物》1983 年第 7 期。

71. 曾憲通：《說繇》，《古文字研究》第 10 輯，1983 年 7 月。

72. 馬承源：《何尊銘文與周初史實》，《王國維學術研究論集》（一），華東師範大學出版社，1983 年。

73. 陝西省秦俑考古隊、秦始皇陵兵馬俑博物館：《秦陵二號銅車馬》，《考古與文物叢刊》第 1 號，1983 年。

74. 于豪亮：《陝西扶風縣強家村出土虢季家族銅器銘文考釋》，《古文字研究》第 9 輯，中華書局，1984 年 1 月。

75. 孫稚雛：《金文釋讀中一些問題的探討（續）》，《古文字研究》第 9 輯，中華書局，1984 年 1 月。

76. 郭德維：《戈戟之再辨》，《考古》1984 年第 2 期。

77. 黃盛璋：《扶風強家村新出西周銅器群與相關史實之研究》，《西周史研究》，《人文雜誌叢刊》第 2 輯，1984 年。

78. 何琳儀、黃錫全：《啟尊、啟卣銘文考釋》，《古文字研究》第 9 輯，中華書局，1984 年。

79. 中國社會科學院考古研究所、北京市文物工作隊、琉璃河考古隊：《1981～1983 年琉璃河西周燕國墓地發掘簡報》，《考古》1984 年第 5 期。

80. 羅西章：《扶風出土西周兵器淺識》，《考古與文物》1985 年第 1 期。

81. 李學勤：《大盂鼎新論》，《鄭州大學學報》，1985 年第 3 期。

82. 李學勤：《宜侯矢簋與吳國》，《文物》1985 年第 7 期。

83. 張政烺：《庚壺釋文》，《出土文獻研究》，文物出版社，1985 年 6 月。

84. 孫機：《中國古獨輈馬車的結構》，《文物》1985 年第 8 期。

85. 李學勤：《全國商史學術討論會論文集》，《殷都學刊》編輯部，1985 年。

86. 柯昌濟：《讀金文編札記》，《古文字研究》第 13 輯，1986 年。

87. 楊英傑：《先秦旗幟考辨》，《文物》1986 年第 2 期。

88. 王愼行：《瓚之形制與稱名考》，《考古與文物》1986 年第 3 期。

89. 連劭名：《〈分甲盤〉銘文新考》，《江漢考古》1986 年第 4 期。

90. 連劭名：《汝丁尊銘文補釋》，《文物》1986 年第 7 期。

91. 穆海亭，鄭洪春：《夷伯簋銘文箋釋》，《中國考古學研究論集——紀念夏鼐先生考古五十週年》，三秦出版社，1987 年。

92. 何堂坤：《幾層表面漆黑的古鏡之分析研究》，《考古學報》1987 年第 1 期。

93. 楊向奎：《「宜侯矢簋」釋文商榷》，《文史哲》1987 年第 6 期。

94. 蔡運章：《銅干首考》，《考古》，1987 年第 8 期。

95. 中國社會科學院考古研究所洛陽唐城隊：《洛陽老城發現四座西周車馬坑》，《考古》1988 年第 1 期。

96. 楊英傑：《先秦古車挽馬部分鞁具與馬飾考辨》，《文物》1988 年第 2 期。

97. 杜迺松：《金文中的鼎名簡釋——兼釋尊彝、宗彝、寶彝》，《考古與文物》1988 年第 4 期。

98. 成東：《先秦時期的盾》，《考古》1989 年第 1 期。

99. 張政烺：《伯唐父鼎、孟員鼎齜銘文釋文》，《考古》1989 年 6 期。

100. 張亞初：《古文字分類考釋論稿》，《古文字研究》第 17 輯，中華書局，1989 年 6 月。

101. 裘錫圭、李家浩：《曾侯乙墓竹簡釋文與考釋》，《曾侯乙墓》，文物出版社，1989 年。

102. 裘錫圭：《殷墟甲骨文字考釋（七篇）》，《湖北大學學報》1990 年第 1 期。

103. 沈融：《中國古代的矛》，《文物》1990 年第 2 期。

104. 鄭文蘭、中國社會科學院考古研究所灃西發掘隊：《陝西長安張家坡 M170 號井叔墓發掘簡報》，《考古》1990 年第 6 期。

105. 白榮金：《長安張家坡 M170 號西周墓出土一組半月形銅件的組合復原》，《考古》，1990 年第 6 期。

106. 李學勤：《中方鼎和〈周易〉》，《文物研究》第六輯，1990 年 10 月。

107. 冀小軍：《說甲骨金文中表祈求義的 字——兼談菜字在金文車飾名稱中的用法》，《湖北大學學報》1991 年第 1 期。

108. 陝西省秦俑考古隊：《秦始皇陵一號銅車馬清理簡報》，《文物》1991 年第 1 期。

109. 劉自讀、路毓賢：《周至敔簋器蓋銘文考釋》，《考古與文物》1991 年第 6 期。

110. 王人聰、杜迺松：《香港中文大學文物館藏「分甲盤」及相關問題研究》，《故宮博物院院刊》1992 年第 2 期。

111. 張亞初：《殷周青銅鼎器名、用途研究》，《古文字研究》第 18 輯，中華書局，1992 年 8 月。

112. 李家浩：《庚壺銘文及其年代》，《古文字研究》第 19 輯，中華書局，1992 年 8 月。

113. 李零：《西周金文中的土地制度》，《學人》第二輯，1992 年。

114. 張懋鎔：《金文所見西周召賜制度考》，《陳直先生紀念文集》，西北大學出版社，1992 年。

115. 王慎行：《師訇鼎銘文通釋譯論》，《古文字與殷周文明》，陝西人民教育出版社，1992 年 12 月。

116. 唐嘉弘：《殷周青銅弓形器新解》，《中國文物報》1993 年 3 月 7 日。

117. 李自智：《殷商兩周的車馬殉葬》，《周秦文化論集》，三秦出版社，1993 年 7 月。

118. 唐鈺明：《銅器銘文釋讀二題》，《第二屆國際中國古文字學研討會論文集》，香港中文大學中文系編集，1993 年 10 月。

119. 黨士學：《試論秦陵一號銅車馬》，《文博》1994 年第 6 期。

120. 尚民傑：《中國古代的崇馬之風》，《文博》1995 年第 1 期。

121. 秦建民：《商周「弓形器」爲「旂鈴」說》，《考古》1995 年第 3 期。

122. 李家浩：《包山楚簡中的旌旆及其他》，《第二屆國際中國古文字學研討會論文集（續編)》，香港中文大學中文系，1995 年 9 月。

123. 董蓮池：《〈金文編〉校補》，東北師範大學出版社，1995 年 9 月。

124. 鍾少異：《試論戟的幾個問題》，《文物》1995 年第 11 期。

125. 王輝：《殷墟玉璋朱書文字蠡測》，《文博》1996 年第 5 期。

126. 李零：《古文字雜識》，《于省吾教授百年誕辰紀念文集》，吉林大學出版社，1996 年 9 月。

127. 趙平安：《西周金文中的零鑾新解》，《于省吾教授百年誕辰紀念文集》，吉林大學出版社，1996 年 9 月。

128. 王立新、白於藍：《釋軧》，《于省吾教授百年誕辰紀念文集》，吉林大學出版社，1996 年 9 月。

129. 陳世輝：《對青銅器銘文中幾種金屬名稱的淺見》，《于省吾教授百年誕辰紀念文集》，吉林大學出版社，1996 年 9 月。

130. 高明：《論商周時代的臣和小臣》，《盡心集——張政烺先生八十壽慶論文集》，中國社會科學出版社，1996 年。

131. 李學勤：《靜方鼎考釋》，《第三屆國際中國古文字學研討會論文集》，香港中文大學出版社，1997 年 10 月。

132. 王世民：《西周銅器賞賜銘文管見》，《第三屆國際中國古文字學研討會論文集》，香港中文大學出版社，1997 年 10 月。

133. 張亞初：《金文新釋》，《第三屆國際中國古文字學研討會論文集》，香港中文大學出版社，1997 年 10 月。

134. 陳佩芬：《釋悆戒鼎》，《第三屆國際中國古文字學研討會論文集》，香港中文大學出版社，1997 年 10 月。

135. 蔡哲茂：《釋伯晨鼎「﨟」字》，《第三屆國際中國古文字學研討會論文集》，香港中文大學出版社，1997 年 10 月。

136. 羅西章：《西周王盂考》，《考古與文物》1998 年第 1 期。

137. 吳振武：《悆戒鼎補釋》，《史學集刊》，1998 年第 1 期。

138. 彭裕商：《保卣新解》，《考古與文物》1998 年第 4 期。

139. 孫稚雛：《毛公鼎銘今譯》，《容庚先生百年誕辰紀念文集》，廣東人民出版社，1998 年 4 月。

140. 徐錫台：《應、申、鄧、柞等國青銅器銘文考釋》，《容庚先生百年誕辰紀念文集》，廣東人民出版社，1998 年 4 月。

141. 王龍正、姜濤、婁金山：《匍鴨銅盉與頫聘禮》，《文物》1998 年第 4 期。

142. 劉雨：《西周金文中的軍禮》，《容庚先生百年誕辰紀念文集》，廣東人民出版社，1998 年 4 月。

143. 裘錫圭：《釋「受」》，《容庚先生百年誕辰紀念文集》，廣東人民出版社，1998 年 4 月。

144. 王輝：《四十二年逨鼎銘文箋釋》，《陝西歷史博物館館刊》第 10 輯，西北大學出版社，1998 年 6 月。

145. 網干善教：《鑾（車鑾）考》，陝西歷史博物館館刊第 5 輯，西北大學出版社，1998 年 6 月。

146. 羅西章：《宰獸簋銘略考》，《文物》1998 年第 8 期。

147. 王龍正、姜濤、袁俊傑：《新發現的柞伯簋及其銘文考釋》，《文物》1998 年第 9 期。

148. 趙誠：《金文的「命」》，《徐中舒先生百年誕辰紀念文集》，巴蜀書社，1998 年 10 月。

149. 李學勤：《翰伯慶鼎續釋》，《徐中舒先生百年誕辰紀念文集》，四川聯合大學歷史系，巴蜀書社，1998 年 10 月。

150. 中國社會科學院考古研究所安陽工作隊：《河南安陽市梅園莊東南的殷代車馬坑》，《考古》，1998 年第 10 期。

151. 張亞初：《金文考證例釋》，《第三屆國際中國古文字學研討會論文集續編》香港中文大學出版，1998 年 10 月。

152. 李學勤：《柞伯簋銘考釋》，《文物》1998 年第 11 期。

153. 陳昭容：《説「玄衣滰屯」》，《中國文字》新 24 期，藝文印書館，1998 年 12 月。

154. 黃盛璋：《西周銅器中服飾賞賜與職官及冊命制度關係發覆》，《周秦文化研究》，陝西人民出版社，1998 年。

155. 裘錫圭：《西周糧田考》，《周秦文化研究》，周秦文化研究編委會，1998 年。

156. 朱德熙：《長沙帛書考釋（五篇）》，《朱德熙文集》，商務印書館，1999 年 9 月

157. 施謝捷：《宰獸簋銘補釋》，《文物》1999 年第 11 期。

158. 陳劍：《釋西周金文的「贛（贛）」字》，《北京大學古文獻研究所集刊》（一），北京燕山出版社，1999 年 12 月。

159. 陳秉新：《銅器銘文考釋六題》，《文物研究》第 12 輯，1999 年 12 月。

160. 楊泓：《戰車與車站二論》，《故宮博物院院刊》2000 年第 3 期。

161. 王暉：《從彔簋銘看西周井田形式及宗法關係下的分封制》，《商周文化比較研究》，人民出版社，2000 年 5 月。

162. 林澐：《説干、盾》，《古文字研究》第 22 輯，中華書局，2000 年 7 月。

163. 馬承源：《亢鼎銘文——西周早期用貝幣交易玉器的記錄》，《上海博物館集刊》第 8 期，上海書畫出版社，2000 年 12 月。

164. 陳佩芬：《新獲西周青銅器》，《上海博物館集刊》第 8 期，上海書畫出版社，2000 年 12 月。

165. 李學勤：《亢鼎賜品試說》，《南開學報》增刊，2001 年。

166. 李伯謙：《叔夨方鼎銘文考釋》，《文物》2001 年第 8 期。

167. 李學勤：《談叔夨方鼎及其他》，《文物》，2001 年第 10 期。

168. 陳雙新：《晉侯蘇鍾銘文新釋》，《中國文字研究》第二輯，廣西教育出版社，2001 年 10 月。

169. 張光裕：《虎簋甲、乙蓋銘合校小記》，《古文字研究》第 24 輯，中華書局，2002 年。

170. 朱思遠、宋遠茹：《伏兔、當兔與古代車的減震》，《考古與文物》2002 年第 3 期。

171. 饒宗頤等：《曲沃北趙晉侯墓地 M114 出土叔夨方鼎及相關問題研究筆談》，《文物》2002 年第 5 期。

172. 吳振武等：《曲沃北趙晉侯墓地 M114 出土叔夨方鼎及相關問題研究筆談》，《文物》2002 年第 5 期。

173. 裘錫圭：《應侯視工簋補釋》，《文物》2002 年第 7 期。

174. 黃錫全：《晉侯墓地諸位晉侯的排列及叔虞方鼎補證》，《晉侯墓地出土青銅器國際學術研討會論文集》，上海書畫出版社，2002 年 7 月。

175. 郭沫若：《說戟》，《殷周青銅器銘文研究》，科學出版社，2002 年 10 月。

176. 吳旦敏：《出土貝現象分析研究》，《上海博物館集刊》第 9 期，上海書畫出版社，2002 年 12 月。

177. 陳佩芬：《說磬》，《上海博物館集刊》（9），上海書畫出版社，2002 年。

178. 黃錫全：《西周貨幣史料的重要發現——亢鼎銘文的再研究》，《中國錢幣論文集》第四輯，中國金融出版社，2002 年。

179. 姜彩凡：《試論古圭》，《文博》2003 年第 1 期。

180. 解堯亭：《〈左傳〉考古札記八則》，《文物世界》，2003 年第 1 期。

181. 程邦雄：《釋彙》，《古漢語研究》，2003 年第 2 期。

182. 李義海：《〈兮甲盤〉續考》，《殷都學刊》，2003 年第 4 期。

183. 辛怡華：《「𣪃」——周王朝的良馬繁殖基地》，《文博》2003 年第 2 期。

184. 施謝捷：《楚簡文字中的「彙」字》，《楚文化研究論集》第 5 輯，黃山書社，2003 年 6 月。

185. 李家浩：《包山遣冊考釋（四篇）》，《古籍整理研究學刊》，2003 年 9 月。

186. 潘玉坤：《西周金文中的賓語前置句和主謂倒裝句》，《中國文字研究》第 4 輯，廣西教育出版社，2003 年 11 月。

187. 陳劍：《西周金文「牙僰」小考》，《語言》第四卷，首都師範大學出版社，2003 年 12 月。

188. 劉一曼、曹定云：《殷墟花東 H3 卜辭中的馬——兼論商代馬匹的使用》，《殷都學刊》，2004 年第 1 期。

189. 孟蓬生：《釋「菜」》，《古文字研究》第 25 輯，中華書局，2004 年 10 月。

190. 裘錫圭：《讀上博簡〈容成氏〉札記二則》，《古文字研究》第 25 輯，中華書局，2004 年 10 月。

191. 徐在國：《釋楚簡「敚」兼及相關字》，《古文字研究》第 25 輯，中華書局，2004 年 10 月。

192. 潘玉坤：《金文語法札記五則》，《中國文字研究》第 5 輯，廣西教育出版社，2004 年 11 月。

193. 孫慶偉：《周代裸禮的新證據——介紹震旦藝術博物館的兩件戰國玉瓚》，《中原文物》2005 年第 1 期。

194. 王輝：《作冊旂器銘與西周分封賜土禮儀考》，《中國歷史文物》，2005 年第 1 期。

195. 陳絜、祖雙喜：《亢鼎與西周土地所有制》，《中國歷史文物》，2005 年第 1 期。

196. 王恩田：《釋易》，《黃盛璋先生八秩華誕紀念文集》，2005 年 6 月。

197. 黃天樹：《爾比盨銘文補釋》（《黃盛璋先生八秩華誕紀念文集》，中國教育文化出版社，2005 年 6 月。

198. 李學勤：《試論新發現的甗方鼎和榮仲方鼎》，《文物》2005 年第 9 期。

199. 徐在國：《說「耳」及其相關字》，《簡帛研究》網，2005 年。

200. 吳紅松：《西周金文車飾二考》，《中原文物》，2008 年第 1 期。

201. 吳紅松：《釋西周金文賞賜物「甲」》，《東南文化》2009 年第 6 期。

202. 吳紅松：《釋磬》，《考古與文物》2010 年第 6 期。

203. 李春桃：《釋番生簋蓋銘文中的車馬器——靷》，《中國國家博物館館刊》2012 年第 1 期。

204. 黃錦前、張新俊：《霸伯盂銘文考釋》，《中國國家博物館館刊》2012 年第 5 期。

205. 馬永強：《商周時期車子衡末飾研究》，《考古》2012 年第 12 期。

206. 吳鎮烽：《戚簋銘文釋讀》，《文博》，2014 年第 6 期。

207. 吳紅松：《西周金文考釋三則》，《江漢考古》，2015 年第 4 期。

三、學位論文類

1. 鄭憲仁：《西周銅器銘文所載賞賜物之研究——器物與身份的詮釋》，臺灣師範大學博士學位論文，2003 年。

2. 淩宇：《金文所見西周賜物制度及用幣制度初探》，武漢大學碩士學位論文，2004 年。

3. 景紅艷：《西周賞賜制度研究》，陝西師範大學博士學位論文，2006 年。

4. 田河：《出土戰國遣冊所記名物分類彙釋》，吉林大學博士學位論文，2007 年。

5. 鵬宇：《曾侯乙墓竹簡文字集釋箋證》，華東師範大學碩士學位論文，2010 年。

6. 羅小華：《戰國簡冊所見車馬及其相關問題研究》武漢大學博士學位論文，2011 年。

後　記

　　2003 年底，我向導師何琳儀先生提出自己的想法：以「西周金文賞賜物品研究」爲博士論文選題。得到何老師認可和指導後，我一邊搜集整理資料，一邊開始撰寫工作。2006 年 6 月初，我完成了博士論文的撰寫，並於同月中旬順利通過答辯。

　　此後，每當遇到與博士論文研究相關的資料，我都將其整理錄入。在不斷整理、研究新資料的基礎上，本書在內容上得到了豐富，研究的視野也更爲開闊。2010 年 7 月，我獲得教育部人文社科青年項目《出土先秦文字資料中的名物研究》的資助，這在客觀上促進了論文的深入研究，也增加了我的學術自信。2017 年初，基於「敝帚」也不能過於「自珍」，以及尋求更多方家指正的考慮，我聯繫了花木蘭文化事業有限公司負責出版事宜的專家學者，終得鼓勵和幫助；論文也幸獲刊行機會。近半年，在對論文內容、框架結構認眞修改和調整後，最終形成了本篇。

　　回想當年博士論文的起草、修改，直至今日即將付梓，感慨良多。

　　其一，引領我進入古文字學大門、不辭辛苦諄諄教導我的何琳儀先生於 2007 年 3 月 31 日溘然長逝，永遠地離開了我們。其後的很長一段時間裏，每每想到先師，悲痛之情油然而生，不能自己。然在學習先師一部部遺著時，於無聲間我又重新得到了先師的教誨，更加深刻地感悟到先師對學術研究的執著

追求，更加敬仰先師淵博的學識，也逐步堅定了自己的信念：無論生活、工作環境怎樣變化，我都不能辜負先師的期望，不會放棄對專業知識的追求。我想，這可能是對先師最好的感念吧。

其二，求學、工作期間有幸得到各位良師益友的支持：感謝安徽大學余國慶教授、黃德寬教授、徐在國教授在學業上的悉心教導；感謝安徽大學馬功蘭教授、王春芳教授多年的無私相助；感謝同門程燕老師、高玉平老師在資料查找上的幫助；感謝安徽農業大學姜紅教授、朱晨老師、張藝老師，南京師範大學方云云老師在工作、學習和生活上給予的理解和幫助。

其三，感謝我的家人。尤其是我已為杖期之年的父母這些年的關愛和艱辛付出；而剛入總角之年的小女的成長、學習也給我帶來諸多歡樂和鼓勵——這些，彌足珍貴。

是為後記。

丁酉秋月初九